Le Boiteux de Varsovie

***

L'opale de Sissi

DU MÊME AUTEUR

CHEZ PLON

Dans le lit des rois, 1983.

Dans le lit des reines, 1984.

Les loups de Lauzargues :
1. Jean de la nuit, 1985.
2. Hortense au point du jour, 1985.
3. Felicia au soleil couchant, 1987.

Le Roman des châteaux de France :
1. 1985.
2. 1986.
3. 1987.

La Florentine :
1. Fiora et le Magnifique, 1988.
2. Fiora et le Téméraire, 1989.
3. Fiora et le pape, 1989.
4. Fiora et le roi de France, 1990.

Le Boiteux de Varsovie :
1. L'Étoile bleue, 1994.
2. La Rose d'York, 1995.

AUX ÉDITIONS JULLIARD

1. La Jeune Mariée, 1990.
2. La Fière Américaine, 1991.
3. La Princesse mandchoue, 1991.

Les Treize vents :
1. Le Voyageur, 1992.
2. Le Réfugié, 1993.
3. L'Intrus, 1993.
4. L'Exilé, 1994.

AUX ÉDITIONS CHRISTIAN DE BARTILLAT

Cent ans de vie de château, 1992.
Un aussi long chemin, 1995.

Juliette Benzoni

Le Boiteux de Varsovie

***

L'opale de Sissi

Cette édition de *Le Boiteux de Varsovie***/L'opale de Sissi*
est publiée par les Éditions de la Seine
avec l'aimable autorisation des Éditions Plon

Première partie

LE MASQUE DE DENTELLES

Automne 1923

CHAPITRE 1

TROIS JOURS À VIENNE

Abrité sous le vaste parapluie d'un chasseur de l'hôtel Sacher, Aldo Morosini, prince vénitien et antiquaire, traversa Augustinerstrasse en courant mais en évitant de plonger ses escarpins vernis dans les flaques d'eau, pour gagner l'entrée des artistes de l'Opéra. Il utilisait ainsi un ancien privilège des clients du célèbre hôtel en cas de mauvais temps. Et Dieu sait s'il était mauvais, le temps ! Depuis qu'il était arrivé à Vienne, le prince-antiquaire subissait une pluie incessante, obstinée, régulière, dépourvue de violence mais dont le débit têtu détrempait la capitale autrichienne. En dépit de la lettre un peu mystérieuse qui l'y attirait, Aldo n'était pas loin de regretter sa chère Venise où, cependant, et pour la première fois de sa vie, il connaissait l'ennui depuis plusieurs mois.

Non qu'il eût cessé de se passionner pour les objets rares et précieux – en particulier pour les pierres parfaites et les joyaux historiques ! – mais, depuis son retour d'Angleterre, il avait un mal fou à retrouver l'ardente curiosité qui était la sienne avant que Simon Aronov n'apparût dans son existence, un soir de l'année précédente dans les profondeurs souterraines du ghetto de Varsovie. Difficile de rencontrer personnage plus énigmatique, plus attachant aussi que le Boiteux ! Et plus difficile encore de rêver sur une soupière en porcelaine, même exécutée à Sèvres pour la Grande Catherine, ou sur une paire de chenets vénitiens sortis du palais Rezzonico et ayant eu le privilège de réchauffer les pantoufles de Richard Wagner, après les péripéties, les émotions, les périls vécus en compagnie de son ami Adalbert Vidal-Pellicorne durant la quête de ce Graal d'un nouveau genre : les gemmes volées dans la nuit des temps au pectoral du Grand Prêtre de Jérusalem.

Passé à l'état de légende dans la mémoire des Juifs et de quelques historiens, lui Morosini l'avait tenu entre ses mains, cet ornement sacré surgi du fond des âges avec son terrifiant cortège de folie, de misère et de crimes. Un moment inoubliable ! La grande plaque d'or carrée qu'Aronov cachait dans sa chapelle aveugle portait les traces émouvantes de sa traversée des siècles depuis le sac du Temple par les légions de Titus. Plus saisissantes encore, les blessures laissées par les mains rapaces des voleurs dans les quatre rangées de trois pierres. Sur les douze cabochons représentant les douze tribus d'Israël n'en demeuraient que huit : les moins précieuses comme par hasard ! S'étaient envolés le saphir de Zébulon, le diamant de Benjamin, l'opale de Dan et le rubis de Juda. Or la tradition voulait qu'Israël ne retrouve patrie et souveraineté que lorsque le pectoral, au grand complet, ferait retour au pays...

Guidés par les indications du Boiteux et servis aussi par la chance, les deux amis réussirent en neuf mois à récupérer deux des pierres fugitives : le saphir, trésor durant trois siècles des ducs de Montlaure, aïeux maternels du prince Morosini, et le diamant connu sous le nom de la Rose d'York, héritage de Charles le Téméraire, duc de Bourgogne, et revendiqué par la Couronne anglaise.

Non sans peine d'ailleurs ! Comme il arrive à tout objet sacré profané par la cupidité, les deux joyaux s'étaient révélés aussi maléfiques l'un que l'autre. La princesse Isabelle, mère d'Aldo, avait payé de sa vie le saphir, l'Étoile bleue. Même sort pour son dernier propriétaire, sir Eric Ferrals, richissime marchand de canons, assassiné – officiellement tout au moins ! – par l'ancien amant de sa femme. Quant au diamant, le nombre des cadavres semés sur son passage ne se comptait plus. Mais quelles aventures passionnantes vécues par les deux hommes lancés sur leurs traces ! Et c'était cela que Morosini regrettait si cruellement depuis le début de cette année 1923 dont le dernier quart était entamé.

Après les fêtes de fin d'année passées chez lui à Venise « en famille », Aldo s'était retrouvé presque seul aux abords de la Chandeleur. Sa famille, c'est-à-dire sa grand-tante, la chère marquise de Sommières, et Marie-Angéline du Plan-Crépin, cousine et lectrice de la première, ainsi qu'Adalbert Vidal-Pellicorne, archéologue de son état, élevé au rang d'ami fraternel, s'était dissoute. Une espèce de sauve-qui-peut qui l'avait laissé en compagnie de son ancien précepteur Guy Buteau, devenu son fondé de pouvoir, et de ses fidèles serviteurs, Zaccaria et Cecina Pierlunghi qui l'avaient vu naître. Et cela juste au moment où renaissait l'espoir de plonger de nouveau dans les grandes aventures !

Cet espoir était apparu, le 31 janvier, sous la forme d'une lettre en provenance de la banque suisse qui servait de liaison entre le Boiteux et ses envoyés. Hélas, si elle contenait bien une importante lettre de change et un billet écrit par Simon, le texte s'en révéla des plus décevants : non seulement Aronov ne donnait pas d'autre rendez-vous à Morosini mais, après l'avoir brièvement félicité de son « dernier envoi », il lui conseillait de « prendre quelque repos et de ne rien tenter jusqu'à nouvel ordre afin de laisser le jeu se calmer un peu ».

Dès le lendemain, le palais Morosini se vidait de ses hôtes. Le premier à partir fut Adalbert, assez satisfait au fond de l'entracte annoncé et qui décidait aussitôt de s'embarquer pour l'Égypte : il y avait des mois que la fantastique découverte du tombeau du jeune pharaon Toutankhamon et de ses trésors l'empêchait de dormir. Il voulait aller voir ça de ses propres yeux :

– Cela me permettra, expliqua-t-il, de passer quelques jours auprès de mon cher professeur Loret, le conservateur du musée du Caire, que je n'ai pas vu depuis deux ans et qui doit se morfondre de jalousie devant les découvertes de ces sacrés Anglais. Je tâcherai de te donner des nouvelles !

Et il s'était embarqué sur le premier bateau pour

Alexandrie, suivi de près par Mme de Sommières et Marie-Angéline. Au grand désespoir de celle-ci ! Durant tout le mois de janvier, Plan-Crépin s'était efforcée de remplacer l'incomparable Mina [1] en tant que secrétaire d'Aldo et, s'en tirant plutôt bien, elle avait pris goût aux antiquités et ne demandait qu'à rester. Malheureusement, si la vieille dame aimait beaucoup Aldo, elle se trouvait aussi fort éprouvée par l'hiver vénitien, très humide et froid, cette année. Elle souffrait en particulier de rhumatismes qu'elle s'efforçait de cacher pour ne pas troubler le travail de la maison mais, quand le notaire Massaria prévint Morosini que le jeune homme qu'il lui avait proposé comme secrétaire venait de rentrer et se tenait à sa disposition, la marquise ordonna aussitôt que l'on prépare ses bagages, afin de gagner un climat plus sec. Marie-Angéline protesta :

– Si c'est à Paris que nous espérons trouver le temps idéal, nous commettons une grosse erreur, déclara-t-elle en employant ce pluriel de majesté dont elle usait toujours envers Mme de Sommières.

– Ne me prenez pas pour une folle, Plan-Crépin ! Je n'ai pas la moindre intention d'aller geler à Paris.

– Choisirons-nous la Côte d'Azur ?

– Trop de monde ! Trop cosmopolite ! Pourquoi pas l'Égypte ?

– L'Égypte, grogna Aldo, vaguement frustré. Vous aussi ?

– Ne le prends pas à mal, mais le cher Adalbert

1. Voir *La Rose d'York*.

nous en a tellement rebattu les oreilles pendant un mois qu'il a fini par me tenter. Et puis le souffle du désert sera excellent pour mes articulations ! Plan-Crépin, allez chez Cook nous retenir des cabines et aussi des chambres au Mena House de Ghizeh pour commencer. Nous verrons ensuite !

– Et nous partons quand ?

– Demain, tout de suite... par le premier bateau ! Et ne faites pas cette tête ! Vous qui avez déjà tellement de cordes à votre arc, vous allez pouvoir vous exercer au maniement de la pelle et de la pioche ! Cela vous changera de vos exploits de monte-en-l'air [1] !

Deux jours plus tard, elles avaient disparu, laissant derrière elles une montagne de regrets et un grand vide tout à fait palpable quand Morosini et Guy Buteau se retrouvèrent tête à tête dans le salon des laques où l'on prenait les repas le plus souvent... L'ancien précepteur était sensible, lui aussi, à la soudaine désertification du palais. À la fin de ce premier repas pris en silence, il traduisit son impression :

– Vous devriez vous marier, Aldo ! Cette grande demeure n'est pas faite pour abriter seulement un célibataire et un vieux garçon...

– Mariez-vous vous-même, mon cher, si le cœur vous en dit ! Moi ça ne me tente pas.

Puis, après avoir allumé une cigarette d'une main nonchalante, il ajouta :

– Vous ne croyez pas que nous sommes ridicules ? Après tout, nos invités n'étaient là que

1. Voir *L'Étoile bleue.*

depuis un grand mois, et auparavant, je crois me souvenir que nous vivions parfaitement bien ?

Sous leur fine moustache grise, les lèvres de M. Buteau s'étirèrent en un demi-sourire :

– Nous n'avons jamais été seuls, Aldo ! Naguère, nous avions Mina. Je crois bien que c'est elle que je regrette le plus...

Morosini changea de visage et écrasa dans un cendrier la cigarette qu'il venait d'allumer :

– S'il vous plaît, Guy, évitons d'en parler ! Mina, vous le savez, n'existait pas. Ce n'était qu'un leurre, une apparence recouvrant la fantaisie passagère d'une fille riche qui cherchait à se distraire...

– Vous n'êtes pas juste et vous le savez. Mina... ou plutôt Lisa, pour lui donner son véritable nom, n'a jamais cherché ici une distraction. Elle aimait Venise, elle aimait ce palais : elle a voulu y vivre...

– ... et, déguisée en bas-bleu, braquer sur l'étrange bestiole que je suis un microscope dépourvu de bienveillance. Son verdict ne m'a pas été favorable.

– Et le vôtre, maintenant que vous la connaissez sous son aspect réel ?

– N'a aucune espèce d'importance ! Qui voulez-vous que cela intéresse ?

– Moi, par exemple, fit Buteau avec un sourire. Je suis persuadé qu'elle est la femme qu'il vous faudrait.

– Cela vous regarde et comme vous êtes seul de cet avis, le mieux est d'en rester là. Allons plutôt nous coucher ! Demain, nous aurons à mettre à la tâche le jeune Pisani et, comme il y a en outre plusieurs rendez-vous, la journée sera longue... D'ailleurs, s'il fait l'affaire, nous aurons vite oublié Mina.

En fait, dès le premier coup d'œil, Morosini avait été certain que la recrue lui conviendrait. Ce jeune Vénitien blond, courtois, bien élevé, bien habillé et plutôt sobre de paroles ne détonnerait aucunement au milieu des marbres et des ors d'un palais transformé en magasin d'antiquités de classe internationale. Il s'y intégra même avec un naturel parfait car il éprouvait une véritable passion pour les beaux objets anciens. Surtout ceux en provenance d'Extrême-Orient, faisant preuve d'une érudition qui stupéfia son nouveau patron quand il « pêcha » sur une console une gourde à couverte céladon du XVIIIe siècle : sans même prendre la peine de la retourner pour chercher le *nien-hao* – le titre de règne –, Angelo Pisani s'écria :

– Admirable ! Cette gourde à triple goulot d'époque Kien-Long, ornée en relief des diagrammes talismaniques des « vraies formes des cinq montagnes sacrées », est une pure merveille ! Elle n'a pas de prix !

– Je compte pourtant lui en donner un, fit Morosini, mais je vous fais mon compliment ! Me Massaria ne m'avait pas dit que vous étiez un sinologue de cette force.

– Par ma mère, j'ai un peu de sang de Marco Polo, expliqua modestement le nouveau secrétaire. Mon attirance découle sans doute de cela, mais je sais aussi quelques petites choses sur les antiquités d'autres pays..

– Et les pierreries, les joyaux anciens, vous vous y connaissez aussi ?

– Pas du tout ! admit le jeune homme avec un sourire désarmant. Sauf, bien sûr, pour les jades et bijoux chinois, mais si M. Buteau veut bien m'initier, j'apprendrai sûrement assez vite.

Il fit preuve, en effet, de nettes dispositions et comme, côté secrétariat, il n'y avait pas grand-chose à lui enseigner, Morosini se déclara satisfait, regrettant toutefois qu'en dehors du métier, il fût à peu près impossible de tirer trois paroles d'Angelo. Il était, dans le palais, une sorte d'ombre silencieuse et efficace mais pas autrement distrayante, et Aldo n'en regretta Mina que plus amèrement : elle avait la repartie vive, souvent pittoresque, et avec elle au moins, on s'amusait...

Pour tenter de se désennuyer, il s'offrit une aventure avec une cantatrice hongroise venue chanter *Lucia di Lammermoor* à la Fenice. Elle était blonde, ravissante, fragile, ressemblait un peu à Anielka et possédait une voix de cristal digne d'un ange, mais c'était bien tout ce qu'elle avait d'angélique. Aldo découvrit vite que la belle Ida était aussi experte en amour qu'en comptabilité, qu'elle savait parfaitement distinguer un diamant d'un zircon et qu'en tout état de cause elle ne voyait aucun inconvénient à joindre un titre de princesse à celui de *prima donna*.

Peu désireux de transformer ce rossignol migrateur en poularde domestique, Morosini se hâta de lui ôter ses illusions, et la romance prit fin, un soir de juin, sur le quai de la gare de Santa Lucia par le don d'un bracelet de saphirs, d'un bouquet de roses et d'un grand mouchoir destiné au rite des adieux, que l'amant inconstant put voir s'agiter longuement par la fenêtre baissée du sleeping, à mesure que le train s'éloignait.

Rentré chez lui avec un vif sentiment de soulagement, Morosini trouva un peu moins amère la solitude à deux dans laquelle Guy Buteau et lui se mouvaient, avec la curieuse impression d'être coupés du reste du monde.

Cela tenait surtout à la rareté des nouvelles envoyées par les gens qu'ils aimaient bien. Les sables de l'Égypte semblaient avoir englouti Vidal-Pellicorne, la marquise et Mlle du Plan-Crépin. Le premier pouvait arguer l'excuse d'un métier très absorbant, mais les deux autres auraient pu envoyer autre chose qu'une seule carte postale en six mois !

Pas de nouvelles non plus d'Adriana Orseolo, la cousine d'Aldo. La belle comtesse, partie pour Rome l'automne dernier afin de faire inscrire son valet – et amant ! – Spiridion Mélas chez un maître du bel canto, semblait s'être effacée elle aussi de la surface de la terre. Même l'annonce du cambriolage de sa maison ne lui tira qu'une lettre adressée au commissaire Salviati pour lui exprimer son entière confiance dans la police de Venise, s'affirmant trop occupée pour quitter Rome. De toute façon, le prince Morosini était sur place pour veiller à ses intérêts.

Un peu suffoqué d'un pareil sans-gêne – il n'avait même pas reçu une carte de Nouvel An ! –, celui-ci empoigna son téléphone et appela le palais

Torlonia où Adriana était censée habiter. Il apprit qu'après un séjour d'une semaine sa cousine était partie sans laisser d'adresse. Et, sous le ton courtois de son correspondant, Morosini crut comprendre que les Torlonia en étaient plutôt soulagés. Même échec auprès du maestro Scarpini : le Grec possédait une belle voix, certes, mais un caractère trop difficile pour qu'il soit possible d'envisager un séjour de plusieurs mois en sa compagnie. On ignorait où il avait porté ses pas...

Le premier mouvement d'Aldo fut d'envoyer chercher un billet pour la capitale italienne mais il se ravisa : fouiller Rome était une entreprise aléatoire, et le couple l'avait peut-être quittée pour Naples ou toute autre destination. En outre, Guy, consulté, suggéra, puisque la comtesse avait choisi de se fondre dans la nature, de la laisser poursuivre son aventure.

– Mais je suis son seul parent et j'ai de l'affection pour elle, plaida Aldo. Je lui dois de la protéger.

– Contre elle-même ? Vous ne réussirez qu'à vous brouiller. Je la crois aux prises avec le démon de midi. Elle en a l'âge et, malheureusement, on n'y peut rien. Il faut la laisser aller jusqu'au bout de sa folie mais se tenir prêt à ramasser les morceaux quand le temps en sera venu.

– Il va achever de la ruiner. Elle n'est déjà pas si riche !

– Elle l'aura voulu.

C'était la sagesse même et, de ce jour, Aldo évita de prononcer le nom d'Adriana. Il était déjà suffisamment hanté par elle depuis la découverte de certaine correspondance dans le tiroir secret de son cabinet florentin, après le cambriolage. Une lettre surtout, signée R., et qu'il avait gardée afin d'y réfléchir longuement, sans y trouver une autre clef que l'amour mais sans se résoudre à en partager le mystère, même avec Guy. Peut-être pour ne pas être obligé de trop regarder les choses en face : au fond de lui-même, il avait très peur de découvrir que cette femme – son premier amour d'adolescent ! – était mêlée de près ou de loin à la mort de sa mère...

En fait, Aldo n'avait pas beaucoup de chance avec les femmes chères à son cœur. Sa mère avait été assassinée, sa cousine était en train de tourner à la gourgandine. Quant à la ravissante Anielka dont il s'était épris dans les jardins de Wilanow, elle s'était retrouvée devant le tribunal d'Old Bailey, accusée du meurtre de sir Eric Ferrals, son mari, épousé sur l'ordre de son père, le comte Solmanski. Elle aussi, après le procès, s'était volatilisée en direction des États-Unis, avec ledit père, sans lui avoir envoyé le moindre signe de tendresse ou de remerciement pour la peine qu'il s'était donnée à son service. Alors qu'elle jurait n'aimer que lui...

Et sans parler, bien sûr, de l'éblouissante Dianora, son grand amour d'autrefois, son ancienne maîtresse devenue l'épouse du banquier Kledermann. Celle-là ne lui avait pas caché qu'entre une fortune et une passion il n'était pas question d'hésiter. Le drôle, dans l'affaire, c'est que Dianora, en épousant Kledermann était devenue, sans aucun plaisir, la belle-mère de Mina, *alias* Lisa Kledermann, la secrétaire modèle mais à transformations, que toute la maisonnée regrettait d'un cœur si unanime ! Elle aussi s'était dissoute dans un matin gris et brumeux sans songer un instant qu'un mot d'amitié aurait peut-être fait plaisir à son ancien patron.

L'été passa. Lourd, brumeux, orageux. Pour fuir les hordes de touristes et de « voyages de noces », Aldo se réfugiait de temps en temps sur l'une des îles de la lagune en compagnie de son ami Franco Guardini, le pharmacien de Santa Margarita dont il appréciait le naturel silencieux. Ils passaient là des heures paisibles parmi les herbes folles, sur un banc de sable ou au pied d'une chapelle en ruine, pêchant, se baignant, retrouvant surtout les joies simples de l'enfance. Aldo s'efforçait d'oublier que le courrier n'apportait jamais que des lettres d'affaires ou des factures. Seule exception dans cet océan d'oubli, une courte épître de Mme de Sommières annonçant un séjour à Vichy afin d'y soigner un foie qui ne se sentait pas au mieux de son expérience africaine : « Viens nous rejoindre si tu ne sais pas quoi faire ! » concluait la marquise avec une désinvolture qui acheva d'indisposer son petit-neveu. Ils étaient incroyables, ces gens qui ne pensaient à lui que lorsqu'ils commençaient à s'ennuyer ! Il décida de bouder.

Pourtant, il éprouvait une inquiétude grandissante au sujet de Vidal-Pellicorne. Si les dangers courus par un archéologue sont réduits, il n'en allait pas de même quand, à cette paisible profession, on joignait celle d'agent secret, et Adalbert était très capable de s'être fourré dans un piège quelconque. Aussi, pour en avoir le cœur net, décida-t-il d'envoyer un télégramme à l'intention du professeur Loret, conservateur du musée du Caire, pour lui demander ce que devenait son ami. Et ce fut en revenant du bureau de poste qu'il trouva la lettre sur son bureau...

Celle-là, pourtant, ne venait pas d'Égypte mais de Zurich, et le cœur de Morosini manqua un battement. Simon Aronov ! Ce ne pouvait être que lui ! En effet, l'enveloppe ouverte libéra une feuille de papier pliée en quatre sur laquelle on avait écrit à la machine : « Mercredi 17 octobre à l'Opéra de Vienne pour le *Chevalier à la rose*. Demandez la loge du baron Louis de Rothschild. »

Aldo se sentit revivre. Les vents grisants de l'aventure tourbillonnèrent autour de lui et il se hâta de prendre toutes dispositions pour se libérer. Grâce à Dieu, à Guy et Angelo Pisani, sa maison d'antiquités pouvait se passer de lui !

Son changement d'humeur secoua la torpeur où s'enlisait le palazzo Morosini. La seule à froncer le sourcil fut Cecina, sa cuisinière et sa plus vieille amie. Quand il lui annonça son départ, elle cessa de chanter et bougonna :

– Tu es content parce que tu nous quittes ? C'est aimable, ça !

– Ne dis pas de sottises ! Je suis content parce qu'une affaire passionnante m'attend et qu'elle me changera du train-train quotidien.

– Train-train ? Si tu m'écoutais un peu plus, tu

n'en souffrirais pas. Ne t'ai-je pas conseillé plusieurs fois un petit voyage ? Ton air accablé m'agaçait tellement !

– Tu devrais être contente alors ? Je vais voyager !

– Oui mais pas n'importe où ! Moi, je t'aurais bien vu aller... à Vienne, par exemple ?

Morosini considéra sa Cecina avec un sincère ahurissement.

– Pourquoi Vienne ? Je te signale qu'on y étouffe l'été.

Cecina se mit à jouer avec les rubans qui ornaient sa coiffe et voltigeaient souvent au-dessus de son imposante personne au rythme de ses enthousiasmes ou de ses colères.

– En été, on étouffe partout, et moi j'ai dit ça comme j'aurais dit Paris, Rome ou Vichy ou...

– Ne te creuse pas la tête, c'est justement à Vienne que je vais. Ça te va ?

Sans autre commentaire, Cecina reflua vers ses cuisines en s'efforçant de cacher un sourire qui laissa Morosini perplexe mais, sachant bien qu'elle n'en dirait pas plus, il balaya la question et s'en alla veiller à ses bagages.

Ignorant s'il pourrait séjourner à Vienne après le rendez-vous, il s'en alla trois jours avant la date fixée afin de se donner le loisir de flâner dans une ville dont il avait toujours apprécié l'élégance et l'atmosphère de grâce légère, entretenue par l'écho d'une valse traînant dans quelque coin.

Le temps était maussade, pourtant Morosini se sentait allègre quand son train atteignit la vallée du

Danube et approcha de Vienne. Inexplicable selon la raison, cette humeur heureuse ! Les souvenirs de fête d'avant la guerre n'y étaient pour rien et pas davantage ceux des deux voyages – d'affaires uniquement ! – effectués dans la capitale autrichienne depuis la fin des hostilités qui avait entraîné sa libération d'une vieille forteresse tyrolienne. Après tout, peut-être était-ce seulement parce que, refusant de s'interroger, il évitait de s'avouer que Vienne représentait autre chose qu'un point de départ sur la piste d'un joyau disparu. Ne lui arrivait-il pas d'entendre parfois, au fond de sa mémoire, une voix joyeuse qui lui lançait : « Je vais passer Noël à Vienne, chez ma grand-mère » ?

Étant donné le nombre des grand-mères vivant dans la capitale autrichienne, cette brève information eût été un peu mince, mais Morosini possédait une mémoire infaillible. Un nom entendu s'y trouvait enregistré et, dans le hall du Ritz à Londres, Moritz Kledermann, le père de Lisa, avait prononcé celui de la comtesse von Adlerstein. Découvrir son adresse serait sans doute assez simple et Aldo était décidé à lui rendre une petite visite. Ne fût-ce que pour apprendre d'elle des nouvelles d'une précieuse collaboratrice perdue de vue un peu trop brusquement. Bien sûr, il n'aurait pas fait le voyage pour cela mais, puisque l'occasion lui en était offerte, ce serait bien stupide de n'en pas profiter, le cas Mina-Lisa était presque aussi intéressant que les péripéties engendrées par le pectoral.

Lorsque Morosini débarqua du train à la Kaiserin Elisabeth Westbahnhof, la pluie se déversait d'un ciel bouché, ce qui n'empêchait pas le voyageur de siffloter un allégro de Mozart quand il s'engouffra dans le taxi chargé de le conduire à l'hôtel Sacher. Une maison qu'il aimait beaucoup...

Véritable monument à la gloire de l'art de vivre viennois, aimable souvenir aussi de l'Empire austro-hongrois, le Sacher portait le nom de son fondateur, ancien cuisinier du prince de Metternich, et dressait juste derrière l'Opéra sa silhouette cossue, construite dans le plus pur style Biedermeier et où, depuis 1878, s'engouffrait tout ce que l'empire comptait d'illustre dans le domaine des arts, de la politique, de l'armée et de la gourmandise, joint à nombre de notoriétés étrangères. S'y attachait toujours le souvenir des soupers fins de l'archiduc Rodolphe, le tragique héros de Mayerling, de ses amis et de ses belles compagnes. Pourtant, cette ombre altière et romantique n'apportait aucune note triste à un établissement dont l'autre élément glorieux était un magnifique gâteau au chocolat fourré à la confiture d'abricot et servi avec de la crème fouettée dont la renommée avait déjà fait plusieurs fois le tour du monde. Frau Anna Sacher, dernière femme de la lignée, menait cette belle maison d'une main de fer dans un gant de velours, fumait des cigares de La Havane, élevait des carlins peu souriants et, en dépit de l'âge et d'un tour de taille enveloppé, savait encore comme personne faire la révérence devant une altesse royale ou impériale.

Ce fut elle que Morosini vit apparaître au seuil des salons quand il fit son entrée dans le hall décoré de plantes vertes et de deux statues plus grandes que nature d'allégories féminines aux seins robustes. N'étant qu'un modeste prince, Morosini n'eut droit qu'à l'honneur de baiser une main dodue comme il l'eût fait avec n'importe quelle maîtresse de maison l'accueillant chez elle. Cette présence féminine était l'un des charmes de l'hôtel : Anna Sacher savait y recevoir chacun selon son rang et, quand il s'agissait d'habitués, ils étaient traités en amis. Ce fut le cas de Morosini. Sous les crans serrés de la chevelure argentée, le visage toujours frais mais un peu lourd s'éclaira d'un joyeux sourire :

– Vous voir arriver est aussi agréable que si vous apportiez avec vous le beau soleil de l'Italie, Excellence. Je suis heureuse de pouvoir, une fois encore, vous souhaiter la bienvenue au seuil de cette maison.

– J'espère bien que vous me la souhaiterez encore à de nombreuses reprises, chère Frau Sacher.

– Qui peut savoir sinon Dieu ! Et je ne rajeunis pas. Nous restez-vous quelque temps ?

– Aucune idée. Cela va dépendre de l'affaire que je viens traiter. Mais ce n'est pas la seule raison : l'autre est la soirée de mercredi à l'Opéra...

– Ah ! *Le Chevalier à la rose !* Admirable, admirable ! Ce sera une grande soirée ! Boirons-nous ensemble la tasse de café rituelle, tandis que l'on monte vos bagages dans votre chambre ?

– Vous avez des traditions charmantes pour vos amis, Frau Sacher. Ce serait pécher que les refuser.

Ils gagnèrent ensemble le Rote Café, un élégant salon tendu de damas rouge et éclairé de lustres à cristaux où l'on s'empressa de leur servir le fameux café viennois, couronné de crème fouettée et suivi d'un verre d'eau glacée, dont l'Autriche raffolait. Morosini aussi. C'était, selon lui, en Europe, le seul café capable de rivaliser avec celui des Italiens, les autres n'étant qu'infâmes lavasses.

En le dégustant, on bavarda de tout et de rien, on vanta Venise mais aussi Vienne où la vie mondaine, en dépit des difficultés financières, reprenait chaque jour davantage. C'était en fait indispensable si l'on voulait continuer à attirer les touristes du monde entier. Vienne sans la musique et la valse ne serait plus Vienne. Au contraire de l'Allemagne, récemment amputée de la Ruhr par la France et qui plongeait chaque jour davantage dans l'anarchie et l'extrémisme, le bastion originel de l'empire des Habsbourg s'efforçait de retrouver son âme, et même de la sauver puisque son chancelier était un prêtre, Mgr Seipel. Cet ancien professeur de théologie, devenu député puis président du parti chrétien-social, était en train de remettre les finances à flots en créant une nouvelle monnaie, le *schilling*, et en procédant à de sévères économies. En même temps, il s'efforçait d'établir une morale rigoureuse. Ce qui, bien sûr, ne plaisait pas à tout le monde, mais l'Autriche ne s'en tirait pas si mal. Pour sa part, Frau Sacher considérait que le chancelier était un homme de bien.

– Par moments, on se croirait presque revenus au beau temps de notre cher empereur. La vieille aristocratie ose être elle-même...

– À propos de la vieille aristocratie, vous pourriez peut-être m'être secourable, Frau Sacher. Je compte profiter de mon séjour ici pour essayer de retrouver une amie de ma mère, perdue de vue depuis la guerre. Or, vous connaissez non seulement la ville entière mais le Gotha au complet...

– Si c'est en mon pouvoir, vous n'avez qu'à demander...

– Merci beaucoup. Voilà : sauriez-vous me dire si la comtesse von Adlerstein est toujours de ce monde ?

Les sourcils artistement redessinés de la vieille dame remontèrent d'un bon centimètre tandis qu'elle tortillait le motif de perles formant le centre du ruban de velours noir qui lui serrait le cou dans le but illusoire de le retendre.

– Pourquoi ne serait-elle plus vivante ? Nous devons être à peu près contemporaines. Cela dit, dans la haute noblesse formant l'entourage habituel des souverains, j'ai connu plus d'hommes que de femmes...

– Néanmoins, vous connaissez cette dame, pour savoir son âge ?

– En fait, je la connais surtout pour deux raisons : le bruit que l'on a fait, il y a environ vingt-cinq ans, lorsqu'elle a marié sa fille à un banquier suisse sans le moindre quartier de noblesse mais fort riche. Sa position à la Cour se serait même vue compromise si notre pauvre impératrice Élisabeth n'était intervenue. Peu de temps avant sa mort. Elle connaissait assez bien cette famille Kledermann.

– Et l'autre raison ?

– Beaucoup plus commerciale, fit Anna Sacher en riant. Elle a un faible pour notre *Sachertorte* et ne manque pas d'en faire acheter lorsqu'elle est à Vienne. Ce qui n'est pas le cas en ce moment puisque depuis le début de l'été aucune commande n'est venue du palais de Himmelpfortgasse...

Morsini faillit applaudir tant il était content : la chère dame venait, le plus innocemment du monde, de lui offrir un précieux renseignement : l'adresse qu'il eût été délicat de demander s'agissant de celle d'une amie de sa mère. Il se contenta d'un soupir accompagné d'un sourire mélancolique :

– Eh bien, je n'ai pas de chance ! Il faudra que je me contente de déposer ma carte avec un mot. La comtesse me fera peut-être tenir de ses nouvelles...

– Oh, je suis certaine qu'elle n'y manquera pas ! Elle sera aussi ravie de vous retrouver que je le suis moi-même...

Cela Morosini en doutait, puisque la grand-mère de Mina-Lisa ignorait tout de son existence.

Le lendemain, dans l'après-midi, il flânait en dépit de la pluie dans Himmelpfortgasse, distante d'environ deux cents mètres de son hôtel. C'était une ruelle comme on en trouve beaucoup dans la ville intérieure, celle qu'enfermaient jadis les remparts que l'empereur François-Joseph avait remplacés par le Ring, le magnifique boulevard circulaire planté d'arbres et de jardins. Et, comme ses semblables, elle était bordée de maisons anciennes et de deux ou trois palais dont l'un surtout attirait l'œil : trois étages de hautes fenêtres au-dessus d'un entresol, un imposant portail cintré de chaque côté duquel des atlantes chevelus soutenaient un admirable balcon de pierre ajouré. Deux portes de côté, plus petites, donnaient accès aux œuvres vives du palais. Un peu étroite – sept fenêtres seulement s'alignaient à chaque étage – cette demeure s'apparentait assez à celles de la haute bourgeoisie du XVIIIe siècle, mais les armes qui timbraient l'auvent sculpté de l'ouverture centrale annonçaient l'aristocratie et, comme une aigle noire perchée sur un rocher s'y étalait sur champ d'or, Morosini n'eut plus le moindre doute : c'était bien la maison qu'il cherchait puisque Adlerstein signifiait la pierre de l'aigle.

Un long moment, le promeneur resta en contemplation sans qu'aucun des rares passants y attachât d'importance : dans cette superbe ville, les visiteurs s'arrêtaient à chaque pas pour admirer tel ou tel édifice. Aucun signe de vie derrière les doubles fenêtres jusqu'à ce qu'un homme sortît par l'une des petites portes, un panier au bras : sans doute un serviteur allant faire quelques achats et, du coup, Morosini se décida : en trois enjambées rapides, il eut rejoint son objectif :

– Veuillez m'excuser, dit-il en allemand, mais j'aimerais savoir si ce palais est bien celui de la comtesse von Adlerstein.

Avant de répondre l'homme s'accorda le temps de jauger cet étranger élégant dont l'allure n'était pas celle de tout le monde. L'examen dut être satisfaisant car il laissa tomber :

– C'est bien ici.

– Je vous remercie, fit Morosini avec un sourire

à désarmer une douairière. Au cas où vous feriez partie de son personnel, sauriez-vous me dire si j'ai une chance d'être reçu par la comtesse ? Je suis le prince Morosini et je viens de Venise, se hâta-t-il d'ajouter en décelant une lueur de méfiance dans l'œil du personnage.

Très fugitive d'ailleurs ! La glace dont s'enveloppait le visage encore élargi par d'épais favoris à la François-Joseph fondit comme sous un rayon de soleil.

– Que Votre Excellence me pardonne ! Je ne pouvais pas deviner. Malheureusement, Mme la comtesse est absente. Votre Excellence désire-t-elle laisser un message ?

Aldo tâta les poches de son imperméable :

– Ce serait avec plaisir mais je n'ai pas ce qu'il faut pour écrire. Cependant, je peux faire porter un mot par le chasseur de l'hôtel Sacher et, si votre maîtresse revient, j'espère avoir le plaisir de la rencontrer ?

– Sans doute, si le séjour de Votre Excellence se prolonge. Mme la comtesse a été victime, récemment d'un accident... sans gravité heureusement mais qui la contraint au repos. Elle a préféré demeurer dans sa résidence d'été du Salzkammergut. Si Votre Excellence lui écrit, je ferai parvenir la lettre aussitôt.

– Ne serait-il pas plus simple, en ce cas, de me donner son adresse ?

– Non, fit l'homme dont la voix onctueuse sécha d'un seul coup. Mme la comtesse tient à ce que son courrier passe par Vienne. Comme elle voyage souvent, cela évite des pertes. Je suis, de tout mon cœur, le serviteur de Votre Excellence.

Et le « serviteur » s'éloigna en direction de Käertnerstrasse, laissant Morosini un peu désorienté. Non par la formule, la politesse autrichienne se révélant souvent aussi sentimentale que courtoise. Ce qu'il trouvait bizarre, c'était le refus, atténué mais évident, de lui confier l'adresse demandée. Quant à écrire une lettre, il ne pouvait plus en être question dans de telles conditions. A partir de ce soir, sans doute, il aurait autre chose à faire que courir après une vieille dame peut-être lunatique. Il regrettait déjà d'être venu jusqu'à ce palais. Lisa, si elle l'apprenait, pouvait se tromper du tout au tout sur son intention amicale. Mieux valait laisser tomber...

Fort de cette conclusion et ayant un après-midi à user, Morosini décida d'en profiter pour rafraîchir ses connaissances sur le Trésor des Habsbourg. Simon Aronov n'avait-il pas laissé entendre, lors de leur première rencontre, que l'opale s'y trouverait peut-être ? Aussi se rendit-il à la Hofburg, l'ancien palais impérial, dont une partie était occupée par les bureaux du gouvernement et une autre par le Trésor. Mais s'il vit une opale, superbe, d'origine hongroise, voisinant avec une hyacinthe de même provenance et une améthyste espagnole, ce ne pouvait pas être celle qu'il cherchait : elle était beaucoup trop grosse !

Il se consola en admirant la magnifique émeraude sommant la couronne impériale et les vestiges du trésor de la Toison d'or. En revanche, il s'étonna de ne voir aucun des joyaux ayant appartenu aux derniers souverains. Il savait que l'impératrice Élisabeth, l'ensorcelante Sissi, possédait, entre autres, une fabuleuse parure d'opales et de diamants offerte, en vue de son mariage, par l'archiduchesse Sophie, sa tante et future belle-mère, qui l'avait portée elle-même au jour de ses noces. N'en trouvant pas trace, il tenta de s'informer, demanda à être reçu par le conservateur et là se heurta à un fonctionnaire revêche qui se contenta de déclarer :

– Nous ne possédons plus aucun des joyaux privés. Ils nous ont été enlevés à la fin de la guerre, ce qui est fort regrettable. D'autant que le « Florentin » le grand diamant jonquille provenant des ducs de Bourgogne, s'est vu compris dans ce véritable vol du peuple autrichien. Ainsi d'ailleurs que les bijoux de l'impératrice Marie-Thérèse et... et d'autres !

– Enlevés par qui ?

– Je ne crois pas que cela vous regarde. Veuillez m'excuser à présent : j'ai beaucoup à faire...

Ainsi expédié, Morosini n'insista pas mais, s'étant arrêté un instant devant le berceau du roi de Rome et les quelques souvenirs de Marie-Louise, sa mère, il pensa qu'il serait bien d'aller à présent s'incliner sur la tombe de cet enfant qui, fils de Napoléon et roi de Rome, devait achever sa courte vie sous un titre autrichien. Il se rendit donc à la crypte des Capucins.

Non qu'il nourrît une particulière affection pour le plus grand des Bonaparte, à qui Venise devait sa déchéance. En dépit du sang maternel français, un prince Morosini ne pouvait pardonner l'arbre de la liberté planté le 4 juin 1797 sur la place Saint-Marc, l'abdication du dernier Doge Ludovico Manin et enfin le feu de joie dans lequel les troupes de la nouvelle République française brûlèrent le Livre d'Or de Venise et les insignes du séculaire pouvoir ducal, mais le tout jeune homme qui reposait là, exilé, meurtri dans son âme et à jamais captif de l'Autriche nourrissait son amour du romantisme et lui inspirait une pitié profonde. Il aimait venir le saluer.

Ce n'était pas la première fois qu'un moine ouvrait devant lui le caveau impérial en dehors des heures de visite. Il savait comment s'y prendre : les bandes de visiteurs habituels – souvent anglais – étaient invités, avant de quitter l'église, à remettre au frère portier une aumône destinée à l'éclairage de la crypte et à la soupe des pauvres que le couvent distribuait chaque jour à deux heures. Morosini, lui, offrait une généreuse contribution dès l'entrée. Ce jour-là, cependant, il rencontra un peu de résistance :

– Je ne sais pas si je peux vous laisser entrer, lui confia le capucin de service. Il y a déjà une dame... qui vient parfois.

– La crypte est assez vaste. Je tâcherai de ne pas la déranger. Savez-vous à qui elle s'intéresse ?

– Oui, car elle apporte des fleurs que l'on retrouve toujours sur le tombeau de l'archiduc Rodolphe. Vous, c'est le duc de Reichstadt que vous allez voir, ajouta le moine en désignant le petit bouquet de violettes dont Morosini s'était muni avant d'entrer. Alors tâchez qu'elle ne vous voie pas. Elle tient à être seule...

« Et toi, pensa Morosini, tu n'as pas envie de perdre l'obole que je t'apporte. Je peux comprendre ça... »

– Soyez tranquille ! Je serai aussi silencieux qu'un fantôme, promit-il.

Le capucin se signa et ouvrit la lourde porte donnant accès aux sépultures impériales.

Sans faire plus de bruit qu'un chat, Aldo descendit vers la nécropole des Habsbourg. Dédaignant la première rotonde où trônait l'impératrice Marie-Thérèse, mère de la reine Marie-Antoinette, il gagna la seconde, dédiée à l'empereur François II qui reposait là, entouré de ses quatre épouses, entre sa fille Marie-Louise, l'oublieuse épouse de Napoléon Ier, et son petit-fils, l'Aiglon. Le tombeau de ce prince français que la haine de Metternich avait affublé du titre de duc de Reichstadt se voyait de loin et ne pouvait se confondre avec aucun autre grâce aux nombreux bouquets de violettes, fraîches ou sèches mais souvent cravatées de rubans aux trois couleurs de la France, qui recouvraient le cercueil de bronze [1].

Le visiteur déposa son offrande parmi les autres, fit le signe de croix, cependant qu'une fois encore les vers du poète lui revenaient à l'esprit :

Et maintenant, il faut que ton Altesse dorme
Ame pour qui la mort est une guérison ;
Dorme au fond du caveau dans la double prison
De son cercueil de bronze et de cet uniforme...

1. L'Aiglon repose depuis la guerre de 1939-1945 aux Invalides... rapatrié à Paris par Hitler qui croyait séduire ainsi les Français.

Dors, ce n'est pas toujours la légende qui ment
Un rêve est moins trompeur parfois qu'un document
Dors. Tu fus ce jeune homme et ce Fils quoi qu'on dise...

C'était sa façon à lui, Morosini, de prier.

Le silence enveloppait le long caveau baigné de lumière grise, ce « débarras de rois » où s'entassaient quelque cent trente-huit défunts. Morosini, pris par l'atmosphère, faillit en oublier qu'il n'était pas seul quand un bruit léger lui parvint de la partie moderne de la crypte, celle où dormaient François-Joseph, sa ravissante épouse Élisabeth assassinée par un anarchiste italien et leur fils Rodolphe. C'était l'écho d'un sanglot... Alors il s'avança en prenant bien soin de se dissimuler et aperçut la femme...

Grande et mince, ensevelie sous un voile de crêpe tombant jusqu'à ses pieds, elle se tenait debout devant le tombeau où elle venait de déposer un bouquet de roses et, la tête penchée, pleurait dans ses mains. Le fantôme de la Douleur, ou celui de Sissi dont Aldo savait qu'une nuit, peu après la mort de son fils, elle s'était fait ouvrir ce caveau pour tenter de rappeler Rodolphe du royaume des morts ?

Conscient d'agir avec la pire indiscrétion en épiant ce chagrin, Morosini revint sur ses pas avec encore plus de précautions qu'à l'aller. En haut, il retrouva le capucin qui attendait avec placidité, les mains au fond de ses manches, et ne put se retenir de lui demander s'il connaissait cette dame si impressionnante.

– Vous l'avez donc vue ?

– Je l'ai aperçue mais elle m'a ignoré.

– Tant mieux. C'est vrai qu'elle est impressionnante ! Même pour moi qui l'ai déjà vue à plusieurs reprises.

– Qui est-elle ?

Morosini s'apprêtait à contribuer davantage au repas des pauvres mais le moine refusa :

– J'ignore qui elle est et vous devez me croire. Seul notre révérend père abbé connaît son nom. Tout ce que nous savons, c'est qu'elle tient de lui une autorisation qui lui permet de venir quand elle le veut. Et ce n'est pas souvent. En ce qui me concerne, je l'ai accueillie deux fois.

– Sans doute quelque membre de l'ancienne Cour ou peut-être même de la famille impériale ?

Mais le capucin ne voulait plus rien dire et se contenta de hocher la tête puis, s'inclinant légèrement, il s'éloigna pour reprendre son poste.

Aldo hésita un instant. Par pure curiosité, il désirait suivre la dame en noir afin de savoir où elle habitait. Son instinct lui soufflait qu'il y avait là un mystère et il adorait les mystères. Surtout quand il fallait tuer le temps ! Aussi choisit-il d'aller s'agenouiller devant le maître-autel pour une courte prière dont il prolongea les apparences jusqu'à ce que son oreille capte le bruit léger de la porte où veillait le moine : l'inconnue venait de reparaître. Il ne bougea pas, attendit qu'elle fût sur le point de sortir, quitta sa place pour une rapide génuflexion puis s'élança derrière elle sans faire plus de bruit qu'un elfe. Au point qu'il fit sursauter le capucin-gardien qui l'avait oublié et s'apprêtait à fermer la chapelle :

– Vous êtes encore là, vous ?

– Je priais. Pardonnez-moi !

Un bref salut et il était hors de l'église. Juste à temps pour voir la dame en grand deuil monter dans une calèche capotée qui démarra aussitôt. Heureusement, le cheval, gêné par la circulation du soir, n'allait pas vite. Les grandes jambes de Morosini n'eurent donc pas trop de peine à le suivre.

On partit dans Kaërntnerstrasse en direction de la cathédrale Saint-Étienne mais on tourna dans Singerstrasse puis dans Seilerstätte pour entrer finalement dans Himmelpfortgasse après un détour non justifié – l'église des Capucins n'était pas loin ! – qui avait essoufflé le suiveur et sérieusement entamé son humeur. Mais sa curiosité prit le relais lorsqu'il vit le véhicule franchir le portail du palais Adlerstein et le ramener là où il ne voulait plus venir.

Qu'est-ce que cela signifiait ? La vieille comtesse hébergeait-elle une amie, une parente ? L'hypothèse d'une locataire était fort improbable étant donné la fortune familiale. Et bien évidemment, elle ne pouvait pas être le fantôme de la crypte dont la silhouette et surtout l'allure souple, rapide, appartenaient à une jeune femme. Mais alors, qui pouvait être cette créature dont les jupes traînantes semblaient en retard d'une génération ? Encore qu'à Vienne le modernisme des habitudes et du costume n'eussent pas vraiment gagné leur droit de cité !...

Rencogné en face du palais, dans l'ombre d'une porte cochère, Aldo dut faire violence à son tempérament latin pour ne pas aller tirer la cloche d'une demeure devenue mystérieuse. C'eût été un geste stupide : si le personnage de tout à l'heure venait lui ouvrir il passerait pour un fou, un malotru ou un espion. Et puis aucune lumière ne brillait derrière les hautes fenêtres d'une maison tellement muette qu'il finit par se demander s'il n'avait pas rêvé. Il n'avait plus rien à faire ici et mieux valait repartir. D'ailleurs, sa montre lui apprit qu'il lui restait tout juste le temps de rentrer à l'hôtel, de se mettre en tenue de soirée et d'avaler quelque chose avant de se rendre à l'Opéra. Les mains au fond des poches, il repartit sous la pluie...

Deux heures plus tard, sanglé dans un habit coupé à Londres qui rendait pleine justice à son corps athlétique, le prince Morosini gravissait de son pas nonchalant le magnifique escalier de marbre du Staatsoper, considéré en Autriche comme la pièce maîtresse de la culture nationale. La splendeur de ce monument, ordonnée jadis par François-Joseph, demeurait intacte. Les marbres italiens et les ors des candélabres brillaient sous la lumière opaline des globes de verre. Tout semblait comme autrefois... Les femmes en longues robes portaient des fourrures de prix et d'admirables bijoux... même si tous n'étaient pas absolument vrais. Beaucoup étaient jolies, avec ce charme si particulier des Viennoises, et beaucoup aussi laissaient glisser un regard souriant sur la silhouette du visiteur étranger qui s'accorda le plaisir d'en dévisager quelques-unes.

L'atmosphère était à la fête, ce soir-là, pour entendre *Le Chevalier à la rose*, œuvre récente mais très admirée de Richard Strauss, inscrite depuis sa création, en 1911, au répertoire de l'Opéra dont le compositeur était aussi le directeur. Un célèbre chef d'orchestre allemand, Bruno Walter, devait diriger deux des plus grands chanteurs de l'époque : la cantatrice Lotte Lehmann dans le rôle de la Maréchale et le baryton Loritz Melchior dans celui du baron Ochs. Une véritable soirée de gala que présiderait le chancelier Seipel en personne.

Sous la main d'une ouvreuse vêtue de noir dont le chignon s'ornait d'un bouquet de rubans, Morosini vit s'ouvrir devant lui la porte d'une loge de premier rang. Un homme seul l'occupait qu'il ne reconnut pas au premier regard. Vêtu d'un habit noir irréprochable, il se tenait assis sur l'une des chaises de velours, le visage tourné vers la salle d'où montait l'habituel bruissement des conversations sur le vague fond musical de l'orchestre en train de s'accorder.

Aldo ne vit d'abord qu'une chevelure argentée portée assez longue dans le cou et rejetée en arrière, un profil perdu dont il ne distingua que la glace d'un monocle logé sous une arcade sourcilière. L'occupant de la loge ne se retourna pas et, comme l'habituelle canne à pommeau d'or semblait absente, Morosini se demanda s'il ne s'était pas trompé en espérant rencontrer son étrange client, mais ce ne fut qu'un instant :

– Entrez, mon cher prince ! fit la voix inimitable de Simon Aronov. C'est bien moi.

CHAPITRE 2

LE CHEVALIER À LA ROSE

Morosini serra la main que lui tendait son hôte et prit place sur la chaise voisine :

– Je ne vous aurais jamais reconnu, fit-il avec un sourire admiratif. C'est étonnant !

– N'est-ce pas ? Comment allez-vous, mon ami ?

– Si vous voulez parler de ma santé, elle est excellente, mais le moral est moins bon. En vérité, je m'ennuie et c'est la première fois que ça m'arrive...

– Vos affaires sont-elles moins prospères ?

– Non, tout va bien de ce côté-là. C'est vous, je crois, qui me manquiez. Et aussi Adalbert ! Depuis la fin du mois de janvier je n'ai plus aucune nouvelle de lui.

– C'était un peu difficile et surtout fort délicat, pour lui, de vous envoyer une lettre ou tout autre message : il était en prison au Caire.

Les yeux de Morosini s'arrondirent :

– En prison ?... Une histoire de services secrets ?

– Oh non ! fit le Boiteux. Une histoire de chez Toutankhamon. Notre ami n'aurait pas résisté à l'attrait de certaine statuette votive d'or pur...

Aldo s'indigna. Il savait son ami habile de ses doigts et capable de pas mal de choses, mais pas d'un vol crapuleux.

– Rassurez-vous ! L'objet a été retrouvé et on a relâché Vidal-Pellicorne avec des excuses, mais il est resté enfermé un bout de temps. Vous le reverrez bientôt, je pense ! Vous venez d'arriver à Vienne ?

– Non. J'y suis depuis trois jours. Je voulais revoir certains lieux et aussi visiter le Trésor impérial. Ne m'aviez-vous pas dit que l'opale devait en faire partie ?

– Je me trompais. L'opale qui s'y trouve n'a rien à voir avec celle que nous cherchons.

– J'ai remarqué, en effet, mais j'ai aussi constaté qu'aucun des bijoux des deux derniers empereurs et de leur famille n'y était exposé. Je n'ai pas pu apprendre où ils étaient.

– Dispersés ! Vendus ! Les joyaux privés de la famille impériale ont été enlevés le 1er novembre 1918, juste avant le changement de régime, par le comte Berchtold qui les a transportés en Suisse. Beaucoup ont été vendus, et je ne serais pas étonné que certain banquier de vos amis en ait acquis un ou deux... J'ajoute que j'ai pu examiner la parure de noces de Sissi et qu'aucune des opales n'était celle que je recherche.

Le dialogue s'interrompit. Par-dessus la cloison de la loge voisine, une dame empanachée de « paradis » saluait Aronov en l'appelant « mon cher baron », entamait avec lui une conversation à bâtons rompus, et Aldo choisit de s'intéresser à la salle, pleine à présent... Elle offrait l'agréable coup d'œil d'une assemblée où les femmes vêtues de satin, de brocart, de velours aux couleurs contrastées arboraient diamants, perles, rubis, saphirs et émeraudes sur leur gorge découverte ou dans leur chevelure. Aldo put constater avec plaisir que l'horrible mode des cheveux courts et des nuques rasées n'avait pas encore atteint la haute société viennoise qui ne faisait sans doute pas son livre de chevet de *La Garçonne*, le livre scandaleux de Paul Margueritte dont la France se régalait depuis l'an passé. Il détestait cette mode-là !

Non qu'il fût rétrograde, mais il adorait les belles chevelures, parures naturelles où il est si doux de noyer ses doigts ou d'enfouir son visage ! C'était un crime de les massacrer ! En revanche, il n'avait rien contre les robes courtes, souvent charmantes et qui permettaient d'admirer de bien jolies jambes jusque-là interdites à d'autres regards que celui de l'époux ou de l'amant.

Un tonnerre d'applaudissements salua le maestro qui eut juste le temps de dresser la salle sur l'hymne national à l'entrée de Mgr Seipel. Puis on se rassit ; les lumières s'éteignirent, ne laissant que la rampe éclairée. Un profond silence s'établit.

– Pourquoi m'avez-vous fait venir ici ce soir ? chuchota Morosini.

– Pour vous montrer quelqu'un qui n'est pas encore là. Chut !

Résigné, Aldo consacra son attention au spectacle. Le rideau se levait sur un ravissant décor de chambre féminine au temps de l'impératrice Marie-

Thérèse et dans le palais de la Maréchale. Celle-ci, une très jolie femme, s'y livrait à un charmant badinage amoureux avec son jeune amant Octavian avant de recevoir, comme son rang l'y obligeait, les visites et les solliciteurs du petit lever. Parmi ceux-ci, le baron Ochs, personnage aussi important qu'importun, assez ridicule, venu prier la grande dame de lui trouver un chevalier chargé de porter la traditionnelle Rose d'argent, symbole d'une demande en mariage officielle, à la jeune fille qu'il souhaitait épouser. En dépit de sa répugnance, ce chevalier sera, bien sûr, le bel Octavian.

Aldo se laissait emporter par la grâce allègre et malicieuse d'une œuvre servie par des voix superbes quand la main de son voisin se posa sur sa manche :

– Regardez ! souffla-t-il. La loge en face de nous...

Deux personnes venaient d'y entrer, toutes deux vêtues de noir. D'abord un homme entre deux âges mais qui devait être d'une rare vigueur physique. Il portait une sorte de livrée de velours soutachée de soie à la mode hongroise.

Après un bref coup d'œil à la salle, il livra passage à sa compagne qu'il fit asseoir avec toutes les marques d'un profond respect avant de se retirer au fond de la loge. Plus remarquable encore était la femme qui fixa l'attention du prince. Son port était celui d'une altesse et, en la regardant, Morosini évoqua certain portrait de la duchesse d'Albe peint par Goya. Elle était à la fois vêtue et masquée de dentelles noires : une sorte de mantille retombant de sa haute coiffure un peu plus bas que la bouche. Ses longs gants étaient taillés dans le même tissu léger et sombre qui faisait ressortir l'éclatante blancheur d'une peau sans défaut. Aucun autre bijou qu'une broche scintillant d'un éclat magique dans les dentelles mousseuses au creux d'un magnifique décolleté. Un éventail était posé sur le rebord de velours rouge de la loge.

Sans un mot, sans même tourner la tête vers lui, Aronov glissa des jumelles de nacre dans la main de son invité qui faillit les laisser tomber tant il était saisi par l'apparition. Cependant, il réussit à retenir l'instrument qu'il plaça devant ses yeux, d'abord braqué sur la scène où la Maréchale déplorait la fuite du temps puis sur la loge. La femme inconnue s'y tenait un peu en retrait de façon à n'être pas trop éclairée par les feux de la rampe. Le masque de dentelles empêchait de distinguer les traits de son visage mais à la teinte ivoirine de sa peau, à sa finesse devinée, à la façon qu'elle avait de se tenir droite et la tête fièrement portée sur son long cou, il était évident qu'elle n'était pas vieille et qu'un noble sang coulait dans ses veines.

– Regardez surtout le bijou ! souffla le Boiteux.

Il en valait la peine : c'était, exécutée en diamants, une aigle impériale dont une magnifique opale formait le corps. À l'aide des jumelles, Morosini l'examina aussi soigneusement que possible puis tourna vers son compagnon un regard interrogateur :

– Oui, murmura celui-ci. J'ai tout lieu de penser qu'il s'agit de la nôtre.

Morosini se contenta d'un hochement de tête puisqu'il était impossible de parler, mais l'acte s'acheva bientôt au milieu d'un grand enthousiasme. La salle se ralluma. L'inconnue recula davantage dans l'ombre de la loge. Elle avait repris l'éventail et, le tenant déployé, s'en abritait encore un peu plus.

– Qui est-elle ? demanda Aldo.

– D'honneur je n'en sais rien, répondit Aronov. Une femme de haut rang très certainement mais qui ne doit pas habiter Vienne. On ne la connaît dans aucun hôtel et d'ailleurs, on ne l'a jamais vue que dans cette salle et uniquement lorsque l'on donne *Le Chevalier à la rose.* Ce qui n'est pas fréquent.

– C'est étrange ? Pourquoi cet opéra-là ?

– Regardez mieux son éventail !

Retiré derrière les chaises, Morosini braqua de nouveau les jumelles : l'éventail était une magnifique pièce d'écaille sombre et de dentelle sur la branche maîtresse de laquelle une rose d'argent était fixée. Morosini eut un sourire :

– Une rose ! C'est, bien sûr, la raison de son attachement à cet opéra. Il doit lui rappeler un souvenir...

– Sans aucun doute, mais cela ne fait qu'ajouter au mystère dont elle s'entoure. Le joyau qu'elle porte a appartenu, j'en suis certain, à l'impératrice Élisabeth. Je l'ai vu sur un portrait mais je savais déjà que la pierre centrale était celle que nous recherchons. J'ajoute que je vois cette dame pour la première fois. On m'avait déjà signalé sa présence à deux reprises et je n'étais pas sûr qu'elle soit ici ce soir. J'ai cependant pris le risque de vous inviter.

– Et je vous en remercie plus que vous n'imaginez. Mais enfin, il doit être facile d'apprendre par qui cette loge a été louée ?

– En effet, avec cette différence que celles-ci sont d'abonnement à l'année. La nôtre appartient à la comtesse von Adlerstein.

Morosini ne chercha même pas à dissimuler sa surprise :

– Eh bien, pour une coïncidence !... Vous connaissez la comtesse ?

– Pas personnellement. Je sais seulement qu'elle est la belle-mère de Moritz Kledermann, le grand collectionneur suisse...

– Et la grand-mère de mon ancienne secrétaire.

– Tiens donc ? Voilà qui est intéressant ! Vous devriez me raconter ça ?

– Oh, ce n'est pas le plus passionnant ! J'ai mieux encore, car je pense avoir rencontré cette inconnue aujourd'hui même, en fin d'après-midi, dans la crypte des Capucins. Elle était venue fleurir la tombe de l'archiduc Rodolphe, et ce ne serait pas la première fois selon le moine-gardien. Elle aurait même une autorisation spéciale pour venir en dehors des heures de visite...

– De mieux en mieux ! Vous êtes passionnant quand vous le voulez, mon cher prince ! Dites-m'en un peu plus !

Sans se faire prier, Aldo évoqua l'étrange vision de la crypte, la longue silhouette drapée de crêpe qu'il avait prise un instant pour le fantôme de la mère douloureuse de l'archiduc. Il raconta ensuite comment il s'était lancé à la poursuite de la voiture qui la ramenait au palais de Himmelpfortgasse :

– Une chance que Vienne reste fidèle aux voitures à chevaux ! Avec une automobile, je n'en aurais eu aucune...

– Cela veut dire que la vôtre tient bon ! C'est du très beau travail, mon ami, et le doute n'est plus permis : la dame doit habiter chez la comtesse...

– J'ai essayé, tout à l'heure, de lui rendre visite mais elle n'est pas à Vienne en ce moment. Un accident la retiendrait dans ses terres provinciales...

– C'est sans importance si cette femme loge chez elle. C'est peut-être une parente. De toute façon, nous la suivrons à la sortie du théâtre. J'ai là une voiture...

L'entracte s'achevait. Les lumières s'éteignirent. Les deux hommes se turent mais, s'il continua d'apprécier la musique et ses interprètes, Aldo ne vit pas grand-chose de la scène. Avec ou sans jumelles, son regard revenait sans cesse à la silhouette hautaine, à la fois discrète et fastueuse, où seul le joyau semblait vivre comme une étoile dans la nuit.

Lorsque le deuxième acte s'acheva dans une véritable explosion de gaieté soutenue par un ensorcelant rythme de valse, la salle, debout, acclama les artistes mais Aldo, figé dans sa contemplation, ne bougea pas :

– Levez-vous, voyons ! Faites comme le public, lui souffla Aronov qui applaudissait à tout rompre. Vous allez nous faire remarquer.

Il tressaillit et s'exécuta, faisant observer que, dans la loge d'en face, on applaudissait sans doute mais sans gesticuler.

Cette deuxième coupure était plus brève que la première. Les spectateurs se déplacèrent moins. Les deux hommes reprirent leur conversation mais c'était au tour de Morosini d'être songeur :

– Pourquoi ces voiles de deuil tout à l'heure ? Pourquoi, ce soir, ce véritable masque de dentelles ? Qu'est-ce que cette femme veut cacher ?... À moins qu'elle ne souhaite attirer la curiosité, intriguer ? Auquel cas, elle y réussit à merveille.

– Je le pensais aussi avant que vous ne me parliez de la crypte. À présent, je sens qu'il y a autre chose... Si je vous ai bien suivi, cette femme porterait le deuil de l'archiduc suicidé à Mayerling ? Il est mort depuis bientôt quarante-cinq ans. Ça ne vous paraît pas un peu long ?

– C'est peut-être sa veuve ?

– Stéphanie de Belgique ? Vous rêvez ! C'est une vieille femme maintenant qui s'est remariée en 1900 avec un Hongrois et dont je ne sais trop ce qu'elle est devenue. Celle-ci est beaucoup plus jeune. En outre, elle a grande allure, ce qui n'était pas le cas de la pauvre princesse.

– Sa fille alors ? Il en a eu une, je crois ?

– L'archiduchesse Élisabeth, devenue princesse Windischgraetz, pourrait correspondre en âge mais ce n'est pas elle. Il se trouve que je la connais...

– Alors une fanatique ?... ou une folle ? Cependant, son calme s'inscrit en faux contre cette dernière hypothèse. En tout cas, cela n'explique pas pourquoi elle dissimule son visage ?

– Elle est peut-être laide... ou abîmée. Plusieurs beautés plus ou moins célèbres ont choisi de s'ensevelir ainsi, en condamnant leurs miroirs pour ne plus y lire leur déchéance.

– Il faudra bien, dit Aldo, en venir à la rencontrer, voilée ou non. Si vous êtes certain que l'opale est celle que nous cherchons ?

– J'en jurerais ! Encore que je ne comprenne pas pourquoi l'aigle de diamants brille sur la poitrine d'une inconnue. L'archiduchesse Sophie l'a donnée jadis à sa belle-fille à l'occasion de la naissance de Rodolphe... sans doute afin de compléter la parure reçue au mariage...

– Il me semble que c'est simple : vous m'avez dit que les bijoux privés ont été vendus en Suisse. Cette pièce a dû être achetée par la dame en question ?

– Non. Elle ne faisait pas partie du lot...

Pendant le troisième acte, Morosini accorda plus d'attention au spectacle. La beauté de Lotte Lehmann, sa voix prenante agissaient sur lui comme un sortilège. Son compagnon en était également captif et, quand lustres et girandoles se rallumèrent dans un enthousiasme porté à son comble, ils s'aperçurent que la loge d'en face était vide. L'inconnue et son garde s'étaient éclipsés avant la fin du spectacle. Morosini prit la chose avec philosophie :

– C'est fâcheux sans doute mais pas catastrophique, puisque je suis certain que la femme de la crypte et celle de la loge ne sont qu'une seule et même personne.

– Espérons que vous ne vous trompez pas...

Une fois l'évêque-chancelier reparti, la salle se

vida. Aronov et son compagnon allèrent reprendre aux vestiaires l'un une chaude pelisse et l'autre l'ample cape doublée de satin qu'il portait toujours avec l'habit. Morosini put alors constater que la canne à pommeau d'or avait reparu.

– Je vous ramène en voiture ? proposa le premier. Nous avons encore à causer.

– J'habite la porte à côté, au Sacher. Une voiture serait du pur dévergondage. Pourquoi ne viendriez-vous pas souper avec moi, mon cher baron ?

Simon Aronov se mit à rire tandis que son œil unique d'un bleu intense – celui qu'abritait le monocle devait être en verre ! – pétillait de malice :

– Il vous intrigue, hein, mon titre ? Sachez qu'il est authentique et que j'y ai droit. En revanche, le nom que j'y accole n'est pas le mien. J'en change suivant l'aspect que je choisis. La société d'ici m'accueille sous le nom de baron Palmer... et j'accepte très volontiers votre invitation.

À la surprise d'Aldo, il ordonna au chauffeur de la longue Mercedes noire qui s'avança de ne pas l'attendre et de rentrer sans lui :

– Je vais souper avec un ami, indiqua-t-il. Frau Sacher me fera appeler un fiacre !

Puis il ajouta, en passant son bras libre sous celui du prince :

– Après un souper chez Frau Anna, j'ai toujours aimé rentrer avec les chevaux. Cela rappelle le passé.

– Il n'est jamais bien loin ici. Sous quelque régime que ce soit, les Autrichiens restent fidèles à eux-mêmes.

Bras dessus, bras dessous, les deux hommes regagnèrent l'hôtel. La pluie, enfin, ne tombait plus mais les pavés mouillés reflétaient les lumières douces des globes de verre dépoli comme autant d'étoiles familières. Frau Sacher, un havane au bout des doigts, les accueillit et les confia à un maître d'hôtel attentif qui les pilota à travers la salle jusqu'à une table discrète damassée de blanc et fleurie de roses, à bonne distance du traditionnel orchestre tzigane. Ce qui ne l'empêcha pas de les accompagner :

– Comme d'habitude, le menu de l'Archiduc ? proposa-t-elle en riant car c'était une plaisanterie habituelle avec les vieux clients. Il s'agissait en effet du dernier dîner dégusté par Rodolphe deux ou trois jours avant qu'il ne s'en aille « chasser » à Mayerling. Il avait écrit lui-même le menu, qui se composait ainsi : Huîtres, Soupe à la tortue, Homard à l'armoricaine, Truite au bleu sauce vénitienne, Fricassée de cailles, Poulet à la française, Salade, Compote, Purée de marrons, Glace, *Sachertorte*, Fromage et Fruits. Le tout arrosé de chablis, de mouton-rothschild, de champagne Roederer et de xérès. De quoi combler un appétit à la Louis XIV !

– Il fallait être jeune et archiduc pour avaler tout ça, fit le Boiteux. À moins que vous ne vous sentiez affamé, mon cher prince, moi je suis assez frugal...

On opta pour des huîtres suivies d'une fricassée de cailles, d'une salade et du célèbre gâteau, accompagnés d'un bon champagne, sans autre mélange.

Tandis que son compagnon échangeait encore quelques mots avec leur hôtesse, Morosini l'examinait. Cet homme ne cesserait jamais d'être une énigme pour lui. En dépit de deux handicaps sérieux, puisqu'il était borgne et boiteux, il trouvait moyen de se composer des personnages toujours différents mais avec des moyens somme toute assez simples : une perruque comme ce soir, un chapeau, des lunettes foncées ou claires, un monocle, la barbe du prêtre orthodoxe qu'il avait été un instant dans le cimetière de San Michele à Venise. Il semblait capable de pousser très loin l'art du grimage à peine visible et cependant, quelle que fût l'incarnation choisie, il ne quittait jamais la canne d'ébène à pommeau d'or qui pouvait le faire reconnaître. Y avait-il là une sorte de superstition, ou encore un souvenir particulièrement cher ? Une question à ce sujet aurait relevé de l'indiscrétion, mais il y en avait une qui tracassait Aldo : la voix de Simon Aronov, cette magnifique voix de velours sombre qui lui donnait tant de charme, pouvait-elle subir, elle aussi, des transformations ? Aussi n'hésita-t-il pas plus longtemps à la poser. Elle eut le don de faire rire son compagnon :

– De ce côté-là aussi, vous pourriez avoir des surprises, mon ami. Non seulement je peux changer de registre, mais je peux prendre un certain nombre d'accents. Vous me permettrez seulement de ne pas vous faire de démonstration ici.

– Je ne vous le demanderai pas, mais je voudrais vous poser une question : comment faites-vous pour vous intégrer à ce point au milieu où vous vous trouvez ? À Londres, vous étiez un parfait gentleman anglais. À Venise, on aurait juré que vous arriviez en droite ligne du mont Athos. Ici vous incarnez le type même de l'aristocrate viennois. On vous y connaît. Je suppose qu'il vous arrive d'y habiter. Or vous m'avez dit naguère que Varsovie était votre résidence préférée. Auriez-vous donc une maison dans chaque capitale ?

– Comme les marins ont une femme dans chaque port ? Non. J'ai plusieurs demeures, en effet, mais ici j'habite le palais d'un ami fidèle et sûr, dans Prinz Eugenstrasse.

Morosini leva les sourcils. Il connaissait suffisamment Vienne et ses notabilités pour ne pas craindre d'émettre une erreur. Pourtant, il baissa la voix jusqu'au murmure :

– Le baron de Rothschild ?

– M. Palmer n'a aucune raison de le cacher, dit Aronov avec une indulgente douceur. Le baron Louis, en effet. Comme son défunt père, il connaît à peu près tout de moi, et *je sais* qu'en cas de... drame je pourrais toujours trouver asile et appui dans cette maison. Si vous aviez besoin de me joindre rapidement, vous ne devez pas craindre de vous adresser à lui. C'est un homme d'une grande piété, sous ses dehors mondains, et d'un rare courage.

– Je sais. Il m'est arrivé de le rencontrer mais j'avoue que j'aimerais le connaître un peu mieux. Bien qu'il n'ait guère plus de quarante ans, il a déjà sa légende...

Sa mémoire infaillible lui retraçait le portrait

d'un homme mince, blond, élégant, d'un imperturbable sang-froid et bourré de talents. Outre qu'il était un savant fort versé dans la botanique, l'anatomie et les arts graphiques, le baron Louis était un grand chasseur devant l'Éternel, montait à cheval comme un centaure – il était l'un des rares cavaliers ayant la permission de monter les fameux *Lipizzaners* blancs de l'École d'équitation « espagnole » de Vienne – et c'était un remarquable joueur de polo. Célibataire endurci, il n'en adorait pas moins les femmes auprès desquelles il connaissait un vif succès. Quant à la légende de son flegme, elle était née avant la guerre, alors qu'il était encore très jeune, à l'inauguration du métro de New York où une panne de moteur et de ventilation s'était produite. Lorsque l'on avait sorti de ce mauvais pas les voyageurs transpirants, à moitié étouffés et à moitié déshabillés, le jeune baron avait reparu aussi net que s'il sortait des mains de son valet de chambre, n'ayant ôté ni sa veste ni son gilet et n'ayant, selon les sauveteurs sidérés, « pas même une goutte de sueur au front ».

– Il chasse en Bohême ces jours-ci mais, plus tard, je pourrai peut-être vous réunir. Je crois qu'il en serait très content : je lui ai déjà parlé de vous.

– Et... les autres membres de La Famille ? Vous les connaissez aussi ?

– Les Français, les Anglais ? Très bien, dit Aronov, qui ajouta avec un mince sourire : Un peu moins toutefois que le baron Louis. J'étais proche de son père. Je le suis toujours de lui. Mais parlons un peu de vous ? Il semble que vous ayez suivi mon conseil en ce qui concerne la belle lady Ferrals ?

Morosini haussa les épaules :

– Je n'ai guère eu de peine. Après le procès que vous avez certainement suivi, elle est partie pour les États-Unis en compagnie de son père. Quant à moi, je n'en ai plus eu la moindre nouvelle.

– Quoi ? Pas même un merci ? Deux lignes sur une carte ?

– Pas même.

Aldo s'était raidi quand son compagnon avait prononcé le nom de celle qu'il avait toujours quelque peine à oublier. Simon Aronov s'en aperçut :

– Et cela fait très mal ?

– Un peu, oui, mais avec le temps j'en viendrai à bout, affirma Morosini en attaquant ses cailles et, pendant quelques instants, les deux hommes mangèrent en silence, laissant les violons de l'orchestre les envelopper d'harmonie. Jusqu'à ce qu'Aronov demande :

– À mon tour de vous poser une question. Comment est-ce, Venise, pendant que Benito Mussolini règne à Rome ?

– Toujours aussi belle, toujours semblable à ce qu'en attend le visiteur occasionnel ou le couple en voyage de noces, soupira Morosini en haussant les épaules. En apparence tout y est normal... Mais en apparence seulement. Avant, on voyait parfois déambuler deux carabiniers. À présent, ce sont souvent des gamins en chemise et calot noirs. Ils vont par deux, comme les autres, mais mieux vaut les éviter le plus possible : ils se croient tout permis et sont volontiers agressifs au nom de la plus grande gloire de l'Italie.

– Vous n'avez pas eu de problème ?

– Non. Certes, les gens en place doivent faire allégeance au nouveau régime mais moi je ne suis qu'un honnête commerçant qui ne cherche noise à personne. Tant qu'on me laissera voyager à mon gré et traiter mes affaire comme je l'entends...

– Tenez-vous-en à cette sagesse ! C'est plus prudent.

Le ton soudain grave du Boiteux avait quelque chose d'impressionnant. Après un instant de silence, Morosini reprit :

– Vous souvenez-vous qu'à Varsovie vous m'avez annoncé la venue prochaine d'un... ordre noir, capable de mettre en danger toute liberté ?

– ... et à cause duquel il nous faut reconstituer le pectoral et ressusciter au plus tôt Israël en tant qu'État, compléta Aronov. Vous allez à présent me demander si le Fascio est l'ordre noir en question ?

– Exactement.

– Disons que c'est la première atteinte d'un mal terrible, un premier coup de vent avant la tempête. Mussolini est un histrion vaniteux qui se prend pour César et qui pourrait n'être que Caligula. Le véritable danger vient de l'Allemagne dont l'économie est détruite, les forces vives atteintes. Un homme à peu près illettré, inculte, brutal mais grandiloquent et habité d'un sombre génie tourné vers la guerre va s'efforcer de ressusciter l'orgueil allemand en glorifiant la force et en excitant les instincts les plus détestables. N'avez-vous pas entendu parler encore d'Adolf Hitler ?

– Vaguement. Une manifestation au printemps dernier, je crois ? Quelque chose qui ressemble assez aux démonstrations du Fascio ?

– Exact. L'aventure mussolinienne pourrait bien avoir donné des ailes à Hitler. Il n'est encore que le petit chef d'une bande paramilitaire mais j'ai très peur qu'un jour cela ne se change en un raz de marée capable d'engloutir l'Europe...

Les deux coudes sur la table, sa coupe entre les doigts, Simon Aronov semblait avoir oublié son compagnon. Son regard se perdait droit devant lui, dans un lointain où Morosini n'avait pas accès, mais la crispation de son visage disait assez que cette perspective n'offrait aucune image riante. Aldo allait poser une question au moment où il acheva sa phrase :

– Quand il sera le maître – et il le sera un jour –, les enfants d'Israël seront en danger de mort... Ainsi d'ailleurs que beaucoup d'autres enfants !

– Dans ce cas, coupa Morosini, pas de temps à perdre si nous voulons le gagner de vitesse. Il faut compléter le pectoral du Grand Prêtre au plus vite.

Aronov eut un sourire en coin :

– Vous y croyez donc, à notre vieille tradition ?

– Pourquoi n'y croirais-je pas ? bougonna Morosini. De toute manière et même au cas où Israël ne devrait jamais revivre en tant qu'État, si les remettre à leur place est le seul moyen d'empêcher ces sacrées pierres de nuire, je m'y dévouerai corps et âme. Le saphir et le diamant ont laissé tous les deux une trace sanglante et je suppose que les deux autres en font autant. Pour l'opale, si la malheureuse Sissi l'a portée, la cause est déjà entendue. Quant à celle qui s'en pare actuellement, les voiles funèbres dont elle masque son visage ne sont guère signe d'un bonheur éclatant... Il faut l'en débarrasser au plus vite !

– Je suis d'accord avec vous, bien entendu, mais allez-y doucement, murmura le Boiteux avec gravité. Il est possible qu'elle tienne à ce joyau plus qu'à toute autre chose. Peut-être même plus qu'à sa vie ? Si c'est le cas – et je le crains ! – l'argent sera sans pouvoir.

– Vous croyez que je ne le sais pas ? Et je suppose que, cette fois, vous n'avez pas de pierre de rechange comme pour les deux précédentes. Vous me l'auriez déjà dit.

– En effet. Une opale ne s'imite pas. Il est vrai que la Hongrie en produit et qu'il est peut-être possible d'en trouver une à peu près semblable. Je dis bien peut-être ! Mais le plus gros problème serait posé par la monture. Cette aigle blanche est composée de diamants assortis et d'une rare qualité. C'est un bijoux de très haut prix qui, en dehors de toute appartenance à l'Histoire, est susceptible de tenter plus d'un voleur. Il est bon que la dame inconnue soit escortée d'un garde aussi imposant que le sien.

– Vous m'inquiétez : au cas où elle accepterait de vendre, seriez-vous en mesure de payer le prix demandé ?

– Sur ce point, soyez rassuré ! Je dispose de tous les fonds dont je peux avoir besoin. À présent, je vais vous quitter. Un grand merci pour cet agréable repas.

– Vous reverrai-je ?

– Si le besoin s'en fait sentir ou si vous apprenez quelque chose d'intéressant, venez me voir au palais Rothschild. Je compte y rester quelques jours.

Après avoir mis Aronov en voiture, Morosini hésita un instant sur ce qu'il allait faire. Pas se coucher. Il n'avait pas la moindre envie de dormir. Levant la tête, il vit le ciel presque dégagé : deux ou trois courageuses étoiles y clignaient de l'œil. Le chasseur de l'hôtel, voyant qu'il s'attardait sur les dernières marches, lui proposa une voiture.

– Ma foi non, dit-il. Je préfère marcher un peu en fumant un cigare. Veuillez aller chercher au vestiaire du restaurant ma cape et mon chapeau...

Quelques minutes plus tard, Aldo déambulait dans Käerntnerstrasse au pas paisible d'un fêtard attardé qui avait choisi de respirer l'air vif de la nuit afin de dissiper les vapeurs de l'alcool. Déserte à cette heure – la tour de la cathédrale Saint-Étienne sonnait deux coups – la grande artère luxueuse brillait de mille éclats comme l'intérieur d'une grotte magique... Aussi, en tournant le coin de Himmelpfortgasse, beaucoup moins bien éclairée, Morosini eut-il l'impression de pénétrer dans une faille entre deux falaises. Ici et là, une lanterne pâle permettait tout juste de ne pas se tordre les pieds sur les pavés qui devaient dater de Marie-Thérèse. Celles du palais Adlerstein étaient éteintes.

S'enveloppant de sa cape dans le meilleur style espagnol, ce qui le rendit à peu près invisible, Morosini se rencogna dans le renfoncement d'un portail et se plongea dans la contemplation de la maison muette. Aveugle aussi : aucun rai de lumière ne filtrait des volets clos.

Il resta là un bon moment, cherchant comment pénétrer le secret de cette façade austère qui, dans la nuit, devenait sinistre avec les formes imprécises et convulsées des atlantes soutenant le balcon mais, au bout d'un moment, il en eut assez, se jugea ridicule et regretta d'avoir sacrifié un bon cigare. Mystérieuse ou pas, la dame aux dentelles noires devait reposer du sommeil du juste à cette heure, alors que lui commençait à avoir froid aux pieds. Le seul, le meilleur moyen d'investigation était encore de voir sans retard la comtesse von Adlerstein. Si elle n'était pas à Vienne, il irait la rejoindre dans son château alpestre et voilà tout !

Il allait quitter sa retraite quand le grincement d'une lourde porte retint son mouvement : le grand portail du palais était en train de s'ouvrir, libérant le double pinceau des phares d'une voiture qui sortit dès qu'elle eut le passage libre. Morosini vit une grosse limousine de couleur sombre. À l'intérieur, un chauffeur en livrée et trois personnes difficiles à distinguer mais Morosini aurait gagé son âme immortelle que deux d'entre elles étaient la dame inconnue et son garde du corps. Une malle et plusieurs bagages étaient attachés à l'arrière. L'observateur n'eut pas l'occasion d'en apprendre davantage : franchissant en souplesse le léger cahot du ruisseau, la puissante voiture tourna à gauche, gagna le Ring voisin et disparut tandis qu'une invisible main s'empressait de refermer le portail.

De toute évidence, l'inconnue quittait Vienne et Morosini ne voyait aucun moyen de savoir, dans l'immédiat, où elle se rendait, mais le fait qu'elle choisissait de voyager de nuit n'était pas pour dissiper les brumes qui l'entouraient.

Plutôt perplexe, Aldo quitta son poste d'observation et, à grands pas cette fois, se mit en devoir de rejoindre son hôtel. Il n'avait pas encore tourné le coin de la rue qu'un homme vêtu lui aussi d'un habit de soirée, mince, vif et un peu plus petit que lui, quittait une autre encoignure, se plantait un instant au milieu de la ruelle, indécis visiblement sur ce qu'il convenait de faire puis, avec un haussement d'épaules agacé, prenait ses jambes à son cou et s'élançait sur les traces du prince-antiquaire.

Le lendemain matin, lorsqu'il eut achevé sa toilette, Aldo s'installa devant le petit bureau de sa chambre puis, dédaignant le papier à lettres de l'hôtel, prit l'une de ses cartes personnelles et écrivit quelques mots fort respectueux à l'intention de Mme von Adlerstein, la priant de bien vouloir lui accorder une entrevue « pour affaire importante », cacheta l'enveloppe, enfila son imperméable et ses gants – le temps hésitait entre des accumulations de nuages gris et des sautes de vent qui s'efforçaient de les chasser ! – enfonça une casquette de tweed sur sa tête et reprit la direction de Himmelpfortgasse avec la ferme intention de se faire enfin ouvrir une porte si capricieuse.

Elle s'ouvrit, et il se retrouva en face de l'homme au costume traditionnel déjà rencontré la veille.

Celui-ci le reconnut aussitôt mais n'en eut pas l'air plus heureux pour cela. Cette fois, la glace ne fondit pas et même un léger froncement de sourcils vint s'y ajouter :

– Votre Excellence aurait-elle oublié quelque chose ?

– Que pourrais-je bien avoir oublié ? fit avec hauteur Morosini qui n'aimait pas les domestiques insolents. Je ne crois pas être entré dans cette maison ?

– Je me suis mal exprimé et prie Votre Excellence de m'en excuser. Je voulais dire : auriez-vous oublié de me dire quelque chose ?

– Du tout. Je vous avais annoncé un message : le voici !

– Certes, mais ne devait-il pas être porté par un chasseur du Sacher ?

– Peut-être, mais j'ai décidé de l'apporter moi-même et je ne vois pas bien la différence que cela peut faire pour vous ? Soyez bon de veiller à ce que Mme la comtesse von Adlerstein ait cette carte au plus vite...

– Dès que Mme la comtesse sera de retour, je la lui remettrai sans faute !

– Mais avez-vous au moins une idée de la date de ce retour ? Il s'agit d'une affaire plutôt urgente.

– J'en suis tout à fait désolé mais il faudra que ce message l'attende.

– Ne pouvez-vous au moins le lui faire suivre ?

– Si Votre Excellence est pressée, le plus court est encore de laisser la lettre ici : Madame ne saurait tarder longtemps...

La moutarde commençait à monter au nez de Morosini, avec la nette impression que le pompeux personnage se moquait de lui. D'abord, il ne lui avait même pas permis de franchir le vantail découpé dans le portail qu'il maintenait fermement. En outre, cette espèce de dialogue surréaliste qu'il venait de lui imposer était ridicule. D'un geste vif, Morosini enleva sa carte de la main de l'homme et la fourra dans sa poche.

– Tout compte fait, je la reprends. Votre bonne volonté est tellement touchante que je m'en voudrais d'en abuser davantage...

Surpris par la rapidité du geste et la rudesse du ton, le cerbère recula suffisamment pour que l'importun pût avoir un aperçu de la cour intérieure. Il vit alors une petite voiture basse, rouge vif, gainée de cuir noir, qui lui rappela si fort celle de Vidal-Pellicorne qu'il voulut l'observer de plus près et tenta de bousculer le gardien, mais l'autre tenait bon :

– Hé là ! Où prétendez-vous aller comme ça ?

– Cette voiture ? À qui est-elle ? Tout de même pas à la comtesse ?

Il voyait mal, en effet, une noble dame déjà âgée se faisant véhiculer par un engin où le confort était plus proche des noyaux de pêche que du duvet.

– Et pourquoi pas ? Je vous en prie, monsieur, allez-vous-en si vous ne voulez pas que j'appelle à l'aide. En l'absence de notre maîtresse, vous n'avez rien à faire ici !

En dépit de la vive colère qui s'était emparée de lui, Morosini n'en remarquait pas moins que les formes de respect venaient de disparaître du langage du bonhomme. Il n'insista pas. C'eût été stupide de faire un scandale pour si peu de chose. Adalbert ne pouvait avoir l'exclusivité des petites Amilcar rouges à coussins noirs – il était sûr de la marque – avec des roues à rayons.

– Vous avez raison, soupira-t-il. Excusez-moi, mais j'ai bien cru reconnaître l'automobile d'un ami...

Tandis que l'autre refermait le portail derrière lui, il s'éloigna, sans parvenir à s'arracher de l'esprit l'idée qu'il avait effectivement vu la voiture d'Adal. D'autant plus que sa mémoire photographique lui restitua soudain un détail : les deux premiers chiffres du numéro minéralogique – les autres étant cachés par le seau d'eau du valet occupé à laver la voiture – étaient un 4 et un 1. Or, le numéro d'Adalbert était 4173 F... C'était tout de même troublant !

Partagé entre l'envie de camper nuit et jour devant cette maison pour voir qui en sortirait et le désir d'aller déjeuner – il n'avait avalé ce matin qu'une tasse de café ! –, Aldo hésita un moment sur le parti à prendre. La faim l'emporta et aussi la sagesse : monter la garde en plein jour et dans une rue aussi étroite, c'était aller au-devant d'ennuis sérieux. Le dévoué domestique de la comtesse serait capable d'appeler la police et de le faire embarquer. Il pourrait revenir plus tard, sous un autre aspect. D'ailleurs, une idée lui venait.

Il repartit en direction de Käertnerstrasse qu'il traversa, emprunta Plankengasse et gagna le Kohlmarkt sans avoir remarqué, tant il était préoccupé, le jeune homme blond, plutôt bien habillé, qui, en le voyant sortir, se hâta de replier le *Wienertagblatt* qu'il lisait avec application en amont du palais Adlerstein et de lui emboîter le pas à distance convenable.

L'un derrière l'autre, ils se rendirent ainsi chez Demel qui était à Vienne une manière d'institution, parce que c'était à la fois le dernier café ancien régime – la maison avait été fondée en 1786 – et un prodigieux pâtissier-confiseur. Demel avait été jusqu'à la chute de l'empire le fournisseur attitré de la Cour et il était possible d'y déjeuner le plus agréablement du monde.

L'entrée qui se situait à deux pas de la Hofburg était discrète, presque confidentielle, mais la simple porte à double battant et à va-et-vient en verre gravé ouvrait sur le palais de Dame Tartine : une vaste salle en L dont le fond de la première branche était tapissé par un gigantesque buffet d'acajou couvert des célèbres gâteaux de la maison et aussi de mets salés – foie gras, vol-au-vent, bœuf en croûte, aspics et canapés en tout genre – permettant de combler le plus vaste appétit. L'autre branche du L se scindait en deux salles meublées de tables à dessus de marbre mais on ne pouvait fumer que dans une seule. Le reste du décor se composait d'un carrelage ancien, de miroirs d'époque et de candélabres en appliques.

Après avoir fait son choix devant le buffet – saumon sauce verte, bœuf en croûte et quelques gâteaux – et l'avoir confié à l'une des serveuses en uniforme noir et blanc, Morosini choisit une table dans un coin de la salle « fumeurs » et accepta le journal, déployé sur un cadre d'osier comme un grand papillon, que l'on offrait aux clients pour leur faire passer le temps en attendant la commande. Cependant, il ne le lut pas, préférant se laisser imprégner par une atmosphère qu'il avait toujours trouvée amusante. La salle s'emplissait d'habitués qui se saluaient, peuplant l'air ambiant de ces titres interminables affectionnés par les Autrichiens et dont la base était toujours *Herr Doktor*, même quand il ne s'agissait pas d'un médecin, *Herr Direktor*, *Herr Professor*, mais dont certains pouvaient atteindre les dimensions d'une véritable litanie.

Son suiveur s'étant établi à une table juste en face de lui, il ne pouvait plus éviter de le remarquer. D'autant que le jeune homme le fixait avec une attention si soutenue qu'elle en devenait insolente.

Un peu agacé mais n'ayant aucune envie de chercher noise à cet inconnu dont la coiffure évoquait un toit de chaume inégal, Morosini s'abrita derrière le journal jusqu'à ce qu'on lui apporte son déjeuner auquel, ensuite, il se consacra. Un bref coup d'œil lui avait appris que l'autre en faisait autant mais en privilégiant les macarons à la confiture, les *Strudel* et les *Schlagober*, dont il avala une incroyable quantité, le tout à une vitesse de courant d'air, ce qui fait qu'il en eut fini quand Aldo entamait seulement son bœuf.

Sa troisième tasse de café avalée, le jeune goinfre prit un temps de réflexion au cours duquel son humeur ne s'arrangea pas. Il devint tout rouge, cependant que ses sourcils se fronçaient au point de se rejoindre. Enfin, il se dressa de toute sa taille, enfonça sur son chaume son chapeau de feutre vert orné d'un blaireau et marcha droit sur Morosini.

– Monsieur, articula-t-il, je n'ai pas grand-chose à vous dire, sinon ceci : laissez-la tranquille !

Aldo leva le nez de sa *Spanische Windtorte* pour considérer l'arrivant :

– Monsieur, fit-il avec un aimable sourire, je n'ai pas l'honneur de vous connaître et si vous procédez par énigmes, nous aurons du mal à nous entendre. De qui parlez-vous ?

– Vous le savez très bien et, si vous êtes un homme convenable, vous comprendrez que je me refuse à prononcer un nom qui n'est pas fait pour traîner dans les cafés, même aussi respectables que celui-ci !

– Cette délicatesse vous honore mais, dans ce cas, préférez-vous me le confier dehors ? Si toutefois vous consentez à me laisser achever mon dessert et boire mon café !

– Je n'ai pas l'intention de m'attarder : simplement de vous donner un bon avis : cessez de tourner autour ! L'intérêt que vous portez depuis peu à certain palais devrait vous faire comprendre ce que je veux dire. Serviteur, monsieur !

Et sans laisser à Morosini le temps de se lever de table, le Chevalier au blaireau traversa Demel et s'engouffra dans la porte battante. D'abord soulagé d'être débarrassé de ce qu'il considérait comme un fou, Aldo réagit pourtant rapidement : ce garçon n'avait pu faire allusion qu'à la dame en noir et, en conséquence, devait savoir qui elle était. Aussi, abandonnant son gâteau Vent d'Espagne à peine entamé, il posa de l'argent sur la table et se précipita vers la sortie, sous l'œil horrifié de sa serveuse : un comportement aussi agité n'était pas de mise chez Demel !

Malheureusement, une fois dans la rue, il constata que, si plusieurs chapeaux vert sombre à blaireau y naviguaient, aucun ne recouvrait la tête espérée : le bouillant jeune homme s'était fondu dans la nature.

Après avoir hésité un instant sur la conduite à tenir, Aldo décida de ne pas réintégrer Demel mais, comme il n'avait pas eu le temps de prendre son café et qu'il y tenait, il rentra à l'hôtel et s'en fit servir un au bar. Le calme qui y régnait à cette heure de la journée était propice à la réflexion et il ne manqua pas de s'y plonger, car il ne se dissimulait pas qu'il se trouvait bel et bien dans une impasse : la femme aux dentelles avait disparu. Quant au palais Adlerstein, il n'avait plus guère de chances d'y pénétrer : le cerbère lui refermerait la porte au nez s'il avait le mauvais goût de s'y présenter. Conclusion : il fallait trouver un moyen de rencontrer la maîtresse des lieux en dehors de Vienne, donc dans son domaine près de Salzbourg.

C'était l'une des plus belles régions de l'Autriche et Morosini ne voyait aucun inconvénient à lui rendre visite. Encore fallait-il savoir comment s'appelait le château en question et où il se trouvait.

Une tentative de renseignement auprès de Frau

Sacher ne donna rien : si la célèbre Anna connaissait Vienne et ses habitants comme sa propre maison, elle ignorait à peu près tout de la province.

– Mais, ajouta-t-elle, pourquoi ne pas demander cela au baron Palmer puisque vous êtes amis ?

– Amis, c'est beaucoup dire ! Nous sommes en relations. Vous le connaissez depuis longtemps, vous ?

– Avant la guerre, il est descendu plusieurs fois ici. Jamais très longtemps. Il a toujours été un grand voyageur. Très lié à la famille Rothschild, il descend à présent chez eux quand il vient en Autriche. Mais quand il est à Vienne il ne manque jamais de venir déjeuner ou dîner. Parfois avec le baron Louis et je ne serais pas surprise qu'ils aient un lien de parenté...

Morosini retint un sourire : une parenté avec les fabuleux banquiers « collait » assez peu avec ce qu'Aronov lui avait appris des siens, massacrés au cours du pogrom de Nijni-Novgorod en 1882. Pourtant, il pouvait se trouver dans l'Histoire des exemples plus singuliers... et cela expliquerait peut-être, en partie, l'énorme fortune dont semblait disposer le Boiteux...

– Moi non plus ! dit-il enfin. Puis, d'un air détaché, il ajouta : Il habite toujours à... oh, je n'arrive jamais à me souvenir du nom !...

– Comment voulez-vous retenir un nom comportant plus de consonnes que de voyelles ? Je suis comme vous, prince ! Tout ce que je me rappelle c'est que ce n'est pas très loin de Prague ! répondit innocemment Frau Sacher en remontant ses nombreux colliers de perles. Il faudrait que je recherche les fiches d'autrefois pour retrouver ça.

– Ne vous donnez pas cette peine ! Je dois, moi aussi, avoir ça inscrit quelque part, fit hypocritement Aldo un peu déçu que son piège n'ait pas fonctionné. Les environs de Prague ne lui en apprenaient pas beaucoup plus sur son mystérieux client : il savait déjà qu'il possédait divers domiciles. Alors pourquoi pas Prague, de tous temps un des hauts lieux du peuple juif ?...

Un moment plus tard, il hélait un fiacre. Le temps ayant rangé ses arrosoirs, Morosini, en dépit de ses soucis, goûta sa promenade vers l'élégant quartier du Belvédère où l'hôtel Rothschild occupait une place de premier rang.

Un maître d'hôtel à l'échine raide, que l'énoncé de son nom n'assouplit qu'à peine, l'accueillit dans le grand vestibule coiffé d'une coupole qui était le cœur de la maison puis l'introduisit dans un salon marqué au coin de ce faste un peu lourd mais indéniable qui était celui de toutes les demeures de la famille. Un moment plus tard, le pas inégal du baron Palmer résonnait sur les parquets Versailles miroitants.

– Pouvons-nous parler ici ? demanda Morosini après les politesses de l'entrée.

– Absolument. Les domestiques d'un Rothschild n'oseraient se permettre d'écouter aux portes. Ils sont tous de trop grande qualité ! Que se passe-t-il ?

– Je vais vous le dire mais, auparavant, je voudrais savoir pourquoi vous m'avez fait venir, puisque vous aviez déjà Vidal-Pellicorne ?

Le sourcil d'Aronov, relevé, laissa échapper le monocle :

– Adalbert ici ! D'honneur, je n'en savais rien ! Comment l'avez-vous appris ?

– En voyant un serviteur laver une voiture dans la cour du palais Adlerstein. Il se trouve que c'était la sienne et je ne vois pas ce qu'elle y ferait sans son propriétaire ?

– Moi non plus mais, puisque vous étiez sur place, vous auriez pu le demander ?

– Je n'y étais pas vraiment. En fait, j'étais en train de me faire jeter dehors par le serviteur rencontré hier. J'ai l'impression qu'il se passe de drôles de choses dans ce palais. Ou tout au moins qu'il est habité par de drôles de gens...

– Vous allez me raconter tout cela dans un instant...

Après s'être annoncé par un grattement discret, un valet de pied en livrée à l'anglaise pénétrait dans la pièce chargé d'un plateau à café qu'il vint déposer sur un guéridon, puis se mit en devoir de servir :

– Il ne fallait rien demander pour moi, fit Aldo.

– Mais je n'ai rien demandé, dit Aronov avec l'un des rares sourires qui conféraient un charme certain à son visage un peu sévère. Ceci est simplement l'hospitalité Rothschild. Quand on est admis chez eux, on doit être servi sur-le-champ. À Londres, on vous offrirait du thé ou du whisky. Ici, c'est, bien entendu, le café, la passion nationale.

– Et tout ça, parce qu'en s'enfuyant, après leur siège manqué en 1683, les Turcs ont laissé derrière eux une telle quantité de sacs de café que les Viennois y ont prit goût. À quoi tiennent les choses !

– Ce n'est pas moi qui vous dirai le contraire. Parlez à présent !

Morosini raconta alors les trois aventures vécues par lui autour de cette « ruelle de la Porte du Ciel » qui l'était si peu pour lui : le départ nocturne, sa visite du matin et, enfin, son incompréhensible dialogue avec le jeune homme au chapeau vert. Il termina par son intention de rencontrer la comtesse au plus tôt et de se rendre en province.

– Le malheur est que je n'ai aucune idée de l'endroit où elle est. Près de Salzbourg, c'est vaste ! Frau Sacher m'a conseillé de vous questionner à ce sujet : vous seriez, selon elle, l'homme le mieux informé qui soit.

– Elle me fait beaucoup d'honneur mais, hier soir encore, je l'ignorais. Depuis, je me suis renseigné. J'allais vous envoyer un mot : l'antique château familial, je devrais dire la ruine ancestrale, se trouve près de Hallstatt mais, comme c'est inhabitable, les Adlerstein, proches de la Cour, se sont fait construire une villa – entendez plutôt un château ! – près de Bad Ischl. Cela s'appelle Rudolfskrone et c'est, paraît-il, très beau. Vous n'aurez, je pense, aucune peine à vous le faire indiquer.

Morosini nota le renseignement sur le calepin qui ne quittait pas ses poches, acheva son café et prit congé.

– Vous pensez vous y rendre bientôt ? demanda le Boiteux.

– Tout de suite, si possible. Je rentre à l'hôtel, je demande l'heure du premier train pour Salzbourg et je pars... mais, puis-je vous demander un petit service ?

– Naturellement.

– Essayez de savoir ce qu'Adalbert fait ici. Même si je n'étais pas obligé de partir, je ne peux pas monter la garde jour et nuit devant le palais Adlerstein en attendant qu'il sorte.

– Vous allez tout à fait dans le sens de mes intentions. Je m'en occupe. Partez tranquille !

Cependant, il était écrit quelque part qu'Aldo ne prendrait pas le train de Salzbourg. En rentrant chez Sacher, il trouva un télégramme que l'on venait juste d'apporter.

« Vous supplie de m'excuser mais vous demande de revenir immédiatement. Suis confronté à une situation dont il m'est impossible de décider. D'autant que Cecina menace de rendre son tablier. Affectueusement. Guy Buteau. »

Plus que contrarié, Aldo fourra le papier bleu dans sa poche, décrocha le téléphone intérieur avec l'intention d'appeler chez lui mais se contenta, après un instant de réflexion, de demander qu'on lui retienne un sleeping dans le train de nuit pour Venise. Si Buteau, qui connaissait aussi bien que lui les vertus du téléphone, avait choisi le télégraphe, ce n'était pas sans une bonne raison. Ce que la nouvelle pouvait être, par exemple, Morosini n'en avait pas la moindre idée mais pour qu'elle ait mis Buteau dans l'embarras et Cecina hors d'elle, il fallait qu'elle fût très désagréable.

Après avoir sonné un valet pour qu'il fasse ses bagages, Morosini demanda le numéro du palais Rothschild mais ne put obtenir le baron Palmer : celui-ci venait de s'absenter.

– Veuillez lui transmettre un message : dites-lui que le prince Morosini est rappelé à Venise d'urgence et qu'il reviendra dès que possible.

Une heure plus tard, un taxi le conduisait à la Kaiserin Elisabeth Bahnhof où l'attendait le train pour Venise.

CHAPITRE 3

UNE BONNE SURPRISE

Quand le motoscaffo coupa ses gaz pour glisser sur son erre et aborder les marches du palazzo Morosini, Cecina surgit du grand vestibule, semblable à une Érinye rondouillarde dont le vaste tablier immaculé avait de plus en plus de mal à faire le tour. Ce matin, les rubans multicolores flottant habituellement sur la coiffe napolitaine qu'elle ne quittait jamais étaient devenus rouges, comme si le génie familier des Morosini arborait, à la manière des corsaires et des pirates d'autrefois, le « Sans quartiers », la longue et redoutable flamme écarlate indiquant à l'ennemi qu'il ne serait pas fait de prisonniers. Et son visage déterminé était si fermé qu'Aldo, inquiet cette fois, se demanda quelle catastrophe venait de frapper sa maison.

Mais il n'eut même pas le temps d'articuler une parole. À peine eut-il posé le pied sur l'escalier que Cecina s'emparait de son bras pour l'entraîner à l'intérieur comme si elle avait l'intention de le mettre aux fers. Naturellement, il essaya de se dégager mais elle le tenait bien et, déstabilisé par la surprise, il réussit tout juste à lancer un vague bonjour à Zaccaria qui regardait la scène d'un air accablé avant de traverser le cortile à une allure de courant d'air. Un instant plus tard, la cavalcade vengeresse de Cecina prenait fin dans la cuisine où la grosse femme consentit à lâcher son maître, avec tant de précision qu'il se retrouva assis sur un escabeau. Le choc lui rendit la parole :

– En voilà un accueil ? Qu'est-ce qui te prend de me traîner ainsi à ta remorque sans me laisser seulement le temps de dire « ouf » ?

– C'était le seul moyen si je voulais que tu me parles à moi avant qui que ce soit d'autre.

– Parler de quoi, s'il te plaît ? Tu pourrais au moins me laisser le temps d'arriver et me servir une tasse de café. Tu sais quelle heure il est ?

Les cloches de Venise sonnant l'angélus du matin dispensèrent Cecina de répondre. Elle les accueillit d'un ample signe de croix avant d'aller prendre la cafetière mise au chaud sur le coin d'un fourneau, de revenir se planter de l'autre côté de la grande table de chêne ciré et d'y emplir une tasse déjà disposée auprès d'un sucrier.

– Je sais, dit-elle, et j'espérais bien que tu débarquerais du train du matin. À cette heure-ci, tout le monde dort et on peut causer. Quant au café, c'est bien parce que je t'aime encore que je l'ai préparé à ton intention mais un gros dissimulé comme toi ne le mérite pas !

La surprise et l'incompréhension remontèrent les sourcils du prince d'un bon centimètre :

– Je suis un gros dissimulé ? Et tu m'aimes « encore » ? Qu'est-ce que tout ça signifie ?

De ses deux poings, Cecina s'appuya au bois ciré de la table et darda sur l'arrivant un noir et fulgurant regard.

– Et comment tu appelles un homme qui a des secrets pour celle qui s'est occupée de lui depuis son premier braillement ? Je croyais compter un peu plus pour toi. Mais non ! Maintenant que je suis vieille, je ne compte plus pour Son Excellence ! Son Excellence a quelque part une fiancée et elle ne me juge même pas digne de le savoir. C'est vrai aussi qu'il y a pas de quoi être fier ! Et même, si j'étais toi, j'aurais plutôt honte !

– Moi ? J'ai une fiancée ? articula Morosini suffoqué. Mais où vas-tu chercher ça ?

– Oh, pas loin ! Dans la chambre aux chimères, c'est-à-dire la moins agréable de la maison. C'est là que je l'ai installée. Tu n'aurais pas voulu que je la mette chez toi tout de même ? Ou pourquoi donc pas chez ta pauvre mère puisqu'elle a l'audace de vouloir prendre sa place ? Ces filles de maintenant ça n'a pas de vergogne et il faudra bien qu'elle s'en contente... jusqu'à ce soir ! Ce serait par trop inconvenant qu'une demoiselle couche sous le même toit que son futur époux. Il est vrai que les convenances et cette créature, ça n'a pas l'air d'aller très bien ensemble. Et comme elle est sûrement assez riche pour aller à l'hôtel, fiancée ou pas, si elle reste, c'est moi qui m'en vais !

Cecina s'arrêta pour reprendre haleine. Aldo savait depuis toujours que, lorsqu'elle était lancée, il était impossible d'arrêter le flot et que la sagesse conseillait de patienter. Mais comme elle ouvrait déjà la bouche pour reprendre sa philippique, il se leva, fonça sur elle, l'attrapa aux épaules et l'obligea à s'asseoir.

– Si tu ne me laisses pas placer un mot, on ne s'en sortira pas. Et, tout d'abord, dis-moi comme elle s'appelle ma... fiancée ?

– Ne me prends pas pour une idiote ! Tu le sais mieux que moi !

– C'est ce qui te trompe. Je découvre et j'ai hâte de savoir.

– Je crois qu'il vaudrait mieux que ce soit moi qui explique, fit la voix douce de Guy Buteau qui venait de se glisser dans la cuisine en achevant de nouer la ceinture de sa robe de chambre. Et d'abord, je vous dois des excuses, mon cher Aldo. Je voulais aller vous attendre à la gare avec Zian et le motoscaffo mais j'ai dormi d'un sommeil de plomb et je n'ai même pas entendu mon réveil, ajouta-t-il en passant sur son visage non rasé une main qui essayait d'effacer les traces du sommeil. Pourtant ça ne m'arrive jamais !

– Ne vous excusez pas, mon vieux ! fit Aldo en serrant les deux mains de son ancien précepteur. Les pannes de réveil, ça arrive à tout le monde. Une bonne tasse de café va vous remettre d'aplomb très vite, ajouta-t-il en se tournant vers Cecina assez prestement pour surprendre sur son large visage ivoirin un fugitif sourire de satisfaction. Dis-moi, toi, tu ne lui aurais pas servi une tisane hier soir ?

S'il espérait déstabiliser sa cuisinière-gouvernante, il se trompait. Elle releva le nez et carra ses poings sur l'emplacement normal de ses hanches :

– Bien sûr que je lui ai donné une tisane : un délicieux mélange de fleur d'oranger, de tilleul et d'aubépine avec un soupçon de valériane. C'était un vrai paquet de nerfs. Il fallait qu'il dorme... et qu'il ne se mêle pas de me couper l'herbe sous les pieds. Moi, je voulais te voir seule et la première.

– Eh bien, c'est réussi, Cecina ! soupira Aldo en s'installant à table. À présent, si tu nous servais un vrai petit déjeuner pendant que nous causerons. Au moins, tu ne m'accuserais pas d'essayer de te tenir à l'écart.

– Je n'ai jamais rien dit de pareil...

Elle allait remonter sur un autre cheval de bataille quand, assenant un grand coup de poing sur la table, Aldo, exaspéré, se mit à crier :

– Est-ce que l'un de vous va se décider enfin à m'apprendre qui est en train de dormir dans la chambre aux chimères ?

– Lady Ferrals ! fit Guy en sucrant son café avec générosité.

– Répétez-moi ça, fit Aldo qui crut avoir mal compris.

– Croyez-vous que ce soit utile ? C'est bien lady Ferrals qui nous est arrivée hier matin en s'annonçant comme votre future – et proche ! – épouse et en exigeant presque qu'on lui donne l'hospitalité.

– Pas presque ! rectifia Cecina ? Elle a exigé en disant que tu serais furieux à ton retour si on la laissait s'installer ailleurs que chez nous.

– C'est insensé ! Et elle arrivait d'où ?

– Du Havre où elle a débarqué voici peu du paquebot *France*. Elle est venue directement ici.

J'ajoute qu'elle semblait inquiète, nerveuse, et qu'elle a été fort déçue de votre absence. Elle paraissait ne pas douter un seul instant que vous l'attendiez.

– Vraiment ? Je ne l'ai pas vue depuis... Londres, et elle trouve bizarrre que je ne sois pas là quand elle décide d'apparaître ? C'est un peu excessif, non ?

– Il me semble aussi mais que pouvais-je faire ? C'est pourquoi j'ai télégraphié.

– Vous avez eu raison et je vais tirer tout cela au clair.

– Moi, ce que je voudrais bien tirer au clair c'est ce qu'il y a de vrai. Elle est ta fiancée oui ou non ?

– Non. J'admets lui avoir proposé, l'année dernière, de devenir ma femme mais ce projet n'a pas eu l'air de retenir son attention. Aussi tu n'as guère de raisons, Cecina, de faire tes bagages... Prépare-moi plutôt des scampis pour le déjeuner...

Quittant la cuisine, Morosini se dirigea vers l'escalier dans l'intention d'aller faire un peu de toilette. Il trouva d'ailleurs Zaccaria dans sa chambre, occupé à lui préparer un bain comme il en avait l'habitude à chacun de ses retours :

– Zaccaria, je voudrais que tu ailles saluer lady Ferrals de ma part et que tu lui dises de bien vouloir venir me rejoindre à dix heures dans la bibliothèque. Compris ?

– C'est très clair, il me semble ! Un peu solennel peut-être ?

La commission n'enchantait pas le vieux majordome qui, contrairement à son épouse, ne discutait jamais un ordre. Il s'acquitta de celui-là puis revint dire que c'était d'accord, sans autre commentaire.

Immergé dans sa baignoire, Aldo essaya de jouir pleinement du moment qu'il préférait dans la journée : tremper dans de l'eau chaude parfumée à la lavande en fumant une cigarette : c'était toujours là qu'il réfléchissait le mieux...

Durant tous ces mois écoulés, il avait bien souvent pensé à Anielka. Avec une irritation grandissante d'ailleurs. Le silence où elle avait choisi de disparaître après son acquittement par le tribunal d'Old Bailey était d'abord apparu à Morosini comme surprenant – il s'était donné assez de mal pour mériter au moins un mot de remerciement ! – puis blessant et, enfin, franchement offensant. Et voilà que la belle Polonaise tombait chez lui telle la foudre, sans se soucier le moins du monde des dégâts qu'elle pourrait causer en osant se déclarer sa fiancée.

– Et si je vivais avec quelqu'un, moi ? s'indigna Morosini en s'octroyant une seconde dose de tabac anglais. C'est un coup à briser un ménage... ou un embryon de ménage !

Sa colère, qu'il nourrissait, lui tint compagnie tandis qu'il achevait de se laver puis s'introduisait dans une chemise d'un bleu léger et dans un costume de flanelle tout aussi anglais que son tabac. Il brossa ses épais cheveux bruns que la quarantaine argentait légèrement aux tempes, ce qui ajoutait un charme supplémentaire à son brun visage où la nonchalance du sourire à belles dents blanches tempérait l'arrogance du nez et l'éclat des yeux d'un bleu d'acier facilement moqueurs. Il ne jeta qu'un regard distrait à son image et descendit enfin à la bibliothèque pour y rencontrer celle dont il ne savait plus trop quel effet elle allait lui produire.

Comme il n'était pas encore dix heures, il pensait arriver avant elle. Pourtant, elle était déjà là. S'il en fut contrarié, ce ne fut qu'un instant : son entrée n'ayant fait aucun bruit, il put s'accorder le loisir de contempler cette jeune femme qui, à vingt ans, tout juste, trouvait le moyen d'avoir derrière elle un passé déjà chargé et l'ombre tragique de deux hommes : son mari, sir Eric Ferrals, le richissime marchand de canons, assassiné par empoisonnement, et son amant Ladislas Wosinski, suicidé par pendaison.

Elle avait ouvert l'un des cartulaires et, debout près de la grosse mappemonde sur piétement de bronze placée devant la fenêtre centrale, elle examinait une carte marine ancienne. Sa fine silhouette se découpait harmonieusement dans la lumière du soleil et son image était toujours ravissante. Différente cependant, et il ne fut pas certain que ce changement lui plût. Certes, la robe courte, d'une teinte de miel qui s'accordait avec les yeux de la jeune femme, révélait jusqu'aux genoux les plus jolies jambes qui soient, mais les beaux cheveux blonds qu'Aldo avait toujours trouvés si émouvants étaient réduits à un petit casque lustré, à la dernière mode sans doute, mais infiniment moins seyant que la précédente coiffure. L'Amérique et ses outrances, Paris et sa garçonne étaient passés par là, et c'était dommage.

Cependant, en dépit de ce qu'il croyait, Anielka avait dû l'entendre arriver. Sans quitter des yeux le parchemin vénérable qu'elle contemplait, elle dit du ton le plus naturel, comme s'ils étaient quittés depuis quelques heures seulement :

– Vous avez ici des merveilles, mon cher Aldo !

– Cette bibliothèque est la seule pièce de ce palais avec la chambre de ma mère où je n'ai rien prélevé lorsque j'ai monté ma maison d'antiquités. Mais est-ce pour les admirer que vous avez pris la peine de venir jusqu'ici ? Il existe de par le monde des musées plus intéressants !

D'un geste désinvolte où entrait un défi, elle laissa tomber l'antique portulan qu'il attrapa au vol avant d'aller le remettre à sa place.

– Les musées ne m'ont jamais attirée : vous savez bien que j'aime surtout les jardins. Je n'ai pris ceci que pour passer le temps en vous attendant mais je sais tout de même reconnaître la valeur des choses.

– On ne le dirait guère !

Se retournant brusquement, il s'adossa au meuble et demanda froidement :

– Que venez-vous faire ici ?

Une surprise pleine d'innocence agrandit encore les yeux dorés de la jeune femme :

– Eh bien, quel accueil ! J'avoue que j'en espérais un autre. Ne fut-il pas un temps où vous vous déclariez mon chevalier, où vous vouliez me persuader de vous suivre à Venise, où vous juriez que, devenue votre femme, je n'aurais plus rien à craindre ?

– C'est exact mais n'avez-vous pas, très peu de temps après, choisi d'en épouser un autre ? Vous êtes toujours lady Ferrals, ou bien est-ce une erreur ?

– Non, je le suis toujours.

– Et comme je ne me souviens pas d'avoir jamais demandé la main de cette dame, j'apprécie peu que vous soyez arrivée ici en vous annonçant comme ma fiancée !

– C'est cela qui vous fâche ? Ne soyez pas stupide, mon ami ! Vous savez très bien que je vous ai toujours aimé et que, tôt ou tard, nous serons l'un à l'autre...

– Votre belle assurance m'enchante mais je crains de ne pas la partager. Il faut admettre, ma chère, que vous avez tout fait pour m'amener à une grande tiédeur de sentiments. La dernière fois que mon regard a croisé le vôtre, vous sortiez du tribunal en compagnie de votre père et vous avez disparu dans les brumes de l'Angleterre avant de vous embarquer à destination des États-Unis. Toutes choses que j'ai apprises par le superintendant Warren car vous n'avez jamais daigné m'en avertir. C'est pourtant vite écrit, un billet ! Sans parler d'un vulgaire coup de téléphone.

– Vous oubliez mon père. Dès que j'ai été libérée, il ne m'a plus lâchée une seconde. Et il ne vous aime pas, en dépit de ce que vous avez fait pour me secourir lorsque j'étais accusée de ce meurtre horrible. La sagesse était de l'écouter, de partir et de me faire oublier, pendant quelque temps tout au moins...

– Alors ne vous plaignez pas d'y avoir réussi ! Puis-je savoir quels sont vos projets à présent ? Mais d'abord, prenez un siège !

– Je ne suis pas fatiguée...

– Comme il vous plaira...

Anielka se déplaça lentement dans la vaste pièce

en se rapprochant de la fenêtre et Aldo ne vit plus d'elle qu'un profil perdu.

– Vous ne m'aimez plus ? murmura-t-elle.

– C'est une question que je ne tiens pas à me poser. Vous êtes plus belle que jamais – encore que je déplore le sacrifice de vos cheveux ! – et, si vous posiez la question différemment, je répondrais que vous me plaisez toujours... !

– Autrement dit, je suis toujours désirable à vos yeux ?

– Quelle question idiote !

– Alors, si vous ne voulez plus m'épouser, faites de moi votre maîtresse... mais il faut que je reste ici !

Elle était revenue vers lui en courant et, à présent, elle posait ses mains fines sur les épaules solides en levant vers Aldo un regard implorant au sens strict du terme : il y avait des larmes dans ses yeux. Des larmes et de la peur.

– Je vous en prie, ne me renvoyez pas ! suppliat-elle. Prenez-moi, faites de moi ce que vous voulez mais gardez-moi !

Elle était bien séduisante ainsi avec sa jolie bouche tremblante, ses prunelles scintillantes et le parfum subtil, indéfinissable et prenant – un coûteux mélange, sans doute, fait pour elle par quelque maître des senteurs ! – mais Aldo ne retrouva pas l'élan qu'il avait eu vers elle alors qu'elle était une prisonnière vouée à la corde dans le parloir de Brixton Jail, avec pour seule parure une sévère robe noire et sa blondeur quasi irréelle. Cependant, il fut sensible à l'angoisse que tout son être exprimait :

– Venez ! dit-il doucement en la prenant par le

bras pour la guider jusqu'à un canapé ancien disposé près de la cheminée. Il faut que vous m'expliquiez tout ça afin que je sache de façon certaine où vous en êtes. Ensuite nous aviserons. Mais d'abord dites-moi pourquoi vous avez si peur et de quoi ?

Tandis que, accroupi, il tisonnait le feu pour le rendre plus efficace, elle alla prendre le petit sac assorti à sa robe qu'elle avait posé sur un meuble. En revenant s'asseoir, elle sortit quelques papiers et les tendit à Aldo :

– C'est de ça que j'ai peur ! Des menaces de mort, j'en recevais de plus en plus à New York. Tenez ! Voyez !

Aldo déplia un billet mais le lui rendit aussitôt :

– Vous auriez dû mettre la traduction : je ne lis ni ne parle le polonais...

– C'est vrai. Excusez-moi ! Eh bien, en gros, ces messages m'accusent d'être la cause de la mort de Ladislas Wosinski. Selon eux, il ne se serait pas suicidé mais on l'aurait tué après l'avoir obligé à écrire une confession mensongère pour me sauver...

Morosini se souvint alors des confidences du superintendant alors qu'ils prenaient ensemble un dernier repas avant qu'Adal et lui-même quittassent l'Angleterre. Lui aussi avait des doutes sur ce suicide un peu trop opportun, survenu dans un modeste appartement de Whitechapel, alors que le procès d'Anielka marchait à grands pas vers une sentence de mort. Warren croyait à une mise en scène, parfaitement réglée par le comte Solmanski, père d'Anielka, dont il ne désespérait pas de trouver le fin mot et apparemment il n'était pas le seul.

– Qu'en dit votre père ?

– Il a fait appel à la police mais celle-ci n'a pas pris ces menaces au sérieux. Pour elle, c'est une histoire entre Polonais, des gens beaucoup trop romantiques et excessifs pour qu'on ajoute quelque foi à leurs démêlés. Mon père, alors, s'est assuré les services d'un détective privé chargé de me surveiller mais qui n'a pas empêché deux attentats : le feu a pris sans raison apparente dans ma suite du Waldorf Astoria et j'ai failli être écrasée en sortant de Central Park... J'ai alors supplié mon père de m'emmener hors d'Amérique. D'abord, je ne m'y plais pas : les gens y sont excessifs, brutaux, trop souvent mal élevés et tellement contents d'eux-mêmes !

– Ne me dites pas qu'il ne s'y est pas trouvé quelques hommes de goût pour se mettre à vos pieds et offrir leur bras à votre défense ? persifla Morosini. Quoi ? Pas le moindre soupirant ?

– Vous voulez dire qu'il y en avait trop ! Au point qu'il était impossible de savoir qui était sincère et qui ne l'était pas. N'oubliez pas que je suis une jeune veuve très riche et plutôt belle !

– Qui songerait à l'oublier ? Est-ce parce que vous vous trouviez à ce point dans l'embarras que vous avez pensé à moi ?

– Non, fit la jeune femme avec une certaine candeur qui amena un sourire ironique sur les lèvres d'Aldo. Je me suis d'abord réfugiée chez mon frère, qui habite un magnifique domaine sur la côte de Long Island, mais je ne m'y suis pas sentie longtemps à l'aise. Ethel, ma belle-sœur, est plutôt gentille, mais Sigismond et elle mènent une vie insensée : ils vont de fête en fête et leur maison ne désemplit pas. Je ne sais pas comment mon frère peut supporter une existence aussi éreintante !

– Il doit aimer ça ! Mais pourquoi êtes-vous restée si longtemps là-bas ? Qu'est-ce qui vous y retenait, alors que vous avez des biens en Angleterre et aussi en France ? Sans compter, sans doute, ce que j'ignore ?

– La sagesse, je pense. Mon père assurait qu'il valait mieux faire une nette cassure avec ce qui venait de se passer en Europe afin de laisser s'apaiser les vagues et les remous soulevés par cette malheureuse affaire. Un an lui semblait une bonne mesure. Pendant ce temps, il s'est un peu lancé dans les affaires. C'est très facile là-bas quand on en a les moyens ! Il s'est pris au jeu et s'est mis aussi à sillonner le pays. On dirait même qu'il est saisi par la soif de l'or...

– Il sillonnait le pays ? Curieuse façon de vous protéger !

– Oh, j'étais toujours très entourée mais je m'ennuyais, je m'ennuyais terriblement. Au point parfois d'apprécier la peur : elle m'occupait l'esprit. Et puis, un beau jour, j'ai appris que John Sutton venait d'arriver à New York. Wanda l'avait vu. Alors là, j'ai cédé à la panique. Je me suis enfuie en profitant d'une absence de Père.

– Quelle idée ! À votre place, j'aurais affronté l'ennemi ? Que pourrait-il vous faire ?

– Mais je l'ai affronté ! Ça a été horrible. Il est toujours persuadé que j'ai tué mon époux ; il prétend même en détenir la preuve...

– Qu'attend-il pour s'en servir alors ? fit Aldo avec dédain.

– Non. Il a trouvé mieux : il se prétend amoureux de moi et il veut que je l'épouse. Prise entre les Polonais et lui, il ne me restait qu'une seule issue : disparaître. C'est ce que j'ai fait avec l'aide de Wanda et de mon frère. Sigismond m'a procuré un faux passeport.

– On dirait qu'il a conservé ses bonnes relations avec la pègre ?

– En Amérique, on a tout ce qu'on veut avec de l'argent. Je suis à présent miss Anny Campbell. Sigismond m'a aussi pris un passage sur le paquebot *France*.

– Et qu'avez-vous donné comme destination à votre cher frère ? Avez-vous annoncé que vous comptiez venir chez moi ?

Elle lui jeta un regard sévère :

– Vous voulez rire ? Ce n'est pourtant pas le moment. Sigismond vous déteste...

– C'est presque un euphémisme. J'irais jusqu'à dire qu'il m'exècre ! Sentiment que je partagerais sans doute si je pensais qu'il en vaille la peine.

– Ne soyez pas méchant ! J'ai annoncé mon intention de séjourner en France ou en Suisse, en précisant que je donnerais de mes nouvelles quand j'aurais trouvé un endroit sûr et agréable.

– Et vous croyez que les vôtres ne se souviendront pas que j'existe, étant donné nos relations passées ?

– Il n'y a pas de raison. Nous n'avons eu aucun contact depuis bientôt un an et ils doivent penser que j'ai eu pour vous l'un de ces emballements de jeune fille qui ne prêtent pas à conséquence. Non, je ne crois pas que l'on viendrait me chercher à Venise.

– Ma chère, il est assez difficile de savoir ce que croit ou ne croit pas le voisin même très proche. Il ne peut être question que je vous garde ici !

La déception douloureuse qu'il lut dans le regard qu'il avait tant aimé lui fit peine mais ne le bouleversa pas. Il ne comprenait pas bien d'ailleurs ce qui se passait en lui. Un an plus tôt, il aurait ouvert ses bras sans chercher à imaginer les conséquences possibles. Seulement, il y a un an, il était follement amoureux d'Anielka et prêt à courir tous les risques. Simon Aronov l'avait bien senti qui, à Londres, était venu tirer pour lui la sonnette d'alarme. Maintenant, les choses avaient changé. Peut-être parce que sa confiance aveugle de naguère s'était trouvée entamée par les contradictions de lady Ferrals qui, tout en jurant n'aimer que lui, avait choisi de rester avec un époux détesté et n'avait pas hésité à redevenir la maîtresse de son ancien fiancé, Ladislas Wosinski. Elle avait beau jurer qu'il n'en était rien, lui Morosini avait du mal à croire que l'on pouvait conduire un homme jusqu'au meurtre de son semblable en lui offrant seulement le bout de ses doigts. Non, il n'était plus captif comme il l'avait été...

– Ainsi, vous me chassez ? murmura la jeune femme.

– Non, mais vous ne pouvez pas rester dans ma maison. Quoi que vous en pensiez, vous n'y seriez pas en sûreté et vous pourriez même compromettre celle de ses habitants. Ce que je ne veux à aucun prix : ils sont pour moi ma famille et j'y tiens !

– Autrement dit, vous ne vous sentez pas de taille à me défendre, fit-elle avec dédain. Seriez-vous peureux ?

– Ne dites pas de sottises ! Je vous ai suffisamment donné la preuve du contraire. Je peux assumer n'importe quelle défense et les hommes qui vivent ici ne sont pas des lâches mais ils ne sont plus jeunes. Quant à moi, j'étais en affaires à l'étranger et ne suis revenu que pour m'occuper de vous mais je vais repartir. Donc pas question de laisser ma maisonnée seule avec vous au milieu ! Mettez bien dans votre jolie tête que, si Venise n'est pas grande, sa colonie internationale est importante, et en outre c'est une ravissante boîte à cancans. La présence, chez moi, d'une aussi jolie femme que vous déchaînerait les commentaires !

– Alors épousez-moi ! Personne n'y trouvera à redire !

– Croyez-vous ? Et votre père, votre frère qui m'aiment tant ? Ajoutons à cela que vous n'êtes pas encore majeure. Il s'en faut d'un an si ma mémoire est fidèle ?

– Vous ne raisonniez pas de la même façon, l'an passé, au Jardin d'Acclimatation de Paris ? Vous vouliez m'enlever, m'épouser sur-le-champ...

– J'étais fou, je le reconnais volontiers, mais je songeais seulement à une bénédiction nuptiale, après quoi je vous aurais tenue cachée jusqu'à ce qu'il soit possible de régulariser la situation devant la loi !

– Eh bien, faisons ça ! Au moins, nous aurons la satisfaction de pouvoir nous aimer... autant que nous en avons envie tous les deux ? Ne dites pas le contraire ! Je le sais, je sens que vous me désirez.

C'était malheureusement vrai. Dans sa volonté de séduire, Anielka était plus tentante que jamais, et l'épisode de la cantatrice hongroise remontait à plusieurs mois. En la voyant marcher vers lui avec lenteur, les mains ouvertes en un geste d'offrande, le corps ondulant sous le fin tissu de la robe, les lèvres brillantes entrouvertes, il saisit le temps d'un éclair que le danger était sérieux. Il l'esquiva en glissant sur le côté, juste avant d'être atteint, pour aller vers la cheminée où il resta un instant le dos tourné, le temps qu'il fallait pour allumer une cigarette et retrouver le contrôle de lui-même.

– Je crois vous avoir dit que j'étais fou, fit-il d'une voix un peu altérée. Il ne peut être question de mariage. Oubliez-vous déjà que je vais repartir ?

– À merveille ! Vous m'emmenez ! Nous pourrions faire un joli voyage... très agréable à tous égards ?

Morosini commençait à penser qu'il aurait du mal à s'en débarrasser et qu'il fallait trouver au plus vite une solution. Son ton se fit très sec :

– Je ne mélange jamais les affaires et... le plaisir !

Lancé intentionnellement, le mot la blessa :

– Vous auriez pu dire : l'amour ?

– Quand le doute s'insinue, il ne peut plus en être question. Cependant, vous avez raison de penser que je ne vous abandonnerai pas. Vous êtes venue ici pour trouver un refuge, n'est-ce pas ?

– Pour *vous* retrouver !

Il eut un mouvement d'impatience :

– Ne mélangeons pas tout ! Je vais faire en sorte de vous mettre à l'abri. Et je ne crois pas que, chez moi, vous y seriez !

– Et pourquoi ?

– Parce que si, d'aventure, un esprit malin parvenait à relever votre trace, c'est dans cette maison qu'il atterrirait, à coup sûr. Et comme il ne saurait être question d'un de ces hôtels de luxe auxquels vous êtes habituée, il faut que je vous trouve un logis avant de repartir. À moins que vous ne souhaitiez quitter Venise pour la Suisse ou la France comme vous en aviez l'intention...

– Mais je n'en ai jamais eu l'intention. J'ai toujours voulu venir ici et puisque j'y suis, j'y reste ! comme a dit je ne sais plus quel personnage illustre.

À nouveau, elle s'approchait de lui mais ses intentions semblaient plus paisibles et, cette fois, il ne bougea pas pour ne pas changer cette entrevue en course poursuite. D'ailleurs, elle se contentait de lui tendre une main qu'il ne put refuser :

– Voilà, fit-elle avec un beau sourire, je vous déclare la guerre la plus douce qui soit : je n'aurai plus d'autre but que vous reconquérir puisque, à ce qu'il paraît, nos liens se sont détendus. Installez-moi où vous voulez pourvu que ce soit dans cette ville mais retenez bien ce que je vous dis : un jour c'est vous-même qui me ramènerez dans ce palais et nous y vivrons heureux !

Pensant qu'il était plus sage de se contenter d'une demi-victoire, Aldo posa un baiser léger sur les doigts qu'on lui offrait et sourit à son tour mais, pour qui le connaissait vraiment, ce sourire contenait une forte dose de défi :

– Nous verrons bien ! Je vais m'occuper de votre installation... miss Campbell ! En attendant vous êtes ici chez vous et j'espère que vous me ferez la grâce de déjeuner avec moi et mon ami Guy ?

– Avec plaisir. Ainsi je peux aller où je veux dans la maison ? demanda-t-elle en virant sur ses fins talons, ce qui fit voleter sa robe, découvrant ainsi encore un peu plus de jambes.

– Naturellement ! Sauf, toutefois, dans les chambres... et les cuisines ! Si vous le souhaitez, Guy vous fera visiter le magasin.

– Oh, soyez sans crainte, fit Anielka d'un ton pincé, je n'aurai garde d'aller me fourrer dans les jupes de cette grosse femme qui se donne de si grands airs, alors qu'elle n'est rien d'autre qu'une cuisinière !

– C'est là que vous faites erreur. Cecina est beaucoup plus qu'une cuisinière. Elle était là avant ma naissance, et ma mère l'aimait beaucoup. Moi aussi, dit Morosini avec sévérité. Elle est en quelque sorte le génie familier de ce palais. Tâchez de vous en souvenir !

– Je vois ! Si je veux devenir un jour princesse Morosini, il faut que j'apprivoise d'abord le dragon ! soupira Anielka.

– Autant vous prévenir tout de suite : celui-là est inapprivoisable ! À tout à l'heure !

Et, laissant Anielka inspecter les hautes bibliothèques pour se choisir un livre, Aldo quitta la pièce dans l'intention de chercher Cecina. Il n'eut pas à aller bien loin : elle lui apparut comme par miracle dès qu'il se trouva dans le *portego*, la longue galerie-musée commune à nombre de palais vénitiens. Un plumeau à la main, elle époussetait avec une attention suspecte une cage de verre renfermant une caravelle aux voiles déployées posée sur l'une des consoles de porphyre. Aldo ne se laissa pas prendre à son air faussement détaché :

– C'est très vilain d'écouter aux portes ! chuchota-t-il. Tu devrais le dire à ton confesseur !

– Grotesque ! Comme si tu ne savais pas que ces portes sont trop épaisses pour que l'on puisse entendre !

– Peut-être... quand elles sont fermées. Celle-ci ne l'était pas tout à fait ! fit-il, taquin. Et puis, depuis quand manies-tu cet outil ?

– Bon, admettons ! Qu'est-ce que tu vas faire d'elle ?

– L'installer chez Anna-Maria. Personne n'ira la chercher là. Elle y sera tranquille.

– Elle a besoin de... tranquillité ? On ne le dirait guère à la voir !

– Plus que tu n'imagines. Si tu veux tout savoir, elle est en danger. Une des raisons pour lesquelles je ne peux pas la garder ici : je n'ai aucune envie d'attirer quelque péril que ce soit sur cette maison et ses habitants...

Il allait redescendre pour téléphoner dans son bureau mais il se ravisa :

– Ah ! Pendant que j'y pense : qui connaît son nom ici ?

– Zaccaria, bien sûr, puisqu'il l'a reçue et aussi notre M. Buteau mais pas le jeune Pisani : il était à la villa de Stra pour expérimenter des peintures...

– Pas expérimenter : expertiser ! corrigea machinalement l'antiquaire... Les deux femmes de chambre ?

– Oh non ! Elles l'ont à peine vue. Quant à moi, j'ai toujours été incapable de retenir les noms étrangers. Je sais seulement que c'est une lady... quelque chose !

– Plus de lady quelque chose ou autre ! C'est désormais miss Anny Campbell. Je vais prévenir Zaccaria et Guy.

La première idée d'Aldo avait été de téléphoner à son amie Anna-Maria pour retenir le logement d'Anielka mais, à la réflexion, il choisit de se déplacer. Il connaissait d'expérience les demoiselles du téléphone à Venise : elles étaient dévorées en permanence par une insatiable curiosité et n'hésitaient pas à colporter certains échos lorsqu'ils se révélaient quelque peu croustillants. Mieux valait ne pas s'y fier.

Anna-Maria Moretti habitait, au bord d'un rio tranquille, une adorable maison rose pourvue d'un joli jardin dont le fond atteignait le Grand Canal. Depuis la guerre où son mari, médecin, avait trouvé la mort, elle l'avait convertie en une sorte de pension de famille dans laquelle elle ne recevait que des gens recommandés souhaitant vivre au calme. Étant donné qu'il s'agissait de sa propre demeure convertie pour raisons financières en halte passagère, la veuve de Giorgio Moretti ne voulait à aucun prix accueillir de clients bruyants ou mal élevés. Elle entendait que l'on se tienne chez elle comme si l'on était invité dans l'un des palais environnants.

Elle accueillit Aldo avec la chaleur toujours égale conservée à un ami d'enfance. Elle était la sœur du pharmacien Franco Guardini en compagnie duquel Morosini avait passé de l'enfance à l'adolescence, jusqu'à atteindre la maturité sans que rien vienne troubler leur entente. Plus jeune que son frère, Anna-Maria, à trente-cinq ans, couronnée d'une abondante chevelure de ce blond chaud typiquement vénitien, appartenait à la catégorie de celles dont on dit en les voyant : « Voilà une belle femme ! » Les traits de son visage et les lignes de son corps évoquaient la statuaire grecque mais lui conféraient une certaine froideur. Apparente sans doute mais qui n'avait jamais incité Aldo à lui faire la cour. Ses sentiments envers elle étaient toujours demeurés fraternels et c'était bien mieux ainsi, Anna-Maria étant la femme d'un seul amour. La disparition de son époux avait mis un terme à sa vie sentimentale.

Elle accueillit Aldo avec le lent sourire qui était peut-être son plus grand charme.

– Veux-tu que nous allions boire un verre au jardin ? Il y fait bon, ce matin !

L'automne de cette année étant d'une grande douceur, le petit jardin sur l'eau était encore plein de fleurs et la vigne vierge, d'un beau rouge profond, qui escaladait les murs de la maison et du palais voisin lui faisait un écrin somptueux. Cependant, il déclina l'invitation :

– Je boirais volontiers un Cinzano glacé mais dans ton petit bureau. Il faut que je te parle !

– Comme tu voudras !

Anna-Maria savait écouter sans interrompre son interlocuteur, et celui-ci l'eut vite informée de la situation mais, loin de s'effrayer des dangers courus par sa future pensionnaire, elle se mit à rire :

– Je suis sûre qu'il y a beaucoup d'exagération dans ce qu'elle te raconte ! Tu connais pourtant bien les femmes ? Or celle-là s'est mis en tête de devenir princesse Morosini. Comme tu n'es ni pauvre ni repoussant, je ne lui donne pas tout à fait tort. Peut-être d'ailleurs arrivera-t-elle à ses fins ?

– Ne crois pas ça ! Le temps où je souhaitais l'épouser est passé et je serais surpris qu'il revienne. Cependant ne minimise pas les problèmes qui tournent autour d'Anielka et si, je t'ai tout raconté, c'est d'abord parce que tu es une amie fidèle mais aussi pour que tu puisses refuser en connaissance de cause.

– Tu veux que je refuse ?

– Non. J'espère que tu accepteras mais les temps ont changé et les étrangers qui séjournent un peu longuement en Italie sont surveillés de près par les gens de Mussolini, et je ne voudrais pas que tu aies d'ennuis.

– Il n'y a aucune raison. D'abord la municipalité me tient en grande estime, ensuite le chef du Fascio local me mange dans la main et enfin ton amie a un passeport américain. Or, les Américains et leurs dollars, les Chemises noires les aiment beaucoup. Si miss Campbell joue bien son rôle, nous n'aurons pas de problème. Va la chercher !

– Je te l'amènerai cet après-midi. Tu es un amour !

De retour chez lui, il se mit à la recherche d'Anielka pour lui faire part des dispositions qu'il venait de prendre mais il eut quelque peine à la trouver, n'imaginant pas un instant qu'elle pût être dans son magasin d'exposition. Elle était bien là pourtant, en compagnie d'un Angelo Pisani visiblement sous le charme. Le jeune homme la guidait avec un soin dévotieux à travers les deux grandes salles, autrefois dépôts de marchandises quand les navires vénitiens sillonnaient les Échelles du Levant pour en rapporter tout ce que produisait le fabuleux Orient. À présent, au lieu des épices rares, des ballots de soie, des tapis et autres splendeurs, s'y étalaient – juste retour des choses d'ici-bas – un échantillonnage des merveilles produites au cours des siècles par les artistes et artisans de la vieille Europe.

Lorsqu'il rejoignit les deux jeunes gens, Anielka tenait en main un grand gobelet de cristal ancien, gravé d'or, qu'elle s'amusait à faire jouer dans un rayon de soleil tandis qu'Angelo, rose d'émotion, la renseignait sur l'âge et l'histoire de ce bel objet. À l'entrée de son patron, le jeune homme rougit et prit un air gêné comme si Morosini le surprenait en flagrant délit.

– J'ai... j'ai eu le plaisir d'être... pré... présenté à miss Campbell par M. Buteau, bredouilla-t-il, et je... je lui fais admirer... nos richesses !

– Remettez-vous, mon vieux ! fit Aldo avec un bon sourire. Vous avez très bien fait de distraire notre visiteuse.

– C'est une véritable caverne d'Ali-Baba, mon cher prince ! fit la jeune femme en reposant le vase.

Il y manque seulement les joyaux, les pierreries ? Où les cachez-vous donc ?

– Dans un lieu bien secret. Lorsque j'en ai à vendre, s'entend ! Ce qui n'est pas le cas en ce moment !

– Mais... on vous dit collectionneur ? Ce qui sous-entend une collection, bien sûr ! Ne me la montrerez-vous pas ?

Le ton et le sourire étaient également provocants, et Aldo n'aima pas beaucoup ce soudain intérêt pour ce que, à l'instar de ses pareils, il considérait comme son jardin secret. Cela lui rappela que cette ravissante créature qu'il avait été si près d'adorer était la fille du comte Solmanski, un homme qu'il soupçonnait toujours d'avoir commandité le meurtre de sa mère, la princesse Isabelle, pour lui voler le saphir étoilé du pectoral devenu joyau de famille dans la suite des temps.

– On dit beaucoup de choses ! soupira-t-il avec désinvolture. Il va être l'heure de passer à table et Cecina déteste que l'on fasse patienter sa cuisine !

– Alors ne la faisons pas attendre ! Vous me montrerez tout cela cet après-midi.

– À mon grand regret nous n'en aurons pas le temps ! Je dois vous conduire à la Casa Moretti où l'on vous prépare un petit appartement. Ensuite, je repartirai comme je vous l'ai annoncé, miss Campbell !

– Quoi ? Déjà ?... Mais vous venez d'arriver ?

– En effet, mais nous sommes jeudi, et l'Orient-Express en direction de Paris quitte Venise à cinq heures un quart...

– Ah ! C'est à Paris que vous allez ?

– Je ne ferai qu'y toucher terre. L'affaire que j'ai laissée pendante m'appelle ailleurs.

La déception de la jeune femme était visible. Ce dont le jeune Pisani s'aperçut. Avec une émouvante bonne volonté, il se précipita au secours de la beauté en détresse :

– Si, en l'absence du prince, vous craignez de vous ennuyer, miss Campbell, je me mets à votre disposition... pendant mon temps libre tout au moins, rectifia-t-il avec un coup d'œil inquiet en direction de son patron. Ce sera une joie pour moi de vous faire visiter Venise. Je la connais mieux que n'importe quel guide...

Anielka lui tendit la main avec un radieux sourire, ce qui le fit rougir de nouveau :

– Vous êtes très gentil ! Je ferai appel à vous, soyez-en certain !

Morosini déplora que le jeune Pisani ne soit pas resté deux ou trois jours au château de Stra. Il crevait les yeux que ce bécasseau était en train de tomber amoureux de miss Campbell, et cela n'arrangeait rien ! Aucune jalousie dans le mécontentement d'Aldo. Il pensait seulement qu'embarqué dans cette galère le pauvre garçon risquait fort de souffrir, et c'était une idée qui lui déplaisait parce qu'il aimait bien Angelo.

Tandis qu'il se lavait les mains avant de passer à table, Guy Buteau, qui avait entendu la fin de la conversation dans le magasin, demanda :

– Je croyais que vous retourniez à Vienne ?

– D'abord, ma destination n'était pas Vienne

mais Salzbourg, et ensuite, j'ai une bonne raison de passer par Paris : je voudrais bien savoir si l'on y a des nouvelles d'Adalbert dont le silence commence à m'inquiéter. Ça ne fera pas un si grand détour, puisque là-bas je pourrai prendre le Suisse-Arlberg-Vienne Express [1] qui me déposera chez Mozart le plus confortablement du monde ! Mais je préfère que nous n'en parlions pas à table.

Le déjeuner expédié par les soins diligents d'une Cecina pressée par la hâte de voir la trop jolie intruse « vider les lieux », Aldo conduisit Anielka chez Anna-Maria où elle se déclara enchantée du décor aussi bien que de l'accueil, revint régler deux ou trois détails avec ses collaborateurs puis se fit déposer par Zian à la gare de Santa Lucia où il arriva un quart d'heure environ avant le départ du train, ce qui lui laissa le temps d'acheter quelques journaux pour la route.

Ce fut avec un vif soulagement qu'il prit possession du *single* que le contrôleur des wagons-lits parvint à lui trouver. Grâce à Dieu, il avait réussi à ne passer que la journée à Venise et à régler au mieux une question délicate. Ce n'était, bien sûr, que momentané mais, professant volontiers le vieil adage affirmant qu'à chaque jour suffit sa peine, il était content de pouvoir écarter ce souci de son esprit pour se consacrer à la recherche de la dame masquée de dentelles noires...

Pourtant, lorsqu'il déplia l'un de ses journaux étrangers, un titre lui sauta aux yeux : « Vol à la

1. Il deviendra quelques années plus tard l'Arlberg-Orient-Express, donnant ainsi une seconde ligne au plus célèbre des trains.

Tour de Londres... Les joyaux de la Couronne en danger. Grande émotion dans toute l'Angleterre. »

À la surprise générale, un seul bijou avait été dérobé, avec une facilité qui laissait le journaliste perplexe et incitait à se poser des questions sur la confiance que l'on pouvait attacher aux moyens de protection déployés autour du Trésor britannique. Il est vrai qu'étant donné la récente publicité faite à la Rose d'York, les conservateurs de la Tour avaient jugé préférable de l'installer dans une vitrine séparée et peut-être un peu moins bien protégée. Mais qui pouvait imaginer qu'on volerait ce vieux diamant, moins éclatant que ses confrères, quand les plus gros du monde se trouvaient à proximité ? Le rédacteur concluait à une opération montée sans doute par l'un des nombreux collectionneurs déçus quand le gouvernement de Sa Majesté avait récupéré le diamant historique. Naturellement, le superintendant Warren était de nouveau en charge d'une affaire qui lui avait déjà fait passer quelques nuits blanches...

Ayant lu, Morosini envoya une amicale pensée au Ptérodactyle, qui n'avait pas besoin de ce surcroît de travail, puis se mit à réfléchir. Qui avait pu prendre de tels risques – ils étaient réels en effet ! – pour s'approprier la maudite pierre... ou plus exactement sa copie fidèle ? Lady Mary reposait à présent dans la sépulture écossaise des Killrenan, son époux coulait des jours paisibles sous étroite surveillance dans une clinique psychiatrique. Restait peut-être Solmanski, le père d'Anielka, l'ennemi juré de Simon Aronov, prêt à tout pour s'approprier le pectoral dont il croyait détenir le saphir [1]... Oui, ce vol audacieux était peut-être son œuvre ? Anielka ne disait-elle pas qu'il s'absentait souvent « pour ses affaires » ? Ou alors, bien sûr, un collectionneur tout à fait en dehors du circuit ayant les moyens de s'offrir un cambrioleur habile et des complicités ? De toute façon, le vrai diamant étant à présent retourné à sa source, ce qu'il pouvait advenir de sa doublure n'intéressait plus guère Morosini. Et, comme la sonnette du premier service retentissait dans le couloir, il plia son journal, le mit sous son bras et s'en alla dîner...

1. Voir *L'Étoile bleue.*

CHAPITRE 4

OÙ MOROSINI FAIT UN PAS DE CLERC

Trois jours plus tard, Aldo, débarquant du train en gare de Salzbourg, était d'humeur maussade. Il n'aimait pas perdre son temps, or son crochet par Paris ne lui avait apporté que de longues heures de réflexions solitaires. En effet, il ignorait toujours ce qu'avait bien pu devenir Adalbert Vidal-Pellicorne.

Dans l'appartement de la rue Jouffroy gardé par des dieux égyptiens, il n'avait trouvé que Théobald, le fidèle valet de l'archéologue, mais celui-ci, élevé à l'école d'un maître ayant presque toujours quelque chose à cacher, s'était montré aussi hermétique qu'un sarcophage thébain. En dépit du fait qu'il était ravi de revoir monsieur le prince, Théobald se contenta de répondre à ses questions par oui ou par non sans se compromettre davantage. Oui, Monsieur était revenu d'Égypte où son séjour s'était prolongé au-delà de ses prévisions. Non, il n'était pas à Paris et, oui, son serviteur ignorait où il pouvait se trouver à cette heure.

Cependant, en l'accablant de questions Morosini, dont un ancêtre avait siégé au redoutable Conseil des Dix et qui était à ce jeu-là d'une force certaine, avait fini par apprendre que son ami n'était pas revenu directement du Caire. Aldo réussit encore à extorquer une petite information : Monsieur voyageait avec une dame mais pour ce qui était de la destination, Théobald, au bord des larmes, jura ses grands dieux qu'il l'ignorait, et l'interrogatoire en resta là.

Il y avait aussi le détail de la voiture mais, selon Théobald, Vidal-Pellicorne l'avait prêtée à un ami. Il fallut donc bien que Morosini se contentât d'informations trop incomplètes pour le satisfaire.

Sur le quai de la gare, il salua un voyageur en face duquel il avait dîné la veille au wagon-restaurant. C'était un homme d'une cinquantaine d'années, mince et élégant, d'une extrême amabilité et d'une simplicité assez étonnante chez quelqu'un d'aussi célèbre : il s'appelait Franz Lehar et, après un passage à Bruxelles et à Paris, il allait prendre quelque repos dans sa villa de Bad Ischl.

Sachant que son compagnon d'un soir se rendait aussi dans la célèbre ville d'eaux, le père de *La Veuve joyeuse* et du *Comte de Luxembourg* lui proposa de partager la voiture venue le chercher au train :

– Il y a environ soixante kilomètres et ce sera plus agréable que de prendre la correspondance...

– J'accepterais avec le plus grand plaisir, maître, si je n'avais formé le projet de m'arrêter à Salzbourg.

– En ce cas, ne manquez pas de venir me voir quand vous serez arrivé. J'éprouve une vraie passion pour les objets anciens et vous en parlez comme personne ! Ah, pendant que j'y pense, n'essayez pas de prendre logis au Grand Hôtel Bauer qui ferme fin septembre mais vous serez tout aussi bien, sinon mieux, au Kurhotel Elisabeth situé au bord de la Traun et presque en face de chez moi. C'est une maison de vieille réputation qui se soucie peu des saisons mais s'entend à recevoir des clients de qualité. Un souvenir du temps où la Cour fréquentait Ischl ! Et ici choisissez l'Österreichischer Hof ! Lui aussi est en bordure de rivière, ce qui est fort agréable !

Morosini remercia en se gardant bien d'ajouter que s'il voulait rester quelques heures dans la ville natale de Mozart, ce n'était pas pour y entendre un concert mais pour s'y procurer une voiture, sans chauffeur de préférence, afin d'avoir les coudées franches. En outre, si le compositeur austro-hongrois était aussi charmant que sa musique, il était également bavard. À ne consommer donc qu'avec modération !

En pénétrant dans le vieux palace pompeusement dénommé La Cour d'Autriche, où rien n'avait changé depuis la fondation, Morosini se demanda un instant s'il ne s'agissait pas d'une succursale imprévue de la Hofburg, tant l'atmosphère y était solennelle et le ton feutré. Le hall à lui seul, lourdement meublé dans le style Biedermeier, était une profession de foi.

Le personnel était assorti. Un portier aux airs de Premier ministre l'accueillit avant de le confier à un valet grave comme un chambellan et à un bagagiste qui possédait l'austérité d'un camérier du pape. Ceux-ci conduisirent le voyageur jusqu'à une grande chambre du premier étage dont les fenêtres donnaient sur le quai Élisabeth et le flot légèrement torrentueux de la Salzach. Au-delà, dominée par l'antique forteresse des princes-évêques, Hohensalzburg, que l'on atteignait seulement par funiculaire ou chemins muletiers, la ville de Mozart étalait sa splendeur baroque, ses dômes, ses clochers et la grâce des collines qui en formaient le cadre et que l'automne parait d'or et de cuivre.

Accoudé au balcon, Morosini qui n'était encore jamais venu à Salzbourg admirait sans réserve quand la pétarade d'un moteur de sport, capable de briser n'importe quel charme, attira son attention d'abord vague puis le fit sursauter : un petit roadster rouge vif garni de cuir noir tournait le coin du quai pour se garer sans doute devant l'hôtel. Aldo reconnut une Amilcar et fut aussitôt prêt à jurer que l'habillage de cuir du conducteur et ses grosses lunettes recouvraient la personne de l'égyptologue qu'il cherchait partout.

Il ne perdit pas de temps en conjectures, descendit quatre à quatre et atterrit dans le hall juste au moment où, arraché d'une main énergique, le serre-tête s'envolait, libérant les boucles couleur de paille et plus en désordre que jamais d'Adalbert Vidal-Pellicorne dont les yeux bleus s'arrondirent quand Morosini entra dans leur champ de vision :

– Toi ! Mais qu'est-ce que tu fais ici ?

– Je pourrais te poser la même question. Et même, des questions, j'en ai pas mal à formuler.

– On va avoir tout le temps pour ça. Je suis content de te voir !

C'était un cri du cœur et l'accolade vigoureuse qui suivit acheva de dissiper la mauvaise impression qu'Aldo traînait après lui depuis Paris.

– J'en ai vu des vertes, tu sais, depuis que nous nous sommes quittés, soupira Adalbert tout en tendant son passeport au réceptionniste avant de virer sur lui-même pour suivre le valet-chambellan. Tu n'imagineras jamais d'où je sors ?

– Essayons de deviner ! Selon moi, tu viens de Vienne mais il n'y a pas si longtemps tu croupissais sur la paille humide d'une prison égyptienne, récita Morosini sans parvenir à cacher un sourire de satisfaction en constatant la stupeur de son ami.

– Comment sais-tu tout ça ?

– Vienne, c'est le fruit de mes déductions personnelles mais ton aventure pharaonique, c'est Simon qui m'a mis au courant.

– Tu l'as vu ?

– La semaine dernière, à Vienne justement. Nous avons admiré ensemble une fort belle représentation du *Chevalier à la rose*. Cela dit, tu aurais pu prendre la peine de m'écrire ? Ce n'est pas interdit, entre amis !

– Je sais, mais... il y a des choses qu'on préfère expliquer de vive voix. En outre, je déteste écrire.

– Je te croyais homme de lettres autant qu'archéologue... sans compter autre chose ?

– Rédiger un ouvrage ou des communications à telle ou telle académie c'est dans mes cordes, mais la correspondance type Sévigné j'ai horreur de ça !

Le valet venait d'ouvrir devant eux la porte

d'une chambre voisine de celle d'Aldo. Adalbert le prit par le bras pour le faire entrer :

– Tu vas me raconter tout ça pendant que je vais prendre une douche et me changer !

– Pas question ! Moi aussi j'ai une douche à prendre. Si tu veux tout savoir je viens de débarquer de l'Arlberg-Express et il faut encore que je me procure une voiture avant le dîner. On causera à table !

– Un instant ! Qu'est-ce que tu veux faire d'une voiture ? La mienne est en bas !

– J'ai assisté à ton arrivée mais, comme j'ignore tout de tes projets, souffre que je m'occupe des miens, fit Morosini avec une hypocrisie parfaite.

– Je n'ai plus rien d'autre à faire que rentrer à Paris. Si tu as besoin de moi et de mon véhicule nous sommes à ta disposition. À ce propos, pourquoi es-tu à Salzbourg ?... et qu'est-ce que tu es allé faire à l'Opéra avec Simon ? ajouta Vidal-Pellicorne, une lueur soupçonneuse allumée soudain au fond de son œil. Il ne serait pas, par hasard, question de... d'une...

Il hésitait d'autant plus devant le mot que le valet, toujours fidèle à son personnage, ne s'éloignait dans le couloir qu'avec une solennelle lenteur. Aldo eut un grand sourire :

– Parie là-dessus et tu gagneras ! fit-il joyeusement. Seulement, que tu le veuilles ou non, tu attendras le dîner. J'ai vraiment besoin d'un bon bain.

– Tu trouves chic de me faire lanterner ?

– C'est la meilleure, celle-là ! Écoute un peu, mon bonhomme ! Moi ça fait une semaine que je me pose des questions à ton sujet et le petit entretien que j'ai eu avant-hier avec ton précieux Théobald n'a rien arrangé ! Ça, tu peux être fier de lui : il est plus discret qu'un confessionnal !

– Tu as été chez moi ?

– Brillante déduction ! Tout ce que j'ai pu en tirer après l'avoir passé à la question, c'est que tu étais parti en vacances avec une dame. Alors, tu patientes jusqu'au dîner !

Adalbert n'insista pas mais, à la surprise de son ami, il devint tout à coup d'un beau rouge brique et s'engouffra dans sa chambre :

– Comme tu voudras, marmotta-t-il. On se retrouve à huit heures.

Et la porte se referma sur lui.

Les deux hommes en smoking s'attablèrent dans le Roten Salon, le palace salzbourgeois poussant sa dévotion au régime impérial jusqu'à donner ce nom à l'un de ses deux restaurants. Connaissant bien la ville et l'Österreichischer Hof où il descendait d'habitude, Adalbert s'était chargé du menu. Ce fut lui aussi qui ouvrit le feu, profitant de ce que tous deux se trouvaient encore isolés dans l'angle d'une salle à moitié vide.

– Tu me pardonneras de ne pas respecter l'ordre de tes volontés, mais ce qui m'est arrivé pendant ces mois derniers n'est pas – et de loin ! – aussi passionnant que nos relations avec Simon. Raconte, je t'en supplie, ce que vous avez fait ensemble à l'Opéra !

Sans répondre, Morosini attaqua le verre de *Gespritzer*[1] qu'on leur avait servi en guise d'apéritif ce qui eut le don d'impatienter davantage encore Adalbert.

– Eh bien ! pressa celui-ci. De quoi avez-vous parlé ? A-t-il trouvé la piste de l'opale ou du rubis ?

– De l'opale. En fait, il m'a même offert le privilège de la contempler... de loin sur une dame de grande allure encore que bien mystérieuse...

Et, sans se faire prier davantage, il raconta sa soirée d'opéra mais en prenant grand soin de s'arrêter, avec un sens pervers du suspense, au moment où Aronov et lui s'étaient aperçus de la disparition de la femme aux dentelles noires.

– Disparue ! gémit Adalbert. Ça veut dire que vous l'avez perdue.

– Pas vraiment... ou pas encore ! Il se trouve que, par le plus grand des hasards, je l'avais déjà aperçue en fin d'après-midi dans la crypte des Capucins.

– Qu'est-ce que tu faisais là ?

– Une visite ! Chaque fois que je vais à Vienne, je me rends au « débarras de rois » pour y poser quelques violettes sur le tombeau du petit Napoléon. C'est ma moitié française qui parle à ces moments-là.

Suivit le récit, encore plus dramatique, le sujet s'y prêtant, de l'étrange entrevue mais, cette fois, Morosini l'acheva par sa course dans les rues de Vienne derrière les roues d'une calèche fermée.

– Et tu es allé jusqu'où comme ça ? souffla

1. Mélange d'eau gazeuse et de vin fort prisé en Autriche.

Vidal-Pellicorne, tellement passionné qu'il en oubliait le morceau d'anguille piqué sur sa fourchette à mi-chemin de l'assiette et de sa bouche.

– Jusqu'à une demeure que je n'ai eu aucune peine à reconnaître, étant donné que je m'y étais déjà rendu. Et quand, à l'Opéra, Simon m'a dit à qui appartenait la loge où se trouvait l'inconnue, je n'ai pas eu de mal à faire le rapprochement. Mais toi aussi tu le connais, ce palais ?

– Dis-moi son nom. On verra après...

Le morceau d'anguille disparut mais faillit bien resurgir quand Morosini lâcha, avec un sourire impertinent :

– Adlerstein ! C'est dans Himmelpfortgasse... Tiens ! Bois un peu sinon tu vas t'étrangler, ajouta-t-il en offrant un verre d'eau à son ami devenu violet dans sa lutte contre le tronçon rétif.

– Eh bien ? Je ne pensais pas te faire un tel effet ?

Adalbert repoussa l'eau, avala une gorgée de vin.

– Ce n'est pas toi... c'est... cette bestiole ! Il y a des arêtes, figure-toi ! Quant à ton palais, n'y ayant jamais mis les pieds, je ne le connais pas.

– En ce cas, comment se fait-il que ta voiture, elle, le connaisse ? Je l'y ai vue... ou tout au moins aperçue, tandis qu'un domestique la lavait dans la cour intérieure.

Si Morosini s'attendait à des exclamations ou à des protestations indignées, il allait être déçu. Adalbert se contenta de lui jeter un coup d'œil, tout en se massant le bout du nez d'un air perplexe, mais ne répondit pas. Aldo revint alors à la charge :

– C'est tout ce que tu trouves à dire ? Si elle était garée là, ce n'était tout de même pas sans toi ?

– Si. Je l'avais prêtée.

– Prêtée ? Puis-je te demander à qui ?

– Je te le dirai tout à l'heure... Plus j'y réfléchis et plus je pense que le mieux est que je te raconte maintenant mes aventures personnelles. Tu comprendras mieux !

– Je t'écoute.

– Bien. Tu as appris que j'ai failli être victime, en Égypte, d'une erreur judiciaire ?

– Une statuette que l'on t'accusait d'avoir volée et que l'on a heureusement retrouvée ?

– Pas heureusement ! Par hasard plutôt, dans un coin du tombeau où elle a dû retourner toute seule. Le vrai voleur – dont je soupçonne qui il peut être – l'y a déposée quand il a pris peur après la mort étrange de lord Carnavon...

– J'ai en effet appris cette disparition bizarre. Une piqûre de moustique à ce que l'on a dit ?

– Qui a déclenché un érysipèle meurtrier, mais assez nombreux sont ceux qui pensent voir, dans cette mort, une sorte de malédiction attachée à ceux qui ont dédaigné l'inscription découverte à l'entrée de la tombe : « La mort touchera de ses ailes celui qui dérangera le pharaon. » Il y a eu encore une ou deux disparitions inexplicables et, je te le répète, notre homme aura eu la frousse !

– Et toi, tu y crois à cette malédiction ?

– Non. Le pauvre Carnavon est mort le 5 avril et la salle contenant le sarcophage n'était même pas encore ouverte. Mais moi, ça m'a tiré de prison. Pour être franc, je l'aurais volontiers prise, cette statue, et je ne l'aurais jamais rendue... même s'il m'avait fallu encourir les foudres du défunt. Elle méritait qu'on se damne pour elle ! soupira l'égyptologue avec des larmes dans la voix. Une ravissante petite esclave nue, en or pur, présentant une fleur de lotus. La plus pure expression de la beauté féminine ! Et quand je pense que ce gros misérable l'a eue en sa possession pendant des semaines et que...

– Arrête ! coupa Aldo. Si tu t'embarques dans cette histoire, nous ne sommes pas près d'en sortir. Revenons à notre point de départ : ta voiture miraculeusement transportée à Vienne ! Alors, autant prendre ton récit après ta libération...

– Entendu ! Inutile de te dire que j'ai reçu des excuses de l'expédition et des autorités anglaises. Pour se faire pardonner, ils m'ont même demandé d'escorter jusqu'à Londres un envoi destiné au British Museum.

– Curieux honneur ! Tu aurais préféré diriger ça sur le musée du Louvre ?

– Bien sûr, et je me suis même demandé si ce n'était pas un nouveau piège, puisque lord Carnavon s'était engagé à remettre aux Égyptiens la totalité du produit de ses fouilles, mais Carter – toujours bien vivant, lui ! – entendait que son pays profite un peu de ses trouvailles et comme c'est lui le découvreur... Donc je suis parti pour Londres où j'ai reçu un grand accueil et où j'ai eu le plaisir de revoir notre ami Warren !

– Le pauvre ! Tu as vu ce qui lui est arrivé ? Notre Rose d'York s'est envolée de nouveau !

– Ça, mon ami, c'est le cadet de mes soucis. Et, s'il te plaît, ne changeons pas de sujet ! fit Adalbert.

J'ai donc été admirablement traité et je suis même rentré en France dans les bagages de sir Stanley Baldwin qui venait en visite officielle. Ce qui m'a valu le plaisir d'être invité à la grande réception offerte par lord Crewe, l'ambassadeur de Grande-Bretagne à Paris, et c'est là que j'ai fait la rencontre inattendue d'une bien charmante jeune fille en difficulté. J'étais allé fumer un cigare dans les jardins, quand j'ai été le témoin d'une scène déplaisante : un quidam était en train de brutaliser une femme pour l'obliger à l'embrasser.

– Et tu as volé à son secours ? dit Morosini suave.

– Tu aurais agi de même quelle que soit la dame, mais j'ai cogné avec d'autant plus d'enthousiasme que je venais de la reconnaître : c'était Lisa Kledermann !

Brusquement, Aldo n'eut plus du tout envie de rire :

– Lisa ? Qu'est-ce qu'elle faisait là ?

– Elle est très liée avec l'une des filles de l'ambassadeur et, comme elle était à Paris pour courir les boutiques, elle n'a pas eu besoin d'être invitée puisqu'elle logeait chez son amie.

Morsini se rappela soudain qu'à Londres Kledermann lui avait dit que sa fille avait beaucoup d'amis en Angleterre.

– Et... l'agresseur ? C'était qui ?

– Oh rien ! Un quelconque attaché militaire persuadé qu'un uniforme peut tenir lieu de séduction. Il a d'ailleurs vidé les lieux sans demander son reste. Ce n'était pas un foudre de guerre.

– Et... Lisa ?

– Elle m'a remercié puis nous avons bavardé... de tout et de rien. C'était très agréable, soupira Adalbert dont l'esprit était en train de s'évader vers les réminiscences de cette soirée dans un jardin nocturne.

– Elle va bien ?

Adalbert sourit aux anges sans s'apercevoir que le ton d'Aldo se faisait de plus en plus bref :

– Très bien... C'est une fille délicieuse ! Nous nous sommes revus à deux ou trois reprises : un déjeuner, un concert où je l'ai emmenée, un défilé de couturier...

– Bref, vous ne vous êtes plus quittés ? Et comme ce n'était pas suffisant, vous avez décidé de partir ensemble... en vacances ?

Le ton franchement acerbe finit par percer l'espèce de cocon moelleux dans lequel Vidal-Pellicorne se vautrait depuis quelques instants. Il tressaillit et regarda son ami avec la mine un peu ahurie de quelqu'un qui s'éveille : les prunelles couleur d'acier étaient en train de virer au vert ce qui, chez Morosini, était toujours signe de tempête :

– Mais qu'est-ce que tu vas imaginer ? Nous avons noué de vrais liens d'amitié. Bien sûr, nous avons un peu parlé de toi...

– Vous êtes très bons !

– Je crois qu'elle t'aime bien en dépit de la façon dont vous vous êtes quittés, et qu'elle regrette toujours Venise.

– Personne ne l'empêche d'y retourner. Alors, ce voyage ?

– J'y viens ! Un service dont je t'ai déjà parlé à demi-mot m'a demandé d'aller faire un tour en Bavière afin d'y observer les agissements d'un certain Hitler, qui s'est récemment lancé à l'attaque verbale de la République de Weimar et qui rassemble pas mal de monde autour de lui. Mais, pour ne pas trop attirer l'attention sur moi, on m'a demandé d'y aller en touriste donc en voiture. Le mieux était que j'emmène quelqu'un avec moi et, comme Lisa devait rentrer en Autriche pour l'anniversaire de sa grand-mère, l'idée de faire le voyage dans ma voiture lui a paru amusante et nous sommes partis... en camarades ! précisa Vidal-Pellicorne avec un clin d'œil inquiet au visage orageux de son ami...

– Et, bien que l'on t'ait envoyé en Allemagne, tu es allé jusqu'à Vienne ?

– Non. Jusqu'à Munich où mon travail m'a retenu plus que je ne le pensais. Aussi, pour ne pas retarder Lisa, je lui ai prêté ma voiture afin qu'elle soit à Bad Ischl en temps voulu. En dépit de l'envie qu'elle en avait, elle a commencé par refuser parce qu'ensuite elle devait monter sur Vienne, mais je l'ai convaincue en lui disant que j'irais reprendre ma voiture là-bas quand j'en aurais fini. Ce que je viens de faire. J'ajoute que je n'ai pas revu Lisa : elle venait de partir pour un bal à Budapest quand je suis arrivé. À présent, tu n'ignores plus rien !

– Elle savait ce que tu allais faire en Allemagne ?

– Tu rêves ? Je lui ai parlé d'une organisation de congrès d'archéologie, de quelques conférences éventuelles de ton serviteur.

– Et elle t'a cru ?

Les yeux qu'Adalbert planta dans ceux d'Aldo étaient d'une absolue candeur :

– Elle n'avait aucune raison de ne pas me croire. Je t'ai déjà dit que nous étions d'excellents amis.

– Eh bien, tu as plus de chance que moi ! À présent, oublions tout ça et occupons-nous de cette sacrée opale. Tu as une idée pour convaincre la dame aux dentelles de nous la vendre ?

– Comment veux-tu ? Je la connais encore moins que toi puisque je ne l'ai même pas vue. Le mieux et de rejoindre Ischl dès demain. Mme von Adlerstein doit y être encore, puisqu'elle n'était pas rentrée ce matin quand j'ai repris ma voiture.

Le lendemain, tandis que la petite Amilcar rouge trottait au long des cinquante-six kilomètres reliant Salzbourg à Bad Ischl à travers un charmant paysage de collines boisées et de lacs, Aldo laissait son esprit vagabonder à la suite de son ancienne secrétaire. S'il n'y avait eu l'évidence, il n'aurait jamais pu croire à une « Mina » allant à un bal hongrois, se faisant courtiser dans le jardin d'une ambassade par un sémillant officier, conduisant une voiture de sport et, enfin, courant les routes en compagnie d'Adalbert dont il se demandait sans oser vraiment se poser la question s'il n'était pas en train de tomber amoureux d'elle ?... Et ce qu'il comprenait encore moins, c'était pourquoi tout cela lui était tellement désagréable ?

Soudain, il s'aperçut qu'en pensant à Lisa en tant que femme il était en train de tourner le dos à une évidence : elle devait se trouver à Vienne au moment du séjour de la dame mystérieuse, et donc la connaître. Au lieu d'aller faire le siège d'une vieille comtesse qui ne se laisserait peut-être pas convaincre, il serait peut-être beaucoup plus simple de courir après sa petite-fille ?

– Que diable, dit-il tout haut suivant le fil de sa pensée, elle a tout de même travaillé avec moi pendant deux ans, et bien travaillé ! Si quelqu'un peut nous renseigner c'est elle...

Sans cesser de surveiller la route d'un œil vigilant, Adalbert se mit à rire :

– Toi aussi, tu penses que Lisa serait pour nous la meilleure source de renseignements ? Le chiendent, c'est de lui remettre la main dessus.

– Ça devrait être facile pour toi puisque vous êtes si bons amis ? fit Morosini avec un rien de fiel.

– Pas plus que pour toi. Cette fille est un vrai courant d'air et j'ignore tout de ses projets.

– Tu lui as prêté ta chère voiture, tu lui as tenu lieu de chevalier servant durant...

– Quinze jours ! Pas un de plus...

– ... et elle ne t'a pas dit où elle comptait se rendre après Budapest ?

– Eh non !... Pourtant, j'avoue le lui avoir demandé mais elle est restée très vague : peut-être un tour en Pologne où elle a des amis, ou alors Istanbul... à moins que ce ne soit l'Espagne. J'ai eu l'impression qu'elle n'entendait pas me mêler davantage à sa vie. Elle est très indépendante... et puis, elle m'avait peut-être assez vu !

Comme par magie, Aldo se sentit d'une humeur charmante qu'il conserva le reste du voyage. Il s'était même offert le luxe d'un : « Mais non, mais non ! » parfaitement hypocrite.

C'est à ses sources salées naturelles, jointes à une source sulfureuse, qu'Ischl devait sa renommée. La Cour avait choisi cette jolie ville au confluent de l'Ischl et de la Traun pour résidence estivale et l'aristocratie qui suivait la famille impériale en avait fait l'une des premières villes d'eaux d'Europe, une des plus élégantes aussi où il n'était pas rare que les plus grands artistes vinssent se produire devant un parterre de têtes couronnées.

On disait que François-Joseph – et ses frères par la suite ! – devaient leur venue au monde aux bains salins ordonnés à l'archiduchesse Sophie, leur mère, par le docteur Wirer-Rettenbach. Et puis, surtout, il y avait « le » roman impérial : les fiançailles décidées en quelques minutes du jeune empereur et de sa ravissante cousine Élisabeth, alors que le mariage avec la sœur aînée de la jeune fille, Hélène, était annoncé.

Bien que la monarchie ne fût plus qu'un souvenir, elle laissait maintes nostalgies. Ceux et surtout celles qui s'en venaient rêver dans le parc ou devant les colonnes de la Kaiser Villa, le château vaguement grec où s'était déroulé l'événement, étaient nombreux durant la saison des bains mais il s'en trouvait encore à l'automne et ceux-là étaient les plus fervents, ombres de l'ancienne Cour à la recherche des heures enfuies où ils jouaient un rôle dans le spectacle qu'offraient l'empereur, l'impératrice et leur suite.

D'ailleurs, à Ischl, le temps semblait arrêté, surtout chez les femmes. Peu ou point de fards, pas de cheveux coupés et encore beaucoup de robes longues se mêlant aux costumes régionaux traditionnels.

– Incroyable ! murmura Morosini quand l'Amilcar s'installa, devant l'hôtel, à une place qu'une calèche venait de libérer. Sans cet engin, j'aurais l'impression d'être mon propre père. Je me souviens qu'il est venu à Ischl deux ou trois fois.

– Ceux d'ici ne sont pas fous. Ils savent bien que les souvenirs de l'empire représentent leur meilleure publicité. Cet hôtel porte le nom d'Élisabeth, les établissements de bains ceux de Rodolphe ou de Gisèle, le plus beau panorama celui de Sophie. Sans compter les places François-Joseph, ou François-Charles, etc. Quant à nous, nous allons nous installer, déjeuner et attendre que l'heure soit convenable pour nous rendre au château de... Rudolfskrone que les Adlerstein ont fait construire quand leur vieux burg montagnard est devenu inhabitable à la suite d'un éboulement...

– Tu en connais, des choses ! fit Morosini admiratif. On n'est pourtant pas en Égypte ici ?

– Non, mais quand on fait un long parcours en compagnie de quelqu'un, il faut bien entretenir la conversation. Nous avons causé, avec Lisa...

– C'est vrai. J'oubliais... Et tu ne saurais pas, par hasard, où cela se situe ?

– Sur la rive gauche de la Traun, au flanc du Jainzenberg, répondit Vidal-Pellicorne imperturbable.

Trop grand pour être un pavillon de chasse et ressemblant davantage avec ses loggias, son fronton et ses multiples ouvertures, à une villa palladienne, Rudolfskrone, niché dans la verdure en face d'un ravissant panorama, offrait une image souriante. Il était facile de comprendre pourquoi Mme von Adlerstein choisissait d'y séjourner fréquemment et de s'y attarder, alors que l'automne était déjà bien installé. Cette maison était plus agréable à habiter que le palais de Himmelpfortgasse.

Un majordome, portant avec une immense dignité des culottes de cuir à lacets et une veste de ratine vert-sapin qui eussent donné une crise de nerfs à ses confrères britanniques, accueillit les visiteurs devant le haut porche dominé par des statues en équilibre sur un balcon.

En dépit du libellé des cartes de visite présentées par les visiteurs, le serviteur émit un doute sur la possibilité d'être reçus sans s'être annoncés au préalable. La comtesse était souffrante. Alors, Aldo, bien décidé à ne plus se laisser lanterner, demanda :

– Mademoiselle Lisa n'est pas là ?

Ce fut magique : le masque sévère du majordome s'éclaira d'un sourire :

– Oh ! Si ces messieurs sont de ses amis c'est autre chose ; il me semblait aussi reconnaître la petite voiture rouge que nous avons eue ici il y a peu...

– Je la lui avais prêtée, précisa Adalbert, mais si Mme von Adlerstein n'est pas bien, ne la dérangez pas. Nous reviendrons plus tard.

– Je vais essayer, messieurs, je vais essayer...

Quelques instants plus tard, il ouvrait devant les deux hommes les portes d'un petit salon tendu de damas grège avec de grands rideaux soyeux ouverts sur les arbres du parc. De nombreuses photographies encadrées d'argent y occupaient une grande place.

Une dame aux cheveux blancs, en dépit d'un visage encore lisse, y était étendue sur une chaise longue, une écritoire sur les genoux. Elle la repoussa d'un mouvement vif en voyant entrer ses visiteurs. Ceux-ci pensèrent qu'elle devait être grande au vu de la longue robe noire à guimpe de dentelle qu'elle portait. Son image appartenait à un autre temps, celui des photographies, mais ses yeux sombres possédaient une étonnante vitalité. Quant au sourire dont s'éclaira soudain son visage, il était l'exacte réplique de celui de Lisa.

Ce fut vers Adalbert qu'elle tendit sans hésiter une longue main ornée de très belles bagues sur laquelle il s'inclina :

– Monsieur Vidal-Pellicorne, dit-elle, c'est un plaisir de vous rencontrer... encore que je regrette un peu votre trop grande facilité à vous plier aux caprices de ma petite-fille. Lorsque je l'ai vue au volant de votre voiture, j'ai été éberluée, un peu admirative mais aussi inquiète. N'est-ce pas imprudent ?

– Même pas, comtesse ! Mlle Lisa conduit bien.

Mais déjà la vieille dame se tournait vers son autre visiteur et son sourire ne fut plus que courtois :

– En dépit du grand nom que vous portez,

prince Morosini, je n'ai pas l'avantage de vous connaître. Pourtant, il semble que, depuis peu, vous ayez entrepris d'assiéger ma maison de Vienne ? On me dit que vous êtes venu me demander à plusieurs reprises ?

Le ton sec laissait entendre à Aldo que son insistance déplaisait :

– Je plaide coupable, comtesse, et vous en demande infiniment pardon comme d'avoir, à la lettre, espionné votre palais.

Elle eut un haut-le-corps et fronça le sourcil :

– Espionné ? Quel mot malsonnant !... Et la raison, je vous prie ?

– Je désirais vous entretenir d'une chose d'extrême importance à laquelle mon ami ici présent s'intéresse autant que moi.

– Quelle chose ?

– Vous allez l'entendre mais, auparavant, veuillez me permettre de vous poser une question.

– Faites ! Et prenez place, je vous prie !

Tout en s'asseyant dans un fauteuil habillé de damas qu'on lui désignait, Aldo formula sa demande :

– Vous venez de dire que vous ne me connaissiez pas. Est-ce que Mlle Kledermann ne vous a jamais parlé de moi ?

– L'aurait-elle dû ? Vous devez comprendre, ajouta Mme von Adlerstein pour corriger un peu l'insolence de sa remarque, que Lisa connaît beaucoup de monde et un monde disséminé à travers l'Europe. Il est impossible de faire le tour de ses amis. Ainsi, vous aussi l'avez déjà rencontrée ? Où donc ?

– À Venise où j'habite.

Il ne jugea pas utile d'en dire davantage. Si Lisa – peut-être parce qu'elle n'en était pas fière – n'avait pas cru bon de révéler ses activités dans la maison Morosini, ce n'était pas à lui d'en faire état. Même s'il se sentait vexé et un peu peiné d'avoir été tenu si à l'écart de la vie réelle de l'ex-Mina. La comtesse, d'ailleurs, remarquait :

– Cela ne m'étonne pas. Elle aime beaucoup cette ville où elle séjourne fréquemment, je crois... Mais venons-en, s'il vous plaît, à ce grand désir que vous aviez de me parler !

Morosini garda le silence un instant, pour mieux choisir ses paroles, puis se décida :

– Voilà. Le 17 octobre dernier, j'ai assisté, en compagnie du baron Palmer et dans la loge de Louis de Rothschild, à une représentation du *Chevalier à la rose.* Je précise même que j'étais venu d'Italie à l'invitation du baron et dans le seul but d'entendre cet opéra. Ce soir-là, après le lever du rideau, j'ai vu entrer dans votre loge une dame fort élégante, fort impressionnante aussi. C'est au sujet de cette dame que je désirais m'entretenir avec vous, comtesse. Je voudrais la connaître.

– Et pourquoi s'il vous plaît ?

Cette fois, le ton s'était fait hautain, mais Morosini choisit de ne pas s'en apercevoir.

– Le goût du romantisme, peut-être ? Vous êtes vénitien et le mystère que suggère cette femme pique votre curiosité et votre imagination ? reprit la comtesse.

« Décidément je ne lui plais pas ! Le type de

Vienne a dû la prévenir contre moi », pensa Morosini, qui décida alors de prendre le problème de face et de jouer la franchise.

– Faites-moi la grâce, madame, si vous me prêtez des sentiments, de les choisir moins futiles. Il s'agit d'une affaire importante et je dirais même grave : cette dame possède un bijou qu'il me faut acquérir à n'importe quel prix.

La stupeur et l'indignation firent taire la comtesse pendant un instant puis se dissipèrent pour faire place à la colère :

– Des sentiments moins futiles ? Mais c'est pis encore ! La simple et vulgaire convoitise d'un marchand. Une question d'argent ! Même si je n'ai pas l'avantage de vous connaître, je n'ignore pas votre réputation de négociant expert en joyaux anciens. Je crois, ajouta-t-elle, que nous n'avons plus rien à nous dire. Sinon mon intention de conseiller à ma petite-fille de mieux choisir ses amis !

La tentation fut grande pour Aldo de jeter au visage de l'arrogante vieille dame que sa précieuse petite fille, déguisée en quakeresse, avait été à ses ordres pendant deux ans, mais il gardait trop d'amitié à la fausse Hollandaise pour lui jouer ce mauvais tour. Il préféra avaler et tenter de convaincre :

– Madame, madame, je vous en prie, ne me condamnez pas sans m'entendre ! Il ne s'agit pas du tout de ce que vous croyez et je vous jure qu'il n'y entre aucune convoitise ni espérance de gain. Ce bijou... ou tout au moins l'opale qui en est le centre, a une histoire tragique comme il advient d'ailleurs à toute pierre arrachée à un objet sacré. Celle-là n'échappe pas au sort habituel si, comme on me l'a assuré, elle a été portée par la malheureuse impératrice Élisabeth. L'acheter à cette dame, c'est lui rendre service, croyez-moi...

– Ou lui briser le cœur ! Il suffit, prince ! Vous touchez là un secret de famille et ce n'est pas moi qui le divulguerai. À présent, je n'ai plus de temps à vous consacrer !

Il était difficile de s'attarder sans se montrer grossier. Pourtant, Adalbert tenta de venir au secours de son ami :

– Permettez-moi un mot, comtesse ! Tout ce que vient de vous dire le prince Morosini est l'expression même de la vérité. Lui et moi sommes à la recherche de plusieurs pierres attachées jadis à un objet de culte. Nous en avons retrouvé deux. Il en reste deux et l'opale est de celles-là !

– Je ne mets pas votre parole en doute, monsieur. Ni celle du prince mais, dans ce cas, il vous faudra attendre, pour acheter ce bijou, qu'il tombe aux mains des héritiers de sa propriétaire car, elle vivante, vous ne l'aurez pas ! Je vous donne le bonjour, messieurs !

Un coup de sonnette venait de rappeler le majordome qu'il fallut bien suivre.

– Veux-tu me dire pourquoi je lui ai fait peur ? murmura Morosini tandis qu'ils rejoignaient leur voiture.

– Je ne sais pas mais j'ai eu la même impression.

– J'ai peut-être eu tort d'attaquer si brutalement ? J'éprouve la désagréable sensation d'avoir fait un pas de clerc.

– Peut-être mais ce n'est pas sûr. Avec ce genre de femme, il vaut mieux parler net. Peut-être aurions-nous dû lui demander simplement où est Lisa ? Sa petite-fille pourrait être plus malléable ?

– Ne t'y fie pas ! Et puis il est possible qu'elle ne sache rien. La comtesse ignore bien que sa chère petite-fille a passé deux ans chez moi !

– Et ça, tu ne le digères pas !

Ils remontaient dans l'Amilcar lorsqu'une calèche fit son apparition et s'arrêta juste devant le nez de la voiture. En surgit, armé d'une valise, un jeune homme que Morosini reconnut au premier coup d'œil : c'était son agresseur de chez Demel. La reconnaissance fut d'ailleurs réciproque. Posant sa valise presque sur les pieds du majordome, le bouillant personnage se rua sur Aldo :

– Encore vous ? Je croyais pourtant vous avoir prévenu mais vous devez être dur d'oreille, alors je vous donne un dernier avis : cessez de courir après elle ou vous aurez affaire à moi !

Ayant dit, il virait déjà sur ses talons quand Morosini, perdant patience, l'empoigna par sa veste grise lisérée de vert et l'obligea à lui faire face :

– Un instant, mon garçon ! Vous commencez à m'agacer plus que de raison, alors mettons les choses au point une bonne fois pour toutes ! Je ne cours après personne sinon peut-être après Mme von Adlerstein et j'aimerais savoir quelle raison vous auriez de vous y opposer ?

– Ne faites pas l'innocent ! Il n'a jamais été question de tante Vivi mais bien de ma cousine Lisa ! Alors retenez ceci : moi Friedrich von Apfelgrüne, je suis décidé à l'épouser et je ne veux plus voir de godelureaux, étrangers de surcroît, lui tourner autour ! Maintenant lâchez-moi, vous m'étranglez !

– Pas encore, mais ça va venir si vous ne me faites pas sur-le-champ des excuses ! gronda Morosini sans rien relâcher du tout. Personne ne s'est encore permis de me traiter de godelureau.

– Ja... jamais ! gargouilla le jeune homme.

– Lâche-le ! conseilla Adalbert. Tu es en train de faire mûrir un peu vite cette pomme verte [1].

Le majordome se lançait à la rescousse :

– Voyons, monsieur Fritz, vous ne serez donc jamais raisonnable ? Vous savez pourtant que Mlle Lisa déteste vos façons de vous en prendre à ses amis dès qu'ils ont dépassé l'âge de dix ans ? Quant à Votre Excellence, qu'elle veuille bien consentir à le libérer. Mme la comtesse sera déjà assez mécontente quand elle saura...

– Je sais déjà, Josef ! fit la vieille dame qui venait d'apparaître en haut des marches, appuyée sur une canne et enveloppée d'un châle. Viens ici, Fritz, et cesse de faire l'imbécile ! Acceptez mes excuses avec les siennes, prince ! Ce jeune fou délire dès qu'il s'agit de sa cousine.

Aldo ne put faire autrement que lâcher prise, s'incliner et reprendre sa place auprès d'Adalbert qui démarra en faisant voler les graviers de l'allée.

En redescendant vers la ville, on roula en silence pendant un moment, chacun des deux hommes enfermé dans ses propres pensées, jusqu'à ce qu'enfin Adalbert marmotte :

1. *Apfelgrüne* veut dire « pomme verte ».

– Tu imagines Lisa mariée à cet olibrius ?

– Pas un instant ! Et j'ose espérer qu'il fait partie de ces gens qui prennent leurs désirs pour des réalités. En ce qui me concerne, je commence à trouver qu'elle t'intéresse beaucoup, Lisa ? C'est à elle que tu penses alors que nous venons d'essuyer un échec ?

– Oui, parce qu'elle est désormais la seule qui puisse nous mettre sur la piste de la dame à l'opale.

– J'ai tout gâché, ragea Morosini. Je n'aurais jamais dû la prendre de front ! Maintenant, elle ne nous dira plus jamais où se trouve cette chère Mina !

– Cesse de l'appeler comme ça ! C'est agaçant ! Cela dit, la grand-mère me le confiera peut-être à moi ? Je peux toujours essayer d'y retourner seul ? Demain, par exemple ? Je dirai que tu es reparti...

Morosini haussa les épaules, désabusé :

– Pourquoi pas ? Au point où nous en sommes...

Le destin, cependant, eut la bonne idée de les secourir en leur envoyant un auxiliaire inattendu.

Après un dîner morose composé de truites et dégusté dans une salle à manger à moitié pleine, donc à moitié vide, on décida, pour se réchauffer l'âme – une pluie fine était tombée en fin de journée, chassée ensuite par un vent aigre – d'aller boire un verre ou deux au bar qui était le seul endroit un peu chaleureux de ce palace. Une surprise les y attendait sous les apparences du jeune Apfelgrüne perché sur un tabouret devant le haut comptoir d'acajou et en train de vider son cœur dans le giron d'un barman blasé.

– M'envoyer coucher à l'hôtel, moi, le petit-fils

de... sa propre sœur ! Me dire qu'il n'y a pas de place pour moi, alors qu'il y a au moins... quinze chambres dans... cette foutue baraque ! Et moi, j' vais à l'hôtel ! Tu peux comprendre ça, toi, Victor ?

– Ce n'est pas la première fois que ça vous arrive, monsieur Fritz ! C'est toujours comme ça quand la villa Rudolfskrone est pleine d'invités.

– Mais c'est que... justement... des invités y en a pas ! Pas vu un chat quand j'étais là-haut ! Ma cousine Lisa est pas là... et y a personne d'autre mais elle voulait pas d'moi, tante Vivi ! Si seulement j'savais pourquoi ?... Donne-moi encore un schnaps, tiens ! Ça m'aidera peut-être...

Les deux hommes qui venaient de prendre place à une table voisine échangèrent un de ces coups d'œil complices qui n'ont pas besoin de traduction parce qu'ils pensaient tous les deux la même chose : il serait peut-être fructueux d'aller rôder autour de la maison ? La comtesse avait peur de quelque chose ou de quelqu'un et, cependant, elle chassait son petit-neveu qui pouvait lui être utile. Mais, comme un départ immédiat eût été pour le moins surprenant, ils commandèrent des fines à l'eau et s'installèrent plus confortablement pour les déguster tout en prêtant l'oreille au lamento de Fritz von Apfelgrüne. Qui se faisait d'ailleurs de plus en plus pâteux à mesure que défilaient les petits verres de schnaps. Finalement, ce qui devait arriver arriva : Fritz s'écroula sur le bar, la tête posée dans ses bras, et commença sa nuit.

– Seigneur ! gémit le barman entre ses dents, il va falloir le mettre au lit !

– On vous envoie le portier, dit Morosini en posant quelques pièces sur le guéridon.

– Ces messieurs ne restent pas encore un peu ?

– Non, nous allons passer un moment chez un ami...

– Dans ce cas, je ne vais pas tarder à fermer : il ne viendra sans doute plus personne... Avec ce temps !

La pluie, en effet, reprenait. On pouvait l'entendre tinter sur la marquise de l'hôtel. Adalbert et Aldo remontèrent dans leurs chambres pour y prendre casquettes et imperméables et changer leurs smokings contre chandails de laine et pantalons de flanelle puis, ainsi équipés contre le mauvais temps, descendirent au garage y prendre la voiture dont on releva la capote :

– Le chemin est trop long pour qu'on le fasse à pied, commenta Vidal-Pellicorne. On pourra sûrement la cacher dans les arbres à une petite distance du château.... Après, il faudra marcher.

– Tu crois que nous avons raison d'entreprendre cette expédition ? insinua Morosini. On se fait peut-être des idées ?...

– Je ne crois pas. Pour avoir expédié Fritz qui a plutôt l'air d'un bon garçon et qui doit lui être tout dévoué, c'est que sa présence la gênait. Elle doit attendre quelqu'un. J'en mettrais ma main au feu !

CHAPITRE 5

UNE SOIRÉE BIEN REMPLIE...

Remontant au flanc du Jainzenberg, la puissante limousine roulait à vitesse réduite, le pinceau lumineux de ses phares glissant lentement le long des sapins comme si elle cherchait son chemin.

Pris d'une soudaine intuition, Adalbert éteignit ses propres lanternes et s'arrêta, sans trop savoir pourquoi. La suite lui donna raison. Au bout d'un instant, on ne vit plus rien qu'un reflet dans les arbres : la grosse voiture venait de s'engager dans l'allée de Rudolfskrone.

– On dirait que tu as raison, fit Morosini. Voilà celui ou ceux qu'elle attendait et à cause de qui elle faisait le vide autour d'elle...

– À nous maintenant de trouver un coin tranquille.

Vidal-Pellicorne remit la voiture en marche et ralluma ses phares, le temps, très court, de découvrir un sentier forestier dans lequel il s'engagea avant de stopper.

– Allons-y ! dit Aldo en s'extrayant du « baquet » doublé de cuir noir.

Les deux hommes couvrirent à pied la courte

distance entre le refuge de leur automobile et l'entrée, sans grille ni murs, du petit château. Le ciel charriant par instants d'épais nuages de pluie donnait assez de clarté pour que l'on pût s'y reconnaître, et les deux hommes se mirent à courir jusqu'à ce que la demeure fût en vue. Ils aperçurent alors la voiture de tout à l'heure arrêtée devant l'entrée obscure. Les seules lumières venaient de deux fenêtres de la loggia, celles correspondant au salon où les deux amis avaient été reçus dans l'après-midi.

– Ça devrait être facile de grimper là-haut, souffla Adalbert, mais il faut ouvrir l'œil : lors de notre visite, j'ai entendu aboyer des chiens. Il y en a sûrement dans cette propriété...

– Oui, mais si la comtesse attendait des visiteurs nocturnes, elle a dû interdire qu'on les lâche...

Devant la maison, l'allée centrale coupait en deux une pelouse bordée d'ifs taillés alternativement en cônes et en boules. Aldo et Adalbert choisirent d'en faire le tour afin d'atteindre leur objectif sans être vus.

Réservé au service et à certaines dépendances, l'étage inférieur de la villa était beaucoup moins élevé que l'étage noble dominé par un fronton triangulaire. Il se composait de gros blocs en pierre de taille dont l'escalade ne devait pas offrir de grandes difficultés à des hommes rompus aux exercices physiques et au sport. S'entraidant mutuellement, Aldo et Adalbert la menèrent à bien sans faire de bruit et se retrouvèrent dans la loggia où la lumière provenant des fenêtres permettait de se diriger sans encombre au milieu des meubles et des plantes disposées pour l'agrément des habitants.

Progressant à quatre pattes, les deux hommes s'approchèrent des portes-fenêtres après s'être assurés que les armes dont ils avaient jugé bon de se munir étaient à portée de main, mais le spectacle qu'ils découvrirent les surprit.

Ils s'attendaient à une scène dramatique : la comtesse faisant face à un ennemi ou peut-être même tenue en respect, or le tableau qu'ils découvraient était paisible, quasi familial. Assise auprès du feu que l'on avait dû allumer pour combattre l'humidité de l'air, Mme von Adlerstein, vêtue d'une longue robe de velours noir sur laquelle ressortaient plusieurs rangs de perles, regardait paisiblement un homme âgé, si l'on considérait la couronne de cheveux blancs qui cernait sa calvitie et sa barbiche poivre et sel, mais dont le visage bruni et les belles mains fortes parlaient de vie au grand air et d'un âge moins avancé qu'on aurait pu croire. Installé à une petite table, il était occupé à restaurer un appétit qui devait en avoir besoin à l'aide d'un magnifique pâté et d'une longue bouteille d'un vin blanc dont l'or liquide embuait le verre de cristal taillé. Ni l'un ni l'autre ne parlait, ainsi que pouvaient le constater les deux observateurs grâce à l'une des fenêtres maintenue entrouverte.

– Tu ne crois pas que nous devrions filer ? chuchota Morosini, gêné par l'aspect d'intimité et de connivence de cette scène. Nous nous sommes trompés et j'ai bien peur que nous soyons en train de nous comporter comme des voyous.

– Chut ! On y est, on y reste ! On ne va pas avoir fait tout ça pour rien. Et puis... on ne sait jamais !

Dans le salon, le visiteur repoussait la table et rejoignait la cheminée, au bord de laquelle il s'accouda après avoir demandé et obtenu la permission d'allumer un cigare.

– Merci de vous être souvenue de mon robuste appétit, ma chère Valérie ! Ce petit repas était délicieux !

– Ne voulez-vous pas une tasse de café ? Josef va vous en apporter dans un instant...

– L'heure est tardive. Je n'osais pas vous en demander.

La vieille dame balaya l'objection d'un geste.

– Josef le prépare. À présent, donnez-moi des explications. Votre lettre m'a alarmée : tout ce mystère autour de votre visite quand il était si facile de venir au grand jour.

– Je l'aurais cent fois préféré à cette randonnée Vienne-Ischl et retour en pleine nuit mais la démarche que j'accomplis exige le secret et cela dans votre propre intérêt, Valérie. Personne ne doit savoir que je suis ici. Vous avez bien suivi mes instructions ?

– Naturellement. Mes serviteurs ont été éloignés, sauf mon vieux Josef, et les chiens sont enfermés. Ne dirait-on pas, ma parole, qu'il s'agit d'une affaire d'État ?

– C'est le mot qui convient quand on est l'émissaire d'un chancelier. Mgr Seipel désire que je vous parle de votre protégée...

– Elsa ?

Le visiteur ne répondit pas tout de suite. Après avoir frappé discrètement, Josef faisait son apparition avec un plateau supportant café, crème fouettée, eau glacée et pâtisseries. Il déposa le tout sur une petite table tirée d'un ensemble gigogne qu'il disposa devant la cheminée avant de se retirer sur un salut respectueux.

– Tu vois bien qu'on a eu raison de rester, chuchota Adalbert. J'ai idée qu'on va entendre des choses très intéressantes.

Le plateau étant à portée de sa main, Mme von Adlerstein servit son visiteur mais, en accomplissant les gestes rituels, la fragile porcelaine tinta un peu, trahissant une certaine nervosité.

– Que veut notre chancelier ? demanda-t-elle.

– Il craint... qu'Elsa ne soit en danger et vous savez à quel point les drames successifs qui ont touché la maison de Habsbourg sont demeurés sensibles à ce grand chrétien. Il n'a aucune envie de voir la série continuer.

– Je l'en remercie, mais dites-moi en quoi cette malheureuse femme qui vit cachée peut attirer sur elle la Fatalité ?

– Cachée ? Pas tout à fait. Il y a ces apparitions qu'il lui arrive de faire à l'Opéra et dans votre loge.

– Jusqu'ici personne n'avait paru y voir d'inconvénients. Elles sont d'ailleurs rares. On ne l'y a vue que trois fois...

– C'est encore trop ! Comprenez donc, Valérie ! Cette femme de grande allure et d'une élégance parfaite encore qu'un peu surannée, cette haute et mince silhouette qui dissimule si bien son visage et si peu ses bijoux ne peut qu'exciter la curiosité. J'étais moi-même à l'Opéra pour la dernière représentation du *Rosenkavalier* et j'ai remarqué l'attention avec laquelle certains spectateurs l'observaient. Notamment deux hommes qui se trouvaient dans la loge du baron de Rothschild. Leurs jumelles ne l'ont guère quittée et je crois qu'ils n'étaient pas les seuls. Il faut que cela cesse ou nous aurons du vilain.

– Lui interdire de retourner là-bas ? J'y pense, figurez-vous, mais j'aurai peine à le faire. Cela représente tellement pour elle ! Son unique espérance en somme... Elle prend pourtant de grandes précautions, n'arrivant jamais qu'après le lever du rideau, quand les habitués de l'Opéra tous fervents mélomanes sont déjà sous le charme. Pendant les entractes, elle ne sort pas, se retire au fond de la loge en ne laissant visible que son éventail où elle a fixé la rose d'argent. Enfin, elle part dès la dernière note. Ne vous avais-je pas prié de faire courir le bruit qu'il s'agissait d'une malade au cas où l'on poserait des questions ?

– Et on en pose. Ce maintien qu'elle a, cette allure qui en évoque une autre encore présente à tant de mémoires ! Non, ma chère, il faut que cela cesse. Ou alors qu'elle vienne à visage découvert, habillée différemment et à une autre place.

– C'est impossible !

– Pourquoi ? Elle... ressemblerait à l'impératrice ?

– Oui, beaucoup plus qu'il y a douze ans. C'est même assez étonnant...

La comtesse prit sa canne, se leva et alla lentement vers une sellette disposée dans un coin, où reposait un buste d'Élisabeth. C'était une œuvre austère parce que tardive. La femme qu'il reproduisait avait reçu la pire des blessures, celle dont on ne guérit pas : la mort d'un enfant. Au-dessus de la guimpe montant jusqu'aux oreilles, le beau visage s'érigeait, marqué par la douleur mais fier, altier même sous la couronne des tresses. Le visage d'un être qui, n'ayant plus rien à perdre, défiait le destin et la mort. La vieille dame posa une main caressante sur l'épaule de marbre :

– Elsa lui voue un culte et prend plaisir, je crois, à accentuer leur ressemblance mais, si elle cache son visage, ce n'est pas uniquement par prudence. Elle ignore ce que c'est. Ne m'en demandez pas la raison, je ne vous la dirai pas.

– Comme vous voudrez. Savez-vous qu'on la dit fille de l'impératrice et de Louis II de Bavière ?

– Ridicule ! Il suffit de regarder les dates. Quand elle est née en 1888, notre souveraine n'était plus en âge de procréer...

– Je le sais bien mais elle est tout de même de la famille. Or il y a l'imagination populaire, surtout chez les Hongrois qui n'ont jamais cessé de vénérer la mémoire de celle qui fut leur reine mais, en contrepartie, il y a des gens qui se sont juré d'effacer toute trace d'une dynastie détestée ; ceux qui ont assassiné Rodolphe à Mayerling, Élisabeth elle-même à Genève, François-Ferdinand à Sarajevo et je ne compte pas les Mexicains qui ont fusillé Maximilien. Eux avaient leurs raisons, mais j'en sais qui se demandent si la maladie qui a emporté, l'an dernier, le jeune empereur Charles, à Madère, était bien une maladie...

– C'est stupide ! La misère, une santé détruite cela ne suffit donc pas ? Une malédiction, peut-être, mais des gens chargés de l'appliquer, je n'y crois pas. D'autant que Charles laisse huit enfants. Avec leur mère l'impératrice Zita et les archiduchesses Gisèle et Valérie, sans compter la fille de Rodolphe, cela fait tout de même beaucoup de princes et princesses encore en vie, Dieu soit loué !

– Pensez ce que vous voulez. En tout cas, des avis sont arrivés à la police : on recherche votre protégée et si vous ne prenez pas de précautions...

– Voilà quinze ans que j'en prends contre les seuls ennemis que je lui connaisse : ceux qui en veulent aux joyaux qu'elle possède et qui constituent son seul bien. Personne ne sait où elle habite sauf moi et ceux qui la gardent. Quant aux trois voyages qu'elle a faits à Vienne, ce fut toujours de nuit...

– Mais elle réside chez vous ? Vos serviteurs...

– Sont au-dessus de tout soupçon et me servent depuis de longues années. Autant dire qu'ils font partie de la famille. En résumé, qu'êtes-vous venu me demander ? De convaincre Elsa de ne plus quitter sa retraite ? Je ferai tout mon possible dans ce sens parce que le dernier voyage ne s'est pas bien passé. Ce qui ne veut pas dire que j'y arriverai : quand on a vu renaître un rêve que l'on a cru mort, il est difficile d'y renoncer. Surtout pour elle : son esprit ne saisit vraiment que ce qui lui convient et néglige le reste. Sa vie, mon cher Alexandre, n'est qu'une longue attente : revoir un jour celui qui, voilà douze ans, lui a offert une rose d'argent en lui engageant sa foi...

– Et elle espère le retrouver? Après douze années? C'est assez incroyable!

– Pas vraiment quand on la connaît. Son histoire n'est pas banale. Elle a commencé en 1911, au soir de la première du *Rosenkavalier.* Elle y a rencontré un jeune diplomate, Franz Rudiger, et pour l'un comme pour l'autre, ce fut le coup de foudre. Dès le lendemain, il se présentait à elle en lui offrant la fameuse rose d'argent et tous deux se considérèrent comme fiancés. Hélas, au bout de quelques jours, Rudiger a dû s'éloigner : François-Joseph l'envoyait en mission en Amérique du Sud. Une mission si longue et difficile que, si deux ou trois lettres n'étaient pas arrivées de Buenos Aires et de Montevideo, nous aurions pu le croire mort.

– Une mission en Amérique du Sud? Tiens!... Et vous n'aviez aucune idée?

– Quand c'est l'empereur qui ordonne on ne pose pas de questions. Vous devriez savoir cela. Quoi qu'il en soit, Rudiger est revenu en Europe au début de la guerre. Nous étions ici et lui n'a fait que toucher terre à Vienne sans avoir le loisir de nous rejoindre. Elsa a reçu deux lettres, puis plus rien pendant des mois. J'ai appris que le capitaine Rudiger était porté disparu. Le désespoir de sa fiancée a été terrible. Et puis un soir, il y a environ dix-huit mois, une nouvelle lettre est arrivée. Rudiger était vivant mais en mauvais état. Il avait été blessé gravement et il se disait encore très souffrant. Pourtant, il voulait savoir si Elsa était toujours libre, si elle l'aimait toujours. Alors il lui proposait deux dates de rendez-vous : la première et la dernière représentation de la saison d'Opéra pour *Le Chevalier à la rose*. S'il n'était pas assez rétabli pour la première, il s'efforcerait d'être à la dernière...

– Pourquoi ne pas donner simplement une adresse ?

– Allez savoir ! J'ai trouvé cette histoire plutôt bizarre mais Elsa était si heureuse que je n'ai pas eu le courage de la retenir. C'est alors que je vous ai prévenu afin d'éviter autant que possible qu'elle se trouve en difficulté et je vous remercie de votre aide... Évidemment, Rudiger ne s'est pas manifesté sinon par un ultime message bourré d'excuses et de mots d'amour : il était encore très faible mais il serait, il le jurait, à la représentation du 17 octobre. Il a fallu que je cède encore, bien que mon accident ne m'ait pas permis de l'accompagner. Cette fois sera la dernière. Il faudra que je parvienne à lui faire entendre raison...

– Et si d'autres nouvelles arrivent ?

– Je ne lui en parlerai même pas. Elles arrivent toujours ici et j'en prendrai connaissance la première. Voyez-vous, je suis persuadée que la dernière lettre était un piège. Vous pouvez rassurer Mgr Seipel, il n'y aura plus d'énigme vivante dans ma loge. Retournez donc à Vienne le cœur allégé !...

– Un moment : je n'en ai pas encore fini. Mais dites-moi un peu, Valérie, comment il se fait qu'ayant tant de relations à travers l'Europe, à commencer par moi, vous n'ayez pas essayé d'en savoir davantage au sujet de ce Rudiger.

– Ce n'est pas l'envie qui m'en manquait, soupira la comtesse mais j'aime Elsa et j'ai voulu respecter sa volonté. Or, elle s'opposait à ce que j'essaie de percer le mystère dont s'entourait celui qu'elle aime. Dites-vous bien ceci, Alexandre, elle est, comme l'était sa mère, une admiratrice passionnée de Richard Wagner et elle ne s'appelle pas Elsa en vain !

– Je vois : elle prend son Rudiger pour Lohengrin et craint de voir disparaître à jamais le Chevalier au cygne en posant la question interdite. En outre, cet homme s'appelle Rudiger comme le margrave de Bechelaren et ce nom la ramenait à l'anneau des Nibelungen et à l'univers fantastique de Wagner. Elle rêve trop votre protégée, Valérie !

– Le rêve est tout ce qui lui reste et je vais essayer de ne pas l'arracher trop brutalement !

– Elle a de qui tenir ! Mais moi qui n'ai pas une goutte du sang romanesque des Wittelsbach je vais tenter de tirer cette histoire au clair. Si cet homme était diplomate, il doit se trouver des traces quelque part. D'ailleurs...

Il avait posé son cigare dans un cendrier et, bien carré dans son fauteuil, les doigts joints par leurs extrémités, il réfléchit un moment qui parut interminable à Aldo et Adalbert menacés de crampes.

– Vous pensez à quelque chose ? demanda la vieille dame.

– Oui. À propos de cette mission en Amérique

du Sud, il me revient qu'avant la guerre François-Joseph, peu satisfait d'avoir pour héritier son neveu François-Ferdinand qu'il n'aimait pas, aurait envoyé un émissaire en Argentine et même en Patagonie afin d'y relever les traces éventuelles de l'archiduc Jean-Salvator, votre ancien voisin du château d'Orth.

– Pourquoi aurait-il fait ça ? Il détestait au moins autant Jean-Salvator qu'il accusait d'avoir entraîné son fils sur la pente fatale par ses idées subversives !

– Par curiosité, peut-être ? Il ne pensait pas à lui offrir le trône mais, aux approches de la mort, il était assez normal que le vieil homme essaie d'en finir une bonne fois avec les secrets, les énigmes et tout ce qui encombre la mémoire des Habsbourg...

– ... mais fortifie leur légende ! Il se peut que vous ayez raison. En ce cas, ma pauvre Elsa a espéré en vain : jamais on n'a permis à un homme chargé d'un secret d'État de vivre comme tout le monde.

– Surtout avec un autre secret ! Ma chère, il faut que j'en finisse avec ce que je suis venu vous dire. Que vous empêchiez Elsa de se manifester ne peut suffire : il faut que vous nous la remettiez afin que nous puissions assumer sa protection !

Les yeux sombres de Mme von Adlerstein eurent un éclair sous l'arc encore parfait de ses sourcils mais sa voix demeura calme et froide quand elle répondit :

– Non ! Il ne peut en être question.

– Pourquoi ?

– Parce que ce serait mettre en péril sa raison

qui est fragile, je veux bien l'admettre. Elle a l'habitude de son refuge et de ceux qui l'entourent et la soignent. Elle s'y plaît et, jusqu'à présent, le secret en a été bien gardé.

– Trop bien peut-être. Pardonnez-moi de vous dire cela, cousine, même si cela vous paraît brutal, mais vous n'êtes plus jeune. Qu'adviendrait-il de votre protégée s'il vous arrivait malheur ?

Elle eut un sourire si semblable à celui de sa petite-fille qu'Aldo crut un instant voir Lisa quand elle aurait des cheveux blancs.

– Ne vous souciez pas de cela. Mes dispositions sont prises. Si je meurs, Elsa n'aura pas à en souffrir. Votre argument n'est pas valable...

– Ce secret est lourd. Vous ne voulez pas le partager au moins avec moi qui vous suis très attaché ?

– Ne m'en veuillez pas, Alexandre, mais c'est toujours non. Moins on partage un secret et mieux il se porte ! Plus tard peut-être, quand je me sentirai trop vieille, ajouta-t-elle, en voyant s'assombrir la figure de son visiteur. Mais, pour l'instant, n'insistez pas. C'est inutile !

– À votre aise, soupira Alexandre en s'extrayant de son fauteuil. À présent, il se fait tard et je dois rentrer...

– Nous aussi ! chuchota Adalbert.

Bien qu'un peu ankylosés, les deux hommes réussirent à quitter la loggia et à revenir sur leurs pas. Une fois réinstallés dans la voiture, ils n'avaient pas encore échangé un seul mot mais, contrairement à ce qu'attendait Aldo, Adalbert ne mit pas le moteur en marche.

– Eh bien ? Tu n'as pas envie de rentrer ?

– Pas tout de suite. J'ai l'impression que la comédie n'est pas encore terminée. Il y a quelque chose qui me tracasse...

– Quoi ?

– Si je le savais. Ce n'est qu'une impression, je viens de te le dire mais, quand ça m'arrive, j'aime bien aller jusqu'au bout.

– Bien ! fit Morosini résigné. En ce cas, donne-moi une cigarette, mon étui est vide.

– Tu fumes trop ! dit l'archéologue en s'exécutant.

Ils gardèrent le silence un moment. Le vent qui se levait chassait les nuages et la voûte céleste qui paraissait entre les cimes des sapins s'était éclaircie. Un air frais chargé des senteurs de la forêt et de la terre mouillée entrait par les vitres baissées. Le mélange avec l'odeur du tabac blond et celle, grisante, de l'aventure était des plus agréables pour Aldo qui le respirait avec plaisir quand, soudain, le bruit d'une voiture se fit entendre et, peu après, le double pinceau lumineux des phares éclaira la route en contrebas. Aussitôt, Adalbert, avec une exclamation ravie, mit son moteur en marche mais sans allumer ses propres feux :

– Voyons un peu où il nous conduit ! fit-il joyeusement.

– C'est la voiture qui était au château. Pourquoi veux-tu la suivre puisque tu sais qu'elle va à Vienne ?

– Tu ne connais pas la région, n'est-ce pas ?

– Non. En Autriche, je connais seulement le Tyrol et Vienne.

– Alors, écoute-moi bien : si cette voiture va à Vienne, je veux bien être changé en carton à chapeaux. La route de Vienne, elle lui tourne le dos, et c'est ça qui me tarabustait. Sans m'en rendre bien compte, j'ai trouvé bizarre tout à l'heure quand ce bonhomme que nous connaissons sous le patronyme d'Alexandre a prétendu arriver de la capitale. Souviens-toi ! Nous l'avons suivi : donc il venait d'Ischl. Et maintenant, au lieu de filer vers le Traunsee et Gmunden pour rejoindre la vallée du Danube, il retourne sur ses pas. Alors moi, curieux comme tout, je veux essayer de comprendre. Toi aussi, j'imagine ?

– Ben voyons !

Tous feux éteints, la petite voiture rejoignit la route et suivit la limousine à distance suffisante pour n'être pas remarquée, le cheminement des phares servant de guide. Avec une excitation grandissante, les occupants de l'Amilcar virent la grosse automobile piquer plein sud à travers Ischl, traverser les rivières puis rouler encore quelques secondes, mais lumières éteintes – ce qui faillit être fatal à ses poursuivants ! –, jusqu'à la grille grande ouverte d'une propriété dans laquelle elle disparut. Le chauffeur devait bien connaître les aîtres car l'obscurité était totale : aucune lumière n'indiquait une maison.

– De plus en plus captivant ! fit Adalbert qui s'était arrêté un peu plus loin. Si c'est ce qu'il appelle rentrer chez lui nous n'avons plus qu'à aller nous coucher...

– Pas encore ! La grille n'a pas été refermée. Notre gibier ne fait peut-être que passer ?

– Qu'est-ce qu'il viendrait faire en plein milieu de la nuit ?

– Ça, disons que ça le regarde. Il y a combien de kilomètres d'ici à Vienne ?

– Deux cent soixante environ...

Adalbert allait dire autre chose mais se tut, l'oreille au guet. Dans le jardin voisin, la limousine venait de se remettre en marche. Elle sortit de la propriété, tourna à gauche pour reprendre le pont et s'éloigna sans éveiller la moindre réaction chez ceux qui la surveillaient. Il ne faisait plus de doute qu'elle revenait à sa destination première.

– Cette fois, je crois qu'on peut rentrer, dit Adalbert...

Il démarra mais continua la route, plutôt étroite, afin de rencontrer un endroit où faire demi-tour. Il fallut aller assez loin pour trouver un chemin de traverse et, quand ils repassèrent devant la grille, ils purent constater que, cette fois, elle était fermée :

– La réception est finie, commenta Aldo sur le mode allègre. Demain, il faudra essayer de savoir qui l'a donnée.

– On devrait y arriver sans trop de peine. C'est une de ces vastes villas qui appartiennent aux grandes familles qui composaient la Cour et venaient accomplir leurs obligations tout en prenant soin de leur santé.

Une heure sonnait à l'église quand les deux hommes rejoignirent leur hôtel, mais la soirée avait été si fertile en événements qu'ils furent surpris de l'entendre : ils avaient l'impression qu'il était beaucoup plus tard !

En dépit de sa fatigue, Morosini, aux prises avec ses nerfs, eut toutes les peines du monde à trouver le sommeil. Aussi, quand il s'éveilla, il était neuf heures et demie, un peu trop tard pour un petit déjeuner servi en chambre. Après une toilette rapide mais vigoureuse, il descendit au rez-de-chaussée pour prendre ce que l'on appelait en Autriche le *Gabelfruhstück* – le petit déjeuner à la fourchette.

Il n'était pas attablé depuis cinq minutes qu'il vit paraître Adalbert, l'œil glauque et le cheveu en désordre.

– Je me suis battu toute la nuit avec les Habsbourg passés et présents, soupira l'archéologue en étouffant un bâillement, sans parvenir à une solution acceptable. Qui diable peut bien être cette Elsa ? Je pencherais assez pour une enfant naturelle. Mais de qui ? François-Joseph ? Sa femme ? Son fils ?... Du café ! Beaucoup de café, s'il vous plaît, ajouta-t-il à l'adresse du serveur qui venait prendre sa commande.

– Pas les deux premiers en tout cas. Elle ressemble à Sissi, donc l'empereur n'y est pour rien. Quant à la belle impératrice, tu as entendu : pas possible ! En revanche, mes préférences iraient volontiers du côté de l'archiduc Rodolphe puisque, je te le rappelle, je l'ai vue fleurir son tombeau dans le caveau des Capucins...

– D'accord ! C'est le plus logique. L'archiduc a eu beaucoup de maîtresses mais, ce qui l'est moins, c'est le secret dont on entoure cette femme, l'attention et la protection que lui accorde une aussi grande dame que la comtesse, enfin les bijoux qu'elle possède...

– J'en suis arrivé à la même conclusion : Rodolphe est sans doute le père, mais sa mère ne devait pas être n'importe quelle chanteuse tzigane. Alors qui ?

– Question sans réponse possible dans l'état actuel des choses ! bougonna Adalbert en s'efforçant de traquer une saucisse rétive. Et si tu veux mon avis, notre affaire ne s'arrange pas. Hier nous savions que personne ne nous aiderait à approcher la propriétaire de l'opale...

– Et aujourd'hui nous savons qu'en essayant de la trouver nous risquons d'amener jusqu'à elle des gens aux intentions plus que douteuses. Je n'aime pas mettre une femme en danger. Alors qu'est-ce qu'on fait ?

– Je crois qu'on ne peut pas abandonner.

– Il faut continuer nos recherches en nous efforçant de limiter les dégâts. Qui sait si, lorsque nous découvrirons la retraite d'Elsa, nous n'aurons pas l'occasion de lui être utiles ? Et pourquoi pas de la défendre et de l'aider ?

– C'est une idée qui se tient ! De plus, si tu veux m'en croire, le rôle de notre ami Alexandre X... est loin d'être clair. Alors, pour commencer, on va se renseigner sur la villa où il s'est précipité hier soir. On va y aller et on rencontrera peut-être quelqu'un qui pourra nous apprendre à qui elle appartient.

Ayant dit, Adalbert attaqua un plat de *Nockerln* [1] au fromage et s'en servit une large ration. Aldo le

1. Sorte de gnocchis typiques de la région de Salzbourg.

regardait avec un franc dégoût en allumant une cigarette : il n'avait décidément pas faim ce matin, deux saucisses et un peu de *Liptauer* [1] ayant suffi à le rassasier. C'est alors que, dans la fumée bleue, il vit paraître Friedrich von Apfelgrüne qui, tiré à quatre épingles, faisait son entrée dans la salle à manger.

– Tiens ! murmura-t-il, voilà notre ami Pomme Verte. Il a l'air d'aller beaucoup mieux : l'œil assuré, le jarret ferme !... Oh, Seigneur ! on dirait qu'il vient vers nous. Tu ferais mieux de cesser de t'empiffrer ! Dieu sait ce qu'il nous réserve !

Mais, parvenu à quatre pas de la table, le jeune Autrichien claqua les talons en s'inclinant de façon très protocolaire puis, s'adressant à Morosini :

– Monsieur, je venir offrir à vous excuses aplaties, fit-il dans un français approximatif qui parut enchanter Vidal-Pellicorne. Je être tout à fait désolé d'avoir si abomineusement confusionné mais je perdre la tête quand il s'agit de cousine Lisa.

Débordant de bonne volonté, il était presque touchant. Aussi Aldo se leva-t-il pour lui tendre la main. Ce garçon était peut-être bien l'envoyé du ciel dont ils avaient tant besoin : il devait connaître parfaitement la région et ses habitants, sans compter les relations de tante Vivi.

– Ne pensez plus à ça ! Ce n'était pas bien méchant...

– *Wirklich ?...* Vous ne pas exécrer moi ?

– Pas du tout ! C'est oublié. Voulez-vous prendre place à notre table ? Je vous présente

1. Fromage blanc additionné d'herbes, de paprika, de pâte d'anchois, de cumin et de câpres.

M. Vidal-Pellicorne, un archéologue de grand renom !

– Oh, je être si tellement heureux !

Deux serveurs empressés apportèrent à la table les modifications nécessaires et Fritz, la mine soudain épanouie, s'installa. En accueillant si aimablement ses excuses, Aldo devait l'avoir soulagé d'un grand poids.

– Ainsi, dit Aldo en allemand, pour inciter l'autre à en faire autant et le mettre encore plus à l'aise, vous êtes un neveu de Mme von Adlerstein ?

– Non, petite-neveu ! fit l'autre qui tenait à faire montre de ses talents linguistiques. Je être la petite-fils de sa sœur.

– Et, si je vous ai bien compris, au cours de nos récentes rencontres, vous êtes aussi le fiancé de votre cousine ?

Apfelgrüne devint rouge comme une belle cerise.

– Je vouloir si tellement ! Mais ce n'être pas la vraie vérité. Vous comprenez, ajouta-t-il en renonçant à une langue qui ne devait pas lui permettre de traduire clairement l'intensité de ses sentiments, Lisa et moi nous nous connaissons depuis l'enfance et, depuis l'enfance, je suis amoureux d'elle. Ça amusait même beaucoup la famille : elle disait toujours que nous étions fiancés. Un jeu, bien sûr, mais moi j'ai continué le jeu.

– Et elle ?

– Oh, soupira Fritz, l'air soudain mélancolique, c'est une fille tellement indépendante ! Il est bien difficile de savoir qui elle aime ou qui elle n'aime pas. Je crois qu'elle m'aime bien. Mais vous la connaissez, puisque vous avez dit à Josef que vous étiez de ses amis ? fit avec un reste de rancune le jeune Apfelgrüne qui était peut-être un hurluberlu mais ne manquait pas de mémoire. Aussi Adalbert se hâta-t-il d'apporter tous les apaisements nécessaires.

– Nous sommes amis mais pas intimes. Quant aux rapports de Mlle Kledermann avec le prince Morosini, ici présent, le terme relations me paraît plus approprié, ajouta-t-il avec un coup d'œil d'innocente interrogation en direction de son camarade. Je ne crois pas qu'il y ait jamais eu d'amitié entre eux ?

– En effet, dit Aldo avec une franchise tout aussi hypocrite. Je connais à peine Mlle Kledermann...

– Pourtant, vous êtes italien, vénitien même, et Lisa a toujours déliré au sujet de votre ville. Je crois même qu'elle y a résidé en catimini pendant deux années.

– J'admets l'avoir rencontrée une ou deux fois... dans des salons...

– Vous avez plus de chance que moi. Croyant l'y trouver, j'y suis allé plusieurs fois mais je n'ai pas pu mettre la main dessus. Quant à Zurich où est sa maison familiale, elle n'y vient jamais.

– Et vous pensiez la trouver ici ?

– J'espérais qu'elle y serait puisque je l'ai cherchée vainement à Vienne. Vous savez, depuis qu'elle a abandonné ses lubies italiennes, elle est souvent auprès de sa grand-mère qu'elle aime beaucoup. Mais vous, pourquoi étiez-vous à Rudolfskrone ?

Un reste de méfiance perçait dans sa voix, aussi

Adalbert fit-il comprendre d'un clin d'œil à Aldo qu'il se chargeait des explications. Quand il s'agissait de raconter des histoires, c'était sans doute lui le plus doué, mais il convenait d'apprendre jusqu'à quel point Fritz était renseigné sur ce qui se passait là-haut.

– Mme von Adlerstein ne vous a rien raconté, hier soir ?

– Elle ? Rien du tout ! Elle était si furieuse de me voir arriver qu'elle m'a jeté à la porte sous le prétexte que je l'encombrais et qu'elle détestait qu'on débarque chez elle sans prévenir. Du coup, je n'ose pas y retourner et cela m'ennuie parce que j'avais quelque chose à lui demander...

– Vous habitez Vienne ?

– Oui, chez mes parents, précisa Fritz. Grâce à Dieu, il leur reste suffisamment de fortune pour que j'aie ma liberté. Mais parlons plutôt de vous !

Tranquille sur ses arrières, Vidal-Pellicorne choisit un moyen terme entre réalité et fantaisie : il raconta que son ami Morosini, expert en pierres précieuses et collectionneur, passionné en outre par les Habsbourg, cherchait à rassembler leurs bijoux vendus à Genève pendant la guerre par le comte Berchtold. Or, invité par un ami à l'Opéra de Vienne, il avait cru reconnaître l'un des joyaux en question sur une dame qu'il croyait être la comtesse von Adlerstein puisqu'elle occupait sa loge. Depuis, il s'efforçait de la rencontrer.

– Vous savez comment sont les collectionneurs ? ajouta-t-il avec une douce indulgence. Ils deviennent fous dès qu'ils flairent une piste. Malheureusement, il a fait chou blanc : la dame est une amie de votre grand-tante et celle-ci ne nous a pas caché sa façon de penser : la propriétaire du bijou considérerait toute proposition de vente comme une inconvenance. Elle a même refusé de nous donner son nom et son adresse.

– Ça ne m'étonne pas ! Elle n'est pas facile, tante Vivi ! Quant à moi si je pouvais vous aider, je le ferais volontiers mais je ne mets jamais les pieds à l'Opéra. Ces gens qui vont dans tous les sens en clamant qu'ils vont mourir ou qui s'assoient en disant qu'il importe de fuir m'ennuient à pleurer... Et vous ? Si j'ai bien compris vous êtes archéologue ?

– Surtout égyptologue mais, depuis quelque temps, je désire en connaître un peu plus sur votre antique civilisation de Hallstatt et je suis venu ici pour visiter le site. Il se trouve que j'ai rencontré Morosini à Salzbourg et nous sommes venus ensemble. Mais l'archéologie ne vous captive sans doute pas plus que l'opéra ? ajouta Adalbert avec sollicitude.

– Pas vraiment mais il se trouve que je connais bien le coin ! Il y a là-bas les ruines de Hochadlerstein, le vieux burg familial sur les contreforts du Dachstein où j'ai joué bien souvent pendant les vacances... quand j'étais gamin.

– Vous n'habitiez tout de même pas des ruines ? intervint Aldo, traversé par une idée soudaine.

– Non. On louait une maison : ma mère aime beaucoup l'endroit... Je vous montrerai volontiers Hallstatt, ajouta Fritz à l'adresse d'Adalbert. Je vais passer trois ou quatre jours ici pour voir si l'humeur de tante Vivi s'arrange. Et comme vous allez sans doute vous retrouver seul...

Ses préférences allant à Vidal-Pellicorne, il y avait une note d'espoir dans sa voix. Comme c'était un garçon honnête et bien élevé, il avait présenté à Morosini les excuses qu'il jugeait convenables, mais il ne débordait pas de sympathie pour lui. Le physique du Vénitien devait y être pour quelque chose.

– Pourquoi resterait-il seul ? demanda Aldo sur le mode ironique.

– Vous allez partir, puisque vous n'avez pas réussi votre entreprise. Je vous te remplacer ! conclut-il revenant joyeusement à son français pittoresque. Ainsi je faire beaucoup de la progrès.

– Eh bien, vous en ferez aussi avec moi !

– Vous reste ?

– Mon Dieu, oui. Figurez-vous que les Habsbourg me passionnent au point que j'ai l'intention d'écrire un livre sur la vie quotidienne à Bad Ischl au temps de François-Joseph, déclara-t-il en suivant avec amusement les progrès de la déception sur le visage rond du jeune homme. Ainsi, je vais à présent faire un tour en ville. Mais je ne vous empêche pas d'aller excursionner tous les deux.

– Ça, c'est la bonne idée ! s'écria Fritz consolé. Et je monter dans la petite bolide rouge ! Seulement, je vous te prévenir : la route ne va pas jusqu'à Hallstatt : il faut marcher après ou alors prendre le bateau.

– On verra bien ! grogna Adalbert dont le regard en disait long sur ce qu'il pensait des bonnes idées d'Aldo. On se revoit quand ?

– À dîner, je pense ? Avec ce que tu viens d'avaler tu n'as pas l'intention de déjeuner ?

– Non, intervint Fritz. Nous se retrouver à cinq heures chez pâtisserie Zauner ! C'est là que battre le cœur de Bad Ischl et si vous désire écrire là-dessus vous doit pas contourner. Et vous voir, tout être pareil comme quand François-Joseph siéger !...

– Va pour Zauner ! conclut Aldo. À cinq heures !

Et laissant les deux autres encore à table, il remonta chez lui pour y prendre casquette et imperméable.

Les mains au fond de ses poches, le col de son Burberry's relevé, Morosini partit au pas de promenade le long de la Traun. Le temps gris et frais n'était guère fait pour mettre en valeur une station thermale en sommeil où nombre de villas affichaient leurs volets clos, mais le charme de la petite ville, au creux de sa vallée, était tel qu'il trouva plaisant de la voir ainsi débarrassée des hordes de curistes.

Le pont franchi, il retrouva sans peine la grille aperçue dans la nuit. Elle fermait une allée bordée de hauts buissons menant à une assez vaste maison ocre sous un grand toit en accent circonflexe, largement débordant, qui lui donnait une vague allure de chalet corrigée par les ferronneries compliquées des balcons. De la route, on ne voyait que l'étage dont, à la surprise du promeneur, les volets étaient eux aussi fermés...

Perplexe, Aldo hésitait sur ce qu'il convenait de faire quand une femme portant le costume des paysannes du Salzkammergut – robe de laine sombre à manches bouffantes sous un châle de couleurs et chapeau de feutre orné d'une plume – s'approcha de lui :

– Vous cherchez quelque chose, monsieur ? demanda-t-elle avec la gentillesse instinctive des gens de ce pays. Elle était charmante, avec un visage rond et frais qui attirait tout naturellement le sourire.

– Oui et non, madame, dit Morosini en se découvrant, ce qui la fit rosir un peu plus. Il y a fort longtemps que je ne suis venu ici, je ne me retrouve plus tout à fait. Cette maison, c'est bien la villa du baron von Biedermann ? (Il avait lancé le premier nom qui lui était venu à l'esprit.)

– Oh non, vous faites erreur. C'était celle du comte Auffenberg. Je dis c'était parce qu'elle vient d'être vendue mais je ne saurais vous donner le nom du nouveau propriétaire.

– C'est sans importance, madame, du moment que ce n'est pas ce que je croyais. Merci de votre obligeance !

Elle le quitta en esquissant une rapide petite révérence et poursuivit son chemin. Aldo en fit autant quand il eut constaté que la maison ne donnait aucun signe de vie. Curieuse demeure, en vérité, où l'on venait passer quelques instants en pleine nuit avant de reprendre une longue route ! Pour rendre visite à un fantôme ? Ou à quelqu'un qui ne tenait pas à ce que l'on sache sa présence ? Décidément, le rôle d'Alexandre devenait de plus en plus trouble.

Avec un rien de mélancolie, Aldo pensa que son propre chemin prenait des allures d'impasse, et c'était une situation qu'il détestait, mais comment faire pour en sortir ? Retourner voir la comtesse pour lui révéler la bizarre conduite d'un homme en qui elle semblait placer toute sa confiance ? Impossible à moins d'avouer que leur entretien avait été espionné par Adalbert et lui. Ce qui l'était encore plus. On imaginait sans peine avec quelle indignation elle recevrait les confidences d'un personnage qu'elle ne portait déjà pas dans son cœur.

L'idée qu'Apfelgrüne saurait peut-être quelque chose ne fit que l'effleurer. Ce garçon s'intéressait à lui-même et à sa chère Lisa. Sans plus !

En désespoir de cause, il se résolut à aller passer un moment dans une brasserie, après quoi il pousserait jusqu'à la Kaiser Villa. Il croyait beaucoup aux atmosphères, et se plonger dans celle de cette résidence estivale de la famille impériale lui apporterait peut-être une idée.

La grande demeure dont la propriétaire actuelle était l'archiduchesse Marie-Valérie, devenue princesse de Toscane par son mariage avec son cousin l'archiduc François-Salvator, pouvait être visitée en partie, pourtant Morosini ne franchit pas le portique de cette construction dont les murs, d'un jaune doux, rappelaient un peu Schönbrunn et mettaient une note ensoleillée au milieu des arbres dépouillés par l'automne. L'intérieur, il l'avait entendu dire, abritait quantité de trophées de chasse, massacres de cerfs, de sangliers et surtout de chamois dont on disait que François-Joseph avait abattu plus de deux milliers. Les exploits cynégétiques n'avaient jamais tenté Morosini et ceux-là moins que tous autres. Et puis, comment chercher la trace d'une femme qui adorait les animaux au milieu d'un mausolée à leur destruction ? Aussi préféra-t-il errer dans le parc, monter lentement vers le pavillon de marbre rose que l'impératrice avait fait construire en 1869 pour écrire, rêver, méditer, se donner l'impression d'être une châtelaine comme une autre, libre de laisser errer son regard sur les plantes et les arbres dont s'entourait son refuge et derrière lesquels aucun garde ne se dissimulait.

Appartenant à un peuple que l'Autriche avait tenu captif pendant de trop longues années, le prince Morosini n'éprouvait guère d'affection pour son impériale famille, mais en lui l'homme de cœur ne pouvait refuser l'hommage de son admiration à une souveraine dont la beauté illuminait encore les nombreux portraits, ni celui de sa compassion aux nombreuses blessures dont son cœur avait saigné. Et c'était son ombre douloureuse et fière qu'il cherchait à saisir pour lui ravir peut-être un secret...

Debout près d'un sapin, il contemplait avec une certaine déception la bâtisse composite fortement influencée par le style troubadour qu'il avait toujours détesté quand une voix aimable se fit entendre :

– Je n'ai jamais beaucoup aimé cette construction. On y retrouve un peu trop le goût des princes bavarois pour un Moyen Age dans le style de Richard Wagner. Sans aller jusqu'aux délires du malheureux roi Louis II, cela rappelle un peu que notre Élisabeth était sa cousine et qu'elle l'aimait beaucoup.

Enveloppé d'une cape de loden, un feutre à blaireau enfoncé sur la tête et une canne à la main, M. Lehar considérait son compagnon de voyage avec un sourire malicieux :

– Vous ne m'aviez pas dit, ajouta-t-il, que vous êtiez un admirateur de Sissi ?

– Pas vraiment mais, lorsque l'on vient ici, il est presque impossible d'échapper à la magie qui s'attache à son souvenir. Surtout lorsque c'est lui que l'on recherche. Un haut personnage, qui est de mes clients, lui voue une sorte de passion posthume : il m'a chargé de retrouver des objets lui ayant appartenu...

– Il est certain que dans ce domaine il y en a beaucoup mais je serais fort étonné qu'on accepte de vous en vendre seulement un.

– Telle n'est pas non plus mon espérance. Encore que l'on ne puisse jamais savoir. Non, ce que j'aimerais rencontrer, ce sont d'anciens fidèles...

– Plus ou moins dans le besoin ? Ça c'est tout à fait possible et ils sont assez nombreux à hanter ce parc. Tenez, en voici une, ajouta le musicien en désignant discrètement une dame vêtue de velours noir qui venait de sortir du château de marbre et se tenait debout, les mains au fond de son manchon, sous la petite véranda où s'accrochait une vigne vierge d'un beau rouge profond dont les feuilles commençaient à joncher la terre.

– Elle n'a pas l'air dans le besoin, remarqua

Morosini qui avait reconnu la comtesse von Adlerstein.

– Elle ne l'est pas, en effet, et elle cherche même à soulager bien des misères mais elle vous sera peut-être utile. Venez, je vais vous présenter !

Il était déjà parti. Force fut à Aldo de le suivre après une brève hésitation. Après tout, il serait peut-être intéressant de voir comment on allait le recevoir ?

Le compositeur, lui, le fut à merveille. La vieille dame l'accueillit d'un franc sourire. Et qui s'effaça lorsque Morosini fut à portée de regard. Il jugea nécessaire de prendre les devants :

– Vous êtes trop impétueux, mon cher maître, dit-il en s'inclinant devant la comtesse d'une façon qui eût satisfait une reine. J'ai déjà eu l'honneur d'être présenté à Mme von Adlerstein... et je ne suis pas certain qu'une nouvelle rencontre lui agrée ?

– Pourquoi pas, dès l'instant où vous ne demandez pas l'impossible, prince ? Après votre départ, j'ai éprouvé quelques remords mais j'étais nerveuse ce jour-là. Vous en avez fait les frais. Je le regrette.

– Il ne faut jamais rien regretter, madame. Surtout pas un élan généreux. Vous voulez protéger votre amie mais, sur mon honneur, je ne lui veux aucun mal, bien au contraire.

– Je me serai donc trompée du tout au tout, dit-elle en tirant de son manchon un fin mouchoir dont elle effleura son nez d'un geste désinvolte qui ôtait à ses paroles toute notion de repentir. Elle ajouta aussitôt : Vous pensez rester ici quelque temps ? Je vous croyais reparti avec votre ami archéologue...

Décidément, elle a très envie d'être débarrassée de toi ! pensa Morosini qui répondit néanmoins avec bonne humeur :

– C'est justement parce qu'il est archéologue que nous sommes encore ici : il se passionne pour l'antique civilisation dite de Hallstatt et, comme je ne l'ai pas vu depuis longtemps, je vais demeurer quelque temps en sa compagnie.

Il aurait juré qu'au nom de Hallstatt Mme von Adlerstein avait tressailli. Ce n'était peut-être qu'une impression, mais une chose était certaine, sa nervosité revenait :

– D'où vient que vous ne soyez pas ensemble alors ?

– Parce qu'il m'a abandonné, comtesse ! fit-il avec une amabilité accrue. Nous avons eu le plaisir de faire mieux connaissance avec votre petit-neveu, hier à l'hôtel. M. von Apfelgrüne a insisté pour faire les honneurs du site à mon ami et, comme il n'y a que deux places dans sa voiture, j'en suis réduit à errer dans Ischl. Avec un certain bonheur, je l'avoue.

– Seigneur ! Où allons-nous si cet hurluberlu se mêle à présent d'archéologie ! Il n'est même pas capable de faire la différence entre un fossile et une pierre de taille ! J'espère avoir, un de ces jours, le plaisir de vous revoir, prince, et vous, mon cher maître, venez à Rudolfskrone quand vous en aurez le loisir !

– Je profiterai bientôt de la permission, se hâta de dire le musicien un peu vexé de s'être trouvé mis à l'écart avec tant de légèreté. Je compte vous donner de bonnes nouvelles de votre parent, le comte Golozieny. Nous nous sommes trouvés ensemble à Bruxelles et...

Mais elle descendait déjà le chemin en pente menant à la Kaiser Villa. Cependant, elle se retourna :

– Alexandre ? Je l'ai vu il y a peu mais venez m'en parler tout de même autour d'une tasse de thé !

La comtesse reprit sa route et, cette fois, ne se retourna plus :

– Quelle attitude bizarre ? fit Lehar décontenancé. Une femme qui est toujours la grâce en personne !

– Tout est de ma faute, mon cher maître ! J'ai le malheur de lui déplaire, voilà tout ! Vous auriez dû me laisser dans mon coin. Mais vous venez de prononcer un nom qui ne m'est pas inconnu. Le comte...

– Golozieny ? compléta le compositeur sans se faire prier. Que vous l'ayez déjà rencontré ne m'étonne pas. Il est quelque chose dans le gouvernement actuel mais cela ne l'empêche pas de voyager beaucoup à l'étranger. Il aime Paris, Londres, Rome... et les jolies femmes ! Qui, je crois, lui coûtent fort cher mais n'en dites rien ! Surtout à la comtesse : il est hongrois comme elle et c'est son cousin...

– Je crains fort qu'elle ne m'offre pas beaucoup d'occasions de la revoir.

– J'arrangerais cela si j'en avais le temps mais je repars pour Vienne dans deux jours. Alors, si vous voulez visiter ma maison, il faut vous dépêcher ! Rentrez-vous à présent ?

– Non. Je vais m'attarder encore un peu... J'aime cet endroit.

– Je ne peux vous donner tort mais j'ai la gorge fragile et je sens un peu de frais. À bientôt n'est-ce pas ?

Quand le père de *La Veuve joyeuse* eut disparu entre les arbres, Aldo consulta sa montre, tourna deux ou trois fois autour du pavillon de l'Impératrice puis reprit tranquillement le chemin de la ville. Aussi bien, on approchait de cinq heures et les grilles n'allaient pas tarder à fermer pour la nuit qui déjà s'annonçait.

Lorsqu'il rejoignit Adalbert et son mentor autour des petits guéridons de marbre blanc de Zauner, dans une atmosphère à la fois vieillotte et chaleureuse embaumant le chocolat et la vanille, les deux voyageurs étaient en train de faire disparaître une incroyable quantité de pâtisseries variées en buvant force tasses de chocolat :

– On dirait que vous avez faim, tous les deux ?

– Le grand air faire des creusements dans l'appétit, le renseigna Apfelgrüne en engloutissant une énorme part de Linzertorte agrémentée de crème fouettée. Vous faire bon promenade ?

– Excellente ! Meilleure même que je ne le pensais, ajouta Aldo avec un sourire sardonique à l'adresse de son ami. Et votre excursion ?

– Merveilleuse ! répondit celui-ci en lui rendant son sourire. Tu n'as pas idée à quel point c'était intéressant. Passionnant, même, devrais-je dire. Je vais sans doute aller passer quelques jours là-bas. Tu devrais venir ?

De toute évidence lui aussi avait fait une découverte et Morosini voua mentalement à tous les diables le malencontreux Fritz qui les empêchait de parler librement. Il fallut attendre d'être rentrés à l'hôtel mais, à peine les deux hommes se trouvèrent-ils seuls, que les questions fusèrent :

– Alors ?

– Eh bien ?

– Je sais qui est Alexandre, dit Aldo. Quant à la maison de la nuit dernière, elle vient de changer de propriétaire et on n'a pas pu me renseigner. Là-dessus, j'ai rencontré Mme von Adlerstein et elle n'a pas eu l'air content du tout que Pomme Verte t'ait emmené visiter Hallstatt.

– Le contraire m'étonnerait. Hallstatt est un village extraordinaire, magnifique, hors du temps, et l'on y fait d'étranges rencontres. Sais-tu qui j'ai vu débarquer tandis que nous buvions une bière à l'auberge ? Le vieux Josef, le majordome de notre comtesse. Il a suivi un chemin filant à travers les maisons mais je n'ai pas pu le suivre, à cause de mon compagnon.

– Et il n'a rien pu t'apprendre, lui ?

– Non. Il n'a même pas eu l'air surpris. Selon lui, Josef a des copains dans le coin. Un point c'est tout !

– On ne peut pas dire que ce soit une lumière, celui-là ! grogna Morosini. Je suis d'avis qu'on transporte nos pénates là-bas dès demain mais qu'est-ce qu'on va faire de lui ?

– Écoute, mon vieux ! La chance nous a fait quelques sourires aujourd'hui. Elle ne va pas s'arrêter en si bon chemin.

– Tu crois qu'elle va nous en débarrasser ?

– Pourquoi pas ? Je suis de ceux qui croiront toute leur vie au Père Noël !...

CHAPITRE 6

LA MAISON DU LAC

En descendant dîner, les deux compères trouvèrent à la réception une lettre de leur nouvel ami : Tante Vivi venait de le rappeler d'urgence en lui envoyant sa voiture. Il devait se présenter à sa table, vêtu comme il convenait :

« Je suis si triste, concluait le jeune homme. Je faire tellement de la progrès pour la français avec vous. Je espèrer on se revoir bientôt... »

– Eh bien, commenta Aldo, elle n'a pas perdu de temps pour le récupérer.

– C'est parce que tu lui as dit qu'il m'avait emmené à Hallstatt ?

– J'en mettrais ma main au feu ! On est sur la bonne voie, Adal ! Demain, on s'installe là-bas et on ouvre à la fois nos yeux et nos oreilles. Mais si tu veux m'en croire, on laissera ton engin rouge vif ici et on prendra le train. Il est beaucoup trop visible...

Adalbert l'ayant admis volontiers, Morosini informa la réception de leur intention de quitter l'hôtel pour quelques jours en laissant à sa garde l'automobile de M. Vidal-Pellicorne puis, sur un ton presque distrait, il demanda :

– Sauriez-vous me dire à qui a été vendue la villa du comte Auffenberg située un peu après le pont ? Je m'y suis rendu tout à l'heure dans l'espoir de le saluer et j'ai trouvé visage de bois. Une passante m'a appris le changement de propriétaire sans pouvoir me renseigner sur l'identité du nouveau...

Aussitôt l'homme aux clefs d'or prit une mine de circonstance, navré de devoir apprendre à Son Excellence le décès vieux de plusieurs mois du comte Auffenberg :

– La villa a été vendue quelques semaines plus tard à Mme la baronne Hulenberg. Je ne suis pas certain qu'elle en ait déjà pris possession.

– C'est sans importance : je ne la connais pas. Mais je vous remercie.

– Je commence à regretter Fritz ! soupira Vidal-Pellicorne, alors que tous deux buvaient un verre au bar. Avec lui, on aurait peut-être pu avoir quelques tuyaux sur Alexandre et sa baronne, puisqu'il est à peu près sûr qu'ils entretiennent des relations. Ce n'est pas le gardien ou le jardinier que cet honorable membre du gouvernement est venu voir après minuit ?

– Tu n'aurais peut-être rien obtenu du tout. Je me demande si ce garçon est aussi bête qu'il en a l'air ?

– Ça, c'est ce que l'avenir nous apprendra. Peut-être !...

L'après-midi s'avançait quand le train montagnard reliant Ischl à Aussee et à Stainach-Irdning s'arrêta à la halte de Hallstatt pour y déposer une demi-douzaine de voyageurs, dont Morosini et Vidal-Pellicorne, pour le bateau qui les passerait avec armes et bagages de l'autre côté du lac. Ils transportaient avec eux tout un matériel destiné à la pêche, aux excursions en montagne et même à la peinture. Cette dernière acquisition, réalisée le matin, relevait de l'initiative d'Aldo. Possédant un assez joli coup de crayon, il s'était avisé qu'aquarelle et autres fusains constituaient un excellent alibi pour qui souhaitait stationner dans un endroit donné afin d'en observer les détails.

Ils avaient joint à leurs emplettes de gros souliers ferrés, des vêtements de loden et de grosses chaussettes sans aller toutefois, dans la couleur locale, jusqu'aux culottes de cuir à bretelles et lacets. Adalbert, pour sa part, n'avait pas résisté à une ample cape et à un chapeau vert à blaireau qui, selon Aldo, lui donnaient l'air d'un archiduc en goguette.

– Dommage, ajouta-t-il, que tu n'aies pas eu le temps de faire pousser tes moustaches, l'illusion eût été complète !

Un employé de la petite gare les aida à porter leurs bagages jusqu'au vapeur qui attendait sous pression. Débarrassé de ce souci, Aldo s'accouda au bastingage pour admirer le paysage à la fois grandiose et sévère. Long de huit kilomètres et large de deux, le Hallstättersee s'insinuait entre de hautes parois sombres pour aller baigner les contreforts escarpés du Dachstein, le massif le plus élevé de la Haute-Autriche dont les sommets gardaient leur neige éternelle. En cette fin de journée où le soleil ne s'était que peu montré, l'endroit était imposant mais sinistre avec les pans noirs des montagnes tombant à pic dans les eaux livides. Là-bas, de l'autre côté, un village s'étirait le long de la rive, accroché aux pentes rocheuses et inhospitalières dont on découvrait l'aridité au-dessus d'une draperie de forêts presque noires.

À mesure que le bateau approchait de Hallstatt que l'on pouvait voir, à présent, se peindre à l'envers sur le miroir du lac, le village qui, de loin semblait collé aux pentes de roches et de sapins, s'enlevait comme un haut-relief dont les points saillants étaient les clochers de ses deux églises rivales mais débonnaires : celui, pointu, effilé, du temple protestant posé au ras de l'eau, et la tour trapue mais surmontée d'une espèce de petite pagode du vieux sanctuaire catholique assis sur un gradin plus élevé. Autour, serrées comme des poules sur leur perchoir, de vénérables et belles maisons dont les pignons en bois sombre largement évasés coiffaient des façades à balcons posées sur des soubassements de pierre... Comble de pittoresque, une cascade, le Mülhbach, lâchait ses eaux blanches au milieu du bourg.

Fasciné, Aldo se souvint de ce qu'avait dit Adalbert la veille au soir : « Un village extraordinaire, magnifique, hors du temps... » C'était tout à fait ça ! L'impression de s'enfoncer au cœur d'un conte fantastique ! Où pouvaient bien se cacher les « copains » du vieux Josef ?

L'une des maisons surtout, la plus éloignée, attira l'attention de Morosini parce que ses murailles d'un autre âge semblaient surgir de l'eau sombre et montraient les restes d'un appareil de défense. Il aurait bien voulu l'examiner de plus près, mais l'unique paire de jumelles se trouvait momentanément vissée aux yeux d'Adalbert...

Quand enfin on débarqua, il vit qu'en dehors d'une petite place dégageant l'église protestante il semblait n'exister aucune rue dans cette étrange agglomération. Les maisons, élevées les unes au-dessus des autres sur de petites terrasses naturelles ou artificielles, communiquaient entre elles par des escaliers, des passages voûtés et des arcades. L'endroit ne pouvait que séduire peintres et amateurs de romantisme car on n'y comptait pas moins de trois auberges.

Adalbert choisit celle portant le nom de Seeauer. Comme on l'y avait déjà vu la veille et qu'il revenait avec un autre client, on lui réserva un accueil flatteur et les deux meilleures chambres de la maison, toutes deux agrémentées d'un balcon permettant d'admirer le lac dans sa splendeur. Cependant, Georg Brauner et sa femme Marie s'excusèrent à l'avance auprès des nouveaux arrivants : demain il y aurait un mariage, et les étrangers risquaient fort de ne guère dormir. Le mieux serait peut-être qu'ils acceptent d'y participer ?

– Quelle bonne idée ! fit Aldo. Ce sera sûrement plus drôle que le dernier auquel il nous a été donné d'assister, ajouta-t-il en pensant aux épousailles fastueuses mais totalement insensées qui avaient été celles du pauvre Eric Ferrals avec Anielka Solmanska.

– On pourra au moins s'amuser sans arrière-pensées ! renchérit Adalbert. En attendant, on commencera par une partie de pêche demain matin sur le lac, ajouta-t-il en souriant à Maria. Connaîtriez-vous quelqu'un qui nous louerait une barque ?

– Georg, bien sûr, fit l'hôtelière. Nous en avons plusieurs et il en mettra une à votre disposition. Vous verrez cela demain matin ?

– Soyez tranquille ! Pour ce soir, nous avons surtout besoin d'un bon dîner et d'un bon lit...

Ils défirent leurs bagages puis se retrouvèrent dans la grande salle déjà abondamment décorée de guirlandes de sapin et de fleurs en papier. Assis sur des bancs, de part et d'autre d'une table assez grande pour six personnes, ils attaquèrent les assiettées de quenelles et de viande séchée qu'on leur servit arrosées d'un petit vin blanc sec comme pierre à fusil contenu dans un pot ventru, décoré de dessins naïfs :

– Dis donc, fit Morosini sa première faim apaisée, qu'est-ce qui te prend de vouloir aller pêcher dès l'aurore ou presque ? Tu n'oublies pas un peu que tu es archéologue ?

– La civilisation de Hallstatt m'a attendu durant des millénaires ; elle patientera bien encore un peu ? En revanche, je brûle d'envie d'aller voir de plus près certaine tour féodale, ou quelque chose qui y ressemble, que j'ai aperçue tout à l'heure en arrivant. Par le lac, ce doit être assez facile.

Le lendemain matin, après une bonne nuit passée dans les confortables lits paysans de Maria fleurant bon la lessive séchée au grand air, ils prirent possession d'une barque à fond plat, qu'ils choisirent parce qu'elle était la seule à être munie de rames parmi celles qu'on leur proposait, les autres se propulsant à la godille, un exercice qu'ils ne pratiquaient ni l'un ni l'autre. Aldo se mit aux avirons pendant qu'Adalbert préparait les cannes à pêche et il gagna le large pour se conformer aux conseils de Georg qui les avait regardés partir avant de retourner à ses occupations. Le moment était bien choisi, le village ayant fort à faire avec les préparatifs de la fête. Et puis le temps était frais mais calme et le matin pur. Le petit bateau glissait sans effort sur l'eau d'un beau vert sombre, lisse et unie comme un miroir.

Quand il fut assez loin pour espérer n'être plus observé, le rameur piqua droit sur le point que lui indiquait Vidal-Pellicorne à l'aide des jumelles et bientôt ils furent assez près de ce qui avait été un petit château fort mais n'était plus guère qu'une ruine envahie de végétation derrière laquelle on ne voyait pas grand-chose. Pas même le petit filet de fumée révélant la présence de gens éprouvant le besoin de se chauffer et de se nourrir. Seuls une étroite tour découronnée et un pan de mur tombant d'aplomb dans les eaux pouvaient abriter un logis intérieur mais cela paraissait si peu vraisemblable !

– J'aimerais savoir comment s'appelle cette ancienne œuvre d'art ? émit Adalbert. C'est peut-être l'ancien fief de notre comtesse ?

– Hochadlerstein ? Tu rêves ! Il est au ras de l'eau. Beaucoup trop bas pour être appelé *Hoch.*

D'après ce que j'ai vu, il y a dans les environs plusieurs nobles ruines perchées en altitude. Ce doit être une de celles-là. En attendant, on peut toujours essayer de débarquer ?

– L'abord me paraît difficile à moins que tu ne tiennes à piquer une tête dans le lac. On reviendra en passant par la terre, histoire de voir s'il est possible de visiter... à une heure discrète. En attendant on peut toujours rester aux alentours pour pêcher. Cela nous permettra d'observer si quelque chose bouge.

– Tu espères vraiment prendre quelque chose ? fit Morosini en voyant son ami déployer une longue canne. Autant que tu le saches tout de suite, je ne vaux rien à cet exercice.

– Suis mes conseils et fais semblant ! On ne sait jamais !

À sa grande surprise, Aldo réussit à prendre trois truites au cours de cette journée dont il craignait qu'elle ne fût assommante. Ce fut un agréable moment de calme et de détente bercé par les joyeux carillons de l'église annonçant aux alentours la formation d'un jeune couple, coupé aussi par le copieux pique-nique dont Maria avait pourvu les pêcheurs. Seule l'observation incessante du vieux castel se révéla décevante : si la bâtisse n'était pas abandonnée, cela y ressemblait. Il allait falloir chercher ailleurs.

Quand ils revinrent à l'auberge, l'ambiance était des plus chaleureuses. Il y avait de longues tables couvertes de vaisselle à fleurs, de pots en grès où la bière moussait et aussi de verres à pied d'un joli vert tendre pour le vin. Les costumes des convives, ceux des jours de fête, étaient magnifiques : les hommes en culottes de cuir et gilets brodés, les femmes en multiples jupons sous les jupes amples, caracos brodés de fils d'or avec des manches bouffantes, tout ce monde heureux d'être là, riant, chantant et plaisantant les jeunes époux. Charmants d'ailleurs ! Elle rouge de confusion, lui plus rouge encore d'avoir fait honneur à la cuisine de Maria et à la cave de Georg. Déjà installés sur une estrade, deux accordéonistes soutenaient les chœurs en attendant de faire danser la noce. Aldo et Adalbert gagnèrent la cuisine où Maria et ses servantes s'affairaient. Les poissons qu'ils rapportaient leur valurent de chaudes félicitations.

– Venez, dit Maria, je vais vous présenter nos mariés !

– Laissez-nous d'abord nous changer, objecta Aldo.

Ils allaient se retirer quand elle les rappela :

– J'allais oublier ! Nous avons le Herr Professor Schlumpf qui désire vous rencontrer pour parler des fouilles. Il vit ici et s'en est occupé sa vie entière. Je me suis permis de lui dire de venir vous rejoindre ce soir...

– Vous avez bien fait ! dit Adalbert qui n'en pensait pas un mot. Ça va être amusant de parler archéologie sur fond d'accordéon, de tyroliennes et de braillements d'ivrognes ! confia-t-il à Morosini en remontant vers leurs chambres.

– Tu t'y connais dans cette branche-là ?

– Le premier âge du fer ? J'ai des notions mais ce n'est pas ma spécialité, tu le sais bien.

– Alors, sois content ! Si tu dis des bêtises, les flonflons de l'orchestre et l'enthousiasme ambiant couvriront tes paroles !

– Je ne dis jamais de bêtises ! fit Adalbert vexé mais il ajouta : Tu n'as peut-être pas tort, après tout, ça peut servir !

Le professeur Werner Schlumpf, de l'université de Vienne, ressemblait trait pour trait à l'image que le commun des mortels se fait de ses semblables : petit homme nerveux portant moustache, barbiche, lorgnons, et dont les cheveux poivre et sel commençaient à abandonner son front au profit de sa nuque. Le seul trait marquant de sa figure était une cicatrice qui déformait son sourcil gauche, mais ses manières et sa politesse étaient parfaites.

Après avoir échangé avec son confrère un salut protocolaire, il accepta de prendre place à la table où les deux amis en étaient au café et aux cigares, dont un exemplaire fut d'ailleurs offert en même temps que le schnaps servi avec célérité par Georg en personne. Le nouveau venu en avala une solide rasade, l'œil fixé sur Morosini qui semblait l'intéresser au plus haut point depuis qu'il le savait prince :

– Vous n'êtes pas archéologue, je suppose ? La haute aristocratie, en général, n'exerce aucun métier...

– Détrompez-vous ! Je suis antiquaire, spécialisé dans les joyaux anciens.

– Ha, ha ! je commence à comprendre mais j'ai peur que votre séjour ici ne vous déçoive : tous les objets précieux trouvés dans le millier de sépultures préromaines découvert depuis 1846 aux alentours des mines de sel, là-haut dans la montagne, se trouvent à présent au musée d'Histoire naturelle de Vienne. Quelques-uns sont restés ici, dans notre petit musée local mais ce ne sont pas les plus importants. De toute façon, il n'est pas question que vous découvriez quoi que ce soit à acheter...

– Telle n'est pas mon intention, fit Morosini avec son sourire à désarmer une douairière. Je ne m'intéresse qu'aux pierres précieuses et je ne suis ici que pour accompagner mon ami Vidal-Pellicorne.

Du coup le professeur eut l'air vexé :

– Vous auriez tort de mépriser les bijoux de notre période. Ils sont faits de l'or le plus fin et certains d'une grande beauté... Il s'agit d'une civilisation avancée. La tribu fixée ici n'était pas celtique ainsi qu'on l'a conjecturé à l'origine mais plutôt illyrique. Sans doute appartenait-elle à la peuplade commerçante des Sigynnes dont parle Hérodote et qui s'installait aux carrefours des grandes voies de transit pour le fer, le sel et l'ambre. Je vous conseille de monter jusqu'à la tour de Rudolf pour voir la nécropole dont les tombes les plus anciennes attestent qu'on pratiquait à l'origine le rite de l'incinération...

Heureux, de toute évidence, de tomber sur un néophyte, le savant, négligeant son confrère français, se lança dans une véritable conférence dans laquelle Adalbert se révéla incapable de placer un mot en dépit de ses efforts méritoires. Amusé, Aldo jouait le jeu, écoutant le vieux savant avec une attention flatteuse quand, soudain, son regard s'évada : un homme dont la haute taille et la corpulence annonçaient une force redoutable venait d'entrer et s'approchait de Georg Brauner occupé à essuyer des verres à son comptoir.

En dépit de la différence de costume, la mémoire photographique de Morosini lui restitua aussitôt la précédente image qu'il avait eue de ce personnage : dans une loge d'Opéra, escortant la mystérieuse dame masquée de dentelles noires. À cette occasion, il portait une sorte de livrée à la hongroise, avec brandebourgs noirs et soutaches d'argent, mais c'était bien le même visage. Cependant, la voix mécontente de Schlumpf le ramena à l'heure présente :

– Vous ne m'écoutez plus, prince ?

– Si, si, pardonnez-moi ! Vous disiez ?...

Dieu qu'il était difficile de fixer son regard sur ce vieux bavard ! Heureusement, Adalbert, s'apercevant qu'il se passait quelque chose d'insolite, vint à son secours :

– Si vous le permettez, Herr Professor, je ne vous cache pas que les rites funéraires de Hallstatt m'ont toujours laissé un peu perplexe. Il est certain que, dans la suite des temps, les guerriers sont passés de l'incinération à l'inhumation...

– L'influence celtique, très certainement...

– Pourquoi alors a-t-on trouvé dans certaines tombes des fragments de squelettes calcinés ?...

L'attention de Schlumpf était bien détournée cette fois et Aldo rendu à son observation. Là-bas, l'homme buvait une chope tout en causant avec l'aubergiste mais il eut vite fini. Un vague sourire, un bref salut et l'inconnu tournait les talons pour repartir.

– Excusez-moi un instant! fit Aldo à l'adresse des deux autres. Aucune force humaine ne l'aurait empêché de suivre cet homme.

Bien qu'il eût été obligé de se frayer un passage au milieu d'un groupe plutôt turbulent, il arriva sur la placette où donnait le Seeauer juste à temps pour voir son gibier prendre à droite une venelle dans laquelle il s'élança en aveugle. La nuit était noire, en effet, et il eut besoin d'un peu de temps pour accommoder après les lumières dont ruisselait l'auberge, et lorsqu'il arriva au bout du boyau, il buta contre un escalier, tendit l'oreille pour essayer de démêler si l'inconnu était monté ou descendu mais il n'entendit aucun bruit de pas. L'homme se déplaçait comme un chat. À regret, il fallut se résoudre à abandonner...

De retour à l'auberge, Morosini chercha Brauner sans le trouver : l'aubergiste semblait s'être volatilisé. Questionnée alors qu'elle passait près de lui avec un plateau chargé de chopes mousseuses, Maria lui apprit au vol que son époux était à la cave en train de mettre un tonneau en perce. Il rejoignit en soupirant ses compagnons toujours aux prises avec les rites funéraires de Hallstatt, ce qui n'empêcha pas le professeur de lui demander sans trop de discrétion où diable il était passé.

– Dans ma chambre, répondit-il. Je suis allé prendre un comprimé d'aspirine pour enrayer un début de migraine. Tout ce bruit sans doute et peut-être aussi la bière!...

– Notre bière n'a jamais fait de mal à personne et vous auriez mieux fait d'aller prendre l'air. C'est le remède souverain dans nos montagnes où d'ailleurs nous pouvons guérir toutes les maladies. C'est le paradis de la santé et, vous autres, dans vos villes enfumées, vous feriez bien d'en user plus souvent ! Voici des siècles déjà que l'on a démontré les bienfaits...

Morosini ouvrit la bouche pour protester : traiter de ville enfumée sa chère Venise, posée sur l'eau comme une rose ouverte, lui paraissait un injuste dénigrement, mais il referma la bouche découragé, sans avoir émis un son. Le vieux bavard était parti pour un nouveau discours, conforté au schnaps, qu'il fallut bien avaler bon gré mal gré. Une petite heure s'écoula encore avant que, tirant de son gousset un énorme oignon d'argent, le professeur Schlumpf constatât qu'il était temps pour lui d'aller prendre un peu de repos. Encore ne fut-ce pas sans avoir convenu d'un rendez-vous avec ses « distingués confrères » – au point où il en était des rasades d'eau-de-vie, il ne faisait plus la différence entre l'antiquaire et l'archéologue ! – pour les guider sur le site dès le lendemain.

– Eh bien, voilà qui promet ! grogna Morosini tandis qu'ils regagnaient leurs chambres, sans trop d'espoir de dormir, installés comme ils l'étaient au-dessus d'une bacchanale déchaînée.

– Oublie ça et dis-moi ce qui t'a pris de filer tout à l'heure comme un lapin poursuivi ? demanda Adalbert.

– Tu n'as pas remarqué ce grand type qui est

venu boire un verre en compagnie de notre aubergiste ? Une allure de chef mongol à la retraite ?

– Si. J'ai même cru comprendre que tu courais après lui.

– Non sans raison. C'est l'homme que j'ai vu à l'Opéra de Vienne, je ne dirais pas en compagnie mais aux ordres de la fameuse Elsa. De toute évidence il était là pour veiller sur elle.

– Et alors ? Tu as découvert où il allait ?

– Même pas ! Il m'a semé au premier tournant. Il faisait noir comme dans un four et ce sacré village est construit suivant un plan délirant. Ce ne sont qu'escaliers, passages, impasses, et quand on ne connaît pas...

– Est-ce que ton gibier se dirigeait vers notre castel de cet après-midi ?

– Non – et ça j'en suis sûr ! – il a pris à droite en sortant de l'hôtel.

– C'est déjà ça ! Il ne nous reste plus qu'à poser quelques questions adroites à ce bon Georg...

– À condition de le trouver ! Quand je suis rentré, sa femme m'a dit qu'il était à la cave en train de percer un tonneau. Apparemment, il y est toujours puisque je ne l'ai pas vu reparaître...

– Et Maria ?

– Elle n'était pas là quand l'homme est venu. Elle n'a pas dû le voir et, dans ces conditions, c'est un peu difficile de l'interroger.

– Ne te tourmente pas plus qu'il ne faut ! On fera ça demain, voilà tout. Essaie de dormir ! Avec du coton dans les oreilles et un oreiller sur la tête on y arrivera peut-être ?

On y arriva mais vers trois heures du matin, lorsque les gens de la noce commencèrent à se fatiguer. Quand Adalbert et Aldo descendirent vers neuf heures pour prendre leur petit déjeuner, Maria leur apprit que son époux était parti pour Ischl par le bateau du matin. Quant au personnage qui intriguait tant ses clients, elle ne l'avait même pas aperçu et ne voyait pas du tout de qui on lui parlait. Et, sur ce, elle disparut dans une envolée de jupons amidonnés pour aller chercher des croissants frais.

Adalbert fronça un sourcil désapprobateur :

– Tu n'as pas l'impression que nous avons là une conspiration du silence ?

Morosini haussa les épaules sans répondre, puis déclara qu'à aucun prix il n'irait se morfondre en compagnie du professeur Schlumpf :

– Un seul de nous deux sera suffisant. Moi je vais aller étudier les méandres compliqués de ce bourg jusqu'à ses limites extrêmes. La chance me sourira peut-être ?

Nanti d'un carnet de croquis et d'une boîte de fusains, il délaissa le petit quai coupé de terrasses et de tonnelles installées au ras de l'eau pour gagner l'unique et longue rue, pittoresque en diable, qui surplombait le lac en corniche, bordée d'escaliers en bois plongeant par des trous d'ombre sous les vieilles maisons aux toits festonnés.

Aucune route ne menait à Hallstatt. Celle qui longeait la rive occidentale du lac dans sa partie nord tournait court au sud de Steg pour grimper sur Gosau.

Du pas lent de l'artiste cherchant un site, Aldo parcourut le village défleuri par l'automne bien que de courageux géraniums s'attardassent encore à quelques fenêtres. Il n'y avait plus de rumeur d'abeilles dans les mélèzes mais, dans presque toutes les maisons, les ménagères s'activaient pour aérer literies, rideaux et couvertures en un dernier grand nettoyage avant que vienne la première neige. Elles n'accordaient au promeneur qu'un regard distrait, habituées sans doute à ses semblables, juste un peu surprises peut-être que cet étranger eût choisi le mois le plus triste au lieu du printemps qui ferait éclore les myosotis, les anémones et les renoncules au long des sentiers muletiers.

Après être resté un bon moment sur la terrasse soutenant la Pfarkirche – l'église paroissiale – à observer les toits épanouis sous ses yeux, Aldo pensa un instant que, si l'homme s'était évanoui aussi facilement, c'était peut-être parce qu'il était entré dans une maison proche de l'hôtel.

Pourtant, son instinct lui soufflait que c'était peu probable. La dame aux dentelles vivait cachée, et comment se dissimuler au cœur d'un village aussi resserré ? Alors, il redescendit vers l'unique rue pour aller vers l'extrémité nord de Hallstatt.

Là, il avisa un rocher d'où il pouvait observer les dernières habitations et s'y installa. Une maison attira son attention. D'où il était, elle avait l'air de sortir des eaux sombres. Son ample toit sommé d'un clocheton la faisait ressembler à une grosse poule aux ailes déployées protégeant des œufs blonds. Dans le petit jardin, une femme en *Dirndl*[1] profitait de la sécheresse momentanée du temps pour étendre une lessive dont les draps et les taies d'oreiller étaient ornés de larges dentelles : du linge un peu trop luxueux pour une paysanne, même fortunée. C'était celui d'une « dame » et Aldo sut qu'il avait trouvé ce qu'il cherchait...

Finalement, il craignit de se faire remarquer, plia bagage et prit le chemin du retour, non sans s'être assuré de certains repères, à commencer par la petite estacade de bois noir près de laquelle dansait une longue barque.

En pénétrant dans l'hôtel, il vit Georg Brauner qui faisait ses comptes, debout devant un pupitre à l'ancienne mode, et alla vers lui en se frottant les mains :

– Plutôt frais le vent, ce matin ! fit-il avec bonne humeur. J'ai fait quelques croquis et j'ai les doigts gourds. Si on buvait quelque chose avant le déjeuner ?

Par-dessus sa moustache rousseâtre, Georg leva sur son client un regard gêné :

– Ce serait avec plaisir, Excellence, mais il me faut terminer ces comptes au plus vite. Cependant, je vous fais servir ce que vous voulez près du poêle. On l'a allumé tout à l'heure.

– Dans ce cas, j'attendrai le retour de mon ami : je n'aime pas boire seul. J'espère qu'il ne tardera pas.

– Comme vous voudrez ! fit l'aubergiste en retournant à ses papiers.

1. Costume campagnard devenu national.

Pas causant, décidément ! C'était d'autant plus étonnant qu'à leur arrivée, les Brauner s'étaient montrés plutôt loquaces. Pour passer le temps, Morosini, son matériel sous le bras, alla jusqu'à la cuisine où Maria, aidée d'une vieille femme et d'une jeune fille, était en train de rouler la pâte à *Knödels*, environnée d'une odeur de pain chaud et de chocolat. Elle accueillit le visiteur inattendu avec un beau sourire :

– Vous souhaitez quelque chose, monsieur le prince ?

– Rien du tout, Frau Brauner, mais il flotte jusque dans la rue des parfums si appétissants que je n'ai pas pu résister à l'envie de venir voir ce que vous faites de bon. Vous me pardonnez ?

– Bien sûr, puisque c'est ma pâtisserie qui vous attire. Je viens de préparer un *Gugelhupf* et une crème au chocolat pour le dessert. Vous avez fait une bonne promenade ?

– Très bonne. Ce village est magnifique. Il possède un charme...

– N'est-ce pas ?... C'est dommage que vous le découvriez si tard en saison. Le temps est froid, humide, et nous allons devoir oublier le soleil jusqu'au printemps. C'est alors qu'il faudrait venir...

– On vient quand on peut. Je travaille beaucoup, et puis c'était une occasion de passer quelques jours en compagnie d'un vieil ami. Cela dit, le temps ne me dérange guère dès l'instant où il n'enlève pas son caractère à un endroit. J'aime dessiner des maisons et vous en avez de fort belles par ici. À commencer par la vôtre dont j'ai fait un croquis, ajouta-t-il en ouvrant son carnet de dessins sur lequel la jeune femme jeta un coup d'œil souriant :

– Mais vous avez du talent !

– Merci. J'aime bien celle-ci aussi.

Il avait tourné la page, découvrant, bien entendu, la maison de l'inconnue. Maria jeta un coup d'œil mais son sourire disparut.

– Elle me plaît beaucoup ! continua Morosini dont l'œil bleu-acier observait l'hôtelière. Si le temps me permet de planter un chevalet, j'en ferai un tableau. Cet endroit un peu écarté est tellement romantique !

Sans un mot, Maria essuya ses mains pleines de farine à un torchon, prit Aldo par le bras et l'entraîna au-dehors. Là, elle lâcha :

– Vous ne devriez pas peindre celle-là ! Il y en a d'autres, aussi belles !

– Je ne trouve pas. Mais pourquoi pas celle-là ?

Le visage de Maria était devenu très grave.

– Parce que vous risquez de gêner, de blesser peut-être ceux qui vivent là ! Voir leur maison devenir sujet de peinture est la dernière chose qu'ils souhaitent parce cela signifie que vous allez les observer pendant des heures et des heures ?

Aldo se mit à rire :

– Diable ! Vous me faites peur ! Elle n'est tout de même pas hantée, cette maison ?

– Il ne faut pas rire. Il y a là... une grande malade, une femme qui a beaucoup souffert. N'aggravez pas son mal en lui faisant croire qu'elle est en butte à une curiosité étrangère.

Ayant dit, Maria allait le planter là pour rentrer dans sa cuisine mais il la rappela :

– Attendez un instant !

– J'ai à faire...

– Rien qu'un instant !

D'un geste vif, il arrachait la page du carnet de croquis resté ouvert et la tendit à la jeune femme :

– Tenez ! Faites-en ce que vous voulez ! Je ne peindrai pas cette maison...

Le sourire qu'elle lui offrit ressemblait à un rayon de soleil perçant un nuage noir :

– Merci, dit-elle. Vous comprenez, tout le monde ici les aime beaucoup... On ne veut pas qu'il leur arrive du mal.

Et cette fois, elle rentra. Morosini en fit autant mais d'un pas beaucoup plus lent et plutôt songeur. Si le village entier se dressait entre lui et celle qu'il voulait atteindre, les choses risquaient de se compliquer mais, d'autre part, c'était plutôt rassurant pour la sécurité de cette femme. Quant au geste qu'il venait d'offrir à Maria, il en avait un peu honte puisqu'il était né d'un mensonge – jamais il n'avait eu l'intention de « portraiturer » la maison – et ensuite il était toujours aussi décidé à en découvrir le secret.

L'estomac dans les talons, il attendit le retour d'Adalbert, et il était près de deux heures quand il se rendit aux instances de ses hôtes :

– Quand le Herr Professor est sur le site, il n'y a plus moyen de l'en arracher. Je suis certain qu'il a emporté avec lui des sandwichs et de la bière avec l'intention de les partager. C'est la tombée du jour qui les ramènera... annonça Georg.

– Il aurait pu le dire, bougonna Morosini, qui ne s'en attabla pas avec moins d'appétit devant des beignets de jambon, un goulash de veau à la hongroise puis une crème au chocolat accompagnée d'une part de *Gugelhupf*, le tout arrosé d'une bouteille de klosterneuburger que Georg compatissant et peut-être reconnaissant – Maria avait dû lui raconter l'histoire du dessin – alla lui tirer de sa cave. Mais quand ce fut fini, il se demanda ce qu'il allait faire de son temps.

L'idée lui était venue d'emprunter de nouveau la barque de Brauner et de s'en aller pêcher aux environs de la fameuse maison, mais un petit vent aigre s'était levé qui frisait le lac avec un clapotis court d'assez mauvais augure :

– S'il allait vous faire une tempête, vous auriez peut-être du mal à rentrer, dit Georg. L'est méchant quand il s'y met !

– Comme tous les lacs de montagne. Je me contenterai d'une promenade à pied en attendant le retour de nos savants.

Il fit comme il l'avait dit, mais cette fois sans emporter le moindre matériel. Les mains au fond des poches de son imperméable, il entreprit une nouvelle visite du village en partant par la gauche pour n'alerter personne. Mais son intention était bien de rejoindre la maison au clocheton. Pour y arriver, il prit le chemin le plus compliqué qui soit, contournant le temple protestant pour gagner la tour et revenir par le palier de l'église d'où il redescendit vers son objectif en évitant soigneusement d'être vu de l'auberge.

Il était déjà tard quand il y arriva. La lumière baissait. Du lac montait un brouillard ne permettant plus guère de distinguer la rive d'en face. Ce devait être l'heure du train : le sifflet du chemin de fer se faisait entendre mais atténué, comme enveloppé de coton.

Revenu sur le rocher de ce matin, Aldo se mit à observer de nouveau la maison. Rien n'y bougeait et, sans le petit panache de fumée grise piqué sur son toit, on aurait pu la croire inoccupée. Pas de bruit non plus sinon le léger grincement rythmé par les vagues de la chaîne retenant le bateau à son mouillage.

Aldo attendit encore. Il espérait qu'avec la nuit les habitants allumeraient des lampes et qu'il pourrait peut-être jeter un coup d'œil à l'intérieur mais son espoir fut déçu : avant que l'ombre ne s'étendît trop, la femme qu'il avait vu étendre sa lessive reparut à mi-corps dans l'embrasure d'une fenêtre. Elle ferma les volets, passa à la fenêtre suivante, puis à une autre, jusqu'à ce qu'il devienne tout à fait impossible de voir quoi que ce soit.

Avec un soupir, Morosini se releva, resta là un moment encore, hésitant au bord de ce qui était peut-être une folie mais dont il avait de plus en plus de peine à repousser l'insidieuse sollicitation : descendre, frapper à cette porte et voir ensuite ce qui en résulterait. La femme qu'il cherchait était là. Si donc il voulait tenter d'en obtenir l'opale, c'était peut-être maintenant ou jamais car si, poussée par l'inquiétude, Mme von Adlerstein décidait d'emmener sa protégée ailleurs, la retrouver relèverait peut-être de l'impossible ?

En dépit des bonnes raisons qu'il se donnait à lui-même, Morosini ne pouvait se défendre d'une espèce de lassitude. Le goût de la chasse qui l'habitait depuis son premier entretien avec Simon Aronov dans les souterrains de Varsovie commençait à l'abandonner dans de telles circonstances. Le Boiteux ne pouvait pas exiger qu'il arrache à une malheureuse, condamnée à vivre cachée, un bien cher à son cœur, même si ce bien se révélait maléfique autant que l'avaient été le saphir wisigoth et le diamant du Téméraire...

Une voix intérieure lui souffla ce que Simon aurait dit : la seule et unique façon de décharger les gemmes du pectoral de la malédiction pesant sur leurs possesseurs successifs, c'était de les rendre à leur destination primitive. Qui pouvait dire si, débarrassée de l'opale, Elsa ne retrouverait pas le bonheur ?

« Ça ressemble à une mauvaise raison, se dit Aldo. On en trouve toujours quand on veut s'approprier ce qui ne vous appartient pas mais, après tout, celle-ci est-elle si détestable ? »

De toute façon, il savait fort bien qu'il n'aurait de cesse d'avoir franchi le seuil de cette maison et rencontré face à face la dame aux dentelles noires. Alors, le plus tôt serait le mieux, et, sans vouloir discuter davantage avec lui-même, il descendit le sentier qui menait à la maison, arriva sous le petit auvent où s'abritait la porte et, après une légère hésitation, ôta sa casquette et souleva le heurtoir de cuivre qui retomba avec un vif tintement de cloche tandis que, sans trop savoir pourquoi, son propre cœur manquait un battement.

Il s'attendait à ce qu'on l'interroge sur son identité et à ce qu'on lui ordonne de passer son chemin, pourtant la porte s'ouvrit sur une haute et mince silhouette de femme en costume local qui tenait une lampe à la main :

– Je me demandais combien de temps vous mettriez avant de vous décider à venir jusqu'ici, dit la voix calme de Lisa Kledermann. Entrez, mais juste un instant !

Il la considéra avec la stupeur que l'on réserve en général aux apparitions : un mélange à part égale d'admiration, de joie et de crainte. Dans la lumière jaune de la lampe, les yeux sombres de la jeune fille étincelaient comme des diamants violets sous la couronne vivante de ses cheveux d'or rouge tressés autour de sa tête. Il pensa qu'elle ressemblait à une icône mais déjà elle le rappelait à l'ordre :

– Eh bien ? Est-ce là tout ce que vous trouvez à dire ? Si vous lisiez les bons auteurs, vous auriez dû vous écrier : « Vous ? Vous ici », et je vous aurais répondu quelque chose d'aussi intelligent que : « Pourquoi pas ? » ou encore : « Le monde est petit ». Mais je préfère vous demander ce que vous venez chercher ?

– C'est un peu long... et délicat à vous expliquer. Ne me permettrez-vous pas d'entrer un moment ?

– Certainement pas ! À un autre que vous, j'eusse envoyé Mathias et les chiens, mais je reconnais volontiers que nous avons à parler vous et moi.

– Eh bien ?...

– C'est impossible ici mais, si vous êtes d'accord,

retrouvez-moi demain à deux heures à la Pfarkirche. Nous y serons tranquilles pour régler une question qui devient singulièrement irritante. Mais venez seul. N'amenez pas ce cher Adalbert !

– Comment savez-vous qu'il est là ?

Un sourire fugitif fit briller des dents qu'Aldo n'avait jamais connues aussi blanches au temps de l'ineffable Mina Van Zelden :

– Comme s'il pouvait passer inaperçu, celui-là ? J'en sais beaucoup plus sur vous deux que vous sur moi. À présent, partez et dépêchez-vous de rentrer au Seeauer ! Demain je vous en dirai assez pour vous convaincre de nous laisser tranquilles, les miens et moi !

– Je n'ai jamais songé à vous importuner ! protesta Morosini. J'ignorais tout de votre présence ici et...

– Demain ! coupa Lisa péremptoire. Nous parlerons demain. À présent, je vous souhaite une bonne nuit, prince !

Il recula, à regret, jusqu'à se retrouver sous l'auvent. Il ouvrit la bouche pour dire quelque chose mais devant le regard impérieux qui s'attachait au sien, il renonça, tourna les talons et soupira :

– Comme vous voudrez ! À demain donc !

Il n'avait vu de la maison qu'une petite pièce d'entrée, blanchie à la chaux, simplement meublée d'un coffre de bois enluminé, de deux chaises au dossier sculpté et d'un tableau naïf représentant une scène de village, mais la rencontre inattendue de Lisa effaçait toute trace de déception même si, quand il l'avait découverte derrière le vantail de chêne, sa lampe allumée à la main, elle avait quelque chose de l'Ange exterminateur placé par Dieu à la porte du Paradis afin d'en interdire l'entrée au pécheur, repentant ou non. Et ce fut d'un pas assez allègre qu'il reprit le chemin de son auberge. Encore quelques heures et certains voiles allaient se déchirer. Peut-être pas tous car il connaissait le caractère déterminé de son ex-secrétaire mais, avec elle, il était à peu près sûr de faire jeu égal.

Une pensée réconfortante qui lui rendit sa belle humeur et, en découvrant Adalbert, assis devant le grand poêle en faïence verte de la salle, lui tendant ses mains et ses pieds, un verre fumant posé sur un coin de table à côté de lui, il lui offrit un sourire épanoui :

– Alors, mon bon ? La journée fut agréable ?

Adalbert tourna vers lui un regard désenchanté :

– Accablante ! Éreintante ! Ce sacré bonhomme a des jarrets d'acier et grimpe comme une chèvre. Il m'a tué.

– Vraiment ? Ce n'est pas plus solide que ça, un archéologue ?

– Je suis égyptologue ! Donc un homme de terrain plat. En Égypte, les pharaons fabriquaient eux-mêmes leurs montagnes. Et dire qu'il veut recommencer demain ! J'ai bien envie de lui dire que nous devons retourner à Ischl...

– Tu dis ce que tu veux mais, de toute façon, tu as quartier libre. Moi, j'ai un rendez-vous à l'église.

– Tu vas te marier ?

Pour être inattendue, la question ne manquait pas de sel :

– Ce ne serait peut-être pas une si mauvaise idée, fit-il en souriant à une image que lui seul voyait. Allons ! Ne fais pas cette tête-là ! Prends ton verre et viens avec moi : je vais tout te raconter !

CHAPITRE 7

HISTOIRE D'ELSA

En grimpant l'escalier couvert menant à l'église, vingt bonnes minutes avant l'heure du rendez-vous, Morisini se demandait quelle fatalité le condamnait, lui prince chrétien mais d'une piété toute relative, à fréquenter les sanctuaires catholiques dès l'instant où il s'agissait de rencontrer une femme, et cela depuis qu'il courait l'Europe à la poursuite de joyaux évadés d'un trésor juif. D'autres auraient eu droit à des rendez-vous dans un parc, un café, un quai de fleuve voire un petit salon intime, et il ne put s'empêcher d'évoquer, avec un rien de nostalgie, le moment passé en compagnie d'Anielka dans la grande serre du Jardin d'Acclimatation à Paris. C'était le temps où il était fou d'elle et prêt à n'importe quelle excentricité pour la conquérir, et maintenant, après s'être déchargé d'elle comme d'un paquet encombrant entre les mains d'Anna-Maria Moretti, il s'était hâté de fuir vers l'Autriche où l'attendaient une affaire sans doute attachante mais d'autant plus difficile à démêler... et un rendez-vous avec une jolie fille dans la maison d'un Dieu qui ne considérait peut-être pas son entreprise d'un œil bénin !

Sous sa main, la porte eut un grincement que le vide intérieur amplifia. Tout de suite, son œil accrocha la magnificence d'un grand triptyque du XVe siècle, doré et sculpté à miracle, qui dominait l'autel. Il le contempla avec plaisir mais sans surprise : la splendeur foisonnante des églises autrichiennes lui était familière. Une lampe rouge allumée annonçait la « Présence » mais il n'avait pas envie de prier. Il s'assit sur un banc pour mieux admirer. Le temps passait toujours très vite en face d'une belle œuvre...

Le grincement du portail le releva pour l'envoyer au-devant de celle qui arrivait cachée dans une mante noire à capuchon d'où ne sortaient que ses chevilles en bas blancs et ses pieds chaussés de souliers à boucles. Ainsi vêtue, Lisa était accordée au décor ancien de l'église.

Arrivée près d'Aldo, elle s'agenouilla pour une rapide prière puis fit signe à son compagnon de venir s'asseoir à ses côtés. Sa mine était grave, cependant Aldo ne put s'empêcher de sourire :

– Qui aurait prédit, au temps de votre période hollandaise, que nous aurions un jour des rendez-vous secrets dans une église comme il s'en donnait tant, jadis, à San Marco, la Salute ou San Giovanni e Paolo ?

– S'il vous plaît, ne me parlez pas de Venise ! Je ne veux pas y penser en ce moment. Quant à ce rendez-vous, soyez certain qu'il n'y en aura pas un second !

– Dommage ! Mais pourquoi ici et pas chez vous ou à l'auberge ?

– Parce que je ne tiens pas à divulguer le fait que nous nous connaissons. Cela posé, ne vous donnez pas la peine de me dire ce que vous cherchez à Hallstatt ! Je l'ai appris.

– C'est Mme von Adlerstein qui vous a renseignée, je suppose ?

– Bien sûr ! Dès qu'elle a su votre présence à Vienne, elle m'a prévenue.

– Pourquoi ? Je suis pour elle un illustre inconnu...

– Lourde erreur ! Elle en sait sur vous presque autant que moi... Voyez-vous, prince, je n'ai jamais rien caché à ma grand-mère. Depuis la mort de ma mère – autant dire depuis toujours ! – elle s'est occupée de moi pour que je ne devienne pas une sorte de marionnette élevée par des gouvernantes. Nous nous aimons et je lui raconte toujours tout...

– Même l'épisode Mina Van Zelden ?

– Surtout celui-là ! Elle a toujours su où me trouver quand mon père me croyait partie aux Indes pour étudier la sagesse boudhique ou en Amérique centrale sur les traces de la civilisation maya...

Morosini eut une exclamation horrifiée :

– Ne me dites pas que vous êtes archéologue, vous aussi ? Un seul me suffit !

– Rassurez-vous, je n'ai que de légères teintures. À propos, il va bien, ce cher Adalbert ?

– Eh bien... du côté de l'humeur, ce n'est pas brillant ! Il est parti bouder sur les tombes de l'ancienne nécropole de Hallstatt en compagnie du professeur Schlumpf !

– On dirait que ça vous fait plaisir ? Pourquoi lui avoir parlé de moi ?

– Parce que ça me faisait plaisir de lui rabattre un peu ses grands airs. Depuis que vous avez couru les routes ensemble, il arbore des mines de propriétaire qui m'agacent un peu.

Cette fois, Lisa ne put s'empêcher de rire.

– Il est charmant et je l'aime bien. Ce petit voyage a été très amusant. Quant à vous, *Excellenza*, ce n'est pas parce que j'ai été votre secrétaire pendant deux ans que vous devez me considérer comme faisant partie de votre mobilier.

Il accepta la mise au point sans broncher. Peut-être parce que, dans l'encadrement ovale du capuchon noir, le visage de Lisa, avec ses taches de rousseur et sa couronne de nattes brillantes, offrait un spectacle propice à la bienveillance.

– Bien ! soupira-t-il. Laissons-là Adalbert et revenons à votre grand-mère : J'ignore ce que vous avez pu lui raconter mais elle me déteste cette femme-là ?

– Pas vraiment ! Elle vous trouve même un certain charme, seulement elle se méfie de vous !

– Joli résultat ! Donc elle vous a rapporté la visite que je lui ai faite ?

– Naturellement. Mais maintenant, il faut m'expliquer la raison qui vous pousse à vouloir acheter à tout prix un bijou appartenant à quelqu'un qui nous est cher à toutes deux ? Vous l'auriez vue à l'Opéra dans la loge de Grand-mère et vous avez décidé soudain qu'il vous fallait cette opale-là et pas une autre ?

– Exact. Celle-là et pas une autre ! J'ai même voulu expliquer à Mme von Adlerstein pour quelle raison impérieuse, grave, il me fallait cette pierre mais elle n'a pas voulu m'entendre...

– Eh bien, fit Lisa en s'installant plus confortablement sur son banc et en croisant ses mains sur ses genoux, je suis là, moi, pour l'entendre cette histoire. Il s'agirait encore d'une pierre maudite si j'ai bien compris ?

– Oui, comme le sont toutes celles que nous avons juré de retrouver, Adalbert et moi...

– Adalbert et vous ? Seriez-vous associés à présent ?

– Seulement pour cette affaire qui est sans doute la plus importante de ma vie d'antiquaire. Il faut que vous me permettiez de ressusciter Mina pendant un instant.

– Pourquoi pas ? fit-elle avec un bref sourire. Je l'aimais bien, vous savez ?

– Moi aussi... Vous souvenez-vous de ce jour de printemps, il y aura bientôt deux ans, où vous m'avez couru après pour me remettre une dépêche de Varsovie ?

Elle s'anima d'un seul coup, reprise par la passion qu'elle apportait dans son travail au palais Morosini :

– Émanant du fameux et mystérieux Simon Aronov ? Si je m'en souviens ! C'est à la suite de cette entrevue que vous vous êtes lancé dans cette incroyable aventure au cours de laquelle vous avez retrouvé le saphir volé à votre mère et qu'ensuite vous m'avez chargée de rapporter à Venise...

– Il n'y est plus ! Quelques semaines plus tard, je l'ai remis à Aronov venu me retrouver dans le cimetière de San Michele. Tout comme je lui ai fait parvenir la Rose d'York récupérée en Angleterre dans des circonstances dramatiques...

– La Rose d'York ? Mais... elle vient d'être volée à la Tour de Londres ?...

– Ce n'est pas la vraie et, je vous en prie, laissez-moi à présent vous expliquer pour quelle raison impérieuse je ne vous ai jamais dit la vérité sur ce que m'a demandé Aronov dans son repaire de Varsovie. Il ne s'agissait pas d'un manque de confiance. J'avais donné ma parole... Si j'y manque aujourd'hui c'est parce que je n'ai plus le choix. Ensuite vous jugerez.... et vous vous dépêcherez d'oublier !

Cette fois, elle ne dit rien.

Alors il raconta son aventure polonaise sans toutefois s'apesantir sur ses rencontres avec la fille du comte Solmanski, se bornant seulement à révéler qu'il l'avait sauvée du suicide et comment il en était venu à s'attacher à ses pas après l'avoir vue débarquer à la gare du Nord avec, au cou, l'Étoile bleue que lui et Aronov cherchaient.

À sa surprise, Lisa ne réagit pas pendant son récit. Au point même qu'il se demanda s'il ne l'avait pas endormie mais comme il se taisait, elle releva sur lui des yeux pleins de vivacité :

– Passons à la Rose d'York puisqu'il s'agit, je pense, de la seconde pierre volée ? dit-elle.

Il s'exécuta, constatant avec joie que son interlocutrice suivait ce nouveau récit avec une attention visible :

– Un vrai roman policier ! fit-elle. Ce serait même assez amusant s'il n'y avait eu tant de vies sacrifiées ! Une question, cependant, si vous le permettez ?

– Mais je vous en prie.

– Croyez-vous vraiment à l'innocence de lady Ferrals ?

Il ne s'y attendait pas et, pour se donner le temps de la réponse, choisit de formuler une question, exactement comme Anielka en avait l'habitude :

– On dirait que vous n'y croyez guère, vous ?

– Pas une minute. J'ai lu, vous devez bien vous en douter, tous les journaux traitant de l'affaire Ferrals et du procès de sa femme. Le coup de théâtre qui l'a clos m'a paru bizarre, trop bien léché, trop bien réglé ! L'amant complice qui se pend après avoir passé des aveux écrits et jusqu'au superintendant qui se hâte d'aller porter la nouvelle ? Non. Non, en vérité, je n'y crois pas !

– Si vous pensez à une quelconque collusion avec la police, vous vous trompez. Je connais bien le superintendant Warren et je peux vous dire qu'il n'a agi que sous l'évidence immédiate mais que, depuis, il se pose beaucoup de questions...

– Et vous ? Car vous ne m'avez pas répondu.

– Je m'en pose aussi, fit Aldo qui ne souhaitait pas s'étendre davantage sur le sujet. Maintenant, il nous faut parler de la troisième pierre : l'opale ! C'est pour elle que nous sommes ici, Adalbert et moi.

– Et vous êtes persuadés que la pierre enchâssée dans l'aigle de diamants est celle que vous cherchez ?

– Simon Aronov le croit et il ne s'est encore jamais trompé jusqu'ici. Il y a d'ailleurs un moyen bien simple de vous convaincre si, comme je le suppose, il vous est possible d'accéder aux bijoux de cette femme mystérieuse que vous gardez si jalousement, votre grand-mère et vous.

– Lequel ?

– Chacune des pierres du pectoral porte, à son envers, une minuscule étoile de Salomon gravée. Il faut une forte loupe pour la voir mais elle existe. Tentez l'expérience !

– J'essaierai mais, en toute honnêteté, je ne vois pas comment vous pourriez obtenir qu'on vous la cède. Ce bijou est celui que notre amie préfère entre tous parce qu'il lui vient d'une grand-mère prestigieuse.

Morosini laissa un silence s'établir entre Lisa et lui, retenant la question qu'il allait poser pour lui laisser le temps de l'examiner puisqu'il était sûr qu'elle devinerait ce qu'elle serait.

– Ne croyez-vous pas qu'il serait temps de mettre un nom sur ce visage voilé qui m'est apparu dans une loge d'Opéra ? Quant à la grand-mère, je crois la connaître puisque je suis à peu près certain d'avoir découvert le père. Elle est, n'est-ce pas, la fille de ce malheureux Rodolphe, le tragique héros de Mayerling ? Pour vous éviter une question, je dirai que je l'ai vue, sous d'autres voiles noirs, déposer des fleurs sur son tombeau quelques heures avant le théâtre...

– Vous connaissez plus de choses que je ne le pensais ! fit Lisa sans chercher à cacher sa surprise.

– ... Quand à l'aigle impériale de diamants, elle a complété après la naissance de Rodolphe la parure d'opales offerte par l'archiduchesse Sophie à sa future belle-fille, quelques jours avant son mariage avec François-Joseph. Cette parure, Sophie elle-même la portait au jour de son mariage et elle souhaitait qu'Élisabeth en fasse autant. J'ajoute que l'ensemble, amputé de la broche, a été vendu à Genève avec d'autres joyaux privés de la famille, il y a quelques années...

L'étonnement fit place à une admiration amusée.

– Quelle sotte je suis ! Comment ai-je pu oublier votre passion des joyaux historiques et des belles pierres, sans compter votre insatiable curiosité... et le fait que vous êtes peut-être le plus grand expert européen en la matière.

– Merci ! À présent, ne croyez-vous pas qu'il est temps de me faire confiance ? Voilà un bon moment que vous dérobez comme un pur-sang devant l'inévitable bride. Je veux son nom... et son histoire ! Allons, Mina ! Rappelez-vous comme nous travaillions bien ensemble ! Pourquoi ne pas continuer ? Ma cause est noble : elle vaut qu'on se batte pour elle.

– Au prix d'un surcroît de souffrance pour une innocente ?

– Et si c'était au prix de sa délivrance ? Comme les autres pierres, l'opale est maudite. Peut-être puis-je vous aider à sauver votre amie ?... Allez-vous parler à la fin ?

– ... Elle s'appelle Elsa Hulenberg et elle n'est pas seulement la petite-fille de l'impératrice Élisabeth mais aussi de sa sœur Maria, la dernière reine de Naples... C'est par elle que je dois commencer. En... 1859, Maria, troisième fille du duc Maximilien « en » Bavière et de son épouse Ludovica, épousait le prince de Calabre, héritier du trône de Naples. Elle avait dix-huit ans, il en avait vingt-trois et l'on pouvait supposer ce mariage assorti, bien que les deux époux ne se soient jamais vus...

– Un instant, Lisa ! Ne me faites pas un cours d'histoire, surtout italienne. N'oubliez pas que je suis vénitien. Je connais donc les événements de Naples : la mort du roi Ferdinand II quelques semaines après le mariage, la montée au trône du jeune couple au moment où Garibaldi et ses Chemises rouges entreprenaient leur marche vers l'indépendance. Dix-huit mois de règne puis la fuite à Gaète où l'on s'enferma dans la forteresse et où la jeune reine Maria se conduisit en héroïne en portant ses soins aux blessés sous une grêle de balles et d'obus. Elle eut droit à l'admiration de l'Europe entière mais cela ne sauva pas son trône. Elle et son époux se réfugièrent à Rome sous la protection du pape et l'on n'entendit plus guère parler du mari... mais j'ai l'impression que vous en savez plus que tout le monde, vous, une Suissesse ?

– Eh oui, parce que mon histoire à moi commence là où finit la grande Histoire. Après les jours pleins de périls mais exaltants qu'elle venait de vivre, notre petite reine détrônée d'à peine vingt ans s'aperçut du grand vide de son existence... et du peu d'intérêt que présentait son époux maintenant qu'il n'avait plus rien à faire, d'autant que son caractère s'était assombri et que sa santé suivait le même chemin. Or, Sa Sainteté Pie IX faisait garder le palais Farnèse, alors résidence des souverains en exil [1], par ses zouaves pontificaux. Maria tomba amoureuse de l'un d'eux, un bel officier belge. Tellement même qu'un beau jour il fallut se rendre à l'évidence : il était urgent de mettre quelque distance entre elle et son époux. Prétextant que le climat de Rome ne convenait pas à ses poumons fragiles, elle partit « se reposer » en Bavière, dans le cher Possenhofen où elle ne resta que peu de temps avant d'aller s'enfermer chez les ursulines d'Augsbourg où, son heure venue, elle donna le jour à une petite fille, Marguerite. C'est elle, la mère d'Elsa.

– Ah ! fit Aldo suffoqué. C'est incroyable ! Je n'ai jamais entendu parler d'une séparation entre la reine Maria et le roi François II ?

– Ils se sont réconciliés très vite et, installés à Paris, sont même devenus le meilleur des ménages...

– Et l'impératrice Élisabeth dans tout ça ? Et Rodolphe ?

– J'y arrive. Sissi aimait beaucoup sa sœur cadette qui était fort jolie elle aussi. En outre, avec sa passion du romantisme, elle admirait l'héroïne de Gaète presque autant que son cousin Louis II de Bavière. Elle s'occupa beaucoup de cette petite fille que Maria faisait élever dans un domaine aux environs de Paris sous un nom que je ne révélerai pas. Et quand Marguerite, que l'on appelait Daisy, devint une belle jeune fille, elle l'invita à plusieurs

1. Aujourd'hui l'ambassade de France à Rome.

reprises mais surtout en Hongrie, dans son château de Gödöllö où de grandes chasses se donnaient à l'automne. C'est là que l'archiduc Rodolphe la rencontra. Il était mal marié avec Stéphanie de Belgique qu'il trompait abondamment et il se prit, pour Daisy, d'une de ces flambées de passion dont il était coutumier. Un feu de paille qui ne dura guère...

– Suffisamment pour avoir des conséquences ? Et comment l'archiduc réagit-il en face de la situation ?

– Selon son caractère : il offrit à la jeune fille de mourir avec lui. Ce n'était pas la première fois, mais le sang belge de celle-ci la rendait hostile aux solutions excessives et la portait plutôt vers les joies de la famille. Elle refusa et s'en alla conter sa peine à l'impératrice. Celle-ci trouva la seule issue acceptable : un mariage rapide. L'époux ne fut guère difficile à trouver : le baron Hulenberg était déjà amoureux de Daisy. De bonne famille, assez fortuné et plutôt bien de sa personne, il faisait un prétendant convenable que la future mère accepta. Et, comme la reine Maria ne pouvait offrir que des bijoux, ce fut Élisabeth qui se chargea de la dot. Elle fit également cadeau de quelques joyaux dont l'aigle de diamants, signe tangible des illustres origines de la jeune fille.

Deux ans après la naissance d'Elsa, sa mère lui fut enlevée par une rapide maladie en face de laquelle les médecins pataugèrent. Hulenberg, quelques mois plus tard, décida de se remarier. Celle qu'il choisit n'avait d'autre qualité que sa jeunesse et sa beauté. Au moral, c'était une créature avide, dépourvue de cœur mais sachant bien cacher son jeu. La présence d'Elsa l'insupporta vite : elle rappelait trop la première épouse !

– Ce fut une parfaite marâtre ?

– Hélas ! Sissi, alors, s'en mêla. En dépit de la terrible douleur causée par la mort de son fils, elle n'abandonnait pas l'enfant. Elle décida de la faire élever dans un couvent des environs de Salzbourg et chargea Grand-mère de veiller sur elle. Ce dont celle-ci s'est acquittée pendant des années et aujourd'hui encore. C'est elle qui eut la garde du petit trésor constitué à Elsa. Et ce fut une bonne chose, parce que le baron Hulenberg mourut après quelques années de remariage. Sa veuve, devenue son héritière par testament, osa réclamer comme faisant partie des biens du défunt les bijoux de Daisy. Sans succès heureusement : l'impératrice avait été assassinée mais François-Joseph, lui, était encore bien vivant. Il était au courant de l'histoire d'Elsa, et sa protection s'étendit sur elle aussi bien que sur Grand-mère, promue tutrice légale. Et tout se passa sans histoire jusqu'à ce qu'Elsa ait quitté son couvent.

– Je suppose que Mme von Adlerstein l'a prise chez elle à ce moment-là ?

– Oui, et d'autant plus volontiers qu'Elsa se plaisait dans ce couvent au point que l'on a pu penser, un temps, qu'elle y ferait profession. Elle en est sortie plus tard que la normale. C'était une jeune fille sérieuse, un peu grave, et tout à fait consciente de la hauteur de ses origines. Son comportement s'en inspirait, bien qu'elle ne les évoquât jamais sinon avec ma grand-mère. Les jeunes gens ne l'intéressaient pas. Sa seule passion était la musique. C'est en grande partie pour en jouir davantage qu'elle est revenue à la vie civile. Peut-être aussi à cause de la nouvelle Mère Supérieure qu'elle n'aimait pas. Elle s'installa chez nous, mais la vie qu'on y menait était trop mondaine et elle ne s'y sentait pas à l'aise. On lui trouva alors une villa un peu retirée aux alentours de Schönbrunn où elle vécut avec un couple de serviteurs hongrois qui lui était tout dévoué : Marietta, à la fois femme de chambre et dame de compagnie, et son mari Mathias, un véritable chien de garde doué d'une force peu commune.

Elle s'y trouvait bien, n'en sortant que pour des promenades ou pour se rendre soit au concert, soit à l'Opéra dans la loge de Grand-mère. Vêtue avec discrétion, elle ne se faisait pas remarquer en dépit d'une ressemblance avec l'impératrice, un peu corrigée par sa blondeur. Et puis, il y a eu cette fichue soirée de 1911 – la première du *Chevalier à la rose* ! – où elle est apparue, toute vêtue de dentelles blanches, belle comme un ange et portant la fameuse opale. Cet éclat soudain inquiéta un peu Grand-mère mais la salle était somptueuse, l'empereur présent et les plus beaux joyaux y ornaient des femmes ravissantes. Seulement, il y avait là un jeune diplomate qu'un ami est venu lui présenter à l'entracte. Entre Elsa et lui, ce fut le coup de foudre...

Aldo fut près de révéler qu'il connaissait déjà l'histoire mais ne sachant trop comment Lisa prendrait le récit de leurs exploits, à Adalbert et à lui-même, il prit le sage parti de se taire, ce qui lui permit de laisser sa pensée vagabonder tout en contemplant la conteuse.

En vérité, elle était tout à fait charmante, et il ne parvenait toujours pas à comprendre comment elle avait réussi le tour de force de passer pour un laideron pendant deux grandes années auprès d'un homme qui, en général, savait parfaitement détailler une femme. Là, dans la grisaille de cette église froide, avec son visage lumineux serti dans le cadre sévère du capuchon noir, elle avait l'air d'un Botticelli, à cette différence près qu'il se dégageait d'elle une étonnante impression de chaleur et de vitalité...

Cependant, Lisa était trop fine pour ne pas sentir que l'attention de son auditeur flottait :

– Vous m'écoutez oui ou non ? Si ce que je vous raconte ne vous intéresse pas, je m'en vais...

Elle se levait déjà. Il la retint par un pan de sa cape :

– Qu'est-ce qui peut vous faire croire que je ne vous écoute pas ?

– C'est l'évidence même. Je vous livre une histoire triste et vous me regardez avec un sourire béat ?

Son caractère, hélas, ne s'arrangeait pas. Aldo choisit de plaider coupable :

– J'avoue un petit instant d'inattention, fit-il, en allumant pleins feux son sourire le plus ravageur. C'est votre faute, aussi : je vous regardais !

– Vous m'avez vue pendant deux ans ; cela devrait vous suffire !

– Ne dites pas de sottises ! Ce que j'ai vu, ce n'était pas vous mais... une sorte de caricature ! Un vrai péché, si vous voulez la vérité, une espèce de...

– Écoutez, nous n'allons pas revenir là-dessus ! Il va falloir que je rentre. Où en étions-nous ?

– À... à ces lettres reçues après la guerre alors que l'on croyait ce Rudiger disparu ? proposa Morosini après une légère hésitation.

Mais la chance était avec lui ou bien son oreille avait enregistré sans qu'il s'en rendît compte. Il tombait pile.

– Ah oui ! fit Lisa. Je vous présente mes excuses : vous écoutiez mieux que je ne pensais. Je disais donc qu'à l'arrivée de la première lettre Elsa a failli mourir de joie et grand-mère d'inquiétude parce qu'à cette époque il avait fallu l'emmener hors de Vienne où elle n'était plus en sécurité.

– Que s'est-il passé ?

– Trois accidents bizarres. J'irai même jusqu'à dire trois attentats, qui ont eu lieu après la guerre. Le premier dans le parc de Schönbrunn où Elsa se promenait avec Marietta. Un homme s'est jeté sur elle un couteau à la main. Heureusement, un garde était à proximité. Il a désarmé l'assassin qui s'est enfui. Une autre fois, elle a échappé à une voiture attelée de deux chevaux emballés : c'est miracle qu'elle n'ait pas été assommée par les sabots. Enfin, quelque temps après, sa maison a brûlé. Mathias a réussi à l'arracher au brasier mais elle a été atteinte. La police, bien sûr, n'a jamais rien trouvé. Après la guerre, la confusion était grande dans les services, la révolution couvait. Ceux qui voulaient abattre

Elsa avaient la part trop belle. Grand-mère, sur le conseil de mon père, a laissé courir le bruit de sa mort, le temps de lui trouver un refuge et de l'y conduire. Le bourgmestre de Hallstatt est l'un de ses vieux amis et la maison du lac lui appartenait : il la lui a cédée. Mathias et Marietta s'y sont installés avec Elsa, cachée sous le nom de Fraulein Staubing.

– Et cette arrivée, dans le plus grand secret, j'imagine, n'a pas suscité de curiosité ?

– Le bourgmestre est un homme intelligent. Il a fait courir le bruit qu'il donnait asile à un couple de vieux amis dont la fille, blessée dans un attentat en Hongrie, avait perdu en partie la raison et se prenait pour une altesse. Les gens d'ici aiment les belles histoires et ils sont généreux. Le village s'est refermé comme un poing sur les réfugiés.

– Mais quand la première lettre est arrivée : ce n'était tout de même pas ici ?

– Non, à Ischl, aux soins de ma grand-mère.

– Et elle ne l'a pas empêchée de commettre cette folie de se montrer au théâtre ?

– Il n'y a pas eu moyen de faire autrement m'a-t-on dit. Elsa était, cette fois, presque folle de bonheur et Grand-mère s'est laissée attendrir. On a déployé un luxe de précautions et, au soir de la reprise du *Rosenkavalier*, à la saison dernière, elle était dans la loge vêtue comme vous l'avez vue...

– Mais pourquoi en noir ? Lors de sa rencontre avec ce Rudiger, vous m'avez bien dit qu'elle était en blanc ?

– Elle a trente-cinq ans maintenant et, en outre, elle ne quitte plus le deuil de son père et de ses grands-parents.

– Et pourquoi cacher son visage ? Elle ne voulait pas être reconnue ?

– En partie, la rose d'argent devait servir de signe distinctif. Seulement, l'amoureux n'était pas au rendez-vous. Vous pouvez imaginer la déception d'Elsa. Cependant, une autre lettre est arrivée : elle disait que Franz avait présumé de ses forces, qu'il demandait pardon et qu'il était très malheureux. Elle disait aussi qu'il valait mieux attendre encore quelques mois, jusqu'à la première représentation de la saison suivante...

– Ce n'était pas un peu long comme délai ?

– Non, si l'on considère qu'il s'agissait d'un malade. La seconde rencontre était donc fixée au mois dernier, lorsque vous-même étiez à l'Opéra.

– Et il ne s'est rien passé. Du moins je n'ai rien vu...

– Si. On a tenté d'enlever Elsa quand elle est sortie du théâtre. Deux hommes s'étaient rendus maîtres de la voiture qui l'attendait et, après avoir renversé Mathias, ils sont partis à bride abattue à travers Vienne. Grâce à Dieu, Mathias a pu les poursuivre et se débarrasser des agresseurs, après quoi il a ramené Elsa, mais l'alerte avait été chaude. On prit juste le temps de changer de vêtements et de boucler les valises avant de regagner Hallstatt en toute hâte...

– Pauvre femme ! soupira Morosini. Comment a-t-elle pris l'écroulement de son rêve, car je suppose qu'on n'a plus conservé le moindre doute sur l'origine des lettres ? Quelqu'un avait su le triste roman de cette malheureuse et décidé de s'en servir pour la faire sortir de sa cachette. Pour moi, en tout cas, c'est très clair...

– On l'a compris trop tard, hélas ! Grand-mère était épouvantée quand elle a su ce qui s'était passé. C'est alors qu'elle m'a télégraphié à Budapest en me demandant de revenir mais je n'ai fait que m'arrêter à Ischl, et je suis venue ici pour essayer d'apaiser un peu Elsa.

– Elle doit être désespérée ?

– Il est impossible de mesurer son chagrin. Elle n'a plus l'air de vivre. Elle ne parle pas, reste assise près de la fenêtre de sa chambre pendant des heures à contempler le lac et quand elle vous regarde... elle n'a pas l'air de vous voir. Pourtant, moi, elle m'aimait bien et...

Lisa se tut, étranglée par une soudaine montée de larmes. Aldo se laissa glisser à genoux devant elle, emprisonnant ses deux mains dans les siennes. Il pensait jusque-là que Lisa, en s'occupant de la recluse, obéissait à un devoir comme elle savait si bien les accomplir, mais en découvrant qu'elle aimait cette malheureuse, il se sentit bouleversé...

– Lisa, je vous en prie, disposez de moi comme vous l'entendrez ! Dites-moi ce que je peux faire pour vous aider ! Je suis votre ami... et Adalbert aussi, ajouta-t-il, non sans un tout petit effort.

Elle plongea son regard sombre scintillant de larmes dans celui de Morosoni et un instant celui-ci crut y voir une douceur nouvelle, une émotion... Vite effacée :

– Rien hélas !... Et relevez-vous, je vous en prie ; cela n'est pas une position convenable dans une église...

– Que fait-on dans une église sinon prier ? Et je vous prie, Lisa, de nous laisser vous aider. Si votre amie est en danger, vous l'êtes aussi et c'est une idée que je ne supporte pas, affirma-t-il, en lui obéissant et en reprenant sa place sur le banc.

– Non. Pas dans l'immédiat ! La maison du lac est notre meilleure sauvegarde. Tout ce que vous pouvez faire, c'est vous éloigner et nous laisser. Vous êtes trop... décoratifs, vous et Adalbert. Votre présence ici ne peut qu'attirer l'attention. Allez-vous-en, je vous en supplie !... En revanche, je vous promets de faire l'impossible pour convaincre Elsa de se défaire de son aigle !

– Vous voulez vous débarrasser de moi ? fit-il avec une amertume que sa réponse n'apaisa pas. Ce fut un « oui » très net, plein de force, et, comme il gardait un silence peiné, Lisa ajouta :

– Comprenez donc ! En cas de problème, nous pouvons faire appel à tous ceux d'ici !...

– Peut-être aussi à votre charmant cousin qui est aussi votre fervent adorateur ? Ce qui m'étonne, c'est de ne pas encore l'avoir vu rappliquer : il a tout du chien courant et flaire votre parfum à des kilomètres !

– Fritz ! Oh, c'est un bon garçon mais assez fatigant ! Rassurez-vous, Grand-mère y a mis bon ordre en le réexpédiant à Vienne pour des achats urgents... et très difficiles ! D'ailleurs, il ignore tout de la maison du lac !

Elle se relevait. Aldo fit de même avec l'impression désagréable d'être devenu soudain aussi encombrant que Fritz. Lorsqu'il offrait une aide sincère, il n'aimait pas du tout qu'on la dédaignât mais apparemment Lisa s'en souciait peu !

– Alors ? dit-elle. Vous partez ?

– Puisqu'il faut obéir ! maugréa-t-il avec un haussement d'épaules. Mais pas avant un jour ou deux. Nous avons claironné que nous venions ici pêcher, peindre et admirer ! D'ailleurs, Adalbert vit en couple avec le professeur Schlumpf ! Je ne me sens pas le courage de les séparer trop brutalement...

– Pauvre Adalbert ! fit-elle en riant. Je connais le Herr Professor ! Il est incapable de vous rencontrer sans vous régaler d'une conférence ! Sur ce chapitre, d'ailleurs, notre ami n'a rien à lui envier : en un petit voyage, il m'a tout appris sur la XVIIIe dynastie pharaonique !

Elle tendit une main qu'Aldo s'empressa de prendre et de retenir :

– Ne me direz-vous pas où je puis vous atteindre au cas où j'aurais quelque chose à vous dire ?

– Mais c'est simple ! Chez ma grand-mère à Vienne ou à Ischl...

– Pourquoi pas ici ? Vous n'allez pas abandonner Elsa du jour au lendemain ?

– En effet, mais ce que je cherche à obtenir d'elle, c'est qu'elle me permette de l'emmener à Zurich. Elle a besoin de soins médicaux. Surtout ceux d'un psychiatre...

– Votre fidélité à la Suisse vous honore, dit

Morosini avec un rien d'insolence, mais je vous rappelle qu'à Vienne vous avez en Sigmund Freud le maître absolu en la matière.

– Aussi ai-je l'intention de faire appel à lui... une fois Elsa bien abritée dans notre meilleure clinique. Le difficile, c'est de l'emmener. Elle est partagée, je crois, entre la terreur que lui a laissée la tentative d'enlèvement et son attachement à une maison qu'elle aime et où elle a rêvé de vivre avec Rudiger. Et moi, je ne peux pas, je ne veux pas la forcer. À présent, laissez-moi partir !

Il la lâcha et s'écarta :

– Partez, mais je persiste à croire que vous avez tort de refuser une aide désintéressée.

– À qui ferez-vous croire ça ? fit-elle, soudain acerbe. Vous m'avez expliqué qu'il vous fallait l'opale à tout prix...

Aldo se sentit pâlir :

– Croyez ce que vous voulez ! fit-il en s'inclinant avec une froide courtoisie. Je pensais que vous me connaissiez mieux.

Il s'éloigna aussitôt et gagna la porte sans se retourner. Il ne vit donc pas que Lisa suivait des yeux sa haute silhouette élégante avec une moue mécontente et, dans le regard, quelque chose qui ressemblait à un regret. Lui se sentait blessé. La dernière phrase de Lisa l'irritait et le décevait. À défaut d'affection, il espérait, après deux ans de collaboration étroite, avoir au moins droit à son estime, peut-être à un peu d'amitié, mais elle venait de le remettre à sa place de commerçant, de le rejeter dans le monde des affaires où l'argent est le seul moteur. C'était un peu dommage !

Adalbert, lui, devint furieux quand son ami lui eut répété son entretien jusqu'à la dernière phrase. Sa belle humeur habituelle, déjà entamée par le fait qu'Aldo était allé seul au rendez-vous, acheva de voler en éclats :

– Ah, c'est comme ça ? rugit-il, sa mèche rebelle plus en bataille que jamais. Elle ne veut pas qu'on l'aide ? Alors, laissons tomber la chevalerie et les grands sentiments !

– Comment l'entends-tu ?

– Le plus simplement du monde. L'histoire de cette Elsa est affreusement triste. On pourrait en faire un roman mais nous avons, nous, d'autres chats à fouetter. Une mission à remplir. Nous savons où est l'opale du Grand Prêtre ?

– Oui mais je ne vois pas de quelle manière nous pourrions nous la procurer, et je ne crois guère à la vague promesse de Lisa. Si sa protégée perd la tête je ne sais pas comment elle pourra la convaincre de nous vendre son cher trésor...

– Non, mais on pourrait peut-être amener Mlle Kledermann à nous prêter l'aigle de diamants pendant quelques jours.

– À quoi penses-tu ? À la faire copier : c'est à peu près impossible, il faudrait retrouver des diamants de la même taille, de la même qualité surtout, une opale identique... et un maître joaillier. Et tout ça en quelques jours ? Tu es fou.

– Pas tant que ça ! Dis-moi plutôt où l'on trouve les plus belles opales sur cette terre déshéritée ?

– En Australie et en Hongrie...

– Laisse tomber l'Australie ! Mais la Hongrie ce

n'est pas si loin. Imagine, par exemple, que tu partes demain matin pour Budapest. Le grand expert que tu es devrait bien connaître là-bas un joaillier, un antiquaire, un lapidaire ou Dieu sait quoi susceptible de te procurer une pierre semblable à celle que nous cherchons ?

– Ou...i mais...

– Pas de mais ! Toutes les gemmes du pectoral sont de même forme et de même grosseur et je suppose que tu en as les cotes ? Au moins du saphir ?

Aldo ne répondit pas. Il entrevoyait le plan de Vidal-Pellicorne et commençait à admettre qu'il n'était pas délirant. Trouver une grosse opale, en y mettant le prix, n'avait rien d'impossible. De toutes les pierres manquantes c'était la moins précieuse, et il arrivait qu'on en trouve d'énormes, comme celle du Trésor de la Hofburg.

– Admettons que je découvre une opale blanche du même calibre – la Hongrie est surtout célèbre pour ses opales noires, magnifiques d'ailleurs ! – et que je la rapporte. Ce n'est pas toi qui dessertiras celle de l'aigle pour mettre l'autre à la place ?

Adalbert eut un sourire effronté en considérant ses longs doigts minces qu'il faisait jouer avec un plaisir visible :

– Si ! fit-il. Je t'ai déjà dit, je crois, que, si mes pieds me jouaient souvent des tours, j'étais très habile de mes mains. Si tu me rapportes aussi deux ou trois outils que je t'indiquerai, je suis capable de mener l'opération à bonne fin...

– Tu l'as déjà fait ? émit Morosini abasourdi.

– Hon, hon !... une fois ou deux ! Dis-toi bien

ceci, mon garçon : quand on est archéologue on est amené à pratiquer différents métiers. Ça va du terrassement à la restauration de meubles, de bijoux, de fresques...

Aldo faillit ajouter l'ouverture de coffres-forts et autres menus travaux de cambrioleur, mais le sourire candide d'Adalbert eût désarmé un huissier de justice ou un commissaire de police.

– Et toi, pendant ce temps-là, qu'est-ce que tu feras ?

– Je continuerai à m'ennuyer ferme en compagnie du père Schlumpf que je flatte de façon éhontée mais qui possède chez lui un petit atelier assez bien équipé où l'on peut entrer comme dans un moulin. Et puis, ajouta-t-il plus sérieusement, je m'arrangerai pour rencontrer Lisa et lui faire entendre raison. De toute façon, ce serait une excellente chose pour cette malheureuse si on la débarrassait d'une pierre dont on ne peut pas dire qu'elle lui ait porté bonheur.

– Celle-là n'est peut-être pas pire que les autres. Les opales n'ont pas très bonne réputation en général !

– Et c'est le roi des experts qui énonce une pareille ânerie ! soupira Adalbert, levant les yeux au ciel. Tout ça parce que, dans un roman de Walter Scott, l'héroïne ne retrouve la paix qu'en jetant son opale à la mer ! Mais n'oublie pas, mon bon, qu'en Orient, on l'appelle « l'ancre d'espérance », que Pline en faisait grand éloge et que la reine Victoria en a décoré chacune de ses filles au moment de leurs fiançailles. Alors pas toi, tout de même !

– Non. Tu as raison, je n'y crois pas. Eh bien, disons que tu as gagné : je partirai par le bateau du matin et j'irai voir Elmer de Nagy à Budapest. De toute façon, nous n'avons guère le choix des armes et c'est le seul espoir qui nous reste ! Mais je te souhaite bien du plaisir avec Mlle Kledermann : si tu oses seulement lui parler de l'aigle, elle va te sauter à la gorge.

Adalbert nota au passage que Lisa était redevenue Mlle Kledermann et en conclut toutes sortes de choses mais se garda bien d'exprimer ses pensées. D'autant que l'idée d'une conversation, même houleuse, avec une jeune fille qu'il trouvait exquise n'était pas pour lui déplaire.

– J'en accepte le risque, fit-il avec suavité. À présent, allons faire un brin de toilette avant de descendre dîner. Maria m'a promis des *Strudel* aux pommes, aux raisins secs et à la crème après un civet de lièvre à la gelée d'airelles !

– Quel goinfre ! grogna Morosini. Quand je reviendrai, tu auras doublé de volume et j'en serai enchanté !

S'il tenait pour bonne l'idée d'Adalbert, il détestait devoir s'éloigner de Hallstatt. Son sixième sens, celui du danger imminent, lui soufflait qu'il avait tort de s'en aller, qu'il allait se passer quelque chose d'irréparable, peut-être parce qu'il avait tellement envie de se sentir nécessaire ! Pure vanité sans doute !... Protégées par l'imposant Mathias, Marietta et même tout le village, Lisa et Elsa ne devaient pas craindre grand-chose !

Cependant, tandis qu'après le dîner – excellent

et auquel il fit grand honneur – Aldo s'attardait à fumer sur son balcon en écoutant clapoter l'eau du lac, l'appréhension grandissait en lui. D'où il se trouvait, la maison des deux femmes était complètement invisible, même par temps clair et, ce soir, une brume s'élevait à travers laquelle il était impossible de distinguer la moindre lumière sur la rive d'en face.

Soudain, il entendit deux coups de feu, lointains, qui lui parurent perdus dans la montagne. Aussi n'y attacha-t-il pas autrement d'importance : dans ce pays de chasse et même de braconnage, ce n'était pas un événement ! Mais presque aussitôt, son esprit lui souffla que chasser par temps de brouillard n'était pas très prudent...

Songeant qu'après tout ce n'était pas son affaire, il alluma une dernière cigarette avant d'aller préparer sa valise pour être à temps au bateau du matin, et la fuma avec délices. Il venait de l'envoyer s'éteindre dans l'eau quand des cris perçants se firent entendre vers le bout du village, des cris qui se rapprochaient, entraînant à leur suite une rumeur annonçant que la bourgade se réveillait. Sûr, dès lors, qu'il se passait quelque chose d'anormal, Morosini quitta sa chambre en courant, se heurta à Adalbert puis dégringola l'escalier avec lui. Le bruit d'émeute grandit pour éclater dans la salle d'auberge où Georg était en train de ranger ses chopes.

Les cris d'agonie, c'était une femme frappée d'épouvante qui les poussait mais, parvenue devant le comptoir, elle parut se vider d'un seul coup de toute sa force et glissa à terre sans connaissance. Aussitôt, Brauner s'agenouilla près d'elle, vite rejoint par sa femme. Aux portes, on se pressait. Le village était sur pied à présent et accourait, bourgmestre en tête.

Tandis que Maria administrait quelques claques sur les joues blanches de la femme évanouie, Georg lui préparait un verre de schnaps qu'il entreprit de lui faire avaler. La double thérapeutique s'avéra satisfaisante : au bout d'une poignée de secondes, la femme ouvrait les yeux puis explosait en une toux convulsive qui aboutit à des sanglots. Peu porté à la patience, Brauner se mit à la secouer :

– Allons, Ulrique, ça suffit ! Dis-nous ce qui se passe. Tu nous arrives dessus comme une tornade puis tu t'évanouis et là-dessus tu pleures sans rien dire.

– La... la maison Schober !... Je ne dormais pas et j'ai entendu tirer. Alors, je me suis levée, habillée et... et j'ai été voir. La lumière était allumée et la porte ouverte... Je suis entrée... j'ai... j'ai vu ! C'est affreux !... Il... il y a trois morts !

Et de pleurer de plus belle ! Pris d'un horrible pressentiment, Morosini demanda :

– La maison Schober, c'est laquelle ?

– C'est une maison qui m'appartient et que je loue, répondit le bourgmestre. Il faut y aller voir !

Mais déjà Morosini et Vidal-Pellicorne se ruaient hors de l'auberge, se frayant un passage brutal à travers la petite foule qui s'était amassée à l'entrée, et fonçaient aussi vite que le permettait le dessin capricieux du chemin, mais ils n'étaient pas les seuls, bien entendu, à vouloir se rendre compte. Aussi, quand ils arrivèrent à la maison du lac, ils trouvèrent une douzaine de personnes réunies près de la porte grande ouverte. Tous semblaient terrifiés et le cœur d'Aldo, envahi par une terrible angoisse, manqua plusieurs battements :

– Lisa ! cria-t-il en s'élançant pour entrer, mais un bûcheron lui barra le passage :

– Entrez pas ! C'est plein de sang, là-dedans ! Il faut attendre les autorités...

– Je veux savoir s'il y a encore une chance de la sauver ! gronda-t-il prêt à frapper. Laissez-moi entrer !

– Et moi, je vous dis qu'il vaut mieux pas !

Sans un mot, Aldo et Adalbert s'emparèrent chacun d'un bras de l'homme et le jetèrent de côté comme s'il ne pesait rien. Puis entrèrent.

Le spectacle qu'ils découvrirent était affreux. Dans la grande pièce qui faisait suite à la petite entrée qu'Aldo connaissait déjà, Mathias, le crâne fendu d'un coup de hache, gisait dans une mare de sang. Sa femme Marietta était étendue un peu plus loin, atteinte d'une balle en plein cœur. Avec horreur, Morosini se souvint des coups de feu entendus tout à l'heure : il y en avait eu deux.

– Lisa ! Où est Lisa ? La femme a parlé de trois morts !

– Elle doit avoir une bonne vue !

La pièce, qui était une sorte de grand salon, semblait en effet avoir subi un ouragan. Les assassins avaient fouillé partout en bouleversant meubles, livres, bibelots, tapisseries. Finalement, Aldo découvrit le corps de la jeune fille : atteint d'une balle, il gisait sur les marches de l'escalier de bois menant à l'étage. Avec un soupir de soulagement, il constata qu'elle vivait encore :

– Dieu soit loué ! Elle respire !...

Il l'enleva dans ses bras, chercha où la poser, découvrit enfin une chaise longue disparaissant à moitié sous des tiroirs et des débris. Adalbert l'avait vue aussi et déblaya rapidement :

– Je vais voir si je trouve là-haut de quoi faire un pansement de fortune, dit celui-ci en se jetant dans l'escalier. Elle saigne beaucoup...

– Il faudrait un médecin... des soins ! gémit Morosini dont le regard cherchait de l'aide et rencontra celui du bourgmestre :

– Le médecin va venir, fit-il. Je l'ai envoyé chercher... Mais pourquoi n'avez-vous pas dit que vous connaissiez Mlle Kledermann ? Nous sommes tous des amis de Mme la comtesse von Adlerstein, sa grand-mère, dont la famille est originaire d'ici...

– Hier encore, je ne savais pas qu'elle était ici et si je ne l'avais pas rencontrée... par hasard cet après-midi, je l'ignorerais toujours...

– Est-ce qu'elle craignait un danger quelconque ?

– Pas que je sache !...

Avec sa magnifique paire de moustaches d'un roux blanchâtre et sa figure massive, enluminée mais débonnaire, le bourgmestre avait l'air d'un brave homme, pourtant Aldo jugea prudent de ne pas en dire plus et choisit de prendre l'initiative des questions, ce qui était la meilleure façon de les éviter :

– Avez-vous une idée de qui a pu commettre un pareil crime ? Tout ce sang... ce massacre ?

– Non. Pauvre Mathias et pauvre Marietta ! De si braves gens ! Des réfugiés hongrois dont Mme la comtesse s'est occupée mais, ce qui m'intrigue, c'est qu'ils vivaient ici avec leur fille... une pauvre déséquilibrée qui ne se montrait jamais et se prenait pour une princesse. Or il n'y a que trois corps...

– Elle aurait disparu ? Elle se cache peut-être ? Quand les assassins ont fait irruption, elle a dû être terrifiée ?...

– En tout cas, il n'y a personne là-haut ! dit Adalbert qui revenait avec de l'alcool, du coton hydrophile et des pansements. S'il y avait eu quelqu'un je l'aurais vu.

Ni lui ni Aldo n'eurent le temps de donner à Lisa les premiers soins, le médecin arrivait. Dans son accoutrement montagnard, il ressemblait assez à Guillaume Tell. En un rien de temps, il eut examiné la blessure, effectué un bandage sommaire mais efficace pour arrêter le sang et déclaré qu'il fallait emmener Lisa chez lui afin qu'il puisse extraire la balle...

– Chez vous ? reprit Morosini inquiet. Vous avez une clinique ?

L'autre le considéra d'un œil sans tendresse :

– Si je dis qu'on l'emmène chez moi, c'est que j'ai ce qu'il faut pour opérer. Je soigne tout un district de montagnes plus les ouvriers des mines. Les accidents ne sont pas rares... Bon ! On va essayer de la ranimer !

– Comment se fait-il qu'elle soit encore

inconsciente ? dit Adalbert alarmé lui aussi par la longueur de l'évanouissement. C'est une jeune fille solide, sportive...

– ... mais elle a derrière la tête une bosse grosse comme un œuf de poule ! Elle a dû s'assommer en tombant dans l'escalier !

Quelques instants plus tard, Lisa revenait à l'univers conscient. Ses yeux s'ouvrirent démesurément tandis qu'elle gémissait :

– Elsa !... Ils ont... enlevé Elsa !

Deuxième partie

TROIS PAS HORS DU TEMPS...

CHAPITRE 8

LE MESSAGE

Ce qui s'était passé était d'une affligeante simplicité : vers dix heures, alors que Lisa conduisait Elsa à sa chambre pour l'aider à se coucher, Marietta, qui se préparait à éteindre les lampes tandis que Mathias remettait au râtelier les deux fusils dont il venait de passer la minutieuse inspection, entendit une voix de femme qui l'appelait en pleurant. Pensant qu'une voisine était en difficulté, elle n'hésita pas et, sans même attendre l'avis de son époux, rouvrit la porte déjà verrouillée et sortit pour revenir aussitôt, poussée brutalement à l'intérieur par quatre personnages vêtus de noir, masqués et armés...

Tout alla très vite : Mathias qui avait repris l'un des fusils fut abattu par la hache lancée d'une main experte ; Marietta, terrifiée, reçut une balle de revolver pour l'empêcher de crier, tandis que les bandits commençaient à tout bouleverser dans la pièce. C'est alors que Lisa attirée par le bruit descendit l'escalier. Elle tenait un pistolet à la main et s'apprêtait à faire feu quand une balle l'atteignit :

– Tu n'aurais pas dû tirer ! reprocha l'homme

qui paraissait le chef. Il nous faut les bijoux et s'il n'y a plus personne pour répondre à nos questions...

– Reste la folle ! Elle saura bien nous dire où ils sont ! Montons !

Quand ils atteignirent les marches, Lisa, qui était tombée et faisait semblant d'être évanouie, rassembla ses forces malgré la douleur et s'agrippa à leurs jambes au passage. Un seul tomba : l'autre assomma la jeune fille d'un violent coup de crosse et, cette fois, elle s'évanouit pour de bon. Elle avait juste eu le temps d'apercevoir l'un des meurtriers arrachant Elsa à sa chambre.

– Je n'en sais pas plus mais j'ai très peur pour elle, murmura Lisa quand, deux heures plus tard, elle se retrouva, la balle extraite et l'épaule bandée, dans l'une des chambres de Maria Brauner en compagnie de celle-ci, d'Aldo et d'Adalbert. Ces gens veulent les bijoux et sont capables de la torturer pour savoir où elle les cache. Or elle ne sait rien !

– Comment cela ! fit Morosini. Vous m'avez dit que l'aigle était son plus cher trésor avec la rose d'argent ? N'en avait-elle pas la disposition ?

– La rose, oui. Quant à l'aigle, on la lui donnait lorsqu'elle en exprimait le désir mais c'était elle qui souhaitait qu'on la range sans lui dire où. N'oubliez pas qu'elle se croit archiduchesse ! Oh, mon Dieu, que vont-ils lui faire ?

– Je ne pense pas qu'elle craigne quelque chose dans l'immédiat, dit Adalbert. Ces gens la croient folle, n'est-ce pas ?

– C'est ce qu'a dit l'un d'eux.

– S'ils ont une once d'intelligence, ils vont d'abord essayer de la calmer. Ensuite ils l'interrogeront. C'est pour ça qu'ils l'ont enlevée au lieu de la tuer.

– Et quand il s'apercevront qu'elle ne sait rien ?

– Lisa, Lisa, je vous en prie ! intervint Aldo en prenant une main où battait la fièvre. Il faut penser un peu à vous et vous reposer. Frau Brauner va veiller sur vous...

– Ça, vous pouvez en être sûr ! approuva celle-ci. On ne peut pas faire grand-chose à présent. Notre bourgmestre a téléphoné à Ischl. La police arrivera au matin mais, pour trouver des traces, ce ne sera pas facile. Hans, le pêcheur qui est sur le lac par tous les temps, a vu une barque qui s'éloignait du rivage mais, avec le brouillard, ce n'était pas facile de distinguer sa route. Il lui a semblé que c'était vers Steg... Allez, Fraulein Lisa ! Il faut dormir !... Et vous, messieurs, dehors !

Ils se levèrent et gagnèrent la porte mais soudain Morosini entendit :

– Aldo !

Il se retourna : c'était la première fois que Lisa usait de son prénom. Il fallait que l'ex-Mina fût vraiment bouleversée pour abaisser ainsi sa garde :

– Oui, Lisa ?

Ce fut elle qui chercha sa main, la pressa en levant sur lui des yeux suppliants :

– Grand-mère !... Il faut aller la prévenir... et surtout veiller sur elle ! Ces gens sont prêts à tout ! Quand ils s'apercevront qu'ils n'obtiennent rien de leur prisonnière, Grand-mère sera en danger. Ils penseront à elle...

Ému devant l'angoisse que traduisait le mince visage, il se pencha pour effleurer de ses lèvres les doigts crispés sur les siens :

– J'y vais !

– Ne dites pas de sottises ! Il faut attendre le bateau... et le train...

– Vous voulez rire ? fit Adalbert qui s'était bien gardé de sortir. Il y a combien de kilomètres jusqu'à Steg par le chemin du lac ? Environ huit. Et une fois là, on trouvera bien un moyen de transport pour les dix derniers. Sinon on continuera à pied...

– Vingt kilomètres ? Vous arriverez rompus !

– Cessez de nous prendre pour des vieillards, ma chère ! Quatre ou cinq heures de marche ne nous tueront pas ! Tu viens, Aldo ?

– Oui. Encore un mot, Lisa ! Comment m'avez-vous dit que s'appelait votre pauvre amie ? Le vrai nom.

– Elsa Hulenberg. Pourquoi ?

– Plus tard, je vous expliquerai !

Il gagna sa propre chambre en se traitant de tous les noms ! Lui qui était si fier de sa mémoire, comment un déclic ne s'était-il pas produit quand Lisa lui avait raconté l'histoire d'Elsa ? Était-il fasciné par son ex-secrétaire au point de n'avoir pas fait le rapprochement ? Après leur séparation, il avait bien emporté la vague impression d'avoir manqué quelque chose mais il n'avait pu trouver quoi. Et c'était si simple pourtant !

Rassurés sur le sort de Lisa, Adalbert et lui quittèrent l'auberge un moment plus tard, équipés de vêtements de sport, de gros souliers, de sacs à dos contenant trousses de toilette et linge de rechange et prirent le chemin de terre qui rejoignait la route remontant vers Bad Ischl.

– On a le temps de causer, fit Adalbert quand ils eurent dépassé la maison du drame, gardée par quelques volontaires, en attendant la gendarmerie. Dis-moi un peu pourquoi tu as demandé à Lisa qu'elle te rappelle le nom d'Elsa ? Tu as fait alors une drôle de tête.

– Parce que je suis un imbécile et que c'est toujours affligeant à constater. Au fait, ça ne te rappelle rien, à toi, ce nom-là, Hulenberg ?

– N...on. Ça devrait ?

– Souviens-toi de ce que nous a dit le portier de l'hôtel à Ischl quand nous lui avons parlé de la villa où le mystérieux visiteur de tante Vivi a jugé bon de faire halte avant de rentrer à Vienne !

– C'était ça ?

– Tout juste ! La villa a été achetée « depuis peu » par la baronne Hulenberg ! Cette fois, je te garantis que rien ne m'empêchera d'aller y faire un tour. La nuit prochaine, par exemple !

– Et on dormira quand ?

– Ne me dis pas que tu t'arrêtes encore à ces viles contingences ? Quand on porte un si beau chapeau orné d'un blaireau et tout l'équipement d'un naturel du pays on doit se sentir taillé dans le granit. Alors ne commence pas à gémir, parce qu'on va avoir besoin d'un sacré courage tous les deux !

– Pour défendre la vieille dame ?

– Non, fit Morosini. Pour lui raconter l'agréable soirée que nous avons passée derrière ses fenêtres à épier ses petits secrets.

– Tu crois qu'il faut tout lui dire ?

– Pas moyen de faire autrement.

– Elle va nous jeter dehors ?

– Possible ! Mais avant il faudra qu'elle nous écoute.

En dépit de leur énergie, les deux hommes étaient éreintés lorsque, vers huit heures du matin, ils entrèrent dans Ischl et rejoignirent le Kurhotel Elisabeth où le portier leur réserva un accueil discrètement surpris de leur apparence mais sincèrement ravi de leur retour : les clients devaient se faire rares.

Ils commencèrent par s'attabler devant un solide petit déjeuner avant d'aller se mettre sous la douche et de changer de vêtements : ni l'un ni l'autre ne souhaitait s'attarder dans une chambre où s'offrait l'irrésistible tentation d'un lit moelleux. Il importait de se présenter au plus tôt à Mme von Adlerstein, même si la perspective ne les enchantait pas.

Adalbert n'en retrouva pas moins sa chère petite voiture avec une vive satisfaction et la ferme décision de ne plus s'en séparer :

– Quand on retourne à Hallstatt, on la prend, déclara-t-il. J'ai déjà fait le voyage avec Pomme Verte. On peut la garer dans une grange à environ deux kilomètres et je me demande même si je n'essaierai pas d'aller plus loin...

– Tu iras où tu veux pourvu que ce ne soit pas dans le lac, grogna Morosini, occupé à préparer ce qu'il allait dire. Tout dépendait, bien sûr, de l'accueil qui leur serait fait...

Lorsque la voiture et son bruit significatif s'arrêtèrent devant la haute porte de Rudolfskrone, il en eut une petite idée : un cordon de trois valets formant front derrière le vieux Josef barrait le passage.

– Mme la comtesse ne reçoit jamais le matin, messieurs ! déclara le majordome d'un ton sévère.

Sans s'émouvoir, Morosini tira de son portefeuille un bristol préparé à l'avance qu'il tendit au serviteur :

– Veuillez lui faire porter ceci. Je serais fort surpris qu'elle ne nous reçoive pas. Nous attendons !

Pendant que l'un des valets se chargeait de la commission, Adalbert et lui s'extirpèrent de leur véhicule et s'y adossèrent en contemplant le parc où l'automne étalait une superbe palette de couleurs allant du brun foncé au jaune pâle, relevé par le vert profond et immuable des grands conifères.

– Qu'est-ce que tu as écrit sur ta carte ? demanda Adalbert.

– Que Lisa est blessée et que nous avons à lui parler d'une affaire grave...

Le résultat fut des plus rapides. Le valet revint, dit un mot à l'oreille de Josef qui s'ébranla aussitôt :

– Si ces messieurs veulent bien me suivre...

La comtesse les reçut dans la robe de chambre qu'elle avait dû passer en sortant de son lit mais sans perdre un pouce de sa dignité. Même si son visage pâle et tiré criait l'angoisse, même si sa main tremblait sur la canne où elle s'appuyait, elle n'en était pas moins debout et la tête haute, cette tête dont elle avait pris le temps de faire brosser et ramasser la chevelure blanche en un chignon lâche. Il y avait quelque chose de royal dans cette vieille femme, et les deux hommes, plus impressionnés peut-être que la première fois, exécutèrent pour elle, avec un ensemble parfait, le même salut profond mais elle était bien au-delà des politesses de l'entrée :

– Qu'est-il arrivé à Lisa ? Je veux savoir !

– Elle a reçu cette nuit une balle dans l'épaule, mais rassurez-vous, elle a été soignée et à cette heure, elle repose au Seeauer sous la garde de Maria Brauner, dit Aldo. Malheureusement, nous avons d'autres nouvelles, beaucoup plus dramatiques, comtesse : Mlle Hulenberg a été enlevée, sa maison mise au pillage et l'on a tué ses serviteurs.

Le soulagement apparu sur le visage de la vieille dame fit place à une véritable peine :

– Mathias ? Marietta ?... Morts ? Mais comment ?

– Lui a reçu une hache en plein front, elle un coup de revolver. Les assassins sont entrés par surprise. Ils ont abattu ceux qui se dressaient devant eux avant de se mettre à fouiller partout. Lisa était à l'étage : elle aidait son amie à se mettre au lit. Elle a pris une arme, est descendue. C'est dans l'escalier qu'elle a été frappée... Et nous, nous avons fait diligence afin que vous n'appreniez pas ce drame par les gendarmes ou la police...

– N'auriez-vous pas mieux fait de rester auprès de ma petite-fille ? Qui vous dit qu'elle n'est pas encore en danger ?

– Là où elle est, je pense qu'il faudrait passer sur le village entier pour l'atteindre. C'est elle qui a insisté pour que nous allions vers vous. Voyez-vous, elle craint que les ravisseurs ne s'en prennent à vous quand ils s'apercevront que leur otage ignore ce qu'ils veulent savoir. Alors elle nous a envoyés...

– Et, pour aller plus vite, nous sommes venus à pied, précisa Adalbert qui trouvait qu'on les recevait bien mal et aurait aimé s'asseoir. J'avais laissé ma voiture à l'hôtel et nous avions gagné Hallstatt par le train d'abord et le bateau ensuite, comme tout un chacun.

L'ombre d'un sourire flotta un instant sur les lèvres décolorées de la vieille dame :

– Je vous prie de m'excuser. Vous devez être très las. Prenez place, s'il vous plaît ! dit-elle en allant s'asseoir sur sa chaise longue. Désirez-vous un peu de café ?

– Non, merci, comtesse. Le siège suffira, bien que nous ne souhaitions pas vous importuner trop longtemps...

– Vous ne m'importunez pas. D'ailleurs, je crois que nous devrions parler un peu plus sérieusement que la dernière fois.

– Il m'est apparu que vous étiez pourtant très sérieuse ?

– Sans doute et je croyais vous avoir fait comprendre qu'il était inutile d'aborder certains sujets ? Je pensais même vous avoir incités à ne pas séjourner plus longtemps ici ? Comment se fait-il que vous vous soyez trouvés à Hallstatt cette nuit ?

– Nous y étions depuis quelques jours, dit Vidal-

Pellicorne. Je désirais depuis longtemps visiter les vestiges d'une très ancienne civilisation. Ce petit voyage m'a permis de rencontrer un confrère éminent, le professeur Schlumpf avec qui j'ai eu de passionnants entretiens... Mon ami Morosini a souhaité m'accompagner...

– Vraiment ? Vous me voyez surprise, prince, que vos affaires, dont je connais l'importance, ne vous aient pas déjà réclamé à Venise ?

– Mais je suis en affaire, madame, et vous le savez fort bien. De même que vous n'ignorez pas que Mlle Kledermann, sous le nom d'emprunt de Mina Van Zelden, a bien voulu se charger de mon secrétariat pendant deux ans.

– C'est elle qui vous a dit que je savais ?

– Qui d'autre l'aurait pu ?

– Vous a-t-elle dit aussi que je ne vous aime guère ? fit-elle avec une brutale franchise.

– Croyez que je le regrette. Est-ce parce que je ne suis pas tombé sous le charme de « Mina » ? Vous auriez dû la voir ! Son père lui-même lorsqu'il s'est trouvé en face d'elle à Londres a piqué une crise de fou rire.

– C'est cela que j'aurais aimé voir ! Mon gendre, la gravité même, se laissant aller à l'hilarité, cela aurait mérité le voyage mais nous laisserons pour le moment mes sentiments de côté. Jouons cartes sur table ! Vous n'avez pas perdu l'espoir de vous emparer de l'aigle à l'opale, n'est-ce pas ?

– L'aigle ne m'intéresse pas et pas davantage sa valeur marchande encore que je sois prêt à la payer un prix royal. C'est l'opale que je veux parce qu'elle représente trop pour trop de gens. Cela dit, il est vrai que je n'abandonne jamais quand je crois avoir raison...

Il y eut un silence que la comtesse employa à examiner avec une attention presque gênante l'homme qui lui faisait face, et Morosini eût sans doute été fort surpris s'il avait pu lire ses pensées. Elle le trouvait séduisant, avec ce visage sauvé de la fade perfection par l'arrogance du profil et l'ironie nonchalante de la bouche, avec ce regard étincelant dont l'acier bleu savait atteindre une nuance plus tendre ou se teinter d'un vert inquiétant. Elle pensait que, plus jeune, elle l'eût sans doute aimé et s'étonnait que Lisa ait résisté à ce charme au point d'avoir abdiqué pendant deux ans toute la grâce de sa féminité. Celle-ci avait agi comme un entomologiste qui souhaite observer en toute quiétude un insecte rare. Quel curieux comportement !

– Soit ! soupira-t-elle enfin. Me direz-vous à présent comment vous avez retrouvé ma petite-fille ? Le pur hasard, peut-être ? Le merveilleux hasard de l'archéologie ?... N'est-ce pas un peu trop facile ?

Morosini échangea un coup d'œil avec Vidal-Pellicorne. Le moment difficile était venu.

– Un peu, en effet, dit-il avec un grand calme. Pourtant, le hasard n'est pas complètement étranger. À notre hôtel, nous avons lié connaissance avec M. von Apfelgrüne qui s'est enthousiasmé en apprenant la profession de mon ami. Il a tenu à l'accompagner à Hallstatt pour une première visite, tandis que j'errais, moi, dans le parc de la Villa impériale à la recherche de ses fantômes. Il vantait – avec raison d'ailleurs ! – ce site assez exceptionnel, ajoutant qu'il était le berceau des Adlerstein...

– Aussi, enchaîna Adalbert, ai-je été à peine surpris d'y apercevoir votre majordome. De là à penser qu'une dame à laquelle vous accordez amitié et protection pourrait n'en être pas éloignée, il n'y avait qu'un pas et nous l'avons franchi.

– Friedrich a toujours été trop bavard ! dit la vieille dame en s'adoucissant un peu. Cependant...

La phrase resta en suspens. La porte venait de s'ouvrir, livrant passage à un homme en tenue de chasse qui entra avec toute l'aisance d'un intime :

– On me dit que vous êtes déjà levée, ma chère Valérie. Aussi ai-je tenu à vous embrasser avant d'aller courir sus au gibier... mais peut-être suis-je indiscret ? fit le comte Golozieny en considérant les visiteurs avec curiosité.

– Nullement, mon cher Alexandre. J'allais vous faire chercher. Un drame s'est produit chez Elsa : il y a deux morts sans compter une blessure de Lisa, ma petite-fille, et l'enlèvement de notre amie. Mais que d'abord je vous présente ces messieurs qui m'apportent cette affreuse nouvelle !

Golozieny l'arrêta du geste, tandis que son regard pâle scrutait les deux hommes, avec une visible méfiance :

– Un instant ! Comment se fait-il que ces messieurs aient pu se trouver sur le théâtre du drame ? Connaissaient-ils donc ce secret que vous n'avez jamais voulu me confier ?

Sa mine disait assez qu'il était vexé, mais la

comtesse n'eut pas l'air de s'en soucier outre mesure :

– Ne soyez pas ridicule ! Seul le hasard leur a permis d'être sur place ! M. Vidal-Pellicorne est un archéologue fort intéressé par notre époque hallstattienne. Il effectuait un séjour là-bas en compagnie de son ami, le prince Morosini, que voici. J'ajoute que tous deux sont des amis de Lisa et que, depuis quelques jours, ma petite-fille était venue rejoindre Elsa qu'elle aime beaucoup et... qui avait besoin d'aide.

– C'est donc à Hallstatt qu'elle habite ?...

– Nous en parlerons plus tard si vous le voulez bien ! Messieurs, je vous présente mon cousin, le comte Golozieny, attaché au département des Affaires étrangères.

On échangea saluts et poignées de main, ce qui n'augmenta pas la sympathie mutuelle : le cousin offrait une main molle, chose dont Aldo comme Adalbert avaient une sainte horreur. Ils se contentèrent de presser des doigts inertes. Quant au regard du diplomate, il était plus aigu et plus froid que jamais : la découverte, dans l'entourage de sa cousine, de deux étrangers remplis d'énergie et plutôt séduisants ne lui causait aucun plaisir. Comme c'était tout à fait réciproque, Aldo choisit de prendre congé :

– Les autorités ne vont pas tarder à se manifester, dit-il en se tournant vers son hôtesse. Je pense qu'il vaut mieux vous laisser les recevoir en famille. Nous sommes au Kurhotel Elisabeth, si vous aviez besoin de nous.

– Ce n'est pas moi qui vous chasse, j'espère ? dit le comte avec une onctuosité quasi épiscopale.

– En aucune façon, mentit Morosini. Nous avons à faire et puis nous souhaitons aussi prendre un peu de repos puisque, grâce à votre présence, comte, nous pouvons espérer que Mme von Adlerstein ne coure plus aucun danger. Ce qui n'était pas le cas jusque-là. Veillez bien sur elle !

– Fiez-vous à moi ! Je veillerai.

Le ton, pompeux à souhait, répondait à ce qui était plus un ordre et un avertissement qu'un conseil.

– Revenez ce soir, s'il vous plaît ? pria la vieille dame avec un élan soudain qui traduisait peut-être son angoisse. Nous aurons des nouvelles et vous partagerez notre dîner ?

Les deux hommes acceptèrent, prirent congé et regagnèrent leur véhicule sans échanger un mot. Ce fut seulement quand ils se furent éloignés qu'Adalbert lâcha la bride à ses impressions :

– Quel foutu hypocrite ! Je mettrais ma main au feu et ma tête à couper que ce bonhomme trempe jusqu'au cou dans le complot contre cette malheureuse Elsa !

– Tu peux y aller sans crainte ! Ni l'une ni l'autre ne craignent rien.

– Est-ce bien prudent de laisser « Grand-mère » seule avec lui ?

– Tenter quoi que ce soit contre elle serait se démasquer. Je ne crois pas qu'il soit fou...

– Alors que vient-il faire ? Elle est un peu subite,

cette envie de chasser qui l'a amené à Rudolfskrone ?

– Tout à fait adéquate, au contraire ! Ses entrées libres dans la place représentent une garantie idéale pour ses complices : il est venu voir comment les choses se passaient chez la comtesse, contrôler ses réactions et peut-être glisser ici ou là un conseil... judicieux.

– Comment une femme aussi intelligente peut-elle lui faire confiance ? Il a l'air franc comme une pièce fausse !

– C'est son cousin. Elle n'imagine pas un instant qu'il puisse la trahir. L'ennui, c'est que son entrée en scène nous a empêchés de nous confesser et de la mettre en garde... En attendant, conduis-moi donc à la gare !

– Qu'est-ce que tu veux y faire ? Tu n'as pas l'intention de dormir un peu ?

– Je dormirai dans le train. Je veux aller à Salzbourg afin d'y louer une voiture moins voyante que la tienne et, si possible, moins bruyante. Ce n'est pas une automobile, c'est un placard publicitaire... et nous avons besoin de passer un peu inaperçus !

– Alors, oublie tes goûts princiers et ne reviens pas avec une Rolls ! grogna Adalbert atteint dans son amour pour sa petite bombe rouge.

Aldo revint dans l'après-midi avec une Fiat en robe grise discrète comme une sœur des pauvres. Elle était solide, maniable et peu bruyante, mais Morosini avait été contraint de l'acheter. On ne trouvait à louer, dans la cité de Mozart, que de grosses voitures généralement assorties d'un chauffeur.

Satisfait de son achat, il se contenta de la garer sous les arbres bordant la Traun, à faible distance de l'hôtel, puis s'accorda deux bonnes heures de sommeil avant de songer à sa toilette pour aller dîner à Rudolfskrone. Adalbert était sorti.

Aldo venait de prendre une douche quand l'archéologue fit irruption dans sa salle de bains sans même prendre la peine de frapper. Il avait l'œil vif, le teint animé et ses mèches blondes plus en bataille que jamais.

– J'ai eu des nouvelles, clama-t-il, et pas des moindres ! D'abord, la fameuse villa est habitée : les volets sont ouverts et les cheminées fument... À propos de fumée, tu n'aurais pas une cigarette ? Mon paquet est vide...

– Il y en a sur le secrétaire, fit Aldo qui avait eu tout juste le temps de ceindre ses reins d'un drap de bain. C'est une nouvelle, en effet, mais tu dois en avoir une autre dans ta manche ? Tu as dit : « d'abord ».

– Et celle-là c'est la meilleure, crois-moi ! Pendant que j'errais aux environs de cette maison du pas fatigué du vieux curiste qui s'embête, une voiture s'est arrêtée devant la grille qui s'est ouverte presque aussitôt mais pas assez vite pour m'empêcher de reconnaître l'occupant. Tu ne devineras jamais qui c'était !

– Je ne cherche même pas, fit Aldo en riant. Je ne veux pas te couper tes effets, ajouta-t-il en approchant un rasoir de son visage enduit de savon.

– Pose cet outil, conseilla Adalbert, sinon c'est toi qui vas te couper ! L'homme de la voiture, c'était le comte Solmanski.

Sidéré, Morosini contempla tour à tour la lame acérée et la mine gourmande de son ami :

– Qu'est-ce que tu viens de dire ?

– Oh, tu as parfaitement entendu, même si j'admets volontiers que ce soit difficile à croire, mais le doute n'est pas possible : c'était bien notre cher Solmanski, l'affectueux beau-père de ce pauvre Eric Ferrals et le tien éventuellement. Tout y était : l'air empaillé, le profil romain et le monocle. À moins qu'il n'ait un sosie parfait, c'est bien lui.

– Je le croyais en Amérique.

– Il faut croire qu'il n'y est plus. Quant à ce qu'il fait ici...

– Pas difficile à deviner ? fit Morosini qui, remis de sa surprise, s'apprêtait à reprendre son rasage. Il est sûrement pour quelque chose dans le drame d'hier. J'étais à peu près certain que cette Hulenberg était à la base du double meurtre mais maintenant j'en mettrais ma main au feu. La présence de Solmanski chez elle est une signature. Nous savons tous les deux de quoi il est capable...

– ... surtout quand il est question des pierres du pectoral. Comment a-t-il pu apprendre que l'opale était là ?

– Simon Aronov l'a bien su. Pourquoi pas son ennemi intime ? N'oublie pas que Solmanski croit posséder le saphir et le diamant, parce que je suis convaincu qu'il est l'auteur du vol à la Tour de Londres.

– Moi aussi et, à ce propos, je sens poindre une idée...

Assis sur le bord de la baignoire, le nez en l'air et

la bouche arrondie, Adalbert se mit à suivre d'un air rêveur les ronds de fumée issus de sa cigarette. Aldo en profita pour se raser, puis se tourna vers son ami :

– Dix contre un que je la connais, ton idée !

– Oh !

– Tu ne songerais pas à conseiller au cher superintendant Warren une cure tardive aux eaux bienfaisantes de Bad Ischl ?

– Si, admit l'archéologue. Le malheur, c'est que je ne vois pas du tout comment il pourrait nous être utile. Ici, il ne disposerait d'aucun pouvoir...

– Je le crois très capable de s'en procurer. Après tout, il est à la recherche d'un voleur international et, dès l'instant qu'il s'agit des joyaux de la Couronne, il doit être prêt à toutes les acrobaties... à condition, bien sûr, qu'il ait un début de preuve... Conclusion : écris-lui ! De toute façon, ça ne peut pas faire de mal... Sur ce, laisse-moi finir de me préparer et va en faire autant !

Une heure plus tard, abritant leurs smokings sous le confortable loden régional, les deux hommes reprenaient l'Amilcar à laquelle Mme von Adlerstein était habituée et remontaient à Rudolfskrone. Une surprise les y attendait : Lisa avait été rapatriée dans la journée. Sur l'ordre de sa grand-mère qui ne supportait pas l'idée de la savoir blessée loin d'elle, la grosse limousine noire qu'Aldo avait vue, certaine nuit d'octobre, sortir du palais Adlerstein, était allée l'attendre au débarcadère, tandis que Josef et l'un des plus solides valets passaient le lac avec le vapeur et ramenaient la jeune fille, dûment emmaillotée et couverte des plus chaudes recommandations de Maria Brauner. Son état était satisfaisant et elle reposait dans sa chambre où les deux hommes furent invités à aller la saluer :

– Elle sera contente de vous voir, dit la comtesse. Elle vous a réclamés deux ou trois fois. Josef va vous conduire.

Les deux hommes craignaient un peu l'atmosphère d'une chambre de malade mais Lisa n'était pas fille à la leur infliger. En dépit du voyage éprouvant qu'elle avait subi dans la journée, elle les attendait sur une chaise longue, vêtue d'une ravissante robe d'intérieur en soie blanche pékinée d'azur. Elle était pâle, et, dans la discrète échancrure du vêtement, on pouvait voir un coin du pansement de son épaule mais son attitude, pleine d'une fierté proche du défi, n'était pas sans rappeler celle de sa grand-mère au jour où elle avait reçu les deux étrangers. Elle les accueillit d'un :

– Dieu soit loué, vous voilà ! Avez-vous appris du nouveau ?

– Un instant ! coupa Morosini. Ce n'est pas à vous de réclamer des nouvelles. Dites-nous d'abord comment vous allez ?

– À votre avis ? fit-elle avec un sourire espiègle qu'il ne lui connaissait pas.

– On ne dirait jamais, fit Adalbert, que l'on vous a extrait hier une balle de revolver. Vous ressemblez à une rose pâle !

– Eh bien, voilà un homme qui sait parler aux femmes ! soupira Lisa. Je n'en dirai pas autant de vous, prince !

– Aussi n'essaierai-je même pas. Nous n'avons guère cultivé le madrigal au temps de notre collaboration. C'est entièrement de votre faute, d'ailleurs.

– Ne revenons pas là-dessus et passons à ce drame qui nous occupe. J'ai déjà demandé des nouvelles. En avez-vous ?

– Oui, mais je crains que vous ne les accueilliez aussi mal que le ferait votre grand-mère au cas où l'idée nous viendrait de les lui confier.

– Vous lui avez caché quelque chose ?

– Je ne vois pas comment nous aurions pu faire autrement, dit Adalbert. Vous nous voyez lui conter sur le ton de la conversation de salon que, durant près de deux heures, nous avons épié, à plat ventre sur la loggia de cette maison, l'entretien secret qu'elle avait avec un certain Alexandre...

– Golozieny ? Le cousin ? Et en quoi cela vous intéressait-il ?

– Nous allons y venir, reprit Aldo, mais avant d'aller plus loin nous aimerions savoir ce que vous pensez de lui, quels sont vos sentiments à son égard ?

Pour mieux réfléchir sans doute, Lisa leva vers le plafond ses grands yeux sombres et soupira :

– Rien ! Ou pas grand-chose ! Il est l'un de ces diplomates toujours à court d'argent mais tirés à quatre épingles, sachant baiser avec âme les métacarpes patriciens mais incapable d'atteindre les sommets de sa carrière. Des gens dans son genre, il y en a toujours deux ou trois qui traînent dans les chancelleries et les milieux gouvernementaux. L'argent l'intéresse beaucoup...

– À merveille ! fit Aldo soudain épanoui. À présent, Adalbert va se sentir beaucoup plus à l'aide pour vous raconter notre équipée, ce que nous avons surpris et ce que nous avons vu ensuite. C'est un conteur-né !

Ce fut au tour de Vidal-Pellicorne d'éclore comme un tournesol touché par les tendres rayons du soleil. Le regard qu'il offrit à Morosini était empreint de gratitude, puisqu'il lui donnait l'occasion de briller devant celle qui le captivait de plus en plus. Ainsi encouragé, il fut parfait, retraçant la scène nocturne sans oublier le moindre détail et surtout ce qui l'avait suivie : l'étrange et courte visite rendue par Alexandre à la toute récente villa Hulenberg.

Lisa écouta avec attention mais ne put s'empêcher de remarquer avec un demi-sourire :

– Écouter aux fenêtres, c'est nouveau ça ! Je ne vous connaissais pas cette curieuse façon de traiter vos amis ?

– Puis-je vous rappeler que, jusqu'à ce jour, la comtesse ne nous traitait pas vraiment en amis. Maintenant, si ce qu'on vient de vous dire vous paraît sujet d'amusement...

La main de la jeune fille vint se poser sur celle de Morosini :

– Ne vous fâchez pas ! Mon accès d'ironie, hors de saison, tient surtout à ce que j'éprouve une véritable angoisse. Ce que vous avez découvert me paraît des plus graves et il faut en avertir Grand-mère. Quant à moi, je ne suis qu'à moitié surprise : je n'ai jamais aimé ce cousin-là !

D'un mouvement vif, elle se levait pour aller vers la porte mais Adalbert la retint par un pan de sa robe d'intérieur :

– Ne soyez pas si pressée ! Il y a peut-être mieux à faire.

– Et quoi, mon Dieu ? Je veux que cet individu quitte la maison sur-le-champ !

– De façon à ce qu'il nous file entre les doigts et qu'on ait toutes les peines du monde à le rattraper ? persifla Aldo. Ne raisonnez pas comme une gamine impulsive ! Tant qu'il est ici, on l'a au moins sous la main. Quelque chose me dit qu'il pourrait bien nous conduire à Elsa !

– Vous rêvez ? Il n'est pas d'une intelligence extrême mais il est rusé comme un vieux renard...

– Peut-être, mais les vieux renards se laissent quelquefois prendre au sourire d'une jolie fille, dit Aldo. Alors vous allez être charmante avec lui, ma mignonne, même si...

Les yeux sombres noircirent de colère :

– Un, je ne suis pas votre « mignonne » et, deux, vous n'obtiendrez pas de moi que je sois aimable avec ce vieux bouc ! Imaginez-vous qu'à son âge il prétend m'épouser ?

– Encore un ? Vous êtes un vrai danger public !

– Ne soyez pas grossier ! Si mon charme personnel ne vous paraît pas suffisant, sachez que la fortune de mon père me pare de toutes les séductions. Au fond... je n'ai jamais été aussi heureuse que durant ces deux années où je me suis cachée sous la défroque de Mina, ajouta-t-elle avec une amertume qui toucha Morosini, parce que c'était un aspect de la question qui lui avait échappé jusqu'à présent.

Désolé d'avoir peiné Lisa, il allait s'emparer de sa main quand, dans les profondeurs de la maison, un son de cloche annonça le dîner :

– Allez à table ! soupira Lisa. On se reverra plus tard...

– Vous ne venez pas ?

– J'ai une trop bonne excuse pour éviter Golozieny. Souffrez que j'en profite !

– C'est très compréhensible, dit Adalbert, mais vous avez peut-être tort. Avec un homme tel que lui trois paires d'yeux et autant d'oreilles ne seraient peut-être pas de trop ?

– Arrangez-vous des vôtres, mais ne manquez pas de venir me dire bonsoir avant de partir !...

Si Lisa pensait jouir tranquillement d'un moment de réflexion solitaire, elle se trompait. Elle finissait de parler quand sa grand-mère pénétra chez elle en trombe. La vieille dame semblait sous le coup d'une grande émotion. Alexandre la suivait comme son ombre.

– Regarde ce que Josef vient de trouver ! s'écria-t-elle en tendant à Lisa un papier. C'était sur la table du dîner, près de mon couvert. En vérité, l'audace de ces misérables ne connaît pas de bornes, ils osent s'introduire jusque sous mon toit !...

La jeune fille tendit la main vers le billet mais Morosini fut plus rapide et l'intercepta. Un coup d'œil lui suffit pour déchiffrer le message aussi bref que brutal :

« Si vous voulez revoir Mlle Hulenberg en vie, vous devrez obéir à nos ordres et ne prévenir la police sous aucun prétexte. Tenez-vous prête à déposer les joyaux demain soir à un endroit qui vous sera indiqué ultérieurement. »

– Avez-vous une idée de la façon dont ceci est arrivé jusqu'à vous ? demanda Morosini en donnant le billet à Lisa.

– Aucune ! Je réponds de mes serviteurs comme de moi-même, dit la comtesse. Cependant, l'une des fenêtres de la salle à manger était entrouverte et Josef pense...

– Que le papier est entré par là ? À moins d'être doué d'une vie propre, il faut qu'on l'ait déposé. Voulez-vous me permettre d'aller jeter un coup d'œil ? Reste avec ces dames, Adalbert, ajouta-t-il en posant sur Golozieny un regard dénué de toute expression. Je devrais suffire à la tâche...

Guidé par le vieux majordome, il gagna la grande salle où tout était disposé pour quatre personnes sur une longue table capable d'en accueillir une trentaine, et vit que le couvert de la maîtresse de maison était, en effet, le plus proche de la fenêtre restée ouverte.

Sans mot dire, Morosini examina l'endroit avec soin, se pencha au-dehors pour apprécier la hauteur et finalement quitta la pièce après avoir prié Josef de lui trouver une lampe électrique. Ensemble, ils firent le tour de la maison jusqu'à se trouver à l'aplomb de la salle à manger.

Celle-ci était au même niveau que la loggia mais sans communication avec elle, ce qui en rendait l'accès extérieur beaucoup plus difficile. À l'aide de sa lampe, Aldo put constater qu'aucune trace d'escalade n'apparaissait – avec l'humidité du temps, des pieds plus ou moins boueux auraient laissé leur marque. Aucun signe de dérangement non plus dans les massifs défleuris cernant la villa. La conviction de l'enquêteur était faite dès qu'il avait tenu le billet dans ses mains : il avait été déposé par quelqu'un de la maison et, puisque les serviteurs ne pouvaient être soupçonnés, il ne restait qu'une seule personne dont la complicité ne faisait aucun doute : Golozieny.

– Avez-vous trouvé quelque chose ? demanda la comtesse quand il la rejoignit dans le petit salon.

– Rien, madame ! Il faut croire que vos ennemis ont à leur disposition quelque génie ailé... ou alors un complice ?

– C'est une idée à laquelle je refuse de m'arrêter !

– Personne ne peut vous y forcer. Il faut pourtant bien qu'il y ait une explication ?

– En ce qui me concerne, émit Golozieny d'une voix flûtée, je me demande si vous ou votre ami, prince, ne pourriez nous la fournir ? Après tout, vous êtes les seuls étrangers ici ?

– Pas pour moi ! coupa la voix glacée de Lisa dont la silhouette, vêtue cette fois d'une longue robe de velours vert, venait de s'encadrer dans le chambranle de la porte. Continuez dans cette direction, Alexandre et je ne vous adresse plus la parole !

– Vous ne feriez pas cela, chère... très chère Lisa ? Vous savez à quel point je vous admire, et...

– Vous l'admirerez aussi bien à table ! intervint la comtesse. Si je comprends bien, ma chérie, tu as décidé de te joindre à nous ?

– Oui. J'ai déjà dit à Josef de mettre mon couvert...

Préludé de cette façon, le dîner fut ce qu'il devait être : sinistre et silencieux. Chacun s'enfermant dans ses propres pensées, on n'échangea que de rares paroles jusqu'à ce que Golozieny se hasarde à demander quelle suite sa cousine comptait donner au message des ravisseurs.

Mme von Adlerstein tressaillit comme s'il l'éveillait mais le regard qu'elle lui lança était plein de fureur :

– Quelle question stupide ! Que puis-je faire sinon obéir, et vous devriez savoir que je déteste ce mot-là ! Je vais donc attendre une autre communication puis... Les bijoux ont été récupérés par Josef dans leur cachette et rapportés ici en même temps que Lisa.

– Un instant, Grand-mère ! fit Lisa. Avant de donner à ces gens le prix de leur crime, il me semble que la moindre des choses est d'obtenir la certitude qu'Elsa est toujours vivante. C'est un peu trop facile d'exiger puis, une fois en possession du butin, on se débarrasse d'un témoin gênant... en admettant que ce ne soit pas déjà fait. Nous avons affaire à des gens pour qui la vie humaine ne compte pas : un mort de plus ou de moins est sans importance pour eux.

– Que proposes-tu ?

– Je n'en ai aucune idée encore mais une chose

est certaine : nous ne devons rien dire à la police. D'ailleurs, elle me paraît un peu débordée par l'ampleur de la tâche et je suppose qu'elle va demander du secours à Vienne. À ce propos, ajouta-t-elle en se tournant vers Golozieny, et puisque vous allez sans doute regagner demain la capitale, j'espère que vous allez vous aussi garder le silence et ne pas vous précipiter chez vos « hautes relations » pour les mettre en mouvement ?

Offusqué, le menton du comte releva sa barbiche jusqu'à former un angle droit avec son cou maigre.

– Ne me prenez pas pour un imbécile, Lisa ! Je ne ferai rien qui puisse vous gêner. D'ailleurs, j'ai l'intention de prolonger mon séjour. La seule idée de vous laisser toutes deux seules aux prises avec un si grave problème est de nature à me faire changer mes plans. J'entends veiller sur vous... si vous le permettez ? ajouta-t-il avec un regard engageant à l'adresse de sa cousine.

Celle-ci lui répondit par un sourire un peu las mais affectueux :

– C'est gentil ! fit-elle. Vous pouvez rester, bien sûr, autant que vous le voudrez. Votre dévouement nous émeut, Lisa et moi...

Si la jeune fille semblait touchée par un sentiment quelconque, ce n'était certes pas la reconnaissance et moins encore la joie, mais Golozieny lui adressa un sourire aussi rayonnant que si elle venait de lui promettre sa main.

– Parfait ! En ce cas, nous pourrions peut-être songer à écourter cette soirée ? Tout le monde est fatigué, ce soir, et notre Lisa, en particulier, doit se reposer.

Le message était clair : « Il nous flanque à la porte, songea Morosini. Décidément, on le gêne !... » Mais la comtesse en se levant de table semblait l'approuver et fit mieux encore en disant :

– J'avoue sentir la fatigue. Si vous le voulez bien, messieurs, ajouta-t-elle à l'adresse de ses invités, nous allons prendre un peu de café puis nous nous séparerons jusqu'à demain.

– Pas de café pour moi, comtesse ! fit Adalbert. J'en bois trop et si j'en avale un de plus je ne dormirai pas.

Aldo, à son tour, demanda la permission de prendre congé mais tandis qu'Adalbert, devinant qu'il avait besoin d'un instant, éternisait ses salutations en délivrant à Mme von Adlerstein et à son cousin un petit discours sur les formules de politesse usitées dans l'Égypte ancienne, Morosini rejoignit Lisa dans la galerie sur laquelle ouvraient les pièces de réception :

– Avez-vous la possibilité de laisser ouverte une des portes de cette maison ?

– Je crois, oui... celle des cuisines. Pourquoi ?

– Combien de temps faut-il pour que tout soit livré au silence et au sommeil ? Une heure ?

– C'est un peu court. Deux plutôt, mais que voulez-vous faire ?

– Vous le verrez bien. Dans deux heures, nous vous rejoindrons dans votre chambre... Et arrangez-vous pour trouver une corde !

– Dans ma chambre ? Vous êtes fou ?

– J'ai dit « nous », pas « je » ! N'allez pas tirer de conclusions déplacées et faites-moi un peu confiance ! Maintenant si vous préférez attendre dans la cuisine je ne vous en empêche pas... Adalbert ! appela-t-il à haute voix sans autre transition. Notre hôtesse a besoin de repos. Pas d'une conférence !

– C'est vrai ! Je suis impardonnable ! Que d'excuses, chère comtesse...

Les trois personnages apparurent dans la galerie presque aussitôt et trouvèrent Morosini seul, une cigarette au bout des doigts. Lisa s'était éclipsée comme un rêve.

Pour être sûr qu'ils partaient bien, Golozieny les accompagna jusqu'à leur voiture et, pour lui faire plaisir, Adalbert démarra en produisant le maximum de bruit :

– Tu as décidé quelque chose ? demanda-t-il en fonçant tête baissée dans l'obscurité du parc.

– Oui. On revient dans deux heures. Lisa s'arrangera pour que la porte de la cuisine ne soit pas verrouillée...

– Et les chiens ? Tu y as pensé ?

– Elle n'en a pas parlé. Peut-être qu'on ne les lâche pas quand il y a des invités ? Nous prendrons nos précautions !

Celles-ci consistèrent en un plat de viande froide que les deux compères, sous prétexte d'avoir fort mal dîné, se firent monter dans leurs chambres accompagné d'une bouteille de vin pour plus de vraisemblance. Laquelle bouteille disparut en grande partie dans un lavabo. Une heure plus tard, ayant troqué leurs smokings pour des vêtements plus appropriés à une expédition nocturne, ils quittaient discrètement l'hôtel et gagnaient le bord de la rivière où Aldo avait garé sa nouvelle voiture.

Ils allèrent la dissimuler dans le petit bois où ils avaient précédemment caché l'Amilcar et continuèrent à pied, nantis chacun d'un paquet de viande dans la poche de leur manteau.

Cela ne leur servit à rien : les chiens ne se montrèrent pas. Pourtant, aucune lumière ne brillait dans le petit château. Soulagés d'un grand poids, ils gagnèrent la porte des cuisines à pas prudents et silencieux mais pas plus que le vantail de bois qui s'ouvrit sans le moindre grincement sous la main de Morosini :

– J'espère que vous me féliciterez ? fit la voix étouffée de Lisa. J'ai même pris la peine de huiler les gonds...

Elle était là, en effet, assise sur un tabouret ainsi que le révéla la lanterne sourde posée sur la table à côté d'elle et dont elle ouvrit le volet. Elle aussi avait changé de vêtements : la jupe de loden, le chandail à col roulé et les chaussures de marche ressuscitèrent un instant la défunte Mina dans l'esprit d'Aldo.

– C'est du beau travail, chuchota-t-il, mais pourquoi êtes-vous là ? Vous n'êtes pas remise et nous avions seulement besoin que vous nous indiquiez la chambre de votre ami Alexandre.

– Qu'est-ce que vous lui voulez ? Vous n'allez pas le... le tuer ? fit Lisa, inquiète de retrouver dans la voix habituellement chaude et un peu voilée de Morosini certaine résonance métallique annonçant quelque résolution extrême. Le rire étouffé d'Adalbert la rassura :

– Vous nous prenez pour qui ? Il ne mérite sans doute pas mieux mais on veut seulement l'enlever.

– L'enlever ? Pour l'emmener où ?

– Dans un coin tranquille où l'on puisse l'interroger loin des oreilles sensibles, fit Aldo. J'ajoute que nous comptions un peu sur vous pour nous trouver ça.

La jeune fille réfléchit un instant à haute voix, pas autrement émue par le projet de ses amis :

– Il y a bien l'ancienne sellerie mais elle est trop proche de la nouvelle et des écuries. Le mieux serait la resserre du jardinier. Mais autant vous apprendre tout de suite que Golozieny n'est pas dans sa chambre...

– Où est-il alors ?

– Quelque part dans le parc. Il a la manie des promenades nocturnes. Même à Vienne, il lui arrive d'aller fumer un cigare sous les arbres du Ring. Grand-mère le sait et on ne lâche jamais les chiens quand il est ici. Une chance que vous ne soyez pas tombés sur lui en arrivant : il aurait pu appeler au secours.

– Il n'aurait rien appelé du tout et je considère au contraire comme une chance qu'il soit dehors. C'est toujours autant de fait...

– Le parc est grand. Vous n'espérez pas le retrouver en pleine nuit ?

Adalbert qui commençait à avoir sommeil bâilla sans retenue avant de soupirer :

– C'est sans doute parce que vous êtes blessée, mais votre brillante intelligence ne saisit pas bien la situation. On ne va pas lui courir après : on va l'attendre. Vous avez la corde ?

Lisa la ramassa sur un banc voisin puis, sans relever le propos, ferma la porte de la cuisine et conduisit les deux hommes à travers la maison obscure jusqu'au grand porche d'entrée dans les ombres duquel il fut facile de se dissimuler :

– C'est curieux, cette manie ambulatoire chez un homme de cet âge ? remarqua Vidal-Pellicorne. Surtout quand il ne fait guère un temps à rêver aux étoiles !

– Non, c'est commode ! fit Aldo entre ses dents. Un bon moyen de prendre langue avec ses complices... mais chut ! Il me semble que je l'entends...

Un pas tranquille se rapprochait, souligné par le crissement du gravier. Le point rouge d'un cigare brilla avant de décrire une courbe gracieuse quand le fumeur jeta son mégot. En même temps le pas s'accélérait et bientôt la silhouette du promeneur se découpa sur la nuit à l'entrée du porche. C'est là qu'Aldo l'attendait : son poing partit comme une catapulte. Atteint à la pointe du menton, Golozieny s'écroula sans dire « ouf »...

– Joli coup ! apprécia Adalbert. Et maintenant, on le ficelle et on l'emporte...

– N'oubliez pas de le bâillonner ! conseilla Lisa en présentant un mouchoir roulé en boule et un foulard...

Morosini rit doucement tout en s'activant :

– Vous progressez sur le chemin du crime, ma chère Lisa ! Si vous voulez bien nous guider à présent ?

Elle reprit la lanterne qu'elle s'était bien gardée d'oublier mais ne l'ouvrit pas :

– Par ici ! Je vous préviens : c'est assez loin et je n'ai pas de brancard à vous offrir...

– On le portera à tour de rôle, dit Aldo en chargeant le grand corps inerte sur son épaule dans la meilleure tradition des pompiers.

Il fallut dix bonnes minutes en se relayant pour atteindre, au fond du parc, un petit groupe de bâtiments bas, abrités sous de grands arbres, et que l'on ne pouvait apercevoir de la maison à cause des buissons disposés devant. Lisa ouvrit une porte, libéra la lumière de sa lanterne et pénétra dans une assez vaste resserre, meublée d'outils de jardinage aussi nombreux que divers, et admirablement rangés. Elle posa la lanterne sur un établi. Pendant ce temps, Morosini déchargeait Adalbert du fardeau qu'il avait pris à mi-chemin et l'étalait sans excessives précautions sur le sol en terre battue. Le comte émit un gémissement. Il avait repris conscience et roulait, au-dessus du bâillon, des yeux brûlants de colère.

Aldo s'accroupit auprès de lui et lui mit sous le nez le revolver qu'il venait de prendre dans sa poche :

– Comme nous avons quelques questions à vous poser, nous allons vous rendre votre voix mais je vous préviens que, si vous criez, j'aurai le regret de me montrer fort désagréable !

– De toute façon, fit Lisa, personne ne vous entendrait, « cher » Alexandre. Aussi ne saurais-je trop vous conseiller de répondre à ces messieurs aussi calmement que possible. C'est le moment où jamais de montrer vos talents de diplomate... Alors, nous sommes bien d'accord ? Pas de cris ?

Le prisonnier fit « non » de la tête.

Aussitôt, Adalbert s'agenouilla à son tour, dénoua le foulard et libéra la bouche du comte, tandis qu'Aldo contemplait non sans surprise ce nouvel avatar de son ancienne collaboratrice : Lisa semblait se glisser avec aisance dans la peau d'une justicière froide, déterminée et, peut-être, implacable.

Ce fut aussi le sentiment de Golozieny, car non seulement il ne cria pas mais tout ce qu'il réussit à articuler, ce fut :

– Vous, Lisa... vous me traitez en ennemi ?

– Je vous traite comme le seront, en pire j'espère, ceux qui ont enlevé Elsa Hulenberg et assassiné ses serviteurs...

– Et moi, moi j'en ferais partie ?

– Si ce n'est pas le cas, intervint Morosini, expliquez-nous ce que vous êtes allé faire, dans la nuit du 6 au 7 novembre, dans la villa achetée par Mme Hulenberg, et cela en sortant d'une entrevue que vous souhaitiez secrète dans ce château de Rudolfskrone ?

Le regard que le prisonnier leva sur son accusateur refléta un effroi sincère mais ce ne fut qu'un éclair. Presque aussitôt, les lourdes paupières fripées retombèrent :

– Vous pouvez poser toutes les questions que vous voudrez, je ne répondrai à aucune...

CHAPITRE 9

DANS LA RESSERRE DU JARDINIER

La déclaration de Golozieny engendra une minute de silence que les autres protagonistes de la scène s'employèrent à apprécier chacun selon son tempérament. Le premier à réagir fut Adalbert :

– Une attitude romaine, mon cher ! gloussa-t-il, mais il m'étonnerait que vous arriviez à la conserver longtemps...

– Je ne vois pas ce qui pourrait m'amener à en changer.

– Oh, vous allez voir très vite ! Mon ami Morosini et moi n'aimons pas que les choses traînent et, depuis le « poulet » que vous avez si obligeamment déposé dans l'assiette de Mme von Adlerstein, nous aurions même tendance à la nervosité.

La protestation d'Alexandre fut immédiate et furieuse :

– Ce n'est pas moi qui ai déposé l'ultimatum.

– Comme vous ne voulez pas répondre à nos questions, nous ne vous demanderons pas qui c'est et nous tiendrons donc pour vrai que vous êtes bel et bien l'auteur de ce cadeau empoisonné. Comme nous tiendrons également pour vrai que vous êtes l'un des auteurs du double crime de Hallstatt et de l'enlèvement puis de la séquestration d'une femme innocente. Donc nous n'avons aucune raison de vous traiter autrement qu'en coupable, ce qui va vous valoir quelques désagréments.

– Je n'ai tué personne, moi ! Qui croyez-vous que je sois ? Un homme de main ?

– Ce que vous êtes, on vient de vous le dire, fit Aldo qui avait compris le jeu de son ami. Alors répondez au moins à cette simple demande : préférez-vous mourir lentement ou rapidement ? Comme vous ne pouvez nous être d'aucune utilité et que le temps presse, je voterai personnellement pour une fin brève...

– Hé là ! doucement ! susurra Vidal-Pellicorne. Étant donné la gravité du cas de monsieur, je pencherai plutôt pour quelque chose d'un peu... élaboré. Sans aller jusqu'au découpage en dix mille morceaux usité par les Chinois, qui demande quelques heures, je verrais assez bien un supplice à la saint Sébastien remis au goût du jour. On pourrait commencer par une balle dans le genou, par exemple, puis une dans la hanche... une dans le ventre et ainsi de suite ?...

– Vous êtes fou ? râla Golozieny. Et vous, Lisa, vous permettez à cet homme de délirer devant vous sans intervenir ? Mais c'est sans doute parce que vous êtes certaine que ces hommes ne feront rien de semblable... D'ailleurs, le bruit des détonations attirerait du monde...

Lisa lui offrit un sourire chargé de malice :

– Dans ce pays, on entend des coups de fusil

jour et nuit. Quant aux menaces d'Adalbert, je les prendrais au sérieux si j'étais vous.

– Allons donc ! Et ça les avancerait à quoi de me tuer ? Cela ne vous rendrait pas Elsa...

– Non mais cela débarrasserait la terre d'un homme faux, cupide et profondément ennuyeux. Pour ma part, je n'y verrais que des avantages, conclut la jeune fille.

– Mais puisque je vous dis que je n'ai tué personne, blessé personne, enlevé personne ! Vous savez à quel point vous m'êtes chère, Lisa. Que faut-il faire pour vous convaincre que je ne suis pas coupable ?

– Dire la vérité. Je veux bien croire que vous n'avez pas de sang sur les mains mais je veux savoir, au détail près, quel rôle vous avez joué dans cette triste histoire. Et n'essayez pas de mentir si vous voulez que je vous adresse encore la parole !

– Mais Lisa, je vous jure...

– Surtout ne jurez pas ! Et retenez bien ceci : si vous refusez de nous aider et au cas, très improbable, où l'on vous laisserait la vie, sachez que votre situation deviendrait intenable : mon père, dont vous n'ignorez pas la puissance financière et les bonnes relations qu'il entretient avec votre gouvernement, s'en chargerait. Compris ?

Golozieny hocha la tête mais garda le silence, pesant de toute évidence les paroles qu'il venait d'entendre. La réflexion dut être salutaire car le regard qu'il releva sur Lisa reflétait la soumission :

– Posez vos questions ! exhala-t-il. Je suis prêt à y répondre...

– Voilà qui est sage ! applaudit Morosini. Merci de votre aide Lisa ! À présent commençons : c'est vous qui avez déposé le billet ?

– Oui. Il m'a été remis pendant que je chassais, cet après-midi.

– Quelles sont au juste vos relations avec Mme Hulenberg ?

– Écoutez, si nous devons discuter, j'aimerais autant le faire assis sur l'un de ces bancs. Je déteste être couché à vos pieds comme un chien...

Les deux hommes accédèrent à son désir et l'installèrent là où il le souhaitait, mais sans le délivrer de ses liens.

– Voilà ! fit Adalbert. Alors, cette baronne ?

Gêné tout à coup, Alexandre détourna la tête pour éviter le regard de Lisa debout en face de lui :

– Elle est ma maîtresse... depuis trois ou quatre ans. Elle a été, comme vous le savez, la seconde épouse du père nourricier d'Elsa et elle estime que les joyaux de celle-ci auraient dû lui revenir en tant qu'héritière de feu Hulenberg. Elle s'est juré de les récupérer...

– Au prix du sang ? fit Morosini dédaigneux. Et vous, vous avez trouvé naturel de l'aider dans cette entreprise criminelle ? Que vous a-t-elle donc promis ? De partager avec vous ?

– De m'en donner une partie. Ils ont une énorme valeur et, malheureusement, j'ai perdu presque toute ma fortune. En outre, vous ne pourriez comprendre que si vous la voyiez. C'est une... très belle femme, très séduisante et, je l'avoue, elle m'a... ensorcelé...

Le rire de Lisa sonna dans la pièce et détendit un peu l'atmosphère :

– Le sortilège dont vous étiez captif ne vous empêchait pas de m'accabler de vos hommages... et de courir après ma dot ? C'est ce qui s'appelle un sentiment sincère.

– Mais bien entendu ! Tous les hommes de notre classe ont eu des maîtresses avant de s'éprendre d'une jeune fille et de la rechercher en mariage...

– Vous êtes un peu vieux pour une jeune fille, coupa Aldo. Revenons-en à votre belle amie : on a vu chez elle un homme que je connais trop bien et dont, je vous l'avoue, je ne comprends pas vraiment ce qu'il vient y faire. Il s'agit du comte Solmanski.

Une vraie surprise mêlée à quelque chose qui ressemblait à de l'espoir se peignit sur les traits figés de Golozieny :

– Vous le connaissez ?

Morosini haussa les épaules et fit disparaître son arme devenue inutile.

– Qui peut se vanter de connaître ce genre de personnage ? Nous l'avons rencontré beaucoup trop souvent pour notre paix intérieure mais il est curieux qu'il se retrouve, comme par hasard, dans les lieux et places où il est question de joyaux fabuleux et qu'il essaie toujours de se les approprier par les moyens les moins orthodoxes. Cela dit, j'en reviens à ma question : que fait-il à Ischl et chez cette baronne ?

– Tout ! Il fait tout ! lâcha le prisonnier avec une rage faite sans doute de rancunes accumulées. Il est le maître ! Il règne !... Depuis qu'il est arrivé, Maria n'écoute plus que lui ! Il ordonne, il décide, il... exécute ! Les autres n'ont plus droit qu'à se taire et à courber l'échine !

– Curieux ! remarqua Adalbert. Mais à quel titre ? Celui de chef de bande, de général en chef ? Il n'est pas tombé un beau matin chez cette femme en proclamant sa souveraineté sans que rien l'ait laissé supposer ?

– Non. À plusieurs reprises, Maria m'avait parlé de son frère mais je ne l'imaginais pas comme ça !

– Son frère ? firent d'une même voix les deux hommes.

– Eh oui ! Maria est polonaise mais pendant de nombreuses années elle n'avait pas fait mention de sa famille. Une brouille, je crois. Et puis tout d'un coup, elle m'en a parlé. C'était l'an dernier, au moment de ce procès qui a fait tant de bruit en Angleterre à propos de la mort d'Eric Ferrals. Maria a été bouleversée et c'est alors qu'elle m'a parlé de ces gens...

– Et avant son mariage avec Hulenberg elle s'appelait Maria Solmanska ?

– Je pense, oui... je ne vois pas comment il pourrait en être autrement...

Morosini et Vidal-Pellicorne échangèrent un rapide coup d'œil. Eux voyaient très bien comment les choses pouvaient présenter un aspect différent, puisque Solmanski n'était pas le moins du monde polonais mais russe et que son véritable nom était Ortschakoff. Il y avait donc gros à parier pour que les liens entre lui et la baronne – en admettant qu'elle soit polonaise ! – soient d'une nature n'ayant pas grand-chose à voir avec la fraternité... Lisa d'ailleurs émettait à cet instant son opinion personnelle :

– Il faudra que j'interroge ma grand-mère, mais je ne l'ai jamais entendu dire que la belle-mère d'Elsa était étrangère ?

– C'est, pour l'instant, d'un intérêt secondaire. Ce qui compte c'est Elsa elle-même. Il faut la retrouver et vite ! Je suppose, ajouta Morosini en revenant au prisonnier, que vous savez où elle est ?

Celui-ci ne répondit pas et même, dans un mouvement de défense assez puéril étant donné les circonstances, il serra les lèvres :

– Oh non ! émit Aldo agacé en ressortant son arme, vous n'allez pas recommencer ? Ou vous parlez ou je vous jure que je n'hésiterai pas à tirer !

– Un instant, fit Adalbert. J'ai encore un mot à lui dire. Après, tu feras tout ce que tu veux. Si j'ai bien compris votre propos, vous ne portez pas Solmanski dans votre cœur, mon cher comte ? J'irais même jusqu'à dire que vous en avez peur. Vrai ou pas ?

L'autre tourna vers lui un regard de noyé :

– Vrai ! Je hais cet homme ! Sans lui, nous en serions venus à nos fins sans faire couler le sang mais lui c'est un barbare...

– Alors, changez de camp ! proposa Lisa. Il n'est pas trop tard. Dites-nous où Elsa est retenue prisonnière et quand nous livrerons vos complices à la police, nous vous oublierons. Vous aurez le temps de fuir...

– Pour aller où ? s'écria-t-il retrouvant sa rage de tout à l'heure. J'aurai perdu ma part des bijoux...

– Une part que vous n'êtes pas du tout sûr de toucher, coupa Aldo. Solmanski n'aime pas partager !

– ... j'aurai aussi perdu ma situation puisqu'il me faudra fuir.

– On pourra peut-être arranger ça, reprit Lisa. Et, au pire, mon père pourrait vous trouver une compensation. Reste à savoir quel prix vous attachez à votre maîtresse ! Si vous y tenez, je conçois que vous éprouviez quelque angoisse ?

– Je ne tiens qu'à vous ! C'est pour vous que je voulais refaire ma fortune. Quoi que vous en pensiez, je vous épouserais sans dot si vous le vouliez.

– Bravo ! applaudit Adalbert. Voilà du sentiment, voilà de l'amour pur ! Enfin... pas tout à fait si l'on considère les moyens employés. Mais nous nous égarons : où est Mlle Hulenberg ?

– Allons, parlez ! ordonna Lisa voyant se dessiner une nouvelle hésitation. Sinon, je vous jure qu'avant une heure vous serez entre les mains de la police...

– Et pas en bon état ! ajouta Morosini en approchant du genou de Golozieny la gueule noire de son revolver. Son regard implacable disait assez qu'il ne plaisantait pas. Le comte émit une sorte de gargouillis affolé, ses yeux roulèrent dans leurs orbites. Mais son instinct lui disait qu'il n'avait pas affaire à des tueurs et que, peut-être, s'il tenait bon...

Son dernier espoir s'envola quand, du seuil de la resserre, une voix glaciale ordonna :

– Tirez, prince ! Ce triste sire vous a suffisamment lanternés !

En dépit de sa robe de chambre et du fait qu'elle s'appuyait d'une main sur sa canne et de l'autre au bras de Friedrich von Apfelgrüne emballé de loden vert de la tête aux chevilles, Mme von Adlerstein ressemblait assez à la statue du Commandeur. En la reconnaissant, Golozieny émit une plainte douloureuse. S'il avait espéré garder une chance de ce côté-là, il venait de la voir s'envoler.

– Comment êtes-vous ici, Grand-mère ? demanda Lisa.

– C'est à toi qu'il faudrait demander cela, petite ? Tu devrais être dans ton lit... Quant à notre commune présence, ajouta-t-elle avec un coup d'œil sévère à son petit-neveu, elle est due tout entière à ce cher Fritz. Selon son habitude, il nous est arrivé sans prévenir et à une heure impossible. Pour ne pas coucher dehors, il a réveillé toute la maison, et c'est alors que j'ai remarqué, depuis ma chambre, qu'il y avait un peu de lumière ici. Je lui ai donné l'ordre de m'accompagner et c'est ainsi que nous avons pu être les témoins discrets d'une scène fort intéressante. Pour une fois, Fritz, tes bêtises auront servi à quelque chose.

– Merci, tante Vivi !... Ça va, Lisa ?

– À merveille ! Comme tu vois... mais si nous sommes interrompus toutes les cinq minutes, nous ne saurons jamais où Elsa est retenue prisonnière...

Avec un petit salut, Aldo offrit son arme à la vieille dame :

– Après tout, il est votre cousin, comtesse. À vous l'honneur !

Elle saisissait déjà le revolver d'une main ferme quand Golozieny capitula :

– Elle est dans une maison près de Stobl, sur le Wolfgangsee, mais je peux vous assurer qu'elle n'est pas traitée en prisonnière. Elle est même venue de son plein gré...

– À qui ferez-vous croire ça ? s'écria Aldo. De son plein gré en enjambant les cadavres de ses proches ? Elle est complètement folle alors ?

– Non. Disons qu'elle n'a plus les pieds sur terre. Il a suffi de lui dire que son chevalier l'appelait, la faisait chercher et que ses serviteurs n'étaient là, en réalité, que pour empêcher leur réunion.

– Et personne ne la garde ?

– Bien sûr que si ! Une femme est auprès d'elle qui la sert et les deux serviteurs que Solmanski a amenés avec lui veillent nuit et jour.

– Mais enfin, dit la comtesse. Elle a bien dû voir que son ami n'était pas au rendez-vous ? Ou bien avez-vous retrouvé ce Rudiger et l'avez-vous enrôlé dans votre entreprise criminelle ?

– Nous aurions eu du mal. Il est mort des suites de ses blessures peu après la fin de la guerre... mais je connaissais son roman avec Elsa bien avant que vous me le racontiez. Rudiger était l'un des meilleurs agents de François-Joseph...

– Dites l'Empereur quand vous parlez de lui ! coupa Mme von Adlerstein, qui ajouta avec un maximum de mépris : Je ne reconnais pas à un coquin de votre sorte le droit de l'appeler par son seul prénom. Maintenant, la suite ! D'où venaient les lettres que j'ai transmises à Elsa ? Et regardez-moi, s'il vous plaît ! Quand on a trompé à ce point les gens, on doit avoir le courage d'affronter leur regard.

Très lentement, comme s'il craignait d'être foudroyé quand ses yeux rencontreraient ceux, fulgurants, de sa cousine, Golozieny releva la tête :

– Ne m'accablez pas, Valérie ! J'avoue tout ce que vous voudrez et surtout que j'étais un instrument entre les mains de Maria Hulenberg. C'est... c'est moi qui écrivais les lettres. Ce n'était pas difficile : j'avais trouvé à la Chancellerie quelques spécimens d'écriture de Rudiger. Nous voulions nous emparer d'Elsa afin d'avoir ses joyaux.

– Elle ne portait guère que l'aigle d'opale.

– Oui, mais nous aurions eu les autres par le moyen que nous venons d'employer. Malheureusement, jusqu'ici l'enlèvement a échoué. À l'Opéra, nous l'avons eue... et elle nous a échappé. Quant à moi, ce que je devais obtenir de vous, c'était l'endroit où elle se trouvait, mais vous faisiez bonne garde et nous ne pouvions pas vous surveiller à longueur d'année.

– Dire que vous êtes de mon sang et que je vous faisais confiance ! fit la vieille dame en se détournant avec dégoût.

Lisa vint à elle et l'enveloppa de ses bras :

– Vous devriez rentrer, Grand-mère !

– Toi aussi ! Mais avant, je veux savoir ce que l'on va faire d'Alexandre. Le mieux, je pense, est d'appeler la police.

– Surtout pas ! dit Aldo. Il faut que ses complices ignorent qu'il est entre nos mains ! Le mieux serait qu'on le garde prisonnier ici jusqu'à ce que tout soit fini. D'abord, nous avons encore quelques questions à lui poser. Ne serait-ce que sur l'emplacement exact de la maison. Ce qu'il nous a révélé me paraît un peu vague...

– Oh ! reprit Fritz, je être capable de trouver ! Je connaître pays dans l'admiration !

– Pour l'amour de Dieu parle allemand, Fritz ! s'écria Lisa. La situation est déjà difficile sans qu'il faille aussi décrypter ton français approximatif !

– Si tu veux, bougonna le jeune homme déçu, mais c'est vrai que je connais presque chaque brin d'herbe de ce coin. Souviens-toi ! Mes parents y avaient une maison quand j'étais enfant. Tu y es venue plusieurs fois.

Il n'eut, en effet, aucune peine à obtenir une description des lieux qui parut le remplir de satisfaction, puisqu'elle allait lui permettre de briller aux yeux de sa belle.

– Je sais exactement où c'est, s'écria-t-il en dédiant à sa cousine un regard vainqueur. On peut y aller sur-le-champ ! Ça ne fait jamais qu'une dizaine de kilomètres...

Étant donné sa situation, on pouvait s'attendre à n'importe quelle manifestation du prisonnier sauf à l'entendre rire. Un rire, il est vrai, plutôt caverneux :

– Allez-y et vous risquez de déclencher une catastrophe. La maison est piégée...

– Piégée ? fit Adalbert. Comment l'entendez-vous ?

– De la manière la plus simple : si la police fait mine d'approcher ou encore des visiteurs trop curieux, les gens qui gardent votre Elsa la feront sauter au moyen d'une bombe à retardement qui leur laissera le temps de fuir par le lac...

Le sentiment d'horreur qui s'empara de tous se traduisit par un profond silence. Les deux femmes regardaient cet homme qui leur était apparenté avec une sorte de répulsion.

– Comment se fait-il, alors, qu'on ne nous en ait pas avisées avec la demande de rançon ?

– Mais on va vous le dire, sans préciser l'endroit, dans le message que vous allez recevoir demain soir... ou plutôt ce soir...

– Message que vous allez nous délivrer, sans doute ?

– Que je suis chargé de déposer, en effet, après l'avoir récupéré à certain endroit. Je crois que vous allez avoir encore besoin de moi.

Le ton devenait insolent, goguenard même. L'homme reprenait de l'assurance, décidé à marchander ce qui pouvait lui rester d'avenir. Tous le comprirent fort bien mais ce fut la vieille dame qui se chargea de la réponse.

– À vous de voir de quel côté il pourrait rester un peu de beurre sur vos tartines.

– Et je peux déjà vous assurer, reprit Morosini, que du côté de vos amis il n'y en a plus du tout ! Si tant est qu'il y en eût jamais dès l'instant où vous avez affaire à Solmanski.

– En attendant, gémit Apfelgrüne en bâillant à se décrocher la mâchoire, est-ce qu'on doit finir la nuit ici ?

– Non, décida la comtesse. Nous allons ramener cet homme au château où il sera gardé à vue jusqu'à la fin de ce drame. Messieurs, ajouta-t-elle en se tournant vers l'Italien et le Français, j'aimerais, si cela vous est possible, que vous demeuriez avec nous. Puisque nous ne pouvons pas encore le remettre à la police, je crois que votre aide nous est indispensable.

Tout en s'inclinant et en se déclarant à son entière disposition, Aldo pensa que, si l'on avait besoin d'une reine quelque part en Europe ou ailleurs, cette femme pourrait en assumer le rôle beaucoup mieux qu'une autre née sur les marches d'un trône. Elle dégageait ce fluide souverain qui attire le dévouement, au point qu'en ce qui le concernait il en venait à oublier l'opale pour ne plus songer qu'à complaire en toutes choses à cette très grande dame. Adalbert devait éprouver le même sentiment car, lorsqu'il partit pour rejoindre l'hôtel, signaler leur absence et prendre le nécessaire à un bref séjour, il murmura à son ami :

– Voilà une nuit qui comptera dans ma vie. J'ai l'impression d'avoir changé de siècle et de me retrouver dans la peau d'un paladin des temps anciens. Je me verrais assez bien en armure d'argent, chevauchant un blanc destrier et brandissant une épée flamboyante ! Nous devons délivrer une princesse captive... et perdre toute chance de récupérer l'opale ! Mais cela m'est curieusement égal...

Dans la matinée du lendemain, Morosini résolut d'aller repérer la maison que Fritz prétendait pouvoir désigner, et ce en dépit du temps affreux installé depuis quatre heures du matin. Un véritable déluge noyait le paysage, brouillant formes et couleurs ; circonstance qui allait permettre à sa petite Fiat grise à la capote relevée de passer inaperçue. De même pour les passagers : vêtus de cuir avec serre-tête et grosses lunettes, Fritz et lui étaient impossibles à reconnaître :

– Tâchez de bien ouvrir les yeux ! recommanda Aldo à son compagnon, parce que nous ne passerons sur la route qu'une seule fois. J'ai repéré un chemin peut-être un peu cahotant mais qui nous permettra de revenir ici sans trop de difficulté.

Ravi en son for intérieur de l'atmosphère tendue, mystérieuse, qui régnait à Rudolfskrone, et plus encore de la partager avec Lisa, le jeune homme assura qu'il ne lui en fallait pas davantage. Et, en effet, passé Strobl, il désigna sans hésiter un bâtiment construit en partie sur pilotis et situé à l'amorce de la pointe de Pürglstein :

– Tenez, c'est là ! Impossible de se tromper. Cette baraque a été bâtie, il y a un moment déjà, par un pêcheur enragé qui se serait installé en plein milieu du lac s'il l'avait osé.

– Disons que c'était aussi un homme de goût ! Il a choisi l'un des plus jolis coins d'un lac qui n'en manque pas.

Le lac de Saint-Wolfgang est peut-être le plus aimable parmi ceux qui émaillent l'arrière-pays de Salzbourg et, en dépit des rafales de pluie qui obligeaient Aldo à sortir régulièrement un bras pour essuyer son pare-brise, son charme restait intact. Quant à la maison brune et trapue, assise les pieds dans l'eau et le derrière au milieu des marguerites d'automne et des petits chrysanthèmes jaunes, elle était de celles qui donnent envie de s'y arrêter un moment.

– Curieux endroit pour tenir quelqu'un en prison ? pensa-t-il à haute voix. On attendrait quelque chose de moins aimable. J'aurais plutôt cru que la baronne l'enfermerait dans sa cave...

Il put constater alors qu'il arrivait à Fritz de raisonner convenablement :

– Si c'est pour y mettre aussi une bombe, il vaut mieux choisir d'aller un peu plus loin. Et puis, ici, c'est isolé et on ne doit pas pouvoir approcher de la maison sans être vu. Il n'y a même pas un buisson dans le jardin...

– C'est on ne peut plus vrai et j'aurais dû y penser. Je dois commencer à vieillir...

– Ah ça, malheureusement on n'y peut rien ! soupira le jeune homme avec une conviction qui lui aurait valu un regard noir si Morosini n'avait été contraint de garder les yeux sur une route sinueuse, glissante et truffée de nids de poule.

– Rentrons ! grogna-t-il. Il faut savoir s'il y a des nouvelles.

Il y en avait.

Le système de correspondance usité par Golozieny et ses complices était des plus simples et remontait à la nuit des temps : un creux dans un arbre à la lisière du parc où il était on ne peut plus facile de déposer un billet ou d'en récupérer un. Le diplomate étant venu pour chasser, c'était ainsi qu'il avait trouvé le billet déposé et, le soir, au cours de sa promenade nocturne, il avait pu annoncer à ses complices aussi que les choses se passaient au mieux sans imaginer un seul instant quel gros nuage allait prochainement éclater sur sa tête.

Comme il n'était pas question, depuis qu'il était prisonnier, de le laisser gambader à travers le parc un fusil à l'épaule, Adalbert emprunta sa tenue de chasse, enfonça jusqu'aux sourcils le chapeau orné d'un blaireau, et releva le col, maintenu serré par une écharpe, du vaste loden imperméable qui emballait le tout. Il était peu probable, par cette pluie battante, que quelqu'un se donnât la peine d'observer ses faits et gestes mais un surcroît de précautions était toujours bon à prendre. Lisa, qui connaissait l'arbre en question depuis son enfance, lui servit de guide, habillée en garçon, jouant le rôle d'un valet chargé de porter les fusils.

L'expédition fut brève. Ils ne rencontrèrent pas âme qui vive, trouvèrent ce qu'ils étaient venus chercher et, comme la pluie redoublait de violence, se hâtèrent de remonter au château en jouant les chasseurs dégoûtés par un si mauvais temps.

Le message, destiné à être déposé sur le secrétaire de Mme von Adlerstein, était un peu plus explicite que le premier et contenait, cette fois, le rendez-vous attendu. Plus une surprise : c'était Golozieny escortant sa cousine Valérie qui devait apporter la rançon contre laquelle on remettrait Elsa à sa protectrice. Ce dernier détail eut le don de mettre Aldo hors de lui :

– Incroyable ! Et tellement commode ! Si nous n'avions démasqué Alexandre, ces gens-là jouaient sur le velours. Ils récupéraient leur complice et n'avaient plus qu'à s'en aller tranquillement partager le magot entre eux. Sans compter qu'on demanderait peut-être une rançon pour rendre, par la suite, l'ineffable cousin promu otage ?

– Votre imagination italienne vous emporte, mon cher prince, dit la vieille dame. Il est beaucoup plus profitable, pour ce malheureux, de continuer à jouer son rôle de parent affectueux puisqu'il caressait l'espoir d'épouser un jour Lisa.

– Il n'est pas question, coupa celle-ci, de vous laisser aller seule avec lui car c'est peut-être vous, Grand-mère, qu'on enlèverait, sachant bien quelle fortune mon père et moi serions prêts à payer pour votre libération...

– Soyez tranquille, elle n'ira pas seule, reprit Morosini. Puisque le rendez-vous est à quelques kilomètres, il faudra prendre une voiture. Votre grande limousine me paraît tout à fait indiquée : je pourrai m'y cacher...

– Et moi ? protesta Adalbert. Je fais quoi ? Je vais me coucher ?

– Il ne faut pas m'oublier non plus, dit Fritz.

– Je n'oublie personne. Je crois que nous sommes en nombre suffisant pour faire en sorte de sauver Mlle Hulenberg et ses joyaux tout en mettant fin aux activités d'un véritable bandit. Si j'ai bien compris, le lieu choisi pour l'échange est proche du lac de Saint-Wolfgang, donc pas tellement éloigné de la maison que nous avons repérée tout à l'heure.

– C'est ça, fit Lisa. Comme ils ignorent que nous savons où Elsa est cachée, ils préfèrent que ce ne soit près ni de la villa de la baronne, ni de chez nous. En outre et en cas de mauvaise surprise, les bords du lac permettent d'échapper d'un côté ou de l'autre, voire par bateau...

– Ne cherchez pas trop la petite bête, fit Mme von Adlerstein. Puisqu'on nous ramène Elsa, le mieux est de leur obéir.

Une grande lassitude se lisait sur ses traits, au point que Lisa proposa de jouer son rôle pour lui éviter l'épreuve ultime qu'elle allait devoir affronter ce soir-là mais elle refusa :

– Nous n'avons pas la même silhouette, ma chérie. Tu es beaucoup trop grande ! Je vais me reposer un peu et j'espère pouvoir jouer dignement ma partie dans cet affreux concert. Il faut, avant tout sauver Elsa... à n'importe quel prix ! Et tant pis si elle doit y perdre ses bijoux ! Cela vaut mieux que la vie et on la laissera peut-être enfin tranquille ! Retenez bien cela, prince, et ne prenez pas de risques inconsidérés.

– Tranquille ? Croyez-vous, Grand-mère, qu'elle le sera quand elle saura que Franz Rudiger est mort ?

– Elle l'a cru longtemps et nous ferons tout pour le lui cacher. Je suppose, ajouta la vieille dame avec une amère tristesse, qu'elle pourra désormais aller entendre le *Rosenkavalier* sans plus courir de danger...

Morosini pensa, qu'on n'en était pas encore là...

Dans l'après-midi, le chef de la police de Salzbourg se présenta au château, dans l'espoir de faire avancer une enquête que ses sous-ordres ne savaient pas par quel bout prendre à cause du silence absolu dont elle devait s'entourer. À la demande du bourgmestre de Hallstatt d'abord, de Mme von Adlerstein ensuite, la presse avait été tenue à l'écart et comme, au village, personne n'avait rien vu, chacun jugeait plus prudent de ne rien dire... en admettant que l'on eût quelque chose à dire.

Les espoirs du haut fonctionnaire reposaient donc sur Lisa, témoin de premier plan. Elle le reçut dans le petit salon de sa grand-mère, étendue sur la chaise longue, la mine dolente et une couverture sur les genoux mais il ne put pas en tirer grand-chose. Elle se sentait mieux, certes, mais ne pouvait que répéter ce qu'elle avait déjà dit : séjournant chez une ancienne amie de sa mère qui vivait fort retirée, elle avait eu l'affreuse surprise de voir la maison envahie par des hommes armés et masqués qui avaient abattu les serviteurs de Fraulein Staubing et s'étaient enfui en enlevant celle-ci après l'avoir laissée elle-même pour morte. Pareille aventure dépassait son entendement et elle n'arrivait pas à comprendre d'où venait une attaque aussi brutale qu'inattendue.

– Ces gens sont venus pour voler, mais pourquoi avoir enlevé cette pauvre femme ? larmoya-t-elle en conclusion.

– Sans doute dans l'espoir d'une rançon puisque cette dame passait pour riche. Vous n'avez reçu aucune nouvelle ?

– Aucune. Ma grand-mère vous en dirait tout autant. Elle est souffrante, elle aussi, et je vous demanderai de ne pas troubler le repos qu'elle prend en ce moment. Nous sommes toutes les deux dans le brouillard le plus complet. Nous sommes aussi désolées l'une que l'autre, Herr Polizeidirektor. Et fort inquiètes.

– Ne vous tourmentez plus, je suis là ! affirma le gros homme qui était aussi large que haut. Il bombait le torse, ravi d'opérer dans la haute aristocratie. Lisa craignit qu'il ne plantât des hommes dans tous les coins de la maison, mais il se contenta d'offrir sa carte de visite portant son numéro de téléphone privé en recommandant de ne pas hésiter à l'appeler si le moindre événement se produisait. Cependant, la jeune fille le vit partir avec un réel soulagement...

Il était plus de onze heures du soir quand la Mercedes de la comtesse, conduite par un Golozieny plus mort que vif, quitta Rudolfskrone plongé dans l'obscurité. Profitant de ce qu'un vent violent s'était levé en fin d'après-midi, Mme von Adlerstein avait ordonné que tout fût éteint dès que les domestiques auraient regagné leurs quartiers.

Peu après, au volant de la Fiat d'Aldo, Adalbert sortait à son tour en compagnie de Fritz. Tous deux allaient prendre position en un lieu dont ils avaient longuement débattu avant le dîner avec Morosini. Seule Lisa demeurait au logis, bien à contre-cœur, sous la garde de Josef. Étonnante sagesse obtenue non sans peine : il avait fallu qu'Aldo déploie des trésors d'éloquence pour la convaincre de rester à l'écart mais devant l'inquiétude qu'il manifestait, Lisa avait fini par capituler.

– J'ai besoin d'avoir l'esprit clair, supplia-t-il en désespérant de voir s'effacer le pli d'un front buté et les nuages d'un regard orageux, et je ne l'aurai jamais si je dois me tourmenter pour vous. Ayez pitié de moi, Lisa, et comprenez que vous n'êtes pas encore en état de courir une aventure aussi dangereuse !

Elle céda brusquement mais il ne devina pas que sa main ferme et chaude posée à cet instant sur l'épaule de la jeune fille venait de la convaincre beaucoup mieux qu'une longue plaidoirie.

Le point de rencontre se trouvait en lisière de forêt : une croisée de chemins marquée par l'une de ces petites chapelles de plein vent comme on en rencontre en pays de montagne : un pieu de bois dressé à la verticale et soutenant un petit auvent où s'abritait une image pieuse ou un crucifix. Là, c'était une statue de saint Joseph, patron de l'Autriche, régnant sur un vaste paysage. À l'écart de toute habitation, le lieu était désert...

La grosse voiture noire s'arrêta. On éteignit les phares que l'on avait rallumés en atteignant la route.

Golozieny laissa glisser ses mains du volant, ôta ses gants et se mit à frotter ses doigts glacés sans pour autant faire cesser leur tremblement. Le silence et la nuit l'environnaient à présent, sans lui apporter le moindre apaisement. Comment oublier la vieille dame vêtue de noir qui occupait la banquette arrière, aussi droite et fière que si elle se rendait à une réception de cour ? Comment oublier surtout que, abrité par la couverture étendue sur ses genoux, le prince Morosini, armé jusqu'aux dents, était tapi à ses pieds, prêt à l'abattre, lui Alexandre, au moindre geste suspect, au moindre mot...

C'était bien la première fois qu'il se sentait las et vieux. Il savait que, lorsque se lèverait le soleil, il ne resterait rien de ses espoirs de fortune si longtemps caressés.

Il sentit bouger derrière son siège. L'Italien devait s'être redressé pour jeter un coup d'œil aux alentours. La voix feutrée de Valérie murmura :

– Je ne vois rien. Est-ce bien l'endroit désigné ?

– C'est bien ça, s'entendit-il répondre, mais nous sommes un peu en avance...

Il descendit l'une des vitres pour laisser entrer l'air froid de la nuit et tenter de percevoir un bruit de moteur, mais il n'entendit que l'aboiement lointain d'un chien puis la voix de Morosini :

– Cette fois il est bien onze heures et demie. Comment se fait-il qu'ils ne soient pas encore là ?

Il finissait tout juste de parler quand une lanterne s'alluma sous les arbres à environ cinquante mètres, s'éteignit puis se ralluma.

L'attention de ceux qui attendaient fut attirée par ces éclats brefs et ils ne virent pas deux personnages sortir de derrière l'épaulement où s'appuyait l'oratoire. Quand ils s'aperçurent de leur présence, ils se tenaient déjà devant la chapelle.

Il y avait là un homme de haute stature et une femme dont la silhouette parut familière à Morosini : son allure et ses longs vêtements étaient ceux du fantôme qu'il avait pu voir dans le caveau des Capucins à Vienne. La comtesse confirma aussitôt :

– Regardez ! Ils sont là... et voilà Elsa ! Allons-y Alexandre !

Elle ouvrit la portière et descendit du côté le moins visible de la voiture, ce qui permit à Aldo de glisser à terre dans l'ombre de ses jupes. Sans refermer, elle s'avança jusque devant le radiateur tandis que Golozieny, après s'être emparé d'un sac de voyage posé auprès de lui, venait la rejoindre :

– Eh bien ? cria la vieille dame. Nous voici ! Que devons-nous faire ?

Une voix d'homme à l'accent étranger que Morosini crut reconnaître pour appartenir à Solmanski lui répondit :

– Restez où vous êtes, comtesse ! Étant donné que vous auriez joué votre vie si la police était prévenue, nous n'avons demandé votre présence qu'en garantie. Vous pouvez même remonter en voiture...

– Pas sans Mlle Hulenberg ! Nous vous apportons ce que vous avez demandé : rendez-la-nous !

– Dans un instant. Approchez, comte Golozieny ! Venez jusqu'ici !

– Attention ! souffla Aldo. Vous savez ce qui vous attend au cas où vous choisiriez de les rejoindre. Et j'ai des yeux de chat : je ne vous raterai pas...

Golozieny eut un haussement d'épaules plein de lassitude puis, après un regard angoissé à sa cousine, il se mit en marche avec lenteur, traînant un peu les pieds. Morosini pensa qu'il avait l'air d'aller à l'échafaud et regretta presque son ultime menace. C'était là un homme brisé...

L'émissaire avait une trentaine de pas à franchir

pour rejoindre le couple. L'inconnu tenait sa compagne sous le bras comme s'il craignait qu'elle s'écroule ou qu'elle lui échappe. Elle ne faisait d'ailleurs aucun mouvement.

– Pauvre Elsa ! murmura la comtesse. Quelle épreuve !

Golozieny arrivait à présent devant le ravisseur et, soudain, ce fut le drame. Lâchant la femme, Solmanski lui tendit le sac aux bijoux puis, découvrant la gueule noire d'un pistolet, abattit le diplomate à bout portant. Le malheureux s'écroula sans un cri tandis que son assassin rejoignait la femme qui avait filé derrière le haut talus. Un rire moqueur se fit alors entendre.

Morosini, comprenant trop tard que la voiture des bandits était beaucoup plus proche qu'il ne l'imaginait, ne perdit pas une seconde, s'élança l'arme au poing mais, parvenu au tournant de l'épaulement herbeux, il reçut en plein visage le double jet lumineux de phares puissants. En même temps, l'automobile démarrait en trombe et il dut se rejeter en arrière pour n'être pas renversé. Il se releva d'un bond, tira, mais la voiture, lancée sur la route, était déjà hors de vue. Tout ce qui restait à faire, c'était d'essayer de les poursuivre avec la voiture de la comtesse. Mais quand il remonta vers le petit monument votif, il trouva celle-ci agenouillée auprès de son cousin, essayant de le ranimer.

– C'est inutile, comtesse, il est mort ! dit Morosini qui s'était accroupi un instant pour un bref examen. On ne peut plus rien pour lui sinon rattraper son meurtrier...

– On ne va tout de même pas l'abandonner ici ?

– C'est au contraire la seule chose à faire. La police doit le retrouver là où il est tombé. Jamais il ne faut toucher au cadavre d'un assassiné !

Sans vouloir en entendre davantage, il l'entraîna, la fit monter dans la limousine et démarra.

– Ils ont trop d'avance. Vous... vous n'y arriverez pas... fit la vieille dame, le souffle coupé par l'émotion.

– Pourquoi pas ? Adalbert et Friedrich doivent les attendre au croisement de la route d'Ischl à Salzbourg... En tout cas, votre Elsa n'a pas perdu de temps pour changer d'opinion. Curieuse façon qu'elle a eue de récupérer ses bijoux ! Si elle s'imagine qu'on les lui laissera...

– Mais la femme, ce n'était pas elle ! Je l'ai compris quand je l'ai entendue rire. C'est sans doute la Hulenberg qui a pris sa place.

– Vous en êtes sûre ?

– Tout à fait ! Il y avait un ou deux détails auxquels je ne me suis pas arrêtée mais qui... Mon Dieu ! Où peut-elle être ?...

– Où voulez-vous qu'elle soit ? Dans la maison du... Bon sang ! Y a-t-il un raccourci pour rejoindre le bord du lac ?

Une idée horrible venait de traverser l'esprit de Morosini, tellement effrayante qu'il eut un mouvement brusque qui faillit être le dernier. Menée à tombeau ouvert, la voiture fit une embardée et ne rattrapa le virage suivant que de justesse. Pourtant, sa passagère ne cria pas. Sa voix était seulement un peu étranglée quand elle dit :

– Oui... Vous allez trouver... à main droite un chemin de terre avec une barrière cassée : il mène un peu au-dessus de Strobl, mais il est loin d'être bon...

– Je crois que vous pourrez supporter ça ! fit Aldo avec un sourire en coin. J'ai manqué vous tuer et vous n'avez pas bronché. Vous êtes quelqu'un, comtesse !

Ce qui suivit relevait du cauchemar et fit grand honneur à la solidité de l'automobile lancée dans ce qui ressemblait bien davantage à un sentier de chèvres. Bondissant, sautant, cahotant, secouant ses occupants comme prunier en août, elle se livra à des entrechats qui l'apparentaient à un cheval de rodéo et atterrit sur la petite route du lac où Morosini fonça plus que jamais : le clocheton surmontant la maison qu'il voulait atteindre était en vue.

Une minute plus tard, il arrêtait son véhicule à une certaine distance du jardin sauvage et se ruait au-dehors en criant à sa compagne :

– Surtout ne bougez pas de là ? Vous entendez ?

Aucune lumière ne se montrait aux fenêtres mais, avec sa porte grande ouverte qui battait à chaque coup de vent, la bâtisse donnait l'impression d'avoir été abandonnée précipitamment, et Aldo craignait d'en connaître la raison. Cependant, il n'hésita pas : un rapide signe de croix et il se précipitait à l'intérieur...

Le tic-tac d'horlogerie qu'il y décela, amplifié par l'épouvante, lui emplit les oreilles.

– Elsa ! appela-t-il. Elsa ! Vous êtes là ?

Un faible gémissement lui répondit. Se guidant

alors au son, il avança dans les ténèbres – il n'y avait pas d'électricité – jusqu'à ce qu'il bute dans quelque chose de mou et manque tomber dessus. Il avait trouvé ce qu'il cherchait. Solmanski et sa bande avaient non seulement abattu Golozieny mais aussi condamné l'innocente à une mort affreuse.

– N'ayez pas peur ! Je suis venu vous chercher...

Ses mains tâtaient un long paquet de couvertures ficelé de façon à ce qu'il soit impossible à l'occupante de se relever ou même de se traîner vers la porte. Aldo avait sur lui un couteau mais le mouvement d'horlogerie était toujours là et il craignit de perdre trop de temps. Il tira alors le paquet entre deux meubles jusqu'à l'entrée et, l'enlevant de terre au prix d'un violent effort – Elsa était grande et pesait son poids ! – il réussit à le mettre sur son dos qui plia sous la charge. Enfin, il fut dehors mais, un instant, il crut qu'il n'arriverait pas à aller plus loin : son cœur battait la chamade et il se sentait étouffer, pourtant le temps pressait toujours. Il s'accrocha un instant aux branches d'une haie, chercha son souffle, le retrouva et, après une ou deux respirations profondes, il se jeta en avant, droit devant lui, ne pensant qu'à s'éloigner le plus vite possible de la maison en péril et à atteindre la voiture dont il pouvait voir la silhouette à une distance qui lui parut énorme.

La pensée qu'il n'y parviendrait jamais le traversa mais il avisa soudain un rocher qui n'était guère qu'à une vingtaine de mètres. Il fallait l'atteindre, s'y abriter et là délier la malheureuse qui était peut-être en train d'étouffer. Du coup, il trouva de nouvelles forces et, serrant les dents, banda tous ses muscles, s'élança, grimpa une courte pente dont l'herbe mouillée glissa sous son pied, s'accrocha à une poignée de graminées, tira, poussa et réussit à s'affaler derrière le rocher avec sa compagne dont il pensa qu'elle était peut-être évanouie car elle était restée complètement inerte durant la pénible traversée du jardin.

Pour la libérer des tissus laineux qui l'emballaient, il tira son couteau et entreprit de couper les liens... À l'instant où ils cédèrent, une violente explosion déchira la nuit, le jetant sur la femme, dans le geste instinctif de la protéger mieux. Le ciel s'embrasa, devint rouge comme pour l'un de ces couchers de soleil qui annoncent le vent. Morosini tendit le cou, pour voir par-dessus le rocher : la maison n'existait plus. À sa place, une énorme gerbe de flammes et d'étincelles paraissait jaillir des eaux du lac.

Presque aussitôt, il entendit une voix angoissée qui l'appelait. La comtesse devait les croire morts.

– Nous sommes saufs, cria-t-il. N'ayez pas peur ! Je vous la ramène...

À présent, la tête, dont les longs cheveux glissaient dans les mains d'Aldo, était dégagée. Le reflet de l'incendie permit à son sauveur de distinguer les traits fins et délicats d'une femme d'environ quarante ans. Des traits d'une grande beauté dont la ressemblance avec la défunte impératrice Élisabeth le confondit, mais il comprit en même temps pourquoi Elsa ne se montrait plus que voilée : un seul côté de son ravissant visage était intact. L'autre portait une longue cicatrice remontant de la commissure des lèvres jusqu'à la tempe. Aldo se souvint alors que ce n'était pas la première fois qu'elle échappait à un incendie.

Soudain, elle ouvrit les yeux : deux lacs d'ombre qu'une joie soudaine fit briller :

– Franz ! murmura-t-elle. Vous êtes enfin venu !... Je savais bien moi que je vous reverrais...

Elle tendit les mains, voulut se redresser mais cet effort dépassa le peu de forces qui lui restaient car elle s'évanouit de nouveau.

– Allons bon, marmotta Morosini. Il ne nous manquait plus que ça !

Heureusement, sa brève défaillance se dissipait. Ses forces étaient revenues et, comme il valait mieux ne pas s'éterniser, il ramassa son fardeau et acheva de remonter vers la route où Mme von Adlerstein s'avança à sa rencontre :

– Vous l'avez ? Merci, mon Dieu ! Mais quel risque vous avez pris là, mon cher enfant !

– C'est, je pense, le résultat de vos prières, comtesse ! À présent, si vous vouliez bien aller ouvrir la portière de la voiture, vous m'aideriez. Je n'aurai jamais cru qu'une héroïne de roman pût être si lourde !

La vieille dame s'empressa d'obéir, non sans s'inquiéter encore :

– Elle n'a pas trop souffert ? Vous pensez qu'elle va bien ?

– Aussi bien que possible d'après ce que j'ai pu

voir, soupira Aldo en déposant la femme évanouie sur la banquette arrière. Tout au moins pour le côté physique. Le mental m'inquiète davantage.

– Pourquoi ?

– Elle m'a appelé Franz... Est-ce que je ressemblerais à ce mythique Rudiger ?

Surprise, la comtesse regarda son compagnon plus attentivement :

– Il était comme vous, grand et brun, mais pour le reste, je n'avais rien remarqué. En outre, il portait moustache... Non, en vérité, vous ne lui ressemblez pas vraiment. Il était, en tout cas, moins séduisant que vous.

– Vous êtes fort aimable mais si vous le voulez bien, nous discuterons ce point plus tard. Il est grand temps que je vous ramène chez vous...

– Et que nous prévenions la police. Dieu sait comment ces gens vont prendre un avis aussi tardif !

Morosini l'aida à reprendre place, arrangeant les plis de ses longs vêtements, et ne répondit pas tout de suite. Ce fut seulement une fois réinstallé au volant qu'il déclara :

– Je crois que l'homme de Salzbourg est déjà un peu au courant.

Tout de suite elle s'indigna :

– Vous avez osé ? C'était insensé...

– Non. C'était une précaution qu'il valait mieux prendre et qui, je l'espère, aura permis l'arrestation de la bande d'assassins.

– Comment avez-vous fait ?

– C'est simple ! Quand l'homme de Salzbourg...

– Il s'appelle Schindler !

– C'est bien possible. Donc quand il a quitté Rudolfskrone après son entrevue avec Lisa, il a rencontré Adalbert... Rassurez-vous, ce Schindler est un homme plus intelligent qu'il n'en a l'air. Il avait déjà compris que vous étiez sous le coup d'un chantage. Son rôle a dû se borner à faire barrer la route de Salzbourg tandis qu'Adalbert et Fritz s'occupaient du retour sur Ischl. Naturellement, Vidal-Pellicorne n'a pas fait la moindre allusion au rôle joué par le comte Golozieny. Il est mort à présent et sa mémoire sortira indemne de l'aventure.

– Vous croyez que, s'ils ont été pris, ses complices ne le dénonceront pas ?

– Comment, alors, expliquer qu'ils aient jugé utile de l'abattre sans la moindre explication ? Leur situation va se trouver délicate. Surtout si l'on y ajoute l'explosion de la maison...

À cause de celle-ci, d'ailleurs, Aldo fut obligé de ralentir. Des gens accouraient des fermes les plus proches et aussi de Strobl d'où arrivait une voiture de pompiers sous un carillon frénétique.

Aux abords d'Ischl, ils trouvèrent un attroupement formé par la Fiat, ses occupants et la voiture du directeur Schindler plus deux ou trois policiers. En voyant arriver Morosini, Adalbert se rua vers lui, fou de rage :

– Nous sommes bredouilles, mon vieux ! On nous a joués comme des enfants !

– Comment cela ? Vous n'avez pas pu intercepter ces misérables ?

– Ni nous ni la police... C'est à pleurer.

– C'est surtout idiot. Vous n'avez rien vu ou quoi ?

– Oh si ! Nous avons vu Mme la baronne Hulenberg revenir d'un petit dîner à Saint-Wolfgang accompagnée de son chauffeur. Elle s'est montrée fort gracieuse : elle nous a même autorisés à fouiller sa voiture. Où bien sûr nous n'avons rien trouvé et surtout pas des bijoux !

– Dans l'état actuel des choses, intervint Schindler, nous n'avons rien contre elle et nous avons bien été obligés de la laisser rentrer chez elle.

– Et le troisième larron, qu'est-ce qu'il est devenu, celui qui, il y a une demi-heure, a froidement abattu le comte Golozieny alors que celui-ci venait de lui remettre les bijoux ? Vous feriez bien d'aller faire un tour là-haut, vers la croisée de Saint-Joseph, Herr Polizeidirektor ! Il y a un cadavre tout frais...

Le policier s'écarta pour donner des ordres tandis qu'Aldo reprenait avec amertume :

– Le troisième c'était Solmanski, j'en suis sûr. Il doit être quelque part dans la nature avec le sac aux joyaux. Sa bonne amie a dû le débarquer dans un coin tranquille...

– Il est possible qu'il ait emprunté la voie du chemin de fer qui longe le Wolfgangsee et franchit deux tunnels avant d'arriver à Ischl. Celui du Kalvarienberg mesure 670 mètres. De toute façon je le fais fouiller, mais sans grand espoir, dit Schindler qui avait entendu. Il a pu s'y dissimuler un moment puis gagner le large. Si c'est un sportif...

– C'est un homme d'une cinquantaine d'années

mais je le crois bien entraîné. Vous devriez tout de même interroger la baronne puisque, à ce qu'il paraît, elle est sa sœur ? En tout cas, ajouta Morosini acerbe, aucun de vous ne paraît se soucier de l'otage de ces gens ?

– D'après ce que je vois, on te l'a rendue ? fit Adalbert en adressant un petit salut à la comtesse assise à l'arrière et soutenant Elsa qui semblait dormir.

– Ce fut moins simple que tu ne le crois ! Au fait, Herr Schindler, n'avez-vous pas entendu une explosion tout à l'heure ?

– Si et j'ai déjà envoyé quelqu'un. C'était vers Strobl ?

– C'était la maison dans laquelle cette malheureuse femme était retenue prisonnière. Grâce à Dieu, on a pu l'en tirer à temps ! Messieurs, si ça ne vous ennuie pas, je vais reconduire Mme von Adlerstein et sa protégée à Rudolfskrone. L'une comme l'autre ont besoin de repos et Lisa doit être folle d'inquiétude...

– Allez-y ! On se reverra plus tard ! Mais il me faudrait une description minutieuse de ce Solmanski ?

– Monsieur Vidal-Pellicorne vous en fournira une des plus précises. Et puis, la baronne possède peut-être une photo ?

– Oh, ça m'étonnerait, dit Adalbert. Un homme qui est déjà recherché par Scotland Yard ne doit pas laisser traîner ses effigies dans les salons...

Sans en entendre davantage, Morosini repartit et, quelques minutes plus tard, la voiture atteignait le château qui, cette fois, était éclairé comme pour une fête. Lisa, enveloppée dans une grande cape verte, faisait les cent pas devant la maison. Elle semblait très calme, pourtant, quand Aldo s'arrêta et descendit, elle se jeta dans ses bras en sanglotant...

CHAPITRE 10

UNE ENTREVUE ET UN ENTERREMENT

Adalbert repoussa sa tasse de café, alluma une cigarette et s'accouda après avoir relevé sa mèche rebelle d'un geste machinal :

– Et maintenant qu'est-ce qu'on fait ?

– On réfléchit, fit Aldo.

– Jusqu'à présent, ça ne nous mène pas loin...

Les deux compagnons étaient rentrés à leur hôtel aux petites heures du matin. Leur présence à Rudolfskrone, où Mme von Adlerstein avait obtenu que l'on rapporte le corps de son cousin après autopsie, n'était plus de mise et aurait peut-être encombré. Il y avait aussi Elsa, dont l'état nerveux nécessitait des soins attentifs avant qu'elle puisse répondre aux questions du commissaire Schindler.

Aldo fit signe à un serveur pour obtenir un autre café et, en l'attendant, alluma lui aussi une cigarette :

– Non, fit-il, et c'est bien dommage. La logique voudrait que nous courions sus à Solmanski, mais à condition de savoir de quel côté le chercher.

Jusqu'à présent, on n'avait retrouvé ni le comte ni les bijoux, et c'était ce dernier point qui les tourmentait le plus : l'opale était désormais entre les mains du pire ennemi de Simon Aronov !

– On peut toujours patienter un peu, soupira Adalbert en exhalant une longue volute de fumée bleue. Ce Schindler nous est reconnaissant de l'avoir prévenu. On glanera peut-être quelque chose de son enquête.

– Peut-être.

Il n'y croyait guère, Aldo. Son moral était à l'étiage. Bien qu'il ait eu la chance de sauver Elsa, il éprouvait un pénible sentiment d'échec : le Boiteux lui avait presque mis dans la main la gemme recherchée ; il la lui avait désignée en lui faisant confiance pour la cueillir et il s'en était montré incapable. Pis encore ! C'étaient peut-être leurs recherches sur Hallstatt, à Vidal-Pellicorne et à lui, qui avaient montré aux assassins le chemin de la maison du lac ? Et cette idée-là lui était insupportable. Mais comment aurait-il pu savoir que Solmanski était déjà au cœur de l'affaire ? Et par sa sœur, encore ! Il fallait que cet homme soit le diable !

– N'exagérons rien ! dit Adalbert qui semblait avoir suivi sur le visage de son ami le cheminement de sa pensée. Ce n'est jamais qu'un mécréant doué et capable du pire mais ça, on le savait déjà...

– Comment sais-tu que je pensais à Solmanski ?

– Pas difficile à deviner ! Quand ton œil vire au vert, ce n'est pas en général quand tu évoques un ami... ou une amie. Je ne comprends pas d'ailleurs pourquoi tu fais cette tête ? L'accueil de Lisa, cette nuit, était plutôt... réconfortant non ?

– Parce qu'elle m'est tombée dans les bras? Oh!... ses nerfs étaient à bout et je suis arrivé le premier. Si Fritz ou toi m'aviez précédé, c'est vous qui auriez bénéficié de cette défaillance...

– La première chose à faire est de prévenir Simon. Il arrivera peut-être, lui, à dénicher Solmanski. Je vais aller télégraphier à sa banque zurichoise.

Il se levait de table pour mettre son projet à exécution quand un groom s'approcha de leur table et tendit à Aldo une lettre sur un plateau d'argent. A l'intérieur, il n'y avait pas plus de cinq mots : « Venez. Elle vous réclame. Adlerstein. »

– Tu iras plus tard à la poste, dit-il, en tendant le billet à son ami.

– C'est toi qui es appelé. Pas moi, dit celui-ci avec une nuance de regret qui n'échappa pas.

– Nous sommes deux dans l'esprit de la comtesse. Quant à... la princesse – depuis qu'il avait vu son visage, Aldo n'arrivait plus à l'appeler Elsa! – tu mérites sa gratitude autant que moi. On y va!

En arrivant au château, ils trouvèrent Lisa en haut du grand escalier. Sa stricte robe noire les surprit :

– Vous allez porter le deuil? Pour un cousin éloigné?

– Non, mais, jusqu'aux funérailles qui auront lieu demain, c'est plus correct. Le pauvre Alexandre n'a pas de famille, nous exceptées. Aussi grand-mère lui offre-t-elle une tombe au cimetière... Adalbert, vous allez être obligé de me tenir compagnie, ajouta-t-elle en souriant à l'archéologue. Elsa veut voir seul celui qu'elle appelle Franz. C'est bien naturel...

Il y avait dans ses paroles une note de tristesse qui n'échappa pas à Morosini :

– C'est surtout insensé ! D'après votre grand-mère, je ne ressemble pas à cet homme. Pourquoi ne l'avoir pas détrompée ?

– Parce qu'elle a trop souffert, murmura la jeune fille avec des larmes dans les yeux. Si j'osais même vous demander de jouer le jeu, de ne pas lui apprendre son erreur ?...

– Vous voulez que je me comporte comme si j'étais son fiancé ? fit Aldo abasourdi. Mais je ne saurai jamais !

– Essayez ! Dites-lui... que vous êtes obligé de retourner à Vienne, que... que vous devez subir une opération ou... accomplir une nouvelle mission mais, par pitié, ne lui dites pas qui vous êtes. Grand-mère et moi craignons le moment où elle apprendra sa mort, elle est si faible ! Quand elle aura repris des forces, ce sera plus facile ! Vous comprenez ?

Elle avait pris les deux mains d'Aldo et les serrait entre les siennes comme pour leur communiquer sa conviction, son espérance. D'un geste plein de douceur, il se dégagea mais ce fut pour s'emparer des doigts de la jeune fille et les porter à ses lèvres :

– Quel avocat vous feriez, ma chère Lisa ! dit-il avec son demi-sourire impertinent pour masquer son émotion. Vous savez bien que je ferai ce que vous voulez mais il va falloir vous mettre en prière : je n'ai jamais eu le moindre talent de comédien...

– Songez à ce qu'a été sa vie, regardez-la bien... et puis laissez parler votre cœur généreux ! Je suis sûre que vous vous en tirerez à merveille ! Josef va vous introduire : elle est dans le petit salon d'écriture de Grand-mère.

Lisa allait prendre le bras d'Adalbert pour l'emmener mais Aldo la retint :

– Encore un mot... indispensable ! Rudiger connaissait-il ses origines plus que princières ?

– Oui. Elle ne voulait pas qu'il ignore quoi que ce soit d'elle. D'après ce que je sais, il lui montrait une tendre déférence. C'est une attitude que je ne pourrais pas demander à n'importe qui, mais vous êtes le prince Morosini et les reines ne vous font pas peur.

– Votre confiance m'honore. Je ferai de mon mieux pour ne pas la décevoir...

Un instant plus tard, Josef annonçait :

– Le visiteur qu'attend Votre Altesse !

Puis s'effaçait en s'inclinant. Aldo s'avança, pris d'un trac soudain comme si cette porte débouchait sur une scène de théâtre et non sur un petit salon tendu de soie beige et réchauffé par les flammes d'un feu de bois. En dépit de son aisance mondaine, il dut se forcer pour franchir le seuil. Il n'avait jamais imaginé se trouver un jour dans une situation si délicate. Aussi, dès que son premier pas eut fait grincer les lames du parquet, choisit-il de s'incliner devant l'image qu'il n'avait fait qu'entr'apercevoir :

– Madame ! murmura-t-il d'une voix tellement enrouée qu'il s'en fût amusé en d'autres temps et en un autre lieu.

Un petit rire frais et léger lui répondit :

– Que vous voilà solennel, mon ami ?... Venez ! Venez !... Nous avons tant à nous dire !

En se redressant, il eut l'impression de voir double : le profil de la femme qui l'accueillait, assise dans une bergère au coin du feu, était semblable à celui du buste de marbre placé à quelques pas d'elle : même dessin, même blancheur. La dame au masque de dentelles noires, le sombre fantôme de la crypte des Capucins était, ce soir, vêtue de blanc : une robe de fin lainage l'enveloppait et une écharpe de mousseline neigeuse posée sur sa chevelure nattée en couronne retombait de façon à ne laisser voir que la moitié intacte du visage. L'une des mains d'Elsa jouait avec le léger tissu qu'elle ramenait parfois devant sa bouche tandis que l'autre se tendait vers le visiteur...

Il fallut bien que celui-ci s'avance. Pourtant il sentait s'accroître sa gêne et son malaise, peut-être à cause du ton intime que l'étrange femme employait. Il prit la main tendue sur laquelle il s'inclina sans oser y poser ses lèvres.

– Pardonnez mon émotion ! réussit-il enfin à murmurer. J'avais perdu l'espoir de vous revoir jamais, madame...

– Vous vous êtes bien fait attendre mais, Franz, comment le regretter encore puisque vous avez pu surmonter vos souffrances pour voler à mon secours et m'arracher à la mort...

Un instant démonté, Aldo se rappela qu'il était censé avoir longtemps et cruellement souffert des suites de la guerre.

– Je vais mieux, grâce à Dieu, et je venais à vous quand une voix secrète m'a guidé vers l'endroit où l'on vous tenait captive.

– Je ne pensais pas être prisonnière puisque l'on m'avait promis de me conduire dans un endroit où vous m'attendiez. C'est seulement hier soir que la peur est venue... que j'ai compris. Oh, mon Dieu !

Devant la terreur qui se levait soudain dans le beau regard sombre, il s'émut, tira un tabouret près de la bergère et reprit la main qui, cette fois, tremblait :

– Oubliez cela, Elsa ! Vous êtes vivante et c'est tout ce qui compte ! Quant à ceux qui ont osé s'attaquer à votre personne, lui faire du mal, soyez certaine que je ferai tout pour qu'ils reçoivent leur punition.

Les yeux reprirent leur sérénité et le caressèrent.

– Mon éternel chevalier !... Vous fûtes celui à la rose et à présent c'est sous l'armure brillante de Lohengrin que vous me revenez [1].

– À cette différence près que vous n'aurez pas à me demander mon nom...

– Et que vous ne repartirez pas ? Car nous ne nous séparerons plus, n'est-ce pas ?

Il y avait dans l'interrogation une note impérieuse qui n'échappa pas à Aldo mais il s'attendait à cette question. Lisa aussi qui lui avait soufflé une réponse :

1. Venu secourir Elsa de Brabant attaquée par ses vassaux, Lohengrin, fils de Parsifal et chevalier du Graal, l'épouse mais en lui faisant jurer de ne jamais lui demander son nom. Elsa ayant manqué à son serment, Lohengrin repart sur la nacelle tirée par un cygne qui l'avait amené.

– Pas longtemps. Cependant, il me faudra retourner bientôt à Vienne afin de... terminer le traitement médical que je subis depuis des mois. Je suis un homme malade, Elsa !

– Vous n'en avez pas l'air ! Jamais je ne vous ai vu si beau ! Et comme vous avez bien fait d'abandonner votre moustache ! Moi, en revanche, j'ai beaucoup changé, ajouta-t-elle avec amertume.

– Ne croyez pas cela ! Vous êtes plus belle que jamais...

– Vraiment ?... même avec ça ?

Les doigts qui jouaient nerveusement depuis un instant avec le voile blanc l'écartèrent brusquement tandis qu'Elsa tournait la tête pour qu'il vît mieux la blessure, guettant le sursaut qu'elle craignait et qui ne vint pas.

– Cela n'a rien de terrifiant, dit-il doucement. Et d'ailleurs, je n'ignorais pas ce que vous avez eu à souffrir.

– Mais vous n'aviez rien vu ! Pensez-vous toujours qu'il soit possible de m'aimer ?

Il considéra un instant l'éclat velouté des grands yeux bruns, la masse soyeuse de la chevelure blonde coiffée en diadème, la finesse des traits et la noblesse naturelle qui mettait une sorte d'auréole autour de ce visage blessé.

– Sur mon honneur, madame, je ne vois rien qui s'y oppose. Votre beauté a été meurtrie mais votre charme s'en trouve peut-être augmenté. Vous paraissez plus fragile, donc plus précieuse, et qui vous a aimée jadis ne peut que vous aimer davantage...

– Vous m'aimez toujours alors ?... Malgré cela ?

– Ne me faites pas l'injure d'en douter.

Pris sans qu'il s'en rendît compte à ce jeu étrange et par cette femme plus étrange encore mais combien poétique, Aldo n'éprouvait aucune peine à faire passer dans sa voix l'écho d'un sentiment chaleureux. À cet instant-là, il aimait Elsa, confondant sans doute son désir de la sauver par tous les moyens et l'attrait naturel d'un cœur généreux pour un être à la fois beau et malheureux.

Elsa venait de laisser tomber sa tête dans ses mains. Aldo comprit qu'elle pleurait, d'émotion sans doute, et préféra garder le silence. Ce fut elle qui parla :

– Que j'étais sotte, mon Dieu, et que je vous connaissais mal ! J'avais peur... si peur chaque fois que je me rendais à l'Opéra ! Peur de vous faire horreur, mais j'avais un tel désir, un tel besoin de vous revoir encore... une dernière fois.

– Une dernière fois ?... Pourquoi ?

– À cause de ce visage. Je me disais qu'au moins j'aurais le bonheur de vous voir, de toucher votre main, d'entendre votre voix... et puis nous nous serions quittés sur un rendez-vous... où vous ne m'auriez jamais trouvée. Et moi, durant tout notre entretien j'aurais refusé de lever la mantille de dentelle qui me défendait si bien... et intriguait tant de gens !

– Quoi ? Sans même lui... me permettre de contempler vos yeux magnifiques ? Quand on les regarde on ne voit plus qu'eux !...

– Que voulez-vous... Il faut croire que j'étais stupide...

Elle relevait la tête, essuyait ses yeux avec un petit mouchoir puis, par habitude, arrangeait de nouveau l'écharpe de mousseline, mais elle souriait :

– Vous souvenez-vous de ce poème d'Henri Heine que vous me disiez quand nous nous promenions dans la forêt viennoise ?

– Ma mémoire n'est plus ce qu'elle était, soupira Morosini qui ne savait pas grand-chose de l'œuvre du romantique allemand, lui ayant préféré Goethe et Schiller... Je l'ai même perdue complètement pendant un temps.

– Vous ne pouvez pas l'avoir oublié ! Il était « notre » poète comme il était celui de la femme que je vénère le plus au monde, ajouta-t-elle en tournant son regard mouillé vers le buste de l'impératrice. Voyons ! Essayez avec moi !

Tu as des diamants, des perles
Et tout ce que l'on peut souhaiter...

Eh bien ? La suite, si naturelle, ne vous vient même pas ?

À la torture, Aldo eut un geste d'impuissance en espérant qu'il serait une excuse valable.

– Je vais continuer un peu, les vers vous reviendront, j'en suis certaine :

Tu as les plus beaux yeux du monde
Que veux-tu de plus, mon aimée ?...

Comme il ne disait toujours rien, elle continua seule, jusqu'à la dernière strophe :

Ces beaux yeux, les plus beaux du monde
M'ont fait endurer le martyre
Et réduit à l'extrémité.
Que veux-tu de plus, mon aimée...

Le silence qui suivit pesa sur Aldo qui ne trouvait plus rien à dire mais commençait à en vouloir à Lisa. Comment avait-elle pu l'embarquer dans cette aventure insensée sans lui donner la plus petite arme ? Au moins les goûts, les habitudes d'Elsa ! Il devait bien y avoir dans cette vaste maison un recueil des œuvres d'Henri Heine ? Il se sentait plus que gêné : penaud. Et cherchait désespérément quelque chose d'intelligent mais, comme Elsa semblait perdue dans son rêve, il choisit de se taire et d'attendre qu'elle revienne.

Et soudain, elle se tourna vers lui :

– Si vous m'aimez toujours, comment se fait-il que vous ne m'ayez pas encore embrassée ?

– Peut-être parce que j'ai conscience de mon infériorité. Après tout ce temps, vous êtes redevenue pour moi la princesse lointaine que j'osais à peine approcher...

– Ne m'aviez-vous pas offert la rose d'argent ? Nous étions en quelque sorte fiancés...

– Je sais, mais...

– Pas de mais ! Embrassez-moi !

Cette fois, il n'hésita plus et se jeta à l'eau. Quittant son siège, il prit Elsa par les poignets pour la faire lever et l'enlaça. Ce n'était pas la première fois qu'il embrassait une femme sans en être amoureux. C'était alors un moment de volupté légère comme lorsqu'il respirait une rose ou laissait ses doigts s'attarder sur le grain si lisse d'un marbre grec. Il pensait, en se penchant sur la bouche offerte, que ce serait pareil, qu'il suffirait de se laisser aller. Et pourtant ce fut différent parce que, cette femme qu'il sentait frémir contre lui, il voulait à tout prix lui offrir un instant de pur bonheur. Son plaisir à lui était sans importance : ce qui comptait, c'était qu'elle fût heureuse, et ce besoin de donner qu'il sentait en lui-même fit passer dans son baiser une ardeur inattendue. Elsa gémit cependant que tout son corps s'abandonnait.

Aldo pour sa part sentit une griserie légère. Les lèvres qu'il violentait étaient douces et le parfum d'iris et de tubéreuse qu'il respirait, même s'il était un peu trop entêtant pour son goût, n'en était pas moins efficace. Peut-être aurait-il osé davantage si une petite toux sèche n'était venue rompre le charme.

– Je vous supplie de m'excuser, fit la voix calme de Lisa, mais votre médecin est arrivé, Elsa, et je ne peux le faire attendre. Voulez-vous le recevoir ?

– Je... oui, bien sûr ! Oh, cher... il faut m'excuser !

– Votre santé avant tout... Je me retire.

– Mais vous reviendrez, n'est-ce pas ? Vous reviendrez bientôt ?

Elle était fébrile, tout à coup, avec au fond des yeux quelque chose qui ressemblait à de l'angoisse. Aldo lui sourit en baisant le bout de ses doigts :

– Quand vous m'appellerez.

– Demain, alors ! Oh, je vais demander à cette

chère Valérie de nous offrir un dîner de gala : intime mais magnifique... Il faut fêter nos nouvelles fiançailles...

– Ce sera difficile demain, coupa Lisa impavide. Nous avons des funérailles. Même s'il ne s'agit que d'un cousin, on ne peut tout de même pas donner une fête le soir...

Amusé, Morosini, pensa que son ancienne secrétaire, droite et inflexible dans sa robe noire sur l'épaule de laquelle retombait une boucle indisciplinée, faisait un bien charmant rabat-joie mais, apparemment, elle ne partageait pas son humeur badine.

– Félicitations ! fit-elle quand ils se retrouvèrent tous deux dans la galerie, après qu'elle eut introduit le praticien. Pour un rôle dont vous ne vouliez pas, vous le jouez à la perfection ! Quelle fougue ! Quelle vérité !

– Si vous êtes contente, c'est le principal mais, justement, je suis en train de me demander si vous êtes si contente que ça ? Vous n'en avez vraiment pas l'air...

– Vous ne croyez pas que vous auriez pu observer un peu plus de retenue ? Pour une première entrevue tout au moins ?

– Qui parle d'une première entrevue ? Avant que Rudiger ne disparaisse il y en a eu pas mal, si j'ai bien compris ? Et nous ignorons l'un et l'autre ce qui s'y passait.

– Où voulez-vous en venir ?

– Mais... à une évidence. Après un moment de conversation, Elsa s'est étonnée que je ne l'aie pas encore embrassée : je lui ai donné satisfaction...

– En y prenant grand plaisir d'après ce que j'ai pu voir !

– Parce qu'il aurait fallu, en plus, que ce soit une corvée ? C'est vrai que j'ai trouvé cet instant agréable : votre amie est une femme exquise...

– À merveille ! Vous vous retrouvez fiancé : vous allez pouvoir l'épouser.

Cette explication se déroulant au long de la galerie puis du grand escalier, Aldo estima qu'il valait mieux s'expliquer face à face et arrêta Lisa en empoignant son bras :

– Il faut tout de même savoir ce que vous voulez ? Je sais d'expérience que vous êtes entêtée comme une mule mais je vous rappelle que vous teniez à ce que je continue à passer pour le grand amour de cette pauvre femme. Que devais-je faire, selon vous ?

– Je ne sais pas ! Sans doute avez-vous agi au mieux mais...

– Mais rien du tout, Lisa ! Si vous aviez pris la peine d'écouter aux portes...

– Moi ? Écouter aux portes ? s'écria-t-elle indignée.

– Vous, non. Cependant il me semble bien me souvenir qu'il est arrivé à... Mina, de recourir à ce mode d'information simple et pratique. Souvenez-vous du jour où nous avions reçu la visite de lady Mary Saint Albans !... Cela dit encore, j'ai laissé entendre à Mlle Hulenberg que je devais regagner Vienne afin d'y poursuivre un traitement. Donc je vais repartir, et bientôt !

– Êtes-vous si pressé ? fit Lisa avec le superbe illogisme d'une fille d'Ève.

– Eh oui ! À l'heure qu'il est, le comte Solmanski est allé dans je ne sais quelle direction avec les bijoux d'Elsa et surtout avec l'opale après laquelle nous sommes condamnés à courir, Adalbert et moi.

Il y eut un silence au cours duquel Lisa resta un moment sans bouger et la tête baissée. Quand elle la releva ce fut pour planter dans les yeux de son compagnon son beau regard sombre chargé de nuages :

– Excusez-moi ! soupira-t-elle. Je me suis laissée emporter plus que le sujet ne le méritait. Restez au moins jusqu'à ce fameux dîner qu'Elsa va demander à Grand-mère !...

– Elle l'a peut-être déjà oublié.

– N'y comptez pas ! Elle est encore plus têtue que moi...

– Les femmes sont impossibles ! explosa Morosini quand il se retrouva seul avec son ami. On me fait jouer un rôle ridicule et ensuite on se plaint que je le joue trop bien ! Je vais filer d'ici ! J'en ai plus qu'assez de cette histoire !

– Au point où nous en sommes, trois ou quatre jours de plus sont sans grande importance, lénifia Vidal-Pellicorne. Je comprends que ça t'agace mais tu peux toujours te dire que c'est une bonne cause.

– Une bonne cause ? J'aurais cent fois préféré qu'on dise la vérité à Elsa. Elle va nous mener où, cette comédie ? Et pendant ce temps-là l'opale galope.

– Laisse la police faire son travail ! On aura peut-être des nouvelles aujourd'hui...

On en eut mais elles n'étaient guère encourageantes. L'assassin du comte Golozieny et les bijoux semblaient s'être dissous dans la nature : pas plus de traces que s'il eût été un elfe ! Quant à la baronne Hulenberg à qui Schindler avait rendu visite le matin même, c'était un modèle d'innocence : elle était venue passer quelques jours d'automne à Ischl avec son chauffeur et sa femme de chambre ; elle adorait cette jolie ville posée sur ses rivières quand l'automne roussissait ses jardins encore fleuris de marguerites et de chrysanthèmes, cependant elle n'allait pas tarder à repartir. Non pour Vienne mais pour Munich afin d'y voir quelques amis.

Certes, elle avait reçu son frère pendant quelques jours. Le malheureux était désespéré par la disparition de sa fille, la fameuse lady Ferrals, qui s'était enfuie d'Amérique pour échapper à des terroristes polonais et se réfugier, en principe, dans les montagnes suisses mais qu'il lui avait été impossible de retrouver. Craignant le pire, après d'infructueuses recherches, il était venu jusqu'à Bad Ischl afin d'y goûter un peu de réconfort auprès de sa sœur avant de se diriger sur Vienne et Budapest. Depuis que, le lundi précédent, il avait pris le train à Ischl, aucune nouvelle de lui n'était arrivée.

– Et qu'est-ce que vous voulez que j'objecte à tout ça ? dit Schindler qui était venu boire un verre au bar de l'hôtel avec les deux amis. Tout ce que j'ai pu faire, c'est interdire à la Hulenberg de quitter Ischl et la tenir sous surveillance. Encore est-ce grâce à vous deux ! Si vous ne m'aviez pas révélé la véritable identité de Fraulein Staubing, je serais obligé de la laisser tranquille. Là, je peux discuter avec elle sur des bases plus sérieuses.

– Vous avez vérifié le départ de Solmanski ?

– Oui. Sa sœur l'a bel et bien accompagné au train à l'heure et au jour dits.

– Cela fait tout de même trois morts dont un diplomate autrichien ! remarqua Morosini...

– Et nous n'avons aucune preuve. Ils ont opéré à Hallstatt en venant et en repartant par le lac sans qu'on puisse savoir où ils ont atterri. Quant à la nuit dernière, l'obligation où nous étions de rester invisibles m'a empêché sans doute de déployer un dispositif suffisamment rapproché. La voiture que nous avons arrêtée était la bonne mais nous n'y avons rien trouvé qui permette de la retenir. En outre, on nous a juré, à Saint-Wolfgang, que la baronne y avait bel et bien dîné chez des gens au-dessus de tout soupçon.

– Et la maison qui a sauté, à qui appartenait-elle ?

– À un chanoine de la cathédrale de Salzbourg, féru de pêche mais qui n'y vient jamais en automne à cause de ses rhumatismes. Quant au couple qui gardait la prisonnière, il s'est enfui avant l'explosion. Il est recherché activement et sera peut-être notre chance d'appréhender les coupables. Comme ils pensaient que Mlle... Staubing ne sortirait pas vivante de l'aventure, ils n'ont pas caché leurs visages et elle a pu nous en donner une assez bonne description. Bien entendu, on les recherche.

Le policier vida sa chope de bière et se leva :

– J'espère, dit-il, que vous restez encore quelque temps. Nous aurons besoin de vous. D'ailleurs, ajouta-t-il à l'adresse d'Adalbert, vous n'en avez peut-être pas fini avec les études que vous avez entreprises à Hallstatt ?

L'archéologue fit la grimace :

– Le drame qui s'y est déroulé a un peu refroidi mon ardeur.

– Quant à moi, reprit Aldo, je ne pensais pas prolonger outre mesure les vacances que je me suis accordées pour accompagner Vidal-Pellicorne. Mes affaires m'attendent et je souhaiterais rentrer à Venise aussitôt que possible...

– Nous ne vous retiendrons pas trop longtemps mais vous devez comprendre que vous êtes, avec les dames de Rudolfskrone, nos principaux témoins. Et d'autant que vous avez eu l'occasion de rencontrer ce Solmanski...

Adalbert qui, depuis un instant, semblait captivé par le bout de ses doigts qu'il examinait avec sollicitude, déclara tout à coup, comme s'il venait d'être visité par une pensée soudaine :

– Si je peux me permettre un conseil, Herr Polizeidirektor, c'est de prendre langue avec l'un de vos collègues anglais que nous connaissons bien, le Chief Superintendant Gordon Warren, de Scotland Yard...

– Oh j'en ai déjà entendu parler ! Si je me souviens bien, c'est lui qui avait en charge l'affaire Ferrals ?

– Tout juste ! Si j'étais vous, je lui raconterais par le menu nos derniers événements, en ajoutant que nous avons tout lieu de croire que Solmanski a encore frappé. Il sera content de savoir où il se trouvait jusqu'à cette nuit et d'apprendre qu'il a une sœur dans le coin. De son côté, il vous dira peut-être où en sont les choses en Angleterre...

– Pourquoi pas ? Il s'agit là d'une affaire internationale et une collaboration discrète mais intelligente pourrait être efficace. Merci, monsieur Vidal-Pellicorne ! Ce que je vais aussi essayer de savoir c'est où se trouve sa fille puisque, d'après la baronne Hulenberg, il la recherche.

Aldo échangea un bref regard avec Adalbert mais se contenta de prendre une cigarette et de l'allumer. Il avait accepté de donner asile à Anielka, ce n'était pas pour livrer cette information à la police. La malheureuse avait déjà suffisamment pâti de son expérience devant le tribunal d'Old Bailey et ce n'était pas parce que son père était un monstre à l'échelle planétaire qu'elle devait payer pour lui ou, mieux encore, servir d'appât.

Schindler reparti, Adalbert se commanda une autre fine à l'eau, prit sa pipe, la bourra avec un soin pieux, l'alluma, tira une longue bouffée voluptueuse et, finalement, soupira :

– Belle chose, la chevalerie ! Mais je me demande si tu as eu raison ? Imagine que Solmanski arrive à savoir où se trouve sa fille et qu'il choisisse d'aller la rejoindre ?

– À moins qu'Anielka n'ait pris la peine de l'informer elle-même, il n'y a aucune chance pour ça. Elle a bien trop peur que d'autres retrouvent sa piste. Rassure-toi ! Il n'y a à Venise qu'une jeune

Américaine nommée Anny Campbell. Quant à toi, je ne vois pas pourquoi tu soulèves ce lièvre ? Toi non plus tu n'aurais rien dit à ce policier.

– C'est vrai, admit Adalbert avec un sourire en coin. J'avais envie de savoir ce que tu me répondrais...

Le lendemain, Alexandre Golozieny fut porté en terre sous des rafales de pluie et de vent qui soulevaient les feuilles mortes pour les envoyer se coller un peu partout et menaçaient de retourner les parapluies assez téméraires pour s'aventurer au-dehors par ce temps d'apocalypse sous lequel tout le monde faisait le gros dos.

Digne et fière, appuyée sur sa canne et abritée tant bien que mal par le dôme de soie noire que Josef tendait au-dessus de sa tête, Mme von Adlerstein menait le convoi. À son coude, son petit-neveu, les mains au fond des poches d'un immense pardessus noir et la tête rentrée dans les épaules, s'efforçait d'offrir la plus petite surface possible aux bourrasques. Derrière eux, quelques rares amis déversés le matin par le train de Vienne suivaient avec quelques-uns des serviteurs de Rudolfskrone et une poignée d'habitants de la ville, venus là par pure curiosité et au mépris des intempéries assister aux funérailles d'un homme que la plupart ne connaissaient pas mais que sa mort tragique rendait on ne peut plus intéressant.

Sur le conseil de sa grand-mère, Lisa était restée au logis pour tenir compagnie à Elsa. Quant à Morosini et Vidal-Pellicorne, ils étaient présents mais se tenaient à l'écart sous un bouquet d'arbres en compagnie du policier salzbourgeois. Ils étaient venus pour voir si la baronne Hulenberg ferait son apparition, mais celle dont Golozieny avait avoué qu'elle était sa maîtresse ne se montra pas. Les deux amis en furent pour leur curiosité...

– C'est aussi bien comme ça, fit Aldo entre ses dents. Elle a conduit ce pauvre type à sa perte et c'est elle que nous avons entendue rire quand il est tombé. Tu n'aurais pas voulu qu'elle lui apporte des fleurs ?

– Si je n'étais certain qu'elle est toujours ici, je croirais volontiers qu'elle est partie en dépit de ma défense, dit Schindler. Les volets de sa maison sont fermés. Seules les cheminées fument...

– Vous feriez peut-être mieux de lui laisser la bride sur le cou mais en lui donnant un ou deux anges gardiens, suggéra Adalbert. Qui sait si elle ne vous mènerait pas à son cher frère ? S'ils sont vraiment liés par le sang, cela m'étonnerait beaucoup qu'elle lui laisse tout le bénéfice du crime. Chez ces gens-là, la confiance ne doit pas faire partie des vertus familiales...

– J'y ai songé mais je la crois trop maligne pour commettre une telle erreur. Elle va sûrement se tenir tranquille pendant un moment...

Tandis que les fossoyeurs s'employaient à recouvrir le défunt d'une épaisseur de terre avant de disposer dessus les quelques couronnes de chrysanthèmes, de feuillage ou de perles, les assistants refluaient vers la sortie après avoir offert à la comtesse des condoléances d'autant plus volubiles qu'elles étaient dépourvues de conviction. Elle-même se retira en s'entretenant avec le prêtre qui venait d'officier et qui l'avait rejointe sous le vaste parapluie.

– Je me demande, fit Aldo, s'il y a ici une seule personne pour regretter Golozieny ?

– Nous avons peut-être parlé trop vite, murmura Schindler, tandis que tous trois sortaient du cimetière. Regardez la voiture arrêtée devant celle de la comtesse : c'est celle que nous avons arraisonnée l'autre nuit.

Deux personnes occupaient le véhicule : un chauffeur sur le siège et une femme sur la banquette arrière. Ils ne bougeaient pas, attendant sans doute que les assistants se dispersent.

– J'aimerais voir quelle tête elle a, dit Aldo. Rentrez sans moi, je vous rejoindrai !

Il s'esquiva discrètement et profita de la sortie du corbillard pour réintégrer le cimetière, se glissa au milieu des tombes en effectuant un mouvement tournant qui lui permit de revenir à l'abri d'un buisson qui foisonnait à la tête même de la sépulture. Et là, il attendit.

Pas très longtemps. Un quart d'heure peut-être s'écoula avant qu'un pas fît crisser le gravier : une femme s'avançait, un bouquet d'immortelles dans ses mains gantées. Elle portait un manteau de ragondin et, sur ses cheveux blonds coiffés avec art, un petit chapeau de velours brun qu'elle abritait à l'aide d'un charmant parapluie. Elle s'approcha de la tombe fraîche tandis qu'avec un salut les fossoyeurs, qui avaient achevé leur ouvrage, s'en allaient. Sans leur accorder un regard, elle fit un signe de croix et parut s'absorber dans sa prière.

D'où il était placé, Morosini la voyait assez bien pour ne plus douter un instant qu'elle eût un lien de famille avec Anielka et son père. Surtout avec ce dernier ! C'était la même coupe de visage un peu sévère, le même nez arrogant, les mêmes yeux pâles et froids. Elle n'était pas sans beauté, pourtant l'observateur se demanda comment on pouvait devenir l'amant d'une femme pareille !

Durant un moment, il ne se passa rien : la baronne priait. Puis, soudain, elle tourna la tête à droite, à gauche, sans doute pour s'assurer qu'elle était bien seule et que personne ne l'observait. Rassurée par la tranquillité du lieu où l'on n'entendait que le bruit du vent, elle plia le genou, déposa son bouquet et le manchon assorti à son manteau et se mit à fourrager sous les fleurs. Aldo, sans bouger, tendit le cou, se demandant ce qu'elle pouvait faire, ainsi agenouillée sur des cailloux mouillés. Elle eut un geste d'agacement : de toute évidence le parapluie la gênait, mais renoncer à son abri eût été fatal au tortillon de velours qu'elle avait sur la tête...

Elle prit un objet dans son manchon et le glissa sous les couronnes. Puis, son manchon d'une main, son parapluie de l'autre, elle se détourna pour se diriger vers la sortie du cimetière et rejoindre sa voiture.

Aldo n'avait toujours pas bougé. Aussi immobile que l'ange de pierre d'un tombeau voisin, il se laissa tremper jusqu'à ce que le bruit d'un moteur que l'on mettait en marche lui eût appris que la baronne partait.

Aussitôt, il quitta son abri et vint se placer à l'endroit exact où se trouvait la visiteuse. Comme elle, il regarda si personne n'était en vue, s'accroupit et commença à fouiller la terre sous les fleurs. Cette femme n'était pas venue pour prier ni pour rendre un hommage dérisoire à l'homme qui l'avait aimée mais bien pour déposer quelque chose. Et ce quelque chose, il le voulait.

Ce fut moins facile qu'il le croyait. La terre qui venait d'être rejetée était encore molle, mais la baronne avait dû enfoncer l'objet assez profondément. Il trouva quelques pierres sous ses doigts jusqu'à ce qu'enfin, son index accrochât quelque chose qui avait l'air d'un anneau. Tirant un bon coup, si énergiquement même qu'il faillit tomber à la renverse, il amena au jour un pistolet à répétition. La baronne était venue enfouir dans la tombe de l'homme assassiné l'arme qui avait servi à l'abattre.

Prenant son mouchoir, il en enveloppa sa trouvaille, qu'il fourra dans l'une de ses vastes poches, et prit sa course vers la route. La preuve qui faisait si cruellement défaut, il la sentait peser contre lui, et il en éprouvait de la joie. Les balles extraites par l'autopsie du corps d'Alexandre Golozieny n'avaient pu être tirées que par cet outil de mort.

La pensée que Schindler était peut-être déjà reparti pour Salzbourg lui traversa l'esprit et il se remit à courir. Grâce à Dieu, quand il arriva devant le poste de police, la voiture du haut fonctionnaire était encore là. Il se rua à l'intérieur, aperçut Schindler qui causait avec un collègue et fonça :

– Excusez-moi ! Est-ce qu'il y a ici un endroit où l'on peut parler tranquillement ?

Sans poser de question, le policier se contenta d'ouvrir une porte donnant sur un petit bureau :

– Venez par là !

Il regarda Morosini déballer sur le buvard taché d'un sous-main son paquet un peu boueux mais, quand il vit ce qu'il y avait dedans, ses yeux se rétrécirent.

– Où avez-vous trouvé ça ?

– La baronne m'en a fait cadeau sans même s'en douter...

Et de raconter ce qui venait de se passer au cimetière.

– Naturellement, bougonna Schindler, vous l'avez pris à pleine main ?

– Non. Je l'ai sorti par l'anneau de la détente et je l'ai mis dans mon mouchoir mais je serais étonné que vous trouviez des empreintes. Mme Hulenberg portait des gants pour effectuer son petit travail et la terre mouillée a dû effacer pas mal de traces, en admettant qu'on ne s'en soit pas occupé avant...

– On verra bien ! Il est certain que vous venez de nous rendre un grand service mais vous allez devoir paraître à l'enquête : vous êtes le seul à l'avoir vue enfouir cette arme...

– Vous voulez dire que ce sera sa parole contre la mienne ? Je n'y vois aucun inconvénient. En revanche, il y a une question que je me pose...

– Parions que je me la pose aussi ! Où ce pistolet a-t-il été caché après le meurtre du conseiller Golozieny ? Quand nous avons arrêté la voiture, nous l'avons passée au peigne fin et ce n'est pas un objet qui échappe à un peigne fin...

– Vous n'avez pas fouillé les occupants ?

– Le chauffeur si. Quant à la baronne elle nous a donné son manchon et son petit sac. Elle a même retiré son manteau de fourrure pour nous montrer qu'il était impossible de cacher ça sous la robe assez ajustée qu'elle portait.

– Pourtant, il devait être quelque part puisque ces gens ne s'attendaient pas à rencontrer la police ? Ou alors Solmanski l'a gardé sur lui et cela signifie qu'il a eu, sous votre nez, un contact quelconque avec sa sœur...

La figure pleine et ronde de l'Autrichien eut l'air de se chiffonner tout à coup. Il n'avait pas aimé le « sous votre nez » de Morosini :

– Il y a encore une solution, grogna-t-il et c'est celle qu'emploiera l'avocat de la baronne : pourquoi donc l'arme n'aurait-elle pas été en votre possession ? Comme vous l'avez dit fort justement, ce sera sa parole contre la vôtre. Et vous êtes étranger !

– Et elle ne l'est pas peut-être ?

– Elle est polonaise et une partie de la Pologne appartenait à l'empire d'Autriche.

Aldo sentit la colère le gagner :

– Et vous croyez qu'ils vous en sont reconnaissants, à Varsovie ? Pas plus que nous autres, les Vénitiens, que vous avez occupés au mépris de tous droits ! J'ai même pu apprécier votre hospitalité carcérale pendant la guerre. Alors nous devrions faire jeu égal. D'autant que le véritable nom de son frère est Ortschakoff et qu'il est russe. J'ai bien l'honneur de vous saluer, Herr Polizeidirektor !

Il empoigna son chapeau qu'il avait posé sur une

chaise en entrant, s'en coiffa d'un geste énergique et s'élança vers la porte, qu'il ouvrit mais, avant de sortir, il se ravisa :

– Ne perdez pas de vue que j'étais dans la voiture de Mme von Adlerstein tandis que l'on abattait son cousin et qu'elle s'en portera garante ! Et puis, un conseil : si vous écrivez au superintendant Warren demandez-lui donc quelques petits tuyaux sur l'art de mener une enquête ! Vous avez tout à y gagner !

– Tu n'aurais jamais dû lui dire ça ! fit Adalbert quand il le retrouva à l'hôtel. Il ne nous aime déjà pas beaucoup et si nous n'avions nos grandes entrées à Rudolfskrone, nous aurions peut-être même eu quelques ennuis...

– ... manquerait plus que ça ! mâchonna Morosini. Écoute, mon bonhomme, tu feras ce que tu voudras mais moi je réponds aux questions du juge d'instruction ou quel que soit le nom dont on les appelle ici, je fais mes adieux à ces dames et je rentre à Venise ! De là, j'essaierai d'accrocher Simon !

– Oh, je n'ai pas non plus l'intention de m'éterniser ! Il fait trop mauvais ici. Mais pour ce qui est de nos châtelaines, ce n'est pas nous qui leur dirons au revoir les premiers. J'ai là une invitation à dîner pour demain soir, ajouta-t-il en tirant de sa poche un élégant carton gravé. Comme tu peux le voir, c'est quelque chose de presque officiel... et en grande tenue ! Il y a aussi un petit mot moins empesé qui nous apprend que ces dames, sur les instances de la « princesse », ont décidé de rentrer à Vienne !

– Sur les instances d'Elsa ? Seigneur ! gémit Morosini, je lui ai dit que je devais retourner dans la capitale pour un complément de traitement ! Dix contre un qu'elle va me demander de partir avec elle !

– Là, je crois que tu te trompes et que, bien au contraire, la comtesse souhaite te ménager une porte de sortie. Sinon pourquoi ce dîner d'apparat ?

– Je te rappelle qu'Elsa parlait, elle, de repas de fiançailles ? Et je ne veux pas me fiancer ! Elle a mon âge, Elsa, ou presque, et si touchante qu'elle soit, je ne veux pas l'épouser. Quand je me marierai ce sera pour avoir des enfants !

– Tu épouseras un ventre comme disait Napoléon ? Comme c'est romantique et agréable à entendre pour une femme éprise ! fit Adalbert narquois. Mais moi je crois que tu n'as rien à craindre. C'est un certain Franz Rudiger qu'elle veut et tu ne vas pas changer de nom ?... D'ailleurs je vais monter toucher un mot de tout ça à Lisa, voir quelle conduite nous devrons tenir et...

– Tu n'iras nulle part ! Il y a le téléphone, non ? C'est beaucoup plus commode ! Surtout quand il pleut !

Le sourire d'Adalbert s'élargit devant la mine orageuse de son ami.

– Pourquoi ne veux-tu pas que j'y aille ? On dirait que ça t'ennuie ?

– Non, mais si Lisa a quelque chose à nous dire, elle saura bien nous le faire savoir !

Adalbert ouvrit la bouche pour répliquer puis la referma. Il commençait à connaître les humeurs noires de son ami. Dans ces moments-là, il était tout aussi imprudent d'aller caresser un tigre à rebrousse-poil. Et jugeant préférable de vider les lieux, il dit :

– Je vais prendre un chocolat chez Zauner. Tu viens avec moi ?

Il sortit sans attendre une réponse qu'il connaissait déjà.

CHAPITRE 11

LE DÎNER D'OMBRES

La sortie brutale de Morosini fut-elle efficace ou bien le directeur de la police de Salzbourg était-il plus déterminé qu'il n'en donnait l'impression, toujours est-il que, le soir même, on arrêtait la baronne Hulenberg et son chauffeur. Après le départ du prince, Schindler s'était rendu chez elle avec un mandat de perquisition : on avait retrouvé sans peine la paire de gants mouillés et souillés de terre que l'on n'avait pas encore songé à nettoyer, et l'on s'était aperçu que le chauffeur cachait sous une fausse identité un ancien repris de justice. Aldo fut convoqué pour faire la déposition officielle que son coup de colère n'avait pas permise. Comme il n'aimait pas blesser les gens, il s'en excusa et félicita le policier.

– J'espère, ajouta-t-il, que vous retrouverez bientôt le frère. C'est lui le plus dangereux et, surtout, c'est lui qui a les bijoux...

– J'ai bien peur qu'il ne soit déjà passé en Allemagne ! La frontière est si proche de Salzbourg ! Tout ce que nous pouvons faire, c'est lancer un mandat d'arrêt international mais sans grand espoir d'aboutir à quelque chose étant donné l'état d'anarchie qui règne dans la République de Weimar.

– Il n'est pas certain qu'il y reste et, dans les pays de l'Ouest, la police est efficace.

– Surtout en Angleterre, fit Schindler mi-figue mi-raisin. Et on sépara sur cette flèche du Parthe...

La journée du lendemain parut d'autant plus longue que rien ne vint sinon, au courrier, une lettre de Venise qui laissa Morosini perplexe et inquiet.

Ce n'étaient pourtant que quelques lignes sous la plume de Guy Buteau lui demandant s'il pensait s'attarder encore longtemps en Autriche. La santé de la maisonnée était excellente, cependant tous souhaitaient que le retour du maître ne soit pas reporté aux calendes grecques. Et c'est ce côté anodin qui troubla Aldo. Il connaissait trop bien son fondé de pouvoir ! Guy n'avait pas l'habitude de lui écrire des fadaises. Sous les phrases conventionnelles, Aldo croyait deviner une sorte d'appel au secours.

– J'ai l'impression qu'il se passe quelque chose chez moi et que Buteau n'ose pas me le dire, confia-t-il à Adalbert.

– C'est possible mais, de toute façon, tu comptais repartir prochainement ?

– Dans deux ou trois jours. Après la soirée de demain, je n'aurai plus rien à faire ici...

– À merveille ! Annonce chez toi que tu rentres !...

– Je vais faire mieux : je vais téléphoner !

Il fallait compter un minimum de trois heures d'attente pour Venise et il était déjà cinq heures du soir. Devant l'énervement visible de son ami, Vidal-Pellicorne proposa sa panacée personnelle : aller manger quelques gâteaux et boire un chocolat chez Zauner. Le temps était toujours aussi affreux mais l'hôtel n'en était pas loin.

– Rien de tel que quelques douceurs pour rendre la vie plus confortable, plaida l'archéologue qui était gourmand comme une poêle à frire. Et c'est bien meilleur que l'alcool...

– Comme si tu n'aimais pas ça aussi ! Tu ferais beaucoup mieux de me dire que tu en as un peu assez de la cuisine du Kaiserin Elisabeth ! Tu n'auras plus faim pour dîner.

– Eh bien, on se contentera de grignoter et on passera la soirée au bar. Si ça ne te dit rien, reste ici. Moi j'y vais ! Ce Zauner est le Mozart de la crème fouettée.

Comme d'habitude, il y avait foule dans la célèbre pâtisserie-salon de thé mais on finit par trouver, dans le fond de la salle, un petit guéridon rond et deux chaises. On trouva aussi Fritz von Apfelgrüne...

Assis dans un coin, entre un panneau de verre gravé et trois dames rebondies qui, sans cesser de parler, faisaient disparaître une invraisemblable quantité de gâteaux, le jeune homme égratignait d'une cuillère mélancolique une tulipe de chocolat liégeois. Les coudes sur la table, la tête rentrée dans les épaules, il offrait une image misérable et les deux arrivants s'en émurent. Tandis qu'Aldo gardait la table, Adalbert alla vers lui. Il leva des yeux découragés sur l'archéologue et celui-ci put même voir des traces de larmes :

– Qu'est-ce qui se passe, Fritz ? Vous n'avez pas l'air bien du tout.

– Oh... je suis désespéré ! Asseyez-vous !

– Merci mais je suis venu vous chercher. Venez avec nous ! On pourra peut-être vous aider ?

Sans répondre, Fritz prit sa glace et se laissa enlever tandis que Vidal-Pellicorne indiquait à la serveuse en tablier de mousseline où il l'emmenait et qu'Aldo cherchait une troisième chaise.

– Vous devriez prendre un bon café, conseilla celui-ci quand ils s'installèrent. On dirait que vous en avez besoin !

Fritz lui adressa un regard d'épagneul battu :

– J'en ai déjà bu deux... avec une demi-douzaine de gâteaux. Maintenant j'aborde les glaces.

– Vous cherchez quoi ? À vous suicider par indigestion ? On y arrive peut-être mais ça doit être long et plutôt désagréable.

– Vous me conseillez quoi alors ? Le revolver ?

– Je ne vous conseille rien du tout ! Qu'est-ce qui vous prend ? Jusqu'à présent, vous étiez le rayon de soleil de la maison !

– C'est bien fini ! J'ai compris que Lisa ne m'aime pas, qu'elle ne m'aimera jamais... et peut-être même qu'elle me déteste !

– Elle vous l'a dit ? demanda Adalbert.

– Non, mais elle me l'a fait comprendre. Je l'énerve, je l'agace. Dès que j'entre dans une pièce où elle se trouve, elle s'en va... Et puis il y a l'autre !

– Quelle autre ?

– Cette Elsa sortie on ne sait d'où et que vous avez sauvée. Moi je n'avais jamais entendu seulement parler d'elle et maintenant elle règne sur la maison. On la traite en princesse. Elle accepte tout ça comme un dû et moi elle me déteste. Pourtant je suis toujours courtois avec elle.

– Vous devez vous tromper : elle n'a aucune raison de vous détester ? N'avez-vous pas pris votre part, la nuit où elle a été sauvée ?

– Oh, elle ne doit même pas s'en douter ! Elle a plutôt tendance à me considérer comme un meuble encombrant et, pas plus tard que ce matin, elle m'a demandé si ma seule occupation dans la vie était d'accabler Lisa d'un amour dont elle n'avait que faire. Elle a dit aussi que je ferais mieux de m'en aller avant qu'on me dise clairement que j'étais de trop...

– Lisa et votre grand-tante sont d'accord avec elle ?

– Je ne sais pas. Elles n'étaient pas là, mais je ne vois pas pourquoi elles ne le seraient pas : elles sont toujours ensemble et, quand j'arrive, on me traite comme si j'étais le petit garçon qui a échappé à sa gouvernante. C'est tout juste si l'on ne me dit pas d'aller jouer ailleurs !

– Trois femmes réunies, vous savez ! Elles doivent avoir des tas de choses à se dire, fit Aldo. C'est normal que vous vous sentiez un peu perdu !

– Pas à ce point-là ! Elles pourraient au moins me laisser les accompagner quand elles vont en promenade.

– En promenade ? Par ce temps ?

– Oh, ça n'arrête pas Elsa ! Elle veut sortir à tout prix, faire de longues balades à pied. Ça l'a prise d'un seul coup : elle dit que c'est indispensable pour sa santé, pour rester mince, mais elle exige que Lisa la suive. Hier après le cimetière, elles sont allées jusqu'à la cascade de Hohenzollern. Lisa était fatiguée mais pas Elsa. Elle a même voulu y retourner ce matin... et cet après-midi, elles sont parties je ne sais où. À pied ! Je pense qu'elle est un peu folle !

Aldo ne répondit rien, cette fois. Il pensait à cette autre femme un peu déséquilibrée que l'on appelait l'impératrice errante. Elle aussi tenait à accomplir de véritables performances à la marche, au point d'exténuer ses dames d'honneur.

– Est-ce qu'Elsa mange beaucoup ?

– C'est curieux que vous me posiez cette question ! Depuis qu'elle est au château elle n'avale presque rien. Ce qui tourmente beaucoup tante Vivi. Je l'ai même entendue dire à Lisa que, depuis son enlèvement cette femme n'était plus la même... Et quand elle n'est pas dehors, elle passe des heures tête à tête avec le buste de Sissi qui est dans le bureau de tante Vivi. C'est vrai d'ailleurs qu'elle lui ressemble. Est-ce que c'est ça qu'elle essaie d'accentuer ?

– Exactement ! approuva Morosini. Il faut espérer que cela passera quand elle sera à Vienne. L'impératrice n'aimait pas vivre dans la capitale et si Elsa s'obstine dans son nouveau comportement, il faudra l'installer ailleurs. Or, vous habitez Vienne, vous. Et Lisa ne passera pas sa vie à jouer les fidèles suivantes. Elle repartira...

– Moi aussi ! affirma Fritz. Je ne sais pas encore où mais je vais m'en aller.

– Pourquoi ne viendriez-vous pas avec moi à

Venise ? proposa Morosini avec gentillesse. Cela vous changerait les idées.

Ce fut magique. Le visage désolé du pauvre garçon s'illumina comme si un rayon de soleil venait de se poser dessus :

– Vous... vous m'emmèneriez ? Chez vous ?

– Chez moi. Vous verrez : c'est très distrayant et j'ai une excellente cuisinière... que Lisa connaît bien. Vous pourrez parler d'elle avec Cecina. Et puis vous parlerez français avec M. Buteau. Il a été jadis mon précepteur.

Il crut un instant que Fritz allait lui sauter au cou. Il se contenta de le remercier chaleureusement, acheva sa glace et prit congé. Il avait hâte de rentrer pour commencer ses préparatifs et répandre la bonne nouvelle. Adalbert le regarda voltiger à travers la salle pleine avec amusement :

– Tu joues les bons Samaritains maintenant ? Et avec un Autrichien ?

– Pourquoi pas ? Ce garçon n'est pas responsable de sa naissance et puis, si tu veux tout savoir, je le trouve plutôt amusant ! Surtout quand il parle français !

Après un dîner frugal – Adalbert s'était bourré de gâteaux jusqu'aux ouïes – on s'installa dans le bar pour y attendre la communication d'Aldo. À l'exception d'un couple âgé qui buvait des tisanes et d'un vieux monsieur à l'élégance surannée qui faisait disparaître derrière son journal déployé un nombre appréciable de petits verres de schnaps, plus, bien entendu, le barman, il n'y avait personne. Au bout de son deuxième cognac, Aldo commençait à perdre patience quand enfin on l'appela : il était neuf heures et demie mais on avait Venise !

À sa grande surprise, Aldo entendit au bout du fil la voix bougonne de Cecina. Il était inhabituel que la cuisinière répondît au téléphone – elle détestait cela ! L'abord fut d'ailleurs tout à fait conforme aux réactions de Cecina quand elle était de mauvaise humeur :

– Ah, c'est toi ? fit-elle sans manifester le moindre plaisir. Tu ne pourrais pas téléphoner plus tôt ?

– Ce n'est pas moi qui règle les communications internationales. Où sont les autres ?

– M. Buteau dîne chez Me Massaria. Mon vieux Zaccaria est couché avec la grippe. Quant au jeune Pisani, il court la prétentaine avec... « misse » Campbell ! Qu'est-ce que tu veux ?

– Savoir ce qui se passe. J'ai reçu de M. Buteau une lettre qui m'inquiète un peu.

– Il est temps que tu te décides à demander des nouvelles ! On ne peut pas dire que tu te sois beaucoup occupé de nous ces temps derniers ! Son Excellence disparaît et la maison pourrait brûler qu'il ne s'en soucierait pas plus que si c'était la niche du chien ! En plus...

Morosini savait que, s'il ne coupait pas court, il en aurait pour une heure de diatribe et une facture astronomique :

– Assez, Cecina ! D'abord, nous n'avons pas de chien et en plus je ne téléphone pas pour subir ta mauvaise humeur. Encore une fois, dis-moi s'il se passe quelque chose d'inhabituel ?

Le ricanement de Cecina lui vrilla les oreilles :

– Inhabituel ? Tu veux dire que, quand tu rentreras, ce sera pour recevoir ma démission ! Tu sais ce que je t'ai dit : c'est elle ou moi !

– Mais de qui parles-tu ?

– Bé, de la belle Anny ! Je ne sais pourquoi tu dépenses ton bon argent à l'installer chez la Moretti, elle est tout le temps fourrée ici. Je ne peux pas faire trois pas sans la trouver dans mes jupons et elle se mêle de tout ce qui ne la regarde pas.

– Mais qu'est-ce qu'elle fait là ?

– Tu le demanderas à ton secrétaire. Il en est coiffé ! Tu disais qu'on n'avait pas de chien ? Eh bien, on en a un maintenant : un toutou bien dressé qui mange dans la main de sa maîtresse et qui s'appelle Angelo !

– Sa maîtresse ? Il aurait osé...

– Je n'ai pas tenu la chandelle alors je ne sais pas s'il couche avec mais ça m'étonnerait pas à voir la façon dont il se comporte. Elle passe sa vie ici, je te dis ! Même que ça gêne beaucoup M. Buteau pour faire régner la discipline en ton absence...

– Rassure-toi, je rentre dans deux ou trois jours et je mettrai bon ordre à tout cela ! Il n'y a pas eu de visites suspectes ? ajouta-t-il en pensant aux craintes exprimées par Anielka au sujet des révolutionnaires polonais.

– Si tu veux dire des bandits avec des escopettes et des couteaux entre les dents, non, on n'a pas eu ça !

– Bon. Alors écoute bien ! Je n'ai pas téléphoné et tu ne sais pas que je rentre ? Compris ?

– Tu veux leur faire une surprise ? Tu auras du mal.

– Pourquoi ?

– Parce que ton secrétaire paie un gamin pour aller à chaque arrivée des grands trains.

– Tiens donc ? Amoureux mais prudent ? Rassure-toi, je rentre en voiture. J'ai acheté une petite Fiat et je la laisserai à Mestre chez Olivetti... Va rejoindre ton mari, Cecina, et dors bien !

L'idée de regagner Venise en automobile lui était venue spontanément. Ce serait aussi plus simple, puisqu'il pensait emmener Fritz. Quant au reste, Aldo n'aimait pas du tout la conduite d'Anielka. Et pas davantage celle de ce jeune imbécile qui s'était laissé prendre dans ses filets.

– Nous partirons après-demain ! conclut-il après avoir mis Adalbert au courant. Je commence à trouver bizarre l'attitude d'Anielka. Elle arrive en suppliant qu'on la cache, qu'on la sauve de ses ennemis, je la mets à l'abri et elle n'a rien de plus pressé que faire de l'occupation chez moi !

– Il fut un temps où ça t'aurait fait plutôt plaisir ?

– Oui, mais ce temps-là n'est plus. Il y a trop d'ombres, trop de non-dit, trop d'obscurités sur cette créature si lumineuse en apparence ! Trop d'amants, surtout, j'en ai peur et je ne suis même pas certain d'éprouver encore pour elle de la sympathie.

– Je suppose qu'elle t'imagine toujours follement amoureux d'elle et je te rappelle qu'en s'installant chez toi elle s'est présentée comme ta fiancée.

– Je lui ai très vite ôté cette idée de la tête...

– Que tu crois ! Je jurerais qu'elle n'a pas renoncé à devenir princesse Morosini.

– En couchant avec mon secrétaire ? Ce n'est pas le bon moyen.

– Ce n'est qu'une supposition gratuite ! Je croirais plutôt qu'elle essaie d'inscrire, dans ton paysage personnel, son image... à titre indélébile. Tu auras du mal à t'en débarrasser...

– À moins que je ne réussisse à faire arrêter son père ou, mieux encore, à l'abattre !

Vidal-Pellicorne considéra un instant sans rien dire le visage crispé de son ami, les traits énergiques encore durcis par la colère, la longue silhouette nonchalante, le regard bleu pétillant si souvent d'humour ou d'ironie. Même avec une différence de vingt ans, pensa-t-il, ce ne devait pas être facile de renoncer à un tel homme ? Et grand seigneur pardessus le marché !

– Ne t'y fie pas ! finit-il par soupirer. Même avec Chimène, ça n'a pas marché.

Toutes ses fenêtres éclairées intérieurement par une forêt de chandelles – l'électricité semblait bannie ce soir – Rudolfskrone brillait dans la nuit de novembre comme un reliquaire au fond d'une crypte. Il semblait prêt à accueillir l'une de ces fêtes nocturnes, douces et raffinées, telles que les aimaient les siècles passés. Pourtant, quand à huit heures juste, la petite Amilcar rouge déposa ses occupants, il n'y avait aucune autre voiture en vue.

– Tu crois que nous sommes les seuls invités ? fit Adalbert quand le moteur arrêté leur permit d'entendre l'écho de violons jouant une valse de Lanner.

– Je l'espère ! Si cette comédie de fiançailles doit continuer, je préfère qu'elle ait le moins de témoins possible...

Un valet en livrée amarante ouvrit la portière tandis qu'un autre, armé d'un chandelier d'argent, s'apprêtait à précéder les invités dans le grand escalier :

– Mme la comtesse attend ces messieurs dans le salon des muses, leur confia ce dernier.

On avait dû, pour cette soirée, razzier toutes les fleurs de la région. Il y en avait partout et les deux hommes comprirent pourquoi ils avaient eu tellement de mal à dénicher la brassée de roses blanches dont ils s'étaient fait précéder dans l'après-midi. Elles montaient à l'assaut des grands candélabres de bronze chargés de bougies allumées, s'épanouissaient en corbeilles sur le palier et au bas de la rampe de marbre. Grâce à elles et aux petites flammes qui doraient toutes choses, le château baignait ce soir dans une atmosphère irréelle dont Aldo ne pouvait dire si elle lui était agréable ou non. Il pensait surtout qu'il allait devoir jouer ce rôle agaçant d'amoureux devant le public le plus difficile qui soit : les yeux de Lisa ! Ou il serait trop bon et elle mépriserait son talent, ou il serait mauvais et elle le jugerait ridicule.

– Fais une autre tête ! souffla Adalbert. Tu as l'air de monter à l'échafaud.

Le veinard qui pouvait s'abandonner au simple plaisir de passer un moment auprès de la femme qu'il aimait ! Car, pour Morosini, il ne faisait plus aucun doute que son ami s'était épris de Mlle Kledermann...

– C'est à peu près ça, marmonna-t-il.

Superbe en velours amarante soutaché de noir, Josef les accueillit en haut des marches pour les guider jusqu'au salon des muses mais, arrivé à la moitié du palier, il se retourna :

– Mon Dieu, j'allais oublier !... monsieur le prince, Mlle Lisa m'a recommandé de vous préparer à une surprise...

Il ne manquait plus que ça !

– Une surprise ? De quel ordre ?

– Je n'en sais rien, Excellence, mais je pense qu'elle doit être d'importance pour que l'on m'ait chargé de vous avertir.

– Merci, Josef !

Ni l'un ni l'autre ne remarqua une forme blanche qui écoutait, appuyée d'une main à la balustrade de l'étage supérieur...

Le salon des muses précédait la salle à manger. Des fresques dans le goût italien mais d'une facture honnête sans plus le décoraient, et elles ne retinrent pas l'attention de Morosini. Il la consacra tout entière à la vieille dame qui se tenait debout au milieu de la pièce, près d'une énorme potiche vert céladon posée à même le sol et d'où jaillissait un feu d'artifice de roses blanches.

– Elles sont superbes ! dit-elle en souriant et en offrant aux lèvres de Morosini sa belle main chargée de bagues.

Elle aussi l'était. Une fortune en diamants étincelait à ses oreilles, sur la dentelle noire de sa robe à col baleiné et, sur ses cheveux blancs coiffés en hauteur, un diadème fait de minces baguettes scintillantes mettait une auréole précieuse. Auprès de cette reine, Friedrich en habit et l'air très malheureux passait inaperçu...

Le regard d'Aldo cherchait Lisa. Le sourire de sa grand-mère se teinta d'une douce ironie.

– Elle est auprès de Son Altesse qu'elle aide à s'habiller.

Aldo fronça le sourcil tandis que ceux d'Adalbert se relevaient.

– Son Altesse ? émit celui-ci. Est-ce ainsi que nous devons l'appeler ?

– J'en ai peur. Mes chers amis, il me faut vous prévenir que, depuis son sauvetage, Elsa n'est plus la même. Il s'est passé quelque chose qui nous échappe et je pense, prince, que vous la trouverez différente de ce qu'elle était lors de votre entrevue...

– Est-ce à dire que je ne suis plus tenu de jouer le rôle que vous m'avez demandé ? demanda Morosini plein d'espoir.

– En vérité, je n'en sais rien ! murmura la vieille dame assombrie. Pas une fois elle n'a parlé de vous, elle ne vous a plus réclamé... En revanche, elle exige les égards, la déférence, les honneurs dus à une altesse et nous ne nous sentons pas le courage de les lui refuser. Après tout, elle devrait y avoir droit ! Je crois, ajouta-t-elle, en se tournant vers son petit-neveu, que Fritz vous en a déjà parlé ?

– En effet, dit Adalbert. Nous pensons l'un et l'autre qu'elle fait ce qu'en psychiatrie on appelle un transfert en s'efforçant de ressusciter son impériale grand-mère. Vous devriez peut-être demander une consultation au célèbre docteur Freud quand vous serez à Vienne ?

– Mais j'y songe... si toutefois nous arrivons à la lui présenter.

– Et c'est elle qui vous a demandé cette soirée en grand apparat ? dit Aldo.

– Oui. Étrange soirée, n'est-ce pas, où le faste d'une fête est déployé alors que nous serons six, mais elle espère la venue de ce qu'il faut bien appeler des ombres. Et le couvert est mis pour vingt personnes.

Fritz alors explosa. Jusque-là, il s'était contenté, après avoir serré la main des deux hommes, de tenir les yeux fichés en terre tout en s'efforçant de creuser un trou dans le tapis avec son talon :

– Pourquoi ne pas appeler les choses par leur nom. Elle est folle ! Et vous avez tort de vous prêter à ses manies, tante Vivi. Elles ne feront que croître et embellir !

– Un peu de calme, veux-tu ? Il s'agit d'un soir... un seul. Elle l'a d'ailleurs spécifié : un dîner d'adieux !

– À qui, à quoi ?

– Peut-être à Ischl. Elle a appris que nous partons demain. Peut-être à autre chose mais je ne me suis pas sentie le courage de le lui refuser et Lisa m'approuve.

– Oh, si Lisa approuve, alors...

Et Fritz parut se désintéresser de la question pour se consacrer à la coupe de champagne qu'un valet lui offrait sur un plateau. Il dut la reposer, car Josef ouvrit les portes du salon et annonça d'une voix forte :

– Son Altesse impériale !

Et Elsa apparut, toute de blanc vêtue. Un blanc

tirant un peu sur l'ivoire ; sa robe à traîne était de celles que l'on portait au début du siècle : satin et dentelle de Chantilly, relevée, drapée, retenue par quelques piquets de roses assorties. Le même tissu arachnéen retenait, sur la chevelure coiffée en hauteur avec deux anglaises glissant sur le long cou, un diadème d'opales et de diamants qui ne pouvait appartenir qu'à Mme von Adlerstein.

Les trois hommes s'inclinèrent, tandis que la comtesse plongeait dans une révérence qu'elle réussit à rendre parfaite en dépit de sa jambe malade mais, en se redressant, Aldo et Adalbert sentirent le souffle leur manquer : au creux du profond décolleté de la princesse, nichée dans le satin bouillonné à l'endroit où elle la portait à l'Opéra, l'aigle de diamants au corps d'opale brillait avec insolence...

Le regard de Morosini chercha celui de Lisa qui venait à trois pas derrière. Elle lui répondit d'un haussement de sourcils : c'était cela, bien entendu, la surprise annoncée. Il faut avouer qu'elle était de taille ! Pourtant, si stupéfait qu'il fût, Aldo n'en remarqua pas moins combien Lisa était charmante dans une robe à l'ancienne mode, en tulle vert amande, qui rendait pleine justice à son cou gracieux, à ses jolies épaules et à une gorge que, jeune homme, Aldo eût qualifiée d'intéressante.

Tenant en main un éventail assorti à sa robe et où était fixée la rose d'argent, Elsa vint droit à la comtesse qu'elle aida à se relever :

– Pas vous, ma bonne ! protesta-t-elle gentiment. Puis, se tournant vers les trois hommes qui attendaient sur une seule ligne, elle tendit ses deux mains à Morosini :

– Cher Franz ! J'ai attendu cette soirée avec tant d'impatience ! Elle doit être celle où tout recommence, n'est-ce pas ?

Le faible espoir que le pseudo-Rudiger avait entretenu s'évanouit. Même en figurant un autre personnage, Elsa continuait à voir en lui son fiancé perdu. Il s'inclina néanmoins sur la main gantée en murmurant qu'il en était infiniment heureux, plus quelques autres fadaises qui lui semblaient convenir au personnage.

Mais elle ne l'écoutait pas, réservant à présent toute son attention à Adalbert. Cela permit à Aldo de la regarder plus attentivement. Le profil qu'elle lui offrait était à ce point semblable à celui du buste, dans le petit salon, qu'il en fut impressionné ; pourtant certains détails annonçaient qu'il ne s'agissait pas du modèle : la coupe de la paupière, un pli de la bouche. Sans la blessure qui marquait l'autre côté du visage, cette femme eût pu soulever les enthousiasmes, faire croire à une miraculeuse résurrection, causer des troubles peut-être. Les dentelles dont elle s'entourait la tête en public n'étaient pas seulement un abri pour sa coquetterie atteinte, elles étaient nécessaires dans un pays où les imaginations ne demandaient qu'à prendre feu dès qu'il s'agissait d'un membre de l'ancienne famille impériale... Restait à éclaircir l'histoire de l'aigle à l'opale !

Aldo s'approcha de Lisa qui caressait d'un doigt l'une des roses de l'énorme bouquet et se trouvait un peu à l'écart d'Elsa :

– Comment avez-vous fait pour trouver ces merveilles ? demanda-t-elle avec un sourire.

– Ravi qu'elles vous plaisent mais ce n'est pas ça qui m'intéresse. Je croyais que les bijoux s'étaient envolés avec Solmanski. En avez-vous extrait l'opale avant de les laisser partir ?

– Je ne les ai pas eus entre les mains et je n'ai pas demandé à les voir. En fait, c'est Elsa elle-même qui s'en était emparée, bien avant d'être enlevée. Dès son retour de Vienne, elle s'est mise en tête que, si elle gardait l'opale de l'impératrice sur elle, il ne lui arriverait plus rien de douloureux.

– Elle a obtenu qu'on la lui laisse ?

– Non parce que ses malheureux gardiens se méfiaient un peu de son esprit instable. Ils avaient aménagé une cachette dans une poutre de la salle mais Elsa les a observés et, quand elle s'est trouvée seule, elle est allée reprendre le bijou qu'elle a tenu caché sur elle jusqu'à ce soir. Elle est très contente d'avoir joué un bon tour à tout le monde...

– Un bon tour ? J'en suis moins sûr ! Que va faire Solmanski, selon vous, quand il s'apercevra qu'il n'a pas l'opale ?

– Il se contentera du reste du trésor. Il y a des perles sublimes et un certain nombre d'autres pièces magnifiques...

– Moi, je vous dis que c'est l'opale qu'il veut et pour des raisons que je vous ai expliquées.

– J'entends bien, mais il peut difficilement revenir sur ses pas. La police se ferait un plaisir de le cueillir.

– Oui, mais vous partez demain. Soyez certaine que ce suppôt de Satan l'apprendra et que tout sera à recommencer...

D'un geste vif, Lisa cueillit une rose pour la porter à ses lèvres. Ses yeux mi-clos laissèrent filtrer un regard moqueur :

– Et naturellement vous avez une solution ?

– Moi ? Et laquelle, mon Dieu ?

– Oh, c'est fort simple : vous remettre l'opale ! N'est-ce pas pour elle, et pour elle seule, que vous êtes venus jusqu'ici, vous et Adalbert ?

– Me croyez-vous assez vil pour arracher à une pauvre folle ce qu'elle considère comme son talisman ? Encore que ce serait la meilleure solution. Elsa, qui a tout perdu, aurait de quoi vivre et surtout, en cas de visite déplaisante, il n'y aurait plus qu'à détourner le danger sur l'acheteur c'est-à-dire moi, mais si...

– Son Altesse impériale est servie !

Clamée depuis le seuil de la salle à manger par l'organe vigoureux de Josef, l'annonce coupa net la phrase d'Aldo qui hésita un instant sur la conduite à tenir dans l'immédiat, vit qu'Elsa se dirigeait seule dans sa grandeur vers les doubles portes ouvertes, et alla offrir son bras à Mme von Adlerstein qui le remercia d'un sourire tandis qu'Adalbert soufflait, de justesse, la main de Lisa sous le nez de Fritz qui dut se résoudre à fermer la marche.

Et ce fut le dîner le plus incroyable, le plus délirant, le plus angoissant aussi qu'eût jamais vécu Morosini. La table somptueuse – vaisselle de vermeil, cristaux de Bohême ordonnés sur une nappe de dentelle autour d'un fouillis de lis, de roses et de hautes chandelles nacrées dans des candélabres de cristal taillé ! – était mise pour une vingtaine de personnes et comme aucune autre lumière n'éclairait la vaste pièce tendue de tapisseries à personnages, ce couvert fastueux baignait dans une atmosphère étrange. À chaque bout de la table était placé un fauteuil à haut dossier : ceux du maître et de la maîtresse de maison, mais Elsa, sans hésiter alla prendre place dans le premier que, d'ailleurs, Josef écartait pour elle. Aldo se pencha pour murmurer à la comtesse :

– Où dois-je vous conduire, madame ?

– En vérité, je n'en sais rien, chuchota-t-elle. C'est Elsa qui a tenu à tout régler ici ce soir. Je voulais vraiment lui faire plaisir mais je commence à me demander si je n'ai pas eu tort...

L'incertitude ne dura guère : la vieille dame fut gracieusement invitée à s'asseoir à la droite de la princesse. Supposant qu'il devait, selon les rites de la société, prendre place à son côté, Aldo s'y préparait quand la voix d'Elsa s'éleva :

– Un instant, s'il vous plaît ! Ce siège ne vous est pas destiné. Puis, plus doucement parce que le ton employé était sec, elle ajouta : Voyons, cher, c'est il me semble tout à fait naturel que vous preniez place en face de moi. Cette fête n'est-elle pas la nôtre ? Nous devons la présider ensemble...

De nouveau, il s'inclina et gagna l'autre extrémité de la table où un valet l'attendait déjà. Il pensait que les quatre autres convives allaient être répartis entre les deux pôles de la table mais il n'en fut rien : Elsa fit asseoir Lisa à sa gauche, puis Adalbert et, de l'autre côté, le jeune Apfelgrüne plus renfrogné que jamais s'installa auprès de sa grand-tante. Morosini resta dans sa superbe solitude, séparé des autres par une dizaine de chaises vides et la curieuse impression, tout à coup, de se trouver en face d'une espèce de tribunal. Sans les fleurs et les petites flammes dansantes qui surchargeaient la table, l'effet eût été saisissant mais il n'était pas homme à se laisser troubler par un caprice de femme et, comme si c'eût été la chose la plus naturelle du monde, il déplia sa serviette et l'installa sur ses genoux. Là-bas, à l'autre bout, personne n'osait le regarder et, si la comtesse tenta d'émettre une légère protestation, elle fut très vite priée de s'en tenir là.

Le repas débuta dans un silence pesant. Quelque part dans la maison, des violons jouaient du Mozart en sourdine. En dépit de son envie de fuir cette assemblée fantômale, Aldo s'obligeait à garder son calme. Il sentait qu'il allait se passer quelque chose, mais quoi ? Là-bas, au bout de l'interminable chemin fleuri, Elsa dégustait son potage avec une lenteur extrême, la tête droite et les yeux dans le vague. De temps en temps, elle souriait, s'inclinait un peu vers la droite ou vers la gauche, s'adressant à l'une des chaises vides comme si elle y voyait quelqu'un. Autour d'eux, le ballet feutré des valets déroulait son rite...

On servait le second plat qui était une carpe à la hongroise quand, soudain, retentit le bruit métallique d'un couvert reposé sur l'assiette. La voix de Lisa s'éleva, tendue, nerveuse, à la limite du cri :

– C'est intolérable ! À quoi rime ce repas sinistre ? N'avons-nous rien à nous dire ?

– Lisa, je t'en prie ! murmura sa grand-mère. Il

ne sied pas que nous parlions quand Son Altesse ne le souhaite pas...

Mais Fritz faisait déjà chorus :

– Elle a raison, tante Vivi ! C'est ridicule cette comédie qu'on nous fait jouer ! Tout comme l'idée envoyer Morosini s'ennuyer tout seul au bout de la table comme s'il était puni. Venez près de nous, mon vieux, et tâchons au moins de souper agréablement.

Elsa se leva d'un jet, écrasant le malheureux sous un mépris royal :

– Que vous soyez un rustre n'est pas une nouvelle pour moi. Quant à cet homme dont je ne doute pas un instant qu'il ne soit votre ami, sachez que je l'ai placé là afin de voir jusqu'où il pousserait l'effronterie... jusqu'où il mènerait son odieuse imposture !

Aussitôt Aldo fut debout. En quelques enjambées, il parcourut la vaste salle et s'arrêta devant celle qui l'attaquait ainsi. Son visage demeurait impassible mais la colère faisait étinceler ses yeux devenus verts :

– Je ne suis, madame, ni un rustre, ni un effronté, ni un imposteur...

– Ah non ? Vous allez peut-être soutenir encore que vous êtes Franz Rudiger ?

– Je ne l'ai jamais soutenu, madame...

– Dites Votre Altesse Impériale !

– Si vous y tenez ! Sachez donc, Altesse Impériale, que c'est vous, et vous seule, qui vous êtes obstinée à voir en moi celui que vous regrettez ! J'aurais dû peut-être vous détromper mais vous veniez de subir une si cruelle épreuve que j'ai eu peur pour vous d'un nouveau choc.

– Et c'est nous, Elsa, qui l'avons prié de continuer, jusqu'à ce que vous alliez mieux, à jouer ce rôle ! Oh, ma chère petite, vous étiez dans un tel état, plaida la comtesse. Vous nous avez fait si peur et, en outre, la seule idée à laquelle vous vous accrochiez était celle, merveilleuse, d'avoir été sauvée par celui que vous aimez. Vous étiez sûre de l'avoir reconnu, vous avez voulu le voir, lui parler, et là encore vous étiez certaine que c'était Franz... Cela nous désolait mais comment vous ôter cette illusion sans vous blesser ? Vous le disiez même plus beau qu'avant.

– Dites tout de suite que je suis folle ?

– Non, dit doucement Lisa, mais il y a tant d'années que vous n'avez vu Rudiger ! Et vous n'en possédiez aucun portrait. Je pense que, sans vous en rendre compte, vous avez un peu oublié son visage.

– Il était inoubliable !

– On dit toujours ça et cependant vous vous êtes trompée. Quand vous êtes-vous aperçue de votre erreur ?

La voix chaleureuse de la jeune fille semblait agir comme un baume apaisant. Elsa la regarda et ses yeux perdirent leur expression égarée.

– Tout à l'heure, dit-elle. Quand nos invités sont arrivés, j'étais sur le balcon de l'escalier... Je... je voulais être la première à l'apercevoir... Et puis, j'ai entendu votre Josef appeler cet homme « monsieur le prince » et « Excellence ». Alors j'ai compris que l'on me jouait, que les ennemis de ma famille qui me poursuivent avaient trouvé un moyen d'introduire auprès de moi un être néfaste, chargé de s'emparer de mon esprit et de...

– N'exagérons rien, explosa Vidal-Pellicorne. Sauf le respect que je dois à Votre Altesse, il vous a sauvée au risque d'y laisser sa propre vie !

– En êtes-vous sûr ? Enfin, je veux bien vous croire...

C'était plus qu'Aldo n'en pouvait supporter :

– Chère comtesse, dit-il en s'inclinant devant son hôtesse, je crois que j'en ai assez entendu pour ce soir. Permettez-moi de me retirer.

Il n'eut pas le temps d'achever sa phrase : Elsa venait de frapper la table d'un coup d'éventail si violent qu'il se brisa.

– Il n'est pas question que vous partiez sans en avoir reçu permission ! Et j'ai des questions à vous poser : la première est : « Qui êtes-vous ? »

– Souffrez que je m'en charge, coupa Lisa qui poursuivit d'un ton solennel, destiné à frapper l'esprit incertain d'Elsa. C'est à moi, en effet, que revient l'honneur de présenter à Votre Altesse Impériale le prince Aldo Morosini, appartenant à l'une des douze familles patriciennes qui furent à l'origine de Venise et descendant de plusieurs de ses doges. J'ajoute qu'il est un homme de courage et de loyauté... sans doute le meilleur ami que l'on puisse avoir.

– C'est mot pour mot ce que je pense, appuya Adalbert, mais ce concert de témoignages ne semblait pas réussir à percer l'armure de défiance de la princesse dont le regard, troublé de nouveau, semblait contempler une scène invisible dans les profondeurs de la pièce.

– Venise nous hait !... Elle a osé hurler, injurier l'empereur et l'impératrice, ma chère aïeule...

– Il n'y a jamais eu de huées ni d'injures, rectifia Aldo. Rien que le silence. J'admets qu'il soit terrible, le silence d'un peuple. Les mots que l'on ne prononce pas, les cris qui ne sortent pas résonnent dans l'imagination de qui en est l'objet mais l'oppression n'a jamais été le bon moyen de se faire des amis... Mon grand-oncle a été fusillé par les Autrichiens et je n'ai pas d'excuses à offrir !

Curieusement, Elsa ne répliqua rien. Ses yeux revinrent se poser sur l'homme qui osait lui tenir tête, s'y attachèrent un moment puis se baissèrent :

– Offrez-moi votre bras, murmura-t-elle, et retournons au salon. Il faut que nous parlions... Restez, vous autres ! ajouta-t-elle. Je veux être seule avec lui... Ah !... Et puis, faites taire ces violons !

Ils sortirent avec une grande majesté mais, comme dans toute situation dramatique se glisse souvent un élément burlesque, Aldo, en quittant la salle à manger, entendit Fritz toujours aussi proche des réalités terrestres bougonner :

– La carpe froide ne vaut rien. Vous ne pourriez pas demander qu'on la réchauffe, tante Vivi ?...

Et se mordit les lèvres pour ne pas rire. C'était le genre de réflexion de nature à vous garder les pieds sur terre et, à tout prendre, c'était une bonne chose quand on se sentait basculer dans l'irrationnel.

Revenue dans la pièce que l'on avait quittée tout à l'heure, Elsa choisit de s'asseoir près du grand bouquet de roses blanches et passa sur leurs corolles une main légère et caressante :

– J'aurais aimé qu'elles soient pour moi, murmura-t-elle.

– La coutume veut que l'on offre des fleurs à la dame qui vous invite, dit Aldo avec douceur. Et je ne suis pas le seul envoyeur. Peut-être d'ailleurs, n'aurais-je pas osé...

Elsa jeta sur un petit guéridon l'éventail blessé dont la rose d'argent retenait seule les deux morceaux de la maîtresse-branche :

– Ce n'est pas vous, il est vrai, qui m'avez donné ceci. Pourtant, l'autre jour, vous avez... osé m'embrasser ?

– Pardonnez-moi, madame ! Vous me l'aviez demandé...

– Et il était essentiel, n'est-ce pas, de jouer votre rôle ? murmura-t-elle avec une amertume qui toucha Morosini :

– Je n'ai pas eu à me forcer. Souvenez-vous de ce que je vous ai dit et, sur mon honneur, je jure que j'étais sincère. Vous êtes très belle et surtout vous possédez le charme qui surpasse les plus rares beautés. C'est bien facile de vous aimer... Elsa.

– Mais vous ne m'aimez pas ?

Sans le regarder, elle tendit vers lui une main d'aveugle à la recherche d'un appui. Une main parfaite et si fragile qu'il la prit entre les siennes avec une infinie douceur...

– Qu'importe, puisque ce n'est pas à moi que vous avez donné votre cœur ?

– Certes, certes... mais il a peu de chance d'obtenir ma main. Mon père ni Leurs Majestés n'accepteront un roturier. Vous, vous êtes prince, m'a-t-on dit ?

Aldo comprit que ses fantasmes la reprenaient :

– Un tout petit prince, fit-il en souriant. Indigne d'une archiduchesse. Un ennemi, de surcroît, puisque je suis vénitien.

– Vous avez raison. C'est un grave empêchement... Lui, du moins, est bon Autrichien et fidèle serviteur de la Couronne. Peut-être mon aïeul consentira-t-il à l'anoblir ?

– Pourquoi pas ? Il faudra le lui demander...

Le terrain devenait tellement glissant qu'Aldo n'y avançait que pas à pas. Il souhaitait en finir avec cette scène hors du temps mais, d'autre part, il aurait voulu pouvoir aider cette femme attachante, fantasque et malheureuse autant peut-être que l'avait été celle dont elle s'efforçait de ressusciter l'image.

L'idée qu'on lui suggérait dut lui plaire car elle se mit à sourire à une vision qu'elle était seule à contempler :

– C'est cela !... Nous allons le lui demander ensemble !... S'il vous plaît, allez dire à Franz qu'il vienne me rejoindre !

– Ce serait avec joie, Votre Altesse, mais je ne sais où il est.

Elle tourna vers lui un regard qui ne le voyait pas...

– N'est-il pas encore arrivé ?... Oh, c'est surprenant ! Il est toujours d'une extrême exactitude. Voulez-vous voir s'il n'est pas dans l'antichambre ?

– Aux ordres de Votre Altesse !

Il sortit, en effet, fit quelques pas dans la galerie en réfléchissant puis revint dans le salon. Elsa s'était levée. Elle allait et venait sur le grand tapis fleuri en serrant ses mains sur sa poitrine. La traîne de sa robe l'accompagnait d'un bruissement soyeux.

Entendant rentrer Morosini, elle se retourna d'une pièce :

– Eh bien ?

– Il n'est pas encore arrivé, Votre Altesse... Un ennui mécanique peut-être ?

– Mécanique ? s'écria-t-elle d'un ton horrifié. Les chevaux ne sont pas des mécaniques et Franz ne saurait utiliser autre chose ! Lui et moi adorons les chevaux.

– J'aurais dû m'en souvenir. Veuillez me pardonner... Puis-je me permettre de conseiller à Votre Altesse de s'asseoir ? Elle se tourmente et se fait du mal.

– Qui ne se tourmenterait quand le fiancé est en retard au soir le plus important de sa vie ?... Que faire, mon Dieu, que faire ?

Son agitation allait croissant. Aldo comprit qu'il n'en viendrait pas à bout tout seul, qu'il fallait chercher de l'aide. Il prit fermement le bras d'Elsa pour l'obliger à s'asseoir :

– Calmez-vous, je vous en prie ! Je vais demander que l'on envoie à sa rencontre... Restez là, bien tranquille ! Surtout ne bougez pas !

Il la lâcha avec autant de précautions que s'il craignait de la voir s'écrouler puis, vivement relevé, il s'élança vers la salle à manger. Il n'y avait plus personne à table. Les valets avaient disparu. Seule Mme von Adlerstein était assise dans le haut fauteuil abandonné par Elsa. Auprès d'elle, Adalbert fumait comme une locomotive. Fritz, près d'une fenêtre, grignotait des pâtisseries posées sur une grande coupe. Quant à Lisa, elle marchait derrière le siège de sa grand-mère, les bras croisés, la tête penchée sur sa poitrine mais, en voyant entrer Aldo, elle courut vers lui :

– Eh bien ?... Où est-elle ?

– À côté mais, Lisa, je ne sais plus que faire... Allez la rejoindre !

– Dites-moi d'abord ce qui s'est passé.

Aussi fidèlement que possible, il raconta son étrange conversation avec Elsa :

– Je vous avoue que je me sens coupable, conclut-il. Je n'aurais jamais dû me prêter à cette comédie.

– Vous l'avez fait à notre demande, dit la comtesse. Et nous l'avons désiré parce que nous pensions qu'un peu de joie pourrait lui être bénéfique. Ensuite, vous vous éloigniez et cela me laissait le temps de la ramener à Vienne pour la faire examiner...

– Sans doute, mais maintenant elle mélange tout et elle attend Rudiger. Et elle se tourmente pour lui. Je viens de lui promettre d'aller à sa rencontre parce qu'elle craint un accident...

– Bien. J'en sais assez. J'y vais, dit Lisa, mais sa grand-mère la retint par le poignet :

– Non. Attends encore un instant ! Il faut réfléchir... Elle redoute un accident, dites-vous ? Et nous, nous savons qu'il est mort... Ne vaudrait-il pas mieux en finir et saisir l'occasion pour lui apprendre... qu'elle ne le reverra plus ?

– Ce n'est peut-être pas une mauvaise idée, fit Adalbert, mais il est préférable de ne pas se hâter... de laisser faire les heures, les jours. Il faut qu'Aldo disparaisse de son horizon. Elle en est à la confusion, puisqu'elle ne démêle plus très bien s'il est Rudiger ou s'il ne l'est pas ?

– Oh, je suis tout à fait d'accord ! dit l'intéressé. J'ai trop peur de commettre une erreur quelle que soit mon attitude !... Allez-y Lisa ! Il ne faut pas la laisser trop longtemps seule.

– Nous te suivons ! dit la vieille dame. Josef !

Le vieux majordome qui s'était tenu dans les lointains obscurs de la salle reparut dans le halo de lumière :

– Madame la comtesse ?

– Je ne crois pas que nous finirons ce repas ! Renvoyez tout le monde mais servez-nous le café chez moi. Peut-être avec le dessert pour faire plaisir à monsieur Fritz ?

À ce moment, on entendit la voix de Lisa qui appelait :

– Elsa !... Elsa, où êtes-vous !

Elle reparut pour annoncer que la princesse n'était plus là !

– Je monte à sa chambre ! ajouta-t-elle.

Mais la chambre était vide, comme l'étage, comme toutes les autres pièces de la maison... Chose plus curieuse encore, personne n'avait vu Son Altesse... Quelqu'un émit l'idée qu'elle se promenait peut-être dans le parc :

– Cela n'aurait rien d'extraordinaire, dit Lisa. Si on la laissait libre d'agir à sa guise, elle serait dehors jour et nuit...

À cet instant, le galop d'un cheval se fit entendre, s'éloignant rapidement. On se précipita aux écuries avec des lanternes et, en effet, l'une des portes était grande ouverte. Manquaient une jument et une selle d'amazone, ainsi que l'affirma le chef palefrenier accouru au bruit :

– J'ai eu juste le temps d'apercevoir un éclair blanc, comme une longue écharpe de brume qui fonçait vers les bois... dit cet homme.

– Mon Dieu ! gémit Lisa en resserrant autour de ses épaules nues la cape de loden qu'elle avait prise en passant par le vestiaire du personnel. Comment a-t-elle pu monter avec l'encombrement de cette robe de bal et par cette nuit froide ? Et où allait-elle ?

– Au-devant de Lui... dit Aldo en s'élançant vers les stalles. Rentrez, Lisa, nous allons essayer de la retrouver !

– Vous n'en ferez rien s'écria la jeune fille ! Où irez-vous, en pleine nuit et en habit alors que vous ne connaissez pas le pays, ni d'ailleurs nos chevaux... Oui, je sais, vous êtes un excellent cavalier mais je vous demande de rester ici ! Cela ne servirait à rien si vous vous rompiez le cou !... Appelez vos hommes, Werner, et dispersez-les dans la direction où vous avez vu l'éclair blanc. Prenez des lanternes pour essayer de suivre les traces... Monsieur Friedrich va se joindre à vous. Il connaît chaque pierre de cette région. Nous, nous allons rentrer et prévenir la gendarmerie. Il faut fouiller le nord d'Ischl...

– Mais ces bois vers lesquels on l'a vue partir, ils mènent où ? demanda Adalbert...

– Cela dépend ! La montagne... l'Attersee, le Traunsee. Partout des obstacles, partout des dangers et je crois qu'elle ne connaît pas le pays mieux que vous... ma pauvre, pauvre Elsa !

La voix de la jeune fille se fêla sur les derniers mots. Devinant qu'elle allait éclater en sanglots, Aldo tendit les mains vers elle mais, virant brusquement sur ses talons, Lisa s'enfuit en courant vers la maison.

– Laissons-la ! murmura Adalbert. Elle n'a besoin que de sa grand-mère... Allons plutôt prendre la voiture et essayons de jouer notre partie dans le concert délirant de cette nuit !

Sur les conseils de Josef qui les munit d'une carte routière ils remontèrent vers Weissenbach et Burgau, sur l'Attersee, s'arrêtant souvent pour écouter les bruits nocturnes. Il n'y avait pas de lune. Il faisait noir, froid et tous deux pensaient à la femme vêtue de satin et de fleurs qui galopait en aveugle à travers cette obscurité. Était-elle encore vivante ? Sa monture avait pu s'emballer, une branche basse la frapper. La nature si séduisante de ce coin d'Autriche constellé d'eaux jaillissantes et de grands lacs paisibles leur paraissait à présent menaçante, perfide, truffée de pièges dont beaucoup pouvaient être mortels.

– À quoi penses-tu ? demanda tout à coup Morosini après avoir allumé sa vingtième cigarette.

– J'essaie de ne pas penser...

– Pourquoi ? Tu as peur, n'est-ce pas, que la chevauchée d'Elsa soit une course à l'abîme ?

– Je n'en ai pas peur, j'en suis certain... Ça ne peut pas finir autrement.

– À cause de l'opale ? Tu crois, toi aussi, à son pouvoir maléfique ?

– On a bien été obligés de constater celui du

saphir et celui du diamant. Cette foutue pierre n'échappe pas à la règle. Seulement, cette fois, je me demande si notre quête ne va pas s'arrêter là. Admets qu'Elsa disparaisse ?

– Ne va pas lui prêter des pouvoirs surnaturels : même si elle en donne parfois l'impression ce n'est pas un fantôme. Alors essayons de raisonner avec réalisme ! Première hypothèse : elle a un accident et elle se tue. Je pense que nous réussirons à obtenir de la comtesse qu'elle nous vende un bijou qu'elle n'aura pas envie de garder. Et le plus tôt serait le mieux car il faut compter avec Solmanski. On pourrait le voir reparaître prochainement...

– Hm, hm ! grogna Vidal-Pellicorne. Deuxième hypothèse, on la retrouve, elle est en bon état... et alors ? Je te rappelle qu'elle voit dans cet objet un talisman.

– Je sais. En ce cas, il faudra en revenir à ce que nous avions décidé à Hallstatt : faire copier le joyau, avec d'autant plus de chances de réussite qu'on pourra sans doute obtenir une photographie. C'est, évidemment, une solution très onéreuse mais c'est la meilleure : Elsa aura un véritable bijou en quoi elle pourra croire autant qu'elle voudra mais sans danger cette fois.

– Tu crois que Lisa sera d'accord ? Elle a toujours détesté l'idée de marchandage que notre présence suggérait.

– Et ça te fait beaucoup de peine ? fit Aldo sarcastique.

– Un peu, je l'avoue, et j'ai du mal à croire que ça ne te fasse rien à toi.

– Les sentiments sont sans commune mesure avec la mission que nous devons remplir. C'est elle qui est importante puisqu'il s'agit d'un peuple...

Adalbert ne répondit pas et se concentra sur la conduite de la voiture. Au cours de leur périple, les deux hommes rencontrèrent Fritz et l'un des palefreniers qui, le cheval tenu en bride et le nez à terre, cherchaient à retrouver la voie qu'on avait perdue. Ils n'avaient, bien sûr, encore rien vu. Et personne ne trouva rien...

Il faisait jour quand ils rentrèrent à Rudolfskrone où deux gendarmes régnaient sur une atmosphère de catastrophe. Ni Elsa ni la jument n'avaient reparu... Lisa, elle aussi, était invisible.

– Allez vite prendre un peu de repos ! leur conseilla Mme von Adlerstein dont le visage las et les yeux éteints disaient assez l'angoisse qu'elle endurait. Vous vous êtes comportés en amis véritables et je ne pourrai jamais assez vous remercier.

– Vous êtes certaine de n'avoir plus besoin de nous ?

– Certaine. Venez dîner ce soir. S'il y a du nouveau d'ici là, je vous avertirai.

– Où est Lisa ?

– Elle vient de repartir mais rassurez-vous, je l'avais obligée à dormir trois heures et à se restaurer.

Ce fut Fritz qui, deux heures plus tard, leur apporta la nouvelle : Lisa était revenue avec la jument... Lorsqu'elle était arrivée près de la cascade où Elsa aimait se rendre ces jours derniers, la jeune fille avait vu l'animal dont la bride, jetée au hasard peut-être, s'était accrochée à une branche... De la cavalière, pas d'autre trace qu'une mantille blanche retenue à l'angle aigu d'un rocher en contre-bas. Plus bas encore, c'était le bouillonnement du torrent qui rebondissait en mouchetures neigeuses... Et puis les profondeurs grondantes de la chute.

– Elle était partie dans une autre direction, dit Fritz. On n'a pas cherché par là. On ne sait même pas par quel chemin elle a pu rejoindre la cascade... mais une chose est sûre : elle est dedans et pour l'en ressortir... C'est horrible, n'est-ce pas ? Tout le monde est accablé, là-haut.

– On le serait à moins, murmura Morosini qui se tourna vers son ami. Nous avions raison tous les deux : c'était donc bien la course à l'abîme.

– Elle a voulu aller au-devant de son fiancé et c'est la mort qu'elle a rencontrée. Elle lui a tendu les bras...

Dans le silence qui suivit, Fritz se sentit mal à l'aise.

– Je suppose qu'on vous verra tout à l'heure chez tante Vivi ? Naturellement, le départ pour Vienne est reporté. Et... vous ? Qu'est-ce que vous décidez ? ajouta-t-il après une légère hésitation.

– Je vais aller faire mes adieux, soupira Aldo. Il faut absolument que je rentre chez moi... mais mon invitation tient toujours.

– C'est gentil et je vous remercie mais il vaut mieux que je reste à Rudolfskrone tant que dureront les recherches. Après, peut-être, fit-il avec un regard de cocker qui espère une friandise. Quand Lisa repartira... ou quand elle m'aura assez vu !

– Vous serez toujours le bienvenu ! dit Aldo sincère. Il éprouvait une espèce de tendresse pour ce garçon maladroit mais touchant dans son amour obstiné dont il devinait bien qu'il était sans espoir. En dépit de sa passion pour les mécaniques modernes, celui-là s'était trompé de siècle : le temps des *Minnesänger* et des chevaliers soupirant leur vie entière pour une belle inaccessible lui eût beaucoup mieux convenu ! Venez à Venise, conclut-il en serrant la main du jeune homme. Vous verrez : elle fait des miracles. Demandez plutôt à Lisa !

– Le miracle, ce serait d'y aller avec elle mais ne rêvons pas !

Restés seuls, Morosini et Vidal-Pellicorne demeurèrent un moment enfermés avec des pensées qui se rejoignaient. Ce fut Adalbert qui, le premier, traduisit le sentiment commun :

– Cette fois, tout est bien fini ! Nous n'avons pas pu sauver cette malheureuse et l'opale gît avec elle au fond de l'eau. C'est une véritable catastrophe.

– On retrouvera peut-être le corps ?

– Je n'y crois guère. Cependant, si cela ne t'ennuie pas, je vais rester ici encore quelques jours pour attendre la suite des événements.

– Pourquoi crois-tu que cela m'ennuierait ?

L'archéologue rougit soudain jusqu'à ses mèches en perpétuel désordre :

– Tu... tu pourrais croire que je cherche des raisons de demeurer le plus longtemps possible auprès de Lisa.

– Pourquoi pas, après tout ? Je n'ai aucun droit sur Mlle Kledermann et pas davantage d'illusion sur les sentiments qu'elle me porte. Toi elle t'aime bien, alors...

– Comme disait Fritz, ne rêvons pas ! Cela dit, ensuite, j'irai sans doute à Zurich pour essayer d'avoir une entrevue avec Simon. Il faut à tout prix qu'il soit mis au courant...

– Si j'étais toi, j'irais d'abord au palais Rothschild, à Vienne. Le baron Louis saura peut-être te dire où réside en ce moment son vieil ami, le baron Palmer... Et ça te vaudra quelques jours de plus auprès de Lisa.

Trop ému pour répondre, Adalbert prit son ami aux épaules et l'embrassa.

Le lendemain matin, Morosini quittait Bad Ischl au volant de sa petite Fiat. Seul...

Troisième partie

LA LÈPRE DE VENISE

CHAPITRE 12

UN PIÈGE TROP BIEN TENDU...

C'était la première fois que Morosini rentrait chez lui en voiture. À ce fils de la Sérénissime amoureux de la mer, les bateaux suffisaient. Et pour les voyages en dehors du pays les grands express européens, confortables comme des palaces roulants, emportaient ses préférences.

Il n'en était pas moins enchanté du voyage accompli : son petit engin marchait à merveille et allait lui permettre cette arrivée surprise grâce à laquelle il espérait découvrir ce qui passait au juste chez lui. Revenir à pas de loup, il n'aimait pas beaucoup ça. La joie qu'il éprouvait à regagner sa chère maison s'en trouvait affectée, mais le moyen de faire autrement ?

Arrivé à Mestre, il confia l'automobile à l'unique garage de la ville où il comptait la laisser en pension jusqu'à ce qu'il en ait besoin. Ensuite, il hésita : prendrait-il passage sur une barge, mais elles étaient lentes et il était déjà plus de quatre heures. Aussi opta-t-il pour l'une des navettes ferroviaires plusieurs fois quotidiennes qui reliaient Mestre à Venise. La belle de l'Adriatique n'était en effet retenue à la terre que par le double fil d'acier des rails sur les trois mille six cents mètres du ponte sulla Laguna [1]...

Arrivé en gare de Venise quelques minutes plus tard, Morosini était certain que personne ne l'attendrait puisque ce n'était l'heure d'aucun grand train. Il n'évita cependant pas la surprise un peu choquée du porteur qui prit ses bagages :

– Je n'aurais jamais cru ça ! Vous, Excellence, dans la navette ?

– Je suis venu en voiture jusqu'à Mestre et ça m'arrivera encore de prendre les petits trains. Les temps changent...

– Ça, vous pouvez le dire ! murmura l'homme en désignant du menton deux hommes jeunes, en chemises et calots noirs, qui déambulaient lentement, les mains derrière le dos. Y en a partout maintenant de ces types venus on n' sait d'où et qui ont l'air de menacer tout le monde... D'ailleurs ils ont la main leste !

– Et la police ? Elle laisse faire ?

– On ne lui demande pas son avis ! C'est plus sain pour elle de n' pas bouger... Allons bon ! Les voilà qui viennent !

Les miliciens, en effet, s'intéressaient à ce voyageur élégant débarqué dans des conditions qui leur paraissaient anormales :

– Vous venez d'où ? demanda l'un d'eux pourvu de l'accent rocailleux de la Romagne et, bien sûr, sans l'ombre d'un salut.

1. Le pont routier sera construit en 1933. Avec un grand merci à Leonello Brandolini pour ce précieux renseignement !

– De Mestre où j'ai laissé ma voiture. C'est défendu ?

L'un des hommes, qui se curait les dents, grogna :

– Non, mais c'est pas normal. Vous êtes étranger au moins ?

– Je suis plus vénitien que vous et je rentre chez moi...

Bien décidé à ne pas se laisser faire par ces rustres, il allait passer outre mais on n'en avait pas encore fini avec lui.

– Si vous êtes d'ici, dites voir un peu comment vous vous appelez ?

– Vous n'avez qu'à le demander à n'importe quel employé de la gare : tout le monde me connaît !

– C'est le prince Morosini ! se hâta de répondre le porteur, et à Venise, tout le monde l'aime bien parce qu'il est généreux...

– Encore un de ces aristos qui n'ont jamais rien fait de leurs dix doigts ?

– Erreur, mon ami, je travaille, moi ! Je suis antiquaire... et j'ai bien l'honneur de vous saluer ! Viens Beppo !

Et cette fois il leur tourna le dos, en se maudissant d'avoir eu l'idée d'arriver quand même par le train... Le voyage par eau lui eût évité cette rencontre désagréable mais il la chassa vivement de son esprit tandis qu'il embarquait dans le canot de l'hôtel Danieli dont le chauffeur, venu chercher des paquets, lui avait proposé de le déposer. Le parcours du Grand Canal représentait toujours pour lui un moment de grâce et il voulait en goûter la beauté sous un coucher de soleil comme on en voyait fort peu aux approches de l'hiver. Une journée comme celle qu'il venait de vivre – ciel bleu et douceur de l'air chargé de senteurs marines ! – était exceptionnelle en novembre.

Mais, lorsque le canot obliqua vers la droite et l'entrée du rio Foscari, Morosini reçut un choc désagréable : au seuil de son palais, un gamin en chemise noire qui semblait le frère cadet de ceux de la gare montait la garde, une arme à la bretelle.

– Eh bien, dit l'homme du Danieli, on dirait que vous avez de la visite, don Aldo ? Ils commencent à devenir envahissants, ces gens-là !

– Un peu trop en effet ! dit celui-ci entre ses dents.

Et sans attendre que le visiteur indésirable lui pose la moindre question, il attaqua en lui demandant ce qu'il faisait là. Le jeune milicien commença par rougir sous le regard orageux du prince mais il n'en abandonna pas pour autant le ton insolent qui semblait de mise :

– Ça vous regarde pas. Et, vous, vous voulez quoi ?

– Rentrer chez moi ! Je suis le propriétaire de cette maison.

L'autre s'écarta de mauvaise grâce et se garda bien de donner un coup de main pour le débarquement des bagages. Morosini remercia son chauffeur et, abandonnant ses valises au milieu du vestibule, se dirigea vers son bureau après avoir appelé Zaccaria. Sensible aux atmosphères, il n'aimait pas du tout celle qui régnait chez lui, et même une vague inquiétude commençait à poindre.

Celui qui parut, ce fut Guy Buteau mais tellement pâle, tellement bouleversé qu'Aldo crut qu'il allait s'évanouir. Il se précipita pour le soutenir :

– Guy ! Que se passe-t-il ? Vous êtes malade ?

– D'angoisse, oui, mais, Dieu soit loué, vous êtes là ! Vous avez reçu mon télégramme ?...

– Je n'ai rien reçu du tout. Quand l'avez-vous envoyé ?

– Avant-hier. Tout de suite après... le drame !

– Je devais être sur la route. Mais de quel drame parlez-vous ?

– Cecina et Zaccaria... ils ont été arrêtés par les gens du Fascio. Et tout ça, parce qu'ils ont voulu jeter dehors cet homme quand il a prétendu s'installer ici... Oh, Aldo, j'ai l'impression de vivre un cauchemar !

– Quel homme ? Parlez, bon Dieu !

Incapable de soutenir le regard fulgurant de Morosini, Buteau détourna le sien :

– Le... le comte Solmanski. Il... il est arrivé il y a deux jours. C'est sa fille qui nous l'a amené...

– Quoi ?

Cette fois, Aldo crut tout de bon que l'un d'eux était en train de devenir fou et si ce n'était Guy, il fallait que ce soit lui. Solmanski ! Cet assassin, ce misérable chez lui ! Et conduit par Anielka ? Il s'accorda quelques secondes pour encaisser mais son incompréhension demeurait totale... à moins que la plus rouée des femmes ne lui ait joué une infernale comédie en affirmant se cacher des siens pour mieux dépister ses prétendus poursuivants ? Ce qui, après tout, ne l'étonnait plus vraiment. Anielka s'était jouée de lui dès leur première rencontre.

– Ne me dites pas qu'ils ont osé loger chez moi ?

– Si. Ils sont venus escortés par des miliciens. Vous savez sans doute, puisque, m'a confié Cecina, vous avez téléphoné l'autre soir, qu'elle... cette femme qui s'était prétendue votre fiancée passait le plus clair de son temps ici ?

– ... grâce à ce jeune imbécile de Pisani dont elle a tourné la tête et à qui je vais frotter les oreilles ! À propos, où est-il celui-là ? Il roucoule toujours aux pieds de sa belle ?

– Non. Il a disparu après qu'elle lui a ri au nez en le traitant de benêt. Il doit se cacher quelque part, malade de honte.

– Il fait bien : cela m'évitera de le flanquer à la porte. Mais parlez-moi de Cecina et de son époux. Qu'y a-t-il eu au juste ?

Ce fut simple et rapide. En voyant débarquer, avec armes et bagages, les deux Solmanski accompagnés d'un chef des Chemises noires et prétendant prendre logis au palais Morosini, Cecina était entrée dans la plus mémorable des colères dont tout Venise reconnaissait, avec un rien d'admiration, l'exceptionnelle virulence. D'un mot en était venu un autre et, devant ce qu'elle considérait comme une violation de son territoire et un insupportable déni de justice, la bouillante Napolitaine avait laissé entendre ce qu'elle pensait des nouveaux maîtres de l'Italie. L'effet avait été immédiat : on s'était emparé d'elle sur-le-champ et, comme Zaccaria s'était jeté lui aussi dans la bagarre pour défendre sa femme, ils avaient été arrêtés tous les deux pour outrage à la personne sacrée du Duce !

– Je vous jure, Aldo, que j'ai fait ce que j'ai pu pour qu'on les libère mais ce Fabiani qui les accompagnait m'a menacé du même sort. Il a dit que Solmanski était un ami personnel de Mussolini et que l'envoyer habiter chez nous était une marque de faveur extraordinaire qu'il convenait d'apprécier autrement que par des injures. J'ai expliqué qu'en votre absence il était plus que délicat de faire pénétrer des étrangers sous votre toit. On m'a répondu que votre future épouse et son père ne pouvaient être considérés comme des étrangers...

– Encore cette histoire insensée ? Je n'ai pourtant pas caché ma façon de penser à... lady Ferrals sur ce point !

– Elle a cru peut-être que vous vouliez la mettre à l'épreuve ou Dieu sait quoi ? Toujours est-il que j'ai été obligé de m'incliner si je ne voulais pas laisser votre maison sans surveillance.

– Qui songerait à vous reprocher quoi que ce soit, mon ami ? fit Aldo que ce chagrin bouleversait. Ils sont ici, en ce moment ?

– Dans le salon des laques où Livia a dû leur servir le thé.

– Ils se croient vraiment chez eux ! ragea Morosini. Mais, j'y pense, comment vous nourrissez-vous ? Qui remplace Cecina aux fourneaux ?

L'ancien précepteur baissa le nez et devint tout rouge :

– Oh... pour ce qui est du thé, du café, les petites Livia ou Fulvia s'en tirent bien. Pour le reste... c'est moi !

– C'est vous qui faites la cuisine ? lâcha Morosini abasourdi. Ils ont osé vous demander ça ?

– Non. C'est moi qui en ai décidé ainsi. Vous savez l'amour que notre Cecina porte à son domaine, à ses casseroles, et j'ai pensé que l'absence lui serait moins pénible si... un ami s'en chargeait. Elle doit être déjà assez malheureuse sans imaginer une violation de son domaine particulier.

Ému, Aldo prit le vieil homme dans ses bras et le tint un instant serré contre lui. Cette preuve d'amitié donnée à celle qu'il appelait sa mère-nourrice lui allait droit au cœur mais il savait depuis longtemps qu'à travers d'innombrables discussions et controverses culinaires les liens tissés entre la Napolitaine et le Bourguignon étaient devenus fraternels.

– J'espère qu'elle viendra bientôt vous dire ce qu'elle en pense, murmura-t-il. Maintenant, je vais m'occuper des envahisseurs ! Et s'il ne tient qu'à moi...

– Allez-y doucement, Aldo ! pria M. Buteau. N'oubliez pas que nous sommes gardés et qu'il suffirait d'un coup de sifflet au gamin sinistre qui obstrue notre porte pour attirer une escouade de ses collègues ! Il faut à tout prix que vous restiez avec nous, sinon ces gens sont capables de vous déposséder de tout !

– On n'en est pas encore là !

Cependant, parti pour escalader l'escalier quatre à quatre, il ralentit le mouvement, s'accordant ainsi le temps de réflexion nécessaire au refroidissement de sa colère. N'eût-il écouté que son indignation, il eût, sans doute, passé le seuil du salon des laques, empoigné ce vieux démon de Solmanski pour l'envoyer directement dans le Grand Canal à travers une fenêtre.

Arrivé dans le *portego,* la longue galerie où l'on avait rassemblé, sous l'œil altier du doge Francesco Morosini, le Péloponnésien, les grands souvenirs des combats et des gloires navales de la famille, il abandonna sur l'un des coffres de marine son pardessus, ses gants et son chapeau, l'œil fixé sur la porte derrière laquelle l'ennemi restait tapi. L'impression qu'un ver immonde était en train de pourrir le fruit magnifique de sa maison, mûri par des siècles de grandeur ! Mais il avait mieux à faire que philosopher ! Prenant une profonde respiration comme on fait toujours avant de plonger, il ouvrit la porte d'un geste décidé et entra...

Ils étaient là tous les deux, le père et la fille, assis de part et d'autre d'un guéridon ancien supportant un large plateau d'argent, lui vêtu de noir à son habitude, le monocle soulevant avec arrogance son épais sourcil gris ; elle frileusement habillée d'un fin lainage blanc qui lui donnait cet air de fée des neiges auquel Aldo n'avait été que trop sensible mais qui, cette fois, le laissa froid.

Ce fut elle qui le vit la première. Posant sa tasse, elle s'élança vers lui, les mains tendues :

– Aldo ! Enfin vous voilà ! Je suis si heureuse...

Elle était prête à l'étreinte. Il l'arrêta d'un geste sec et sans lui accorder même un regard :

– Je ne suis pas certain que vous le restiez longtemps.

Puis, marchant droit sur le comte qui le regardait venir avec un demi-sourire mais sans bouger d'une ligne, il attaqua :

– Foutez le camp d'ici ! Vous n'avez rien à faire chez moi !

Brusquement relevé, le sourcil lâcha son cercle de verre tandis que, reposant sa tasse, Solmanski semblait se ramasser sur lui-même. Sa bouche rasée eut un pli déplaisant :

– Eh bien, quel accueil ! J'espérais mieux d'un homme dont je viens combler les aspirations les plus profondes en assurant son bonheur.

– Mon bonheur ? Vraiment ? En faisant jeter en prison celle qui a été ma seconde mère et mon plus vieux serviteur ? Et vous pensiez que j'allais avaler ça ?

Solmanski eut un geste évasif, se leva et fit quelques pas sur le tapis de la Savonnerie :

– Cette femme vous est peut-être chère mais elle a méconnu vos intérêts les plus élémentaires en me refusant l'hospitalité demandée cependant, fort courtoisement, par le grand homme qui a pris en main les destinées de ce pays et qui...

– Que pensez-vous tenir, en ce moment ? Une réunion électorale ? Je ne connais pas Benito Mussolini, il ne me connaît pas et je désire seulement que nos relations en restent là ! Cela dit, la demeure des Morosini n'a jamais servi d'asile à un assassin et c'est ce que vous êtes. Alors partez ! Allez à Rome, allez où vous voulez mais quittez ce palais ! Et emmenez votre fille !

– Sa vue vous offenserait-elle ? Vous seriez bien le premier et, jusqu'à présent, vous pensiez autrement ?

– Il y a déjà un moment que j'ai changé d'avis en ce qui la concerne : elle est beaucoup trop bonne comédienne pour mon goût. Un grand avenir l'attend au théâtre !

La protestation indignée d'Anielka fut coupée net par son père qui l'invita d'un ton aimable mais ferme à se retirer dans sa chambre :

– Nous allons sans doute nous dire des choses peu agréables. Je préfère que tu ne les entendes pas : tu risquerais de t'en souvenir plus tard.

À la surprise de Morosini, Anielka ne protesta pas. Elle eut l'ébauche d'un geste vers la statue rigide et sans regard qu'il dressait en face d'elle puis laissa retomber sa main et sortit sans que son pas léger eût arraché la moindre plainte au parquet. Lorsque la porte se fut refermée sur elle, Aldo alla se placer devant le grand portrait en pied de sa mère, peint par Sargent, qui faisait face à celui de l'héroïne familiale, Felicia, princesse Orsini et comtesse Morosini, dont Winterhalter avait fixé sur la toile l'impérieuse beauté. Aldo resta devant le tableau et, les mains nouées dans le dos, fit face à l'homme dont il était sûr qu'il était le commanditaire du meurtre. Le sourire qu'il lui offrit alors fut un poème de dédaigneuse insolence :

– Au temps où j'étais amoureux d'elle, je me suis souvent demandé si... lady Ferrals – il ne pouvait s'obliger en cet instant à prononcer le prénom – était votre fille. J'en suis maintenant certain : elle vous ressemble trop... et c'est pourquoi je ne l'aime plus !

– Oh, vos sentiments n'ont pas beaucoup d'importance ! Vous ne serez pas le premier couple à faire cœur à part. Encore que je la croie très capable de vous reconquérir. Sa beauté est de celles qui ne laissent aucun homme indifférent. La rouerie est un travers bien féminin mais qui se pardonne aisément quand la femme possède un visage d'ange et un corps à damner Satan lui-même !

Morosini se mit à rire :

– Avec lui ce serait de l'inceste ! Mais dites-moi, Solmanski, songeriez-vous par hasard à devenir mon beau-père ?

– Bravo ! Vous comprenez vite ! jeta l'autre rendant sarcasme pour sarcasme. J'ai en effet décidé de vous donner Anielka. Je sais qu'il fut un temps où vous l'auriez reçue à genoux mais, à l'époque, une telle union se mettait à la traverse de mes projets. Il n'en est pas de même aujourd'hui et je ne suis venu que pour conclure ce mariage.

– Vous ne manquez pas d'audace ! Tartuffe était un apprenti auprès de vous. Pourquoi donc n'ajoutez-vous pas que ma demeure vous est apparue comme un excellent refuge contre les polices qui vous recherchent ? Et pas pour des broutilles : plusieurs assassinats, séquestration... vol aussi car vous devez être pour quelque chose dans le cambriolage de la Tour de Londres ?

Le comte s'épanouit soudain comme une belle-de-jour touchée par le premier rayon du soleil :

– Ah, vous avez deviné ? Vous êtes plus intelligent que je ne le pensais et j'avoue que... je ne suis pas mécontent de ce coup-là ! Mais puisque vous abordez la question du pectoral, et que j'ai en ma possession le saphir et le diamant, je pense que vous ne verrez pas trop d'inconvénients à me remettre l'opale puisque, pour vous et pour Simon Aronov, la course est perdue aux trois quarts ?

– Elle l'est aussi pour vous, fit Morosini soudain suave, sachant fort bien que les joyaux détenus par Solmanski étaient faux. Si vous voulez cette pierre, il vous faudra aller la chercher dans les entrailles de la terre, au fond de la cascade des environs d'Ischl où s'est jetée la malheureuse condamnée par vous à mourir dans le feu d'une explosion. Elle a choisi l'eau.

– Vous mentez ! gronda l'homme dont le nez se pinçait curieusement.

– Non, sur mon honneur, encore que ce mot-là doive vous être inconnu. Le journal autrichien acheté hier et qui se trouve dans mes bagages fait état de cet accident. Quant à Mlle Hulenberg, elle avait, à l'insu de ses serviteurs, soustrait l'aigle de diamant au reste de ses bijoux. Par une étrange aberration, elle voyait en elle son plus cher talisman et elle la portait constamment cachée dans ses vêtements. Eh oui, Solmanski ! Durant plusieurs jours, vous avez eu l'opale à portée de la main. Malheureusement, elle s'en était parée pour son dernier dîner et l'a emportée dans la mort... avec également un assez joli diadème que Mme von Adlerstein lui avait prêté pour la circonstance. Il faudra vous contenter des bijoux que vous avez volés, avec tout de même une consolation : vous ne serez plus obligé de les partager avec madame votre sœur. Là où est la baronne, elle ne risque pas d'en porter avant longtemps !

– C'est à cause de vous si elle a été arrêtée, grinça le comte. Vous en vanter devant moi est une grave maladresse !

Sous une poussée de rancune, l'arrogance du soi-disant Polonais s'effritait. Aldo s'accorda le plaisir d'allumer une cigarette et d'en souffler la fumée au nez de son ennemi avant de déclarer :

– Ce fut pour moi une vraie joie et je ne pense pas que cela vous cause une peine sérieuse : vous n'êtes pas l'homme des grands sentiments...

– Peut-être mais je suis aussi un homme qui aime à régler ses comptes et le vôtre s'alourdit singulièrement. Quant à l'opale, je ne désespère pas d'en prendre un jour possession : un corps cela se retrouve, même dans une cascade.

– À condition de pouvoir, au moins, retourner à Ischl où le Polizeidirektor Schindler serait si heureux de vous accueillir !

– Chaque chose en son temps. Pour l'heure présente, c'est de vous qu'il s'agit et de votre prochain mariage : dans cinq jours, vous ferez de ma fille une délicieuse princesse Morosini !

– N'y comptez pas ! articula Aldo.

– Vous pariez ?

· Sur quoi ?

Les yeux du comte, froids comme ceux d'un reptile et ceux, étincelants, du prince s'étaient accrochés et ne se lâchaient plus. Un sourire cruel tordit les lèvres minces de Solmanski :

– Sur la vie de cette grosse femme que vous appelez votre seconde mère et sur celle de son compagnon. Nous avons veillé, mes amis et moi, à ce qu'on les enferme dans un lieu suffisamment secret pour que la police officielle n'ait aucune chance de les retrouver et d'où ils pourraient disparaître sans la moindre difficulté... C'est ce qui leur arrivera si vous refusez.

Un désagréable filet de sueur froide glissa le long de l'échine raidie du prince-antiquaire. Il savait ce forban capable de mettre sa menace à exécution sans l'ombre d'une hésitation, et même en y prenant un certain plaisir. La pensée de la mort, peut-être affreuse, qu'il réservait au vieux couple qu'il aimait depuis l'enfance lui fut intolérable, mais il refusait de rendre les armes aussi vite et tenta de combattre encore :

– Venise est-elle tombée si bas qu'un monstre tel que vous puisse y perpétrer ses forfaits à son aise sans que ceux qui la gouvernent puissent l'en empêcher ? J'ai beaucoup d'amis parmi eux...

– ... dont aucun ne lèvera le petit doigt ! Ce n'est pas Venise qui tombe en décrépitude, c'est l'Italie tout entière. Il était grand temps qu'un homme se lève et nombreux sont ceux qui le reconnaissent. La loi, à présent, ce sont ses serviteurs qui la font. Et j'ai l'honneur d'être son ami. Vous le serez aussi dès l'instant où vous lui obéirez ! Il sera beaucoup plus grand que n'importe lequel de vos doges...

– Cela reste à voir. L'obéissance est un mot que l'on déteste ici, quant à moi je ne partagerais pas avec vous même l'amitié d'un saint !

– Cela veut dire que vous refusez ? Prenez garde : si dans cinq jours ma fille n'est pas devenue votre femme, vos gens ne seront pas mis à mort tout de suite mais chaque jour qui s'écoulera en plus vous apportera un cadeau de leur part : une oreille... un doigt !

Ce fut plus qu'Aldo n'en pouvait supporter. Pris d'une aveugle fureur, d'un irrépressible besoin de figer à jamais ce visage impudent, d'éteindre pour toujours cette voix féroce, il se jeta de tout son poids sur le comte qui n'eut pas le temps de prévenir son attaque, le renversa sur le tapis, entraînant avec eux le plateau qui s'abattit dans un tintamarre d'apocalypse et, nouant ses longs doigts nerveux autour de la gorge mal protégée par le col à coins cassés, il entreprit de l'étrangler, jouissant déjà du premier râle que l'autre fit entendre. Ah, la divine sensation de le sentir se débattre sous sa poigne impitoyable ! Quelqu'un, cependant, surgit qui le tira en arrière :

– Lâchez-le, Aldo, je vous en conjure ! supplia la voix épouvantée de Guy Buteau. Si vous le tuez nous y passerons tous !

Les mots réussirent à s'enfoncer comme un coin de glace dans le cerveau du prince. Ses mains desserrèrent leur étreinte et, lentement, il se releva, époussetant d'un geste machinal le pli de son pantalon avant même d'essuyer, de son mouchoir, la sueur fine qui perlait à son front :

– Pardonnez-moi, Guy ! fit-il d'une voix rauque. J'avais oublié, je crois, tout ce qui n'était pas mon désir d'en finir une bonne fois avec ce cauchemar vivant ! Pour rien au monde, je ne voudrais que l'on vous fasse de mal, à vous ou à n'importe lequel de ceux que ce toit a toujours abrités.

Sans un regard à sa victime que l'ancien précepteur aidait charitablement à reprendre pied, il sortit du salon et le claquement de la porte résonna tout au long du *portego*.

Anielka l'attendait, debout et les mains jointes, auprès du coffre où il avait déposé ses vêtements. Le regard qu'elle leva sur lui était lourd de larmes et implorant :

– Ne pouvons-nous parler un instant seul à seule ? demanda-t-elle.

– Votre père s'est exprimé pour vous deux ! Souffrez cependant que je vous félicite : votre piège a été bien tendu, de main de maître, mais vous avez été à bonne école ! Et moi je n'ai été qu'un imbécile de me laisser prendre une fois de plus à votre personnage de fragile créature poursuivie par toutes les forces du mal... Je n'ai jamais pu savoir qui vous étiez réellement, lady Ferrals, mais à présent, je n'en ai plus la moindre envie ! Veuillez me laisser passer !

Elle baissa la tête et s'éloigna.

Après une courte hésitation, Aldo décida de sortir et se rhabilla. Dans l'escalier, il rencontra Livia qui commençait à monter ses bagages. Il vit qu'elle avait les yeux rouges :

– Laissez la grande valise, je m'en occuperai

tout à l'heure, lui dit-il. Et... n'ayez pas peur, Livia ! Nous vivons un mauvais rêve mais je vous promets de nous en sortir.

– Et notre Cecina ? Et Zaccaria ?

– Eux surtout ! Eux avant tout !... mais si vous avez peur, allez passer quelque temps chez votre mère.

– Pour laisser Votre Excellence faire son café toute seule ? Quand on appartient à une maison, don Aldo, on vit avec elle les bons comme les mauvais jours. Et Fulvia pense comme moi !

Émadditional, Morosini posa une main sur l'épaule de la jeune femme de chambre et la pressa doucement :

– Qu'ai-je fait pour mériter des serviteurs comme vous ?

– On a ceux qu'on mérite !

Et Livia poursuivit son ascension.

La nuit était tombée depuis un moment déjà et, à la porte du palais, les grandes lanternes de bronze montrèrent à Morosini que le milicien de garde n'était plus le même. On avait dû le relever mais le prince n'eut guère le temps de s'attarder sur la question : avec l'air de surgir de l'eau sombre moirée par les reflets de lumière, Zian venait de bondir sur les marches verdies :

– Don Aldo ! Madona mia ! Vous êtes rentré ? Pourquoi ne me l'a-t-on pas dit ?

– Parce que j'ai préféré ne prévenir personne. Viens ! Nous allons prendre la gondole : tu me conduis à la Cà Moretti !... Comment se fait-il que je te trouve à cette heure-ci ? demanda-t-il tandis que le gondolier décollait l'élégant esquif des palis rubannés. Tu ne gardes plus le palazzo Orseolo ?

– Plus depuis deux jours, Excellence ! Donna Adriana est rentrée mardi soir, au moment où j'arrivais pour prendre mon service, et elle m'a autant dire fichu à la porte.

– Curieuse façon de te remercier ! Qu'est-ce qui lui a pris ?

– Je ne sais pas. Elle était bizarre, avec la mine de quelqu'un qui a beaucoup pleuré... Je ne suis même pas certain qu'elle m'ait reconnu.

– Elle était seule ?

– Tout à fait et il m'a semblé qu'elle ne rapportait pas tous les bagages qu'elle avait emportés. Elle a sûrement des ennuis...

Morosini voulait bien le croire. Il devinait sans peine ce qui avait dû se passer entre Adriana et le valet grec dont elle rêvait de faire un grand chanteur. Pour l'excellente raison que, depuis longtemps, il en avait imaginé le scénario : ou bien Spiridion devenait célèbre et trouvait sans peine une compagne plus jeune et surtout plus riche, ou bien il ne devenait rien mais, étant pourvu d'un assez beau physique, il se trouvait une maîtresse plus jeune et surtout plus riche ! Dans les deux cas, la malheureuse Adriana, proche de la ruine, se voyait débarquée sans trop de précautions oratoires. D'où les yeux rouges et la mine bizarre.

– J'irai la voir demain, conclut Aldo.

Il trouva Anna-Maria dans la petite pièce intime, mi-salon, mi-bureau, d'où elle dirigeait, avec grâce et fermeté, son élégante pension de famille. Mais elle n'y était pas seule : assis dans un fauteuil bas, les coudes aux genoux et un verre dans les mains,

Angelo Pisani, le visage plissé par le souci, essayait de se remonter le moral. L'entrée soudaine de Morosini le mit debout aussitôt :

– Désolé de t'envahir ainsi sans prévenir, Anna-Maria, mais je voulais causer un moment avec toi... Qu'est-ce que vous faites-là, vous ?

– Ne le bouscule pas trop, Aldo ! plaida la jeune femme dont le sourire disait le plaisir que lui apportait cette visite inattendue. Il s'est fait rouler dans la farine par la pseudo-miss Campbell et il est malheureux comme les pierres.

– Ce n'est pas une raison pour abandonner son travail. Je lui ai confié mes affaires sous le contrôle de Guy Buteau et quand il ne se transforme pas en chien de manchon, il vient pleurer dans tes jupes. Au lieu de rester à son poste et de s'expliquer avec moi d'homme à homme...

Le ton cinglant fit blêmir le jeune homme mais réveilla en même temps son orgueil :

– Je sais bien que vous m'aviez fait confiance, prince, et c'est ce qui me rend malade. Comment oser vous regarder en face à présent et surtout comment imaginer qu'une femme au regard d'ange, aussi exquise, aussi...

– Voulez-vous que je vous fournisse d'autres adjectifs ? Vous n'en trouverez jamais autant que moi. J'avais compris que vous alliez en tomber amoureux et j'aurais dû vous interdire tout contact avec elle mais vous ne m'auriez pas obéi, n'est-ce pas ?

Angelo Pisani se contenta de baisser la tête, ce qui était une réponse suffisante. Anna-Maria s'en mêla :

– Vous continuerez aussi bien cette explication assis ! Reprenez votre verre, Angelo et toi, Aldo, je te sers ! Où en es-tu ?

– Je te le dirai après, fit Morosini en acceptant le verre de Cinzano qu'elle lui offrait. Laisse-moi en finir avec Pisani ! Décoincez-vous, mon vieux ! ajouta-t-il à l'adresse du jeune homme. Reprenez votre siège, buvez un peu et répondez-moi.

– Que voulez-vous savoir ?

– Cecina que j'ai eue au téléphone... juste avant la catastrophe, j'imagine, m'a dit que lady Ferrals – pour lui donner son vrai nom ! – était chez moi continuellement. Qu'y faisait-elle ?

– Pas grand mal ! Elle ne cessait d'admirer le contenu du magasin, elle me demandait des renseignements, des histoires...

– Et... le contenu des coffres ? A-t-elle demandé à le voir ?

– Oui. À plusieurs reprises, bien que je lui aie répété ne pas disposer des clefs puisque c'est M. Buteau qui les a, mais, en admettant que je les aie eues, je vous donne ma parole que je n'aurais jamais ouvert pour elle. C'eût été trahir votre confiance !...

– C'est bien. À toi maintenant, Anna-Maria ! Comment est-elle partie de chez toi ?

– Le plus simplement du monde. Il y a deux jours, un homme hésitant entre la cinquantaine et la soixantaine, portant monocle, un peu l'allure d'un officier prussien en civil mais fort distingué, est venu voir « miss Campbell » en demandant qu'on veuille bien lui passer un petit mot. Elle est arrivée tout de suite, ils sont tombés dans les bras l'un de l'autre après quoi elle est montée faire ses bagages tandis qu'il réglait la note en annonçant qu'il allait revenir la chercher. Le programme a été exécuté en tous points puis elle m'a dit un « au revoir » chaleureux en me remerciant de mes soins, lui m'a baisé la main et ils sont partis à bord d'un motoscaffo. J'avoue n'avoir pas très bien compris, étant donné ce que tu m'avais confié.

– Oh, c'est fort simple ! Cet homme, qui se dit un ami personnel de Mussolini et semble avoir à sa dévotion tout le Fascio de Venise, est allé s'installer chez moi, a fait enlever Cecina et Zaccaria par les Chemises noires et, dès mon retour, m'a annoncé que si je voulais revoir mes chers vieux serviteurs vivants, je devais, dans cinq jours, épouser sa fille. J'ajoute que ce Solmanski est un criminel déjà recherché par la police autrichienne et, très probablement, par Scotland Yard. Il a, à ma connaissance, au moins quatre morts récentes sur la conscience, sans compter d'autres plus anciennes. Je suppose qu'il a dû tremper aussi dans le meurtre d'Eric Ferrals...

– Et il veut que tu épouses sa fille ? Mais pourquoi ?

– Pour me tenir dans sa main. Nous sommes engagés, l'un et l'autre, dans une affaire gravissime et il pense sans doute avoir désormais barre sur moi.

– Si vous le permettez, prince, coupa Angelo, votre collection de joyaux anciens l'intéresse aussi. Anny... je veux dire lady Ferrals m'en a trop souvent parlé pour qu'il en soit autrement.

– Je n'en doute pas un seul instant, mon ami. Cet homme-là aime les pierres tout autant que moi mais pas de la même façon.

La signora Moretti servit de nouveau ses hôtes et revint à la charge :

– Mais c'est affreux ! Tu ne vas pas accepter ces gens-là dans l'une des premières familles de Venise ?

– Tu veux dire épouser ? À moins d'un raz de marée qui nous emporterait tous, je ne vois pas, hélas, d'autre moyen de sauver Cecina et Zaccaria. Sauf, peut-être, si tu peux m'aider ? Ne m'as-tu pas dit que le chef du Fascio local te mangeait dans la main ?

– Fabiani ? Je l'ai dit, c'est vrai, mais ça l'est beaucoup moins à présent.

– Pourquoi ?

– La main ne lui suffisait plus...

– Oh, alors oublie tout ce que je viens de dire ! Tu dois songer à ta propre protection et j'essaierai de t'aider... Je vous ramène chez vous, Pisani ?

– Non merci. Je voudrais marcher un peu. Quelques pas dans Venise apportent souvent un peu de paix. Elle est si belle !

– Et lyrique avec ça ! En tout cas, soyez au travail à l'heure, demain matin ! Il est grand temps qu'on s'y remette !

– Justement, fit Angelo soudain volubile, nous avons à dix heures un client important : le prince Massimo qui doit arriver de Rome ce soir. C'est une vraie chance que vous soyez rentré ! M. Buteau n'aime pas beaucoup le prince...

– Il n'en aime aucun ! Le seul qu'il supporte c'est moi... et encore parce qu'il m'a élevé !

– Il y a aussi le señor Carabanchel, de Barcelone, qui doit...

La joie qu'éprouvait le jeune homme à se retremper dans un poste qu'il croyait perdu était touchante. Pourtant Morosini coupa court en disant qu'il était inutile de fatiguer la signora Moretti avec des histoires de boutique, et prit congé là-dessus.

Tandis que Zian le ramenait chez lui, Aldo profita de cet instant de paix pour essayer de trouver un moyen d'échapper au piège tendu par Solmanski et sa fille. Comment croire à la fuite d'Anielka loin des siens alors que son père était venu directement chez Anna-Maria dès son arrivée à Venise ? Ils étaient de mèche et maintenant ils jouaient sur le velours : des institutions officielles muselées par un pouvoir qui n'avait plus rien d'occulte, une police impuissante à défendre les honnêtes gens... Le roi ? Mais Victor-Emmanuel III ne ferait rien contre un ami du redoutable Mussolini. Et pas davantage la reine Hélène, même si, un temps, la belle Monténégrine avait entretenu d'aimables relations avec la princesse Isabelle Morosini. Et puis tous deux étaient à Rome qui paraissait au bout du monde. Et pour une excellente raison : surveillé comme il l'était sans doute, Aldo n'arriverait même pas à quitter Venise... Alors, à qui s'adresser ? À Dieu ?

– Conduis-moi à la Salute ! ordonna soudain Morosini. J'ai besoin de prier !

– Il y a des églises plus proches et il est déjà tard !

– C'est celle-là que je veux. Il y a la peste chez moi, Zian, et la Salute a été bâtie pour remercier la Madone d'avoir chassé la peste de Venise. Elle fera peut-être quelque chose pour moi !

La brève escale qu'il fit à Santa Maria, au pied de l'admirable *Descente de Croix* de Titien, apaisa un peu Aldo. Il était tard, mais c'était l'heure des dernières prières de la journée et la grande église ronde, à peine éclairée par quelques cierges et la lampe de chœur, était calme et rassurante...

Peu dévot jusqu'à présent, le prince Morosini en vint à penser qu'il avait tort, sans doute, de négliger ses plus simples devoirs chrétiens. Une prière ne fait jamais de mal et il arrive même qu'elle soit entendue ! Ce fut donc dans des dispositions d'esprit plus sereines qu'il regagna son palais, décidé à discuter pied à pied avec l'envahisseur. Il serait peut-être contraint d'épouser Anielka mais il ne voulait à aucun prix que Solmanski s'incruste chez lui.

Comme au départ, il rencontra Livia dans l'escalier et, cette fois, la jeune fille descendait avec une pile de serviette destinées au magasin.

– Donna Adriana vient d'arriver, confia-t-elle à son maître. Elle est dans la bibliothèque avec le comte... machin. Je n'arrive pas à retenir son nom.

– C'est sans importance ! Qu'est-ce qu'elle fait avec lui ?

– Je ne sais pas mais c'est lui qu'elle a demandé en arrivant...

Ça, c'était la meilleure ! D'où diable ! Adriana

pouvait-elle connaître ce rufian de Solmanski ?... Mais comme il serait plus intéressant de surprendre leur conversation que de se poser des questions stériles, Aldo grimpa l'escalier quatre à quatre, puis parcourut le *portego* sans faire plus de bruit qu'un chat en s'efforçant surtout de refréner le début de colère qui lui venait à l'idée que « l'autre » osait s'installer dans « sa » bibliothèque considérée comme une sorte de sanctuaire.

Parvenu à destination, il s'aplatit contre la porte qu'il savait pouvoir ouvrir sans faire entendre même un grincement. La voix de sa cousine lui parvint aussitôt. Tendue, implorante, ce qu'elle disait était plus qu'étrange :

– Comment ne comprends-tu pas que ta présence ici est pour moi une chance inespérée ? Je suis ruinée, Roman, complètement ruinée... à la côte ! Il me reste ma maison et le peu qu'il y a encore dedans ! Alors quand je suis venue ici, avant-hier, et que je t'ai aperçu avec ta fille, je n'osais pas en croire mes yeux. J'ai compris que tout allait changer pour moi...

– Je n'en vois pas la raison ! Et ta visite est une folie.

– Aldo n'est pas là. C'est sans importance !

– Que tu crois ! Il est rentré tout à l'heure et tu aurais pu tomber sur lui.

– Je ne vois pas où serait le mal ? Il est mon cousin, je l'ai presque élevé et il m'aime beaucoup ! Rien de plus normal que ma visite !

– Il est parti je ne sais où mais il peut revenir d'un instant à l'autre.

– Et après ! Tu es chez lui, j'y arrive, nous venons de nous rencontrer et nous causons : rien que de très naturel !... Roman, je t'en prie, il faut que tu fasses quelque chose pour moi ! Souviens-toi ! Tu m'aimais autrefois ! As-tu donc oublié Locarno ?

– C'est toi qui l'as oublié ! Quand je t'ai envoyé Spiridion pour t'aider dans ta tâche, je n'imaginais pas un seul instant que tu allais en faire ton amant.

– Je sais, j'ai été folle... mais j'en suis tellement punie ! Il faut me comprendre ! Il possède une voix merveilleuse et j'étais sûre d'arriver à en faire l'un de nos plus grands chanteurs. S'il avait seulement accepté d'être raisonnable... de travailler, mais il est incapable de s'astreindre à la moindre discipline, la plus petite contrainte ! Boire... boire et courir les filles et, surtout, ne rien faire ! Voilà le genre de vie qui lui plaît. C'est un monstre !

Le rire sec de Solmanski se fit entendre :

– Pourquoi ? Parce qu'il t'a dit qu'il t'aimait et que tu as eu la sottise de le croire ?

– Pourquoi ne l'aurais-je pas cru ? s'indigna Adriana. Il savait si bien me le prouver !

– Dans un lit je n'en doute pas ! Et... où est-il à présent ?

– Je ne sais pas... Il m'a... abandonnée à Bruxelles où j'ai dû vendre mes perles pour payer l'hôtel et avoir de quoi rentrer ! Aide-moi, Roman, je t'en prie ! Tu me dois bien cela !

– Pour ce que tu as fait ici ? Tu as été payée, il me semble ? Et bien payée...

Le dialogue se poursuivait, suppliant d'un côté,

de plus en plus sec de l'autre, mais Morosini avait dû chercher l'appui d'une des consoles tant était brutal et cruel le choc éprouvé. Ainsi, c'était Solmanski, le R. de la lettre trouvée chez Adriana et dont Aldo n'avait pu se résoudre à la remettre en place ! Tout y était : le lieu de rencontre, la relation amoureuse qui avait fait de la sage comtesse Orseolo un outil prêt à n'importe quoi pour assouvir la passion que cet homme lui avait inspirée et son perpétuel besoin d'argent. Et ce n'importe quoi n'était à présent que trop facile à deviner : pour offrir à son amant le saphir des Morosini, Adriana, que la princesse Isabelle aimait cependant comme une jeune sœur, n'avait pas hésité à l'assassiner !

Ce qu'éprouvait Aldo n'était pas vraiment de la surprise : en lisant et relisant le mystérieux billet dont il connaissait chaque mot par cœur – « Tu dois accomplir ce que la cause attend de toi plus encore que celui dont tu es toute la vie. Spiridion t'aidera... » – il n'avait cessé de craindre d'être trop clairvoyant. Cela lui semblait monstrueux ! Mais maintenant que le dernier doute était levé, une vague écœurante de dégoût et de chagrin ravivé submergeait le fils d'Isabelle, partagé entre l'envie de fuir et celle de foncer dans la bibliothèque pour y étrangler de ses mains la meurtrière. Ne s'était-il pas juré, en renonçant à prévenir la police, de faire justice lui-même comme l'aurait fait n'importe lequel de ses ancêtres ?

Il restait là, écoutant son cœur cogner lourdement dans sa poitrine, cherchant l'air qui se refusait à lui, quand il entendit Solmanski, plus méprisant que jamais, lancer :

– En voilà assez ! Je ne ferai rien pour toi et je te conseille même de m'éviter à l'avenir parce que tu risques de gêner mes plans. Si tu as besoin d'aide, adresse-toi donc à ton beau cousin : il est assez riche pour ça !

Adriana n'eut pas le temps de répondre : Morosini venait de se dresser au seuil de la porte et il devait y avoir sur sa personne quelque chose d'effrayant car le cri poussé à sa vue par la visiteuse fut un cri de terreur et elle courut vers son complice dans l'intention puérile de chercher sa protection.

Pourtant Aldo n'avança pas. Il restait là, debout sous le chambranle doré qui l'encadrait, les mains au fond des poches de son manteau au col relevé, aussi hautain et froid que les portraits de la galerie, toute émotion intérieure réfugiée dans ses yeux étincelants devenus d'un vert inquiétant. Il regardait les deux autres, content malgré tout de constater que l'arrogant Solmanski paraissait soudain mal à l'aise. Il le dédaigna provisoirement pour transpercer de son regard implacable la femme terrifiée qui tremblait devant lui.

– Va-t'en ! dit-il seulement, mais sa voix tranchait comme la hache du bourreau.

Les yeux d'Adriana s'agrandirent. Elle joignit les mains, ébauchant un geste de prière, mais il ne lui permit pas de dire un seul mot.

– Va-t'en ! répéta-t-il. Ne reviens plus jamais et estime-toi heureuse que je te laisse la vie !

Elle comprit qu'il avait entendu et deviné plus encore. Pourtant quelque chose en elle refusait de se rendre sans combattre :

– Aldo ! Tu me rejettes ?

– C'est ma mère qui aurait dû te rejeter. Sors de sa maison sans m'obliger à employer la force !

Il s'écarta pour lui laisser le passage mais détourna la tête. Alors, courbant les épaules sous le poids d'une condamnation qu'elle devinait sans appel, la comtesse Orseolo quitta la vieille demeure qui l'accueillait naguère avec tant de joie sans espoir d'y revenir jamais...

Lorsque l'écho de ses pas se fut éteint, Morosini claqua brutalement derrière lui le lourd battant de chêne orné de bronzes dorés tout en s'approchant du Polonais :

– Vous pouvez la suivre, articula-t-il, et même je vous le conseille ! Parce qu'elle vous a aimé, vous en avez fait une criminelle. Vous lui devez bien cette compensation !

– Je ne lui dois rien. Quant à vous, votre exécution ne manque sans doute pas de grandeur mais croyez-vous qu'elle soit bien prudente ? La chère comtesse est peut-être décavée mais elle a rendu quelques services au Fascio et pourrait trouver des appuis à Rome ?

– Surtout avec votre aide puisque vous êtes si bien en cour ! Cela dit, j'exige que vous sortiez de chez moi. Je l'ai chassée mais l'instigateur du crime, c'était vous. Alors, dehors ! Vous et votre fille !

– Vous êtes fou, ma parole ? Ou bien avez-vous choisi de vous désintéresser du sort de vos vieux serviteurs ? Ils peuvent avoir beaucoup à souffrir de votre manque de collaboration.

Morosini sortit d'une de ses poches une main armée d'un revolver qu'il braqua sur Solmanski :

– Si je les avais oubliés vous seriez déjà mort! Ce que j'entends à présent, c'est que tout soit bien clair entre nous. Dans cinq jours, j'épouserai lady Ferrals mais sous certaines conditions.

– Vous n'êtes guère en mesure d'en poser.

– Moi, je crois que si! À cause de cet objet, fit Aldo en agitant légèrement son arme. Ou vous acceptez ou je vous loge une balle dans la tête!

– Vous signeriez votre propre arrêt en même temps que celui des domestiques.

– Pas sûr! Vous disparu, j'arriverais peut-être à m'entendre avec vos protecteurs? Dès l'instant où l'on peut payer cher...

– Voyons vos conditions!

– Elles sont trois. Premièrement, Cecina et Zaccaria Pierlunghi seront présents au mariage, libres. Deuxièmement, la cérémonie aura lieu ici même. Troisièmement, vous allez, dès ce soir, habiter ailleurs que dans ce palais où vous ne reviendrez qu'une seule fois, le jour du mariage. L'assassin ne doit pas souiller de sa présence la maison de sa victime. Votre fille vous accompagnera jusqu'à l'heure prévue. Il n'est pas convenable que de futurs époux habitent sous le même toit.

Solmanski accueillit cette dernière exigence par un froncement de sourcils qui fit tomber son monocle, mais le temps de le reloger sous l'orbite et son visage était redevenu impassible.

– Je ne veux pas vivre à l'hôtel. On peut y faire des rencontres désagréables...

– Surtout quand on est recherché déjà par au moins deux polices étrangères! Mais vous pouvez loger chez la signora Moretti où j'avais installé votre fille. Elle est la discrétion même et je n'ai qu'à lui téléphoner... Vous acceptez ?

– Et si je n'accepte pas ?

– Je vous tue séance tenante ! Et n'agitez pas votre menace d'appeler au secours ! Votre gardien ne pèserait pas lourd entre les mains de Zian, mon gondolier, qui est encore en bas.

– Vous bluffez ! fit l'autre en haussant les épaules.

– Essayez, vous verrez ! Et mettez-vous bien ceci dans la tête : nous autres gens de Venise supportons difficilement d'être asservis. Il nous arrive de préférer en finir. Alors croyez-moi, contentez-vous d'avoir réussi votre petit chantage et acceptez mes conditions !

C'était sans doute chose acquise pour le comte car il ne prit même pas le temps de la réflexion.

– Dans cinq jours, ma fille sera princesse Morosini ?

– Vous avez ma parole...

– Appelez votre amie et faites-nous conduire chez elle. Nous allons nous préparer !

Debout près d'une des fenêtres de la bibliothèque, Aldo regardait le père et la fille prendre place dans le motoscaffo avec l'aide de Zian. Avant d'embarquer, la tête de la jeune femme s'était levée dans sa direction comme si elle le sentait là. Avec un mouvement d'épaules mécontent, il se détourna et descendit aux cuisines où M. Buteau, drapé dans l'un des vastes tabliers de Cecina, hachait des herbes en compagnie de Fulvia qui mettait à chauffer une marmite d'eau pour les pâtes.

– Laissez ça ! lui dit-il. Nous sommes débarrassés pour cinq jours et vous en avez assez fait. Je vous emmène à San Trovaso manger une *zuppa di verdure* et des scampis chez Montin. Nous prendrons nos repas au restaurant jusqu'à samedi. Ce jour-là, j'espère que Cecina nous sera rendue...

– Vous allez donc accepter ce mariage ?

Il y avait du chagrin et de la colère sur le visage de l'ancien précepteur. Ému, Aldo le prit aux épaules, l'embrassa et sourit :

– Je n'ai pas d'autre moyen de les sauver, elle et Zaccaria.

– Cecina déteste cette jeune femme. Elle n'acceptera pas...

– Il le faudra pourtant bien. À moins qu'elle ne m'aime pas autant que je l'aime ?

Fulvia, qui s'était contentée d'écouter sans rien dire, vint prendre la main de son maître et la baisa. Elle aussi avait les larmes aux yeux...

– Nous ferons de notre mieux pour vous aider, don Aldo ! Et je vous promets que Cecina comprendra ! D'ailleurs, elle est très jolie cette jeune dame ! Et elle a l'air de vous aimer.

C'était bien là l'ironie du sort ! Il y avait eu le temps, pas si lointain, où Aldo aurait donné sa fortune pour faire sa princesse de l'exquise Anielka. Avait-il rêvé, mon Dieu, sur les jours et surtout les nuits passés auprès d'elle ! Et voilà qu'à l'instant où elle lui était donnée il en refusait l'idée avec horreur...

Pas donnée, d'ailleurs ! Vendue... et au prix d'un chantage ignoble ! Un chantage qu'elle acceptait, qu'elle avait peut-être suggéré. Il y avait désormais entre eux trop d'ombres, trop de doutes ! Plus rien ne pourrait être comme avant.

– Et si vous vous posiez la seule question valable ? suggéra Guy tandis qu'ils dînaient dans l'agréable salle de Montin où la bohème vénitienne se réunissait autour des nappes à carreaux et des fiasques transformées en porte-bougies.

– Laquelle ?

– Vous l'aimiez autrefois. Que reste-t-il de cet amour ?

La réponse vint aussitôt, rapide, implacable :

– Rien. Tout ce qu'elle m'inspire, c'est de la méfiance. Et retenez bien ceci, mon ami. Au jour dit je lui donnerai mon nom mais jamais, vous entendez, jamais elle ne sera ma femme !

– Il ne faut pas dire jamais ! La vie est longue, Aldo, et cette Anielka est l'une des plus jolies femmes que j'aie rencontrées...

– ... et je ne suis qu'un homme ? Allez donc au bout de votre pensée !

– J'y vais. Si elle est vraiment amoureuse de vous, mon cher enfant, vous aurez affaire à forte partie. Une tentation permanente.

– C'est possible mais je sais comment l'affronter : si j'accepte contraint et forcé que la fille de ce bandit qui a tué ma mère devienne mon épouse au yeux de tous, je n'accepterai jamais le risque d'avoir des enfants porteurs de ce sang-là !

CHAPITRE 13

CELUI QUE L'ON N'ATTENDAIT PAS...

Le samedi 8 décembre, à neuf heures du soir, Morosini épousait l'ex-lady Ferrals dans la petite chapelle que la piété craintive d'une aïeule épouvantée par la peste de 1630 avait installée dans l'un des bâtiments du palais. Un sanctuaire à la fois sévère dans son décor de pierre nue et fastueux par la magie d'une Vierge de Véronèse qui souriait au-dessus de l'autel dans des atours de reine. Ce qui ne voulait pas dire que la cérémonie allait en être plus joyeuse.

Seule la mariée, très belle dans un ensemble de velours blanc orné d'hermine, avait l'air de vivre dans la lumière pauvre de quatre cierges dispensée sur une assemblée tout de noir vêtue comme le marié lui-même dont la jaquette ne portait aucune fleur au revers.

Les témoins d'Aldo étaient son ami Franco Guardini, le pharmacien de Santa Margarita, et Guy Buteau. La future princesse était assistée d'Anna-Maria Moretti – qui avait accepté par amitié pour Aldo – et du commendatore Ettore Fabiani mais le manteau de breitschwanz de l'une n'était pas plus gai que l'uniforme de l'autre. Solmanski regardait, un peu en retrait, et dans un coin Zaccaria se tenait debout, très raide, avec sur son visage une dureté qu'on ne lui connaissait pas. À ses pieds, Cecina portant un deuil ostensible priait, à genoux...

Tous deux avaient été ramenés au palais le matin même et en bon état : on n'avait pas commis la maladresse de les maltraiter mais une scène émouvante avait opposé Cecina à Morosini dès qu'ils s'étaient retrouvés face à face :

– Tu n'avais pas le droit d'accepter ça ! s'était-elle écriée. Même pour nous !... Tout est de ma faute ! Si j'avais su me taire, on ne nous aurait pas emmenés !... mais je n'ai jamais su me taire.

– C'est aussi pour ça que je t'aime ! Ne te reproche rien : si tu n'avais rien dit, Solmanski aurait trouvé autre chose pour m'obliger à épouser sa fille ! Ou alors on t'aurait emmenée quand même avec Zaccaria et peut-être aussi M. Buteau... Qu'est-ce qu'un mariage alors que vous faites partie de moi ?

Elle était tombée dans ses bras en sanglotant et il avait bercé un moment ce gros bébé désespéré tandis que Zaccaria, plus calme mais les larmes aux yeux, s'efforçait à l'impassibilité. Et quand elle s'était enfin écartée de lui, Aldo lui avait annoncé qu'il allait les installer tous les deux dans une maison achetée l'année précédente non loin du Rialto, en ajoutant qu'il ne voulait pas leur imposer, à elle surtout, un service qui leur serait désagréable. Mais, du coup, les larmes de Cecina séchèrent au feu d'une nouvelle poussée de colère :

– Qu'on te laisse tout seul ici avec cette empoisonneuse ? Tu veux rire, je suppose ?

– Pas exactement, fit Morosini à qui la gaieté de la chose échappait, et, une fois de plus, tu exagères ! Elle n'a jamais tué personne que je sache !

– Et son mari ? Ce mylord anglais dont la mort l'a envoyée en prison, tu es bien sûr qu'elle n'y est pour rien ?

– Elle a été acquittée mais je t'en prie, avant de refuser ma proposition, examine ce que sera la situation : la nouvelle princesse va vivre ici. Si tu restes, tu devras la servir...

– Vivre ici ? Où ça ? Dans la chambre de donna Isabelle ?

Aldo la prit par la main et l'entraîna vers l'escalier :

– Viens avec moi ! Toi aussi, Zaccaria...

Il les mena ainsi devant la double porte donnant accès à la chambre qui avait été celle de sa mère et où personne n'entrerait plus : clouées de chaque côté et croisées comme les hallebardes d'invisibles gardiens, deux longues rames de gondole aux couleurs des Morosini en condamnaient l'accès.

– Voilà ! Fulvia et Livia ont fait le ménage puis elles ont clos les volets et Zian, sur mon ordre, a fixé ceci. Quant à... donna Anielka, j'ai donné l'ordre de préparer pour elle la chambre aux lauriers réservée jusqu'à présent aux hôtes de marque...

Rendue muette un instant par l'émotion, Cecina retrouva sa voix pour demander :

– Toi aussi, tu vas y habiter ?

– Je n'ai aucune raison de quitter mon logis habituel.

– À l'autre bout de la maison ?

– Mais oui ! Nous partagerons le même toit mais pas le même lit.

– Et... le père ?

– Sauf pour la cérémonie de ce soir, il ne remettra jamais les pieds ici. Je l'ai exigé et il a accepté. Crois-tu pouvoir vivre dans ces conditions... même quand je serai absent ?

– Sois tranquille, je vivrai ! Et maintenant, je retourne à la cuisine. Chez moi ! Tant que j'y serai, tu pourras manger tranquille.

À présent, elle était là, dans sa robe de taffetas noir, une mantille sur la tête, priant avec une application passionnée qui creusait un pli entre ses sourcils.

L'échange des consentements fut une épreuve pour Morosini. Il promettait d'aimer sa compagne et, pour la première fois de sa vie, il faisait une promesse qu'il ne tiendrait pas. C'était une impression pénible qu'il s'efforça d'effacer en pensant que ce mariage n'était rien d'autre qu'une mascarade et le serment une simple formalité. Celle qui devenait sa femme n'en avait-elle pas dit tout autant lorsqu'elle avait épousé Eric Ferrals ? Avec le résultat que l'on sait. Aussi se demanda-t-il un instant ce qu'elle pouvait éprouver en ce moment, cette femme au visage d'ange, au corps de nymphe, qu'il n'avait même pas regardée ? Même quand leurs mains s'étaient jointes pour la bénédiction nuptiale donnée par un prêtre de San Marco qui était le cousin d'Anna-Maria et un vieil ami d'Aldo !

Lorsqu'il lui offrit le bras pour quitter la chapelle et remonter vers le salon des laques où une collation était préparée – tradition d'hospitalité oblige ! – il sentit trembler la main qu'elle y posait :

– Avez-vous froid ? demanda-t-il.

– Non... mais ne m'accorderez-vous même pas un sourire au soir de nos noces ?

– Pardonnez-moi ! Les circonstances sont telles que je ne crois pas pouvoir y arriver.

– Et vous disiez naguère que vous m'aimiez ? soupira-t-elle. Vous étiez prêt à n'importe quelle folie pour moi...

– Naguère ? Il me semble à moi que c'était jadis... il y a très longtemps ! Quand on veut garder l'amour d'un homme, il y a des moyens qu'il vaut mieux ne pas employer.

– C'est mon père qui en est responsable et...

– Je vous en prie : ne me prenez pas pour un imbécile. Tout était réglé entre vous et il ne serait pas ici si vous ne l'aviez pas appelé.

– Ne pouvez-vous comprendre que je vous aime et que je voulais devenir votre épouse ? Tous les moyens sont bons pour atteindre son but quand on est une vraie femme...

– Pas ceux-là ! Mais, si vous le voulez bien, nous allons nous consacrer à nos invités ! Ensuite, nous aurons le temps de mettre au point le *modus vivendi* que j'ai décidé pour nous.

Ils étaient arrivés dans la pièce où un buffet était disposé sous la surveillance de Zaccaria qui déjà présentait des coupes de champagne sur un plateau. Aldo en offrit une à sa femme, attendit que tous soient servis, prit la sienne et déclara :

– Vous voudrez bien nous pardonner, mes amis, le côté sommaire de cette cérémonie, mais nous n'avons pas eu beaucoup de temps pour la préparer. D'ailleurs, je n'aurais pas souhaité qu'il en fût autrement. Je tiens cependant à vous remercier. Pas de votre amitié parce que je la connais depuis longtemps, qu'elle ne m'a jamais fait défaut et que vous venez de me la prouver une fois de plus en étant présents ce soir. Il y aura désormais ici une jeune femme qui, je l'espère, saura la conquérir aussi. Je vous propose de boire à la nouvelle princesse Morosini !

– C'est cela ! s'écria Fabiani. Buvons à la princesse et au bonheur de son époux ! Quel homme ne souhaiterait être à sa place ? En ce qui me concerne je suis heureux d'apporter ici les vœux du Duce et son vif désir de recevoir prochainement à Rome un couple d'autant plus cher à son cœur qu'il a été réuni par les tendres soins de son vieil ami, le comte Roman Solmanski, que je veux associer à ce toast en l'honneur de ses enfants !

Si Aldo espérait que l'intéressé s'abstiendrait d'assister à la petite réception, il se trompait. Il s'était fait discret sans doute durant l'office nuptial mais, à présent, un sourire de triomphe aux lèvres, il s'avançait vers son complice qui lui donna l'accolade en lui tapant dans le dos. Puis, se dégageant, il prit la parole :

– Merci, mon cher ami, merci du fond du cœur ! Et merci aussi au grand homme qui a bien voulu distraire un instant de son temps précieux pour adresser un message aussi chaleureux à mes chers enfants ! Il peut être certain qu'avant peu nous nous rendrons avec joie à son invitation et que...

Ses « chers enfants » ? Confondu par tant d'impudence et persuadé que Solmanski avait menti une fois de plus et comptait s'inscruter dans sa vie, Morosini allait donner libre cours à sa colère en se lançant dans une furieuse apostrophe quand une voix glaciale, pourvue d'un furieux accent britannique, vint couper la parole à ce beau-père trop affectueux :

– Si j'étais vous, Solmanski, je réviserais mes projets de voyage. Vous allez devoir renoncer au château Saint-Ange au bénéfice de la Tour de Londres !

Plus ptérodactyle que jamais dans son macfarlane pisseux et sa casquette à deux visières, genre Sherlock Holmes, le superintendant Gordon Warren se tenait au seuil du salon, accompagné du commissaire Salviati de la police de Venise. Voyant qu'il y avait là des dames, il se découvrit mais n'en avança pas moins jusqu'à son objectif. Devenu blême, celui-ci tenta de le prendre de haut :

– Qu'est-ce que cela signifie et que venez-vous faire ici ?

– Vous arrêter en vertu du mandat international que je détiens et au nom du roi George V ainsi qu'au nom du président de la République fédérale d'Autriche qui m'en a donné pouvoir. Vous êtes inculpé...

– Un instant, un instant ! coupa Fabiani. C'est une histoire de fous ? Nous sommes ici en Italie et aucun mandat anglais, autrichien ou même international ne saurait être accepté. Nous avons, grâce à Dieu, un pouvoir puissant qui ne s'en laisse pas compter par le premier venu ! Et vous, Salviati, votre présence ici va vous valoir de gros ennuis...

Le commissaire se contenta d'un mouvement d'épaules et d'une moue traduisant bien que la menace ne l'inquiétait guère. D'ailleurs Warren coupait court à ces protestations, s'adressant, cette fois, au pompeux personnage qui avait posé sur l'épaule de Solmanski une main tutélaire :

– Vous êtes le commendatore Fabiani ?

– Bien entendu.

– J'ai une lettre pour vous. Elle est de la main même du Duce que j'ai vu ce matin après ma réception par Sa Majesté le roi Victor-Emmanuel III à qui j'ai remis une lettre de mon souverain. Mis au fait des exploits de votre protégé, M. Mussolini n'a pas jugé bon de lui renouveler une amitié aussi préjudiciable à l'image d'un chef d'État...

Fabiani parcourut le message, devint très rouge mais rectifia la position, claqua les talons et s'inclina :

– Dans ces conditions, je serais mal venu de m'opposer à la justice de mon Duce ! Salviati, vous allez conduire cet homme aux Prigioni criminali dont il ne sortira que pour suivre le superintendant Warren en Angleterre. Vous donnerez à celui-ci toute l'assistance nécessaire afin que le transfert s'effectue de façon satisfaisante... Prince Morosini, je suis infiniment flatté d'avoir pu assister à cette fête familiale... mais je vous plains de tout mon cœur !

Et sans un regard pour celui qu'il accolait si affectueusement un instant plus tôt, le commendatore tourna les talons et se dirigea vers la sortie aussi rapidement que possible, laissant les assistants stupéfaits d'une si complète volte-face.

Solmanski cependant écumait de fureur :

– Eh bien, allez au diable, vous et votre Duce ! Est-ce ainsi que l'on reconnaît les services que j'ai rendus ? Et d'abord, je voudrais savoir de quoi je suis accusé ?

– Vous ne vous en souvenez plus ? ironisa Warren qui avait pris le temps de serrer la main de Morosini. C'est ce qui s'appelle avoir une mémoire accommodante ! Vous êtes accusé d'avoir, le 27 novembre 1922, assassiné à Whitechapel l'homme connu sous le nom de Ladislas Wosinski...

– Ridicule ! Il s'est pendu après avoir écrit une confession touchant la mort de sir Eric Ferrals, mon gendre !

– Non. Vous l'avez pendu ! Le malheur pour vous est qu'il y eut un témoin, un fripier juif, qui habitait la même maison et qui vous avait déjà vu à l'œuvre lors d'un pogrom en Ukraine où vous avez fait merveille au temps où vous vous appeliez Ortschakoff. Ce malheureux a eu tellement peur qu'il a d'abord jugé plus prudent de se taire mais il a tout déballé lorsque je lui ai montré une photographie de vous prise au moment du procès de votre fille. De plus, vous êtes accusé d'avoir, en octobre dernier, fait voler à la Tour de Londres le diamant connu sous le nom de la Rose d'York. Vous avez payé généreusement vos deux complices, malheureusement ils n'ont pas pu se mettre d'accord sur le partage de vos libéralités. Une dispute a été entendue ; on les a arrêtés et ils ont passé des aveux complets. La suite de vos forfaits regarde surtout la police autrichienne mais...

– Aldo ! s'écria Franco Guardini en se précipitant vers Anielka, ta femme se trouve mal !

Avec un faible cri, elle venait en effet de glisser sans connaissance sur le tapis. Morosini rejoignit son ami, enleva le mince corps et l'emporta en appelant Livia pour qu'elle lui donne les soins nécessaires.

– Je m'en charge, si tu veux, proposa Guardini qui le suivait.

– Avec plaisir, mon vieux ! Je te remercie car il faut que je retourne là-bas !

– Quelle histoire ! Cette pauvre petite n'est pas près d'oublier son mariage !

– Moi non plus, figure-toi ! lança Aldo qui ne savait plus très bien s'il était plus soulagé que navré. Soulagé que son détestable beau-père soit sur le chemin du châtiment mais navré que le superintendant et son mandat d'arrêt ne fussent pas arrivés une heure plus tôt... À peine soixante minutes et il échappait à ce mariage qui l'exaspérait ! Maintenant, il allait devoir passer sa vie auprès d'une femme qu'il n'aimait plus et que, par-dessus le marché, il devrait consoler ! Sans compter l'agréable perspective d'avoir pour beau-père un criminel sous les pieds duquel s'ouvrirait un matin la trappe du gibet de Pentonville !

En regagnant le salon, il trouva Anna-Maria sur le seuil, l'air perplexe :

– Veux-tu que j'aille m'occuper d'elle ?

– C'est selon. As-tu lié amitié quand elle était chez toi ?

– Non. J'étais pour elle une hôtelière.

– En ce cas, inutile d'en faire plus ! Merci d'être venue, ajouta-t-il en se penchant pour l'embrasser. J'irai te voir bientôt. Zaccaria va te raccompagner à ta gondole !

Lorsqu'il pénétra de nouveau dans le salon, Solmanski avait les menottes aux mains et deux carabiniers s'apprêtaient à l'emmener sous la direction du commissaire Salviati. Au moment où il croisa Morosini, le prisonnier eut un méchant sourire :

– N'allez pas croire que vous en avez fini avec moi... mon gendre ! Je ne suis pas encore pendu et je laisse auprès de vous quelqu'un qui saura perpétuer mon souvenir !

– Ne soyez pas trop optimiste, Solmanski ! conseilla Warren. Je suis comme les dogues de mon pays : quand je tiens un os, je ne lâche plus...

– Nous verrons bien... Sans adieu, Morosini !

Le superintendant s'apprêtait à suivre le cortège quand Aldo le retint :

– J'imagine que vous ne repartez pas dans l'instant pour Londres, mon cher Warren, et j'espère que vous m'accorderez le plaisir de vous offrir l'hospitalité !

L'ombre d'un sourire passa sur le visage fatigué du policier.

– J'accepterais volontiers mais je craindrais, un soir comme celui-là, d'être importun ?

– Importun, vous ? Je regrette seulement que

vous ne soyez pas arrivé plus tôt. Je ne me retrouverais pas à cette heure marié de force et à moitié déshonoré. Restez, superintendant ! Nous allons souper ensemble et nous causerons. Nous avons, je crois, beaucoup de choses à nous dire !

– *All right !* Je rejoins Salviati pour reprendre ma valise que j'ai laissée au commissariat et je reviens !

Tandis qu'il disparaissait, Aldo donna des ordres pour qu'on prépare une chambre et que l'on remplace le buffet servi par une table pour trois personnes puis il se rendit chez la nouvelle épousée afin de prendre de ses nouvelles mais, dans la galerie qui desservait les chambres, il trouva Cecina.

– Le Seigneur et la Madone ont entendu mes prières, lança-t-elle du plus loin qu'elle aperçut Aldo. Le maudit va connaître son châtiment et toi, toi mon petit, tu es libéré !

– Libéré ? De quoi parles-tu, Cecina ? Je suis marié... et devant Dieu, hélas !

– Ton mariage n'est pas valable ! J'ai entendu ce qu'a dit l'Anglais : le démon ne s'appelle pas Solmanski mais Or... je ne me souviens plus. En tout cas, elle, tu vas pouvoir la jeter dehors ! ajouta-t-elle en tendant un bras vengeur vers la chambre d'Anielka.

– J'ai pensé à ça, mais il ne faut pas rêver. Cet homme n'est pas de ceux qui laissent au hasard une chose pareille : il a bel et bien acquis pour lui et ses descendants le nom polonais et la nationalité qui va avec. Seul le pape pourrait me démarier.

Sur la figure mobile de Cecina, la déception fit aussitôt place à une farouche résolution :

– Par San Gennaro, il faudra bien qu'il le fasse ! J'irai le lui demander moi-même ! Et tu viendras avec moi !

Morosini ne répondit pas. Il avait lancé le nom du Saint-Père dans le feu de la conversation et presque comme une plaisanterie mais, après tout, pourquoi pas ? Un mariage conclu dans de telles conditions et non consommé devait pouvoir se plaider devant le redoutable Saint-Office ?

– Ce n'est peut-être pas une mauvaise idée, Cecina, mais autant que tu le saches : on se marie en cinq minutes mais pour obtenir l'annulation c'est beaucoup plus long ! Cela peut prendre des années ! Alors prépare-toi à la patience et, en attendant, il faudra traiter la princesse – et il appuya sur le mot – selon son rang, la servir et s'occuper d'elle. Une dernière fois, je te propose...

– Non, non ! On fera ce qu'il faut ! Mais j'ai bien le droit de penser ce que je veux ! La princesse !... Je t'en ficherai, moi, des princesses comme ça !

Et sans plus s'occuper de son maître, Cecina grognant et maugréant fonça vers l'escalier de toute la vitesse de ses courtes jambes. Aldo entra dans la chambre sans faire de bruit.

Franco était toujours là. Assis au chevet de la jeune femme qui pleurait la tête dans ses bras en lui tournant le dos, il faisait des efforts touchants pour la consoler. Tellement désolé lui-même qu'il était presque en larmes. L'entrée d'Aldo lui arracha un soupir de soulagement :

– J'allais te chercher, chuchota-t-il, parce qu'il n'y a que toi qui puisses faire quelque chose. Tu vois dans quel état elle est ?

– Je vais m'en occuper, sois tranquille... mais je te remercie de tes soins.

Il raccompagna son ami à la porte et revint vers le lit où les sanglots d'Anielka s'apaisaient depuis que la voix d'Aldo se faisait entendre. Au bout d'un moment, elle releva sa tête blonde aux courts cheveux emmêlés, découvrant un visage rougi et tuméfié mais des yeux pleins d'éclairs :

– Qu'allez-vous faire de moi à présent ? Me chasser ?

– Le devrais-je ? Oubliez-vous que nous venons de nous marier ? Je vous dois aide, protection et mon toit doit être le vôtre. Je l'ai promis... Que votre père ait été arrêté ne change rien à la loi qui nous lie. Vous êtes ici chez vous.

Son regard fit le tour de la vaste pièce tendue, comme le grand lit à baldaquin, de brocatelle ivoire à dessins de lauriers vert et or, dans laquelle régnait le désordre qui accompagne généralement une jolie femme en voyage. Une seule des trois malles-cabines poussées dans un coin était ouverte mais deux valises posées à même le kilim ancien laissaient jaillir un charmant fouillis de linon, de dentelles et de soie. Aucun carton à chapeaux n'était en vue. En revanche, la table-coiffeuse habillée de satin ivoire comme les rideaux regorgeait de flacons, de boîtes, de petits pots et de ces multiples et mignons outils nécessaires à l'entretien de la beauté.

– Je vais vous envoyer Livia. Elle vous aidera à vous coucher puis rangera ce joli désordre... Pendant ce temps, on vous préparera un plateau. Vous avez besoin de vous remettre. Que voulez-vous ? Un bouillon, du thé...

Elle jaillit de son lit comme si un ressort l'avait propulsée et s'écria :

– Rien de tout cela ! Un verre de champagne si vous le partagez avec moi. C'est, je crois, une bonne façon de commencer une nuit de noces ? Quant à la femme de chambre, je n'en ai pas besoin non plus ! N'est-ce pas la coutume que l'époux déshabille lui-même la mariée ?

Un genou posé sur le fauteuil auquel elle venait de s'appuyer, elle le défiait de toute sa volonté de séduction. La robe de velours blanc qu'elle portait sous une cascade de perles – celles que lui avait offertes son premier époux ! – épousait des courbes charmantes et laissait libres ses bras minces, son cou fragile, cependant que le profond décolleté en pointe plongeait entre les seins jusqu'au creux de l'estomac. Elle souriait, ayant apparemment oublié le profond chagrin qui l'avait abattue. Elle ne perdait pas de temps, pensa Morosini, pour mettre en œuvre ces moyens dont elle disait tout à l'heure qu'ils étaient les armes naturelles d'une femme aimante. Seulement, cet amour, le nouvel époux n'arrivait plus à y croire. Et, en vérité, cela ne l'intéressait pas du tout...

Choisissant le repli stratégique, il alla s'adosser à la cheminée et alluma une cigarette :

– Je suis heureux de voir que vous allez mieux, constata-t-il. Cela va me simplifier les choses. Autant mettre au point, dès maintenant, ce que sera notre existence commune : nous vivrons en bonne harmonie apparente. Vous aurez de moi respect et courtoisie. Rien de plus !

– Rien ! Cela veut dire quoi ?

Enfantine, la question lui arracha un sourire :

– Je pense que le mot est tout à fait explicite : vous ne serez ma femme que de nom, pas de fait.

– Vous ne coucherez pas avec moi ce soir ? fit Anielka avec sa façon bien à elle d'exprimer crûment les réalités de la vie.

– Ni ce soir, ni jamais ! Et ne recommencez pas à pleurer ! Vous m'avez contraint à ce mariage...

– Ce n'est pas moi.

– Allons donc ! Vous pouviez deviner que ces procédés me blesseraient et, si vous m'aimiez comme vous le prétendez, vous n'auriez jamais accepté de me réduire à cette... humiliation ! Encore moins à cet ignoble chantage !

– On vous les a rendus, vos serviteurs !

– C'est encore heureux ! Sinon vous ne seriez pas là et votre père ne serait sans doute plus de ce monde !

– Vous l'auriez tué ? Pour ces gens-là ?

– Sans hésiter ! Cela a bien failli arriver d'ailleurs... Souvenez-vous ! Ces gens-là, comme vous dites, me sont infiniment chers.

– Et c'est pour eux que vous m'avez épousée ?

– Ne faites pas l'innocente ! Vous le saviez parfaitement mais vous vouliez à tout prix vous incruster ici. Vous y êtes : tâchez de vous en satisfaire ! Cela dit, vous pouvez aller et venir à votre convenance, voyager si cela vous chante mais à deux conditions : ne me gênez pas et ne salissez pas le nom qu'il m'a bien fallu vous confier ! Je vous souhaite une bonne nuit !

Un sourire railleur aux lèvres, Morosini s'inclina et sortit de la chambre sans vouloir entendre le cri de fureur que l'épaisseur des murs étouffait mal. Elle allait sans doute se défouler sur quelques objets mais, si la tranquillité était à ce prix, il était prêt à lui en fournir d'autres. En prenant soin de ne pas les choisir précieux...

Une heure plus tard, en compagnie de Warren et de Guy Buteau, Aldo terminait le souper froid qu'on leur avait servi dans la bibliothèque en offrant à ses invités café, cigares de La Havane et alcools français. Le superintendant achevait le récit de la longue traque couronnée ce soir par l'arrestation de Solmanski : la discrète surveillance des paquebots transaltlantiques, l'enquête minutieuse et feutrée menée à Whitechapel, la surveillance quasi invisible du suspect dès qu'il avait posé le pied sur le sol britannique, grandement facilitée par John Sutton [1] dont la haine ne désarmait pas.

– Et aussi par votre ami Bertram Cootes, dit Warren [2]. Ce gratte-papier est un fouineur-né. C'est lui qui, après le vol de la Tour, a découvert la dispute des deux acteurs du vol et a permis leur arrestation. Comme ils n'avaient plus la pierre, ils ont dénoncé leur commanditaire, mais celui-ci avait échappé à ses anges gardiens et pris tranquillement le bateau pour la France. C'était juste le

1. Voir *La Rose d'York.*
2. *Idem.*

moment où j'avais acquis la certitude qu'il était l'assassin de Wosinski. Cette fois, pour l'appréhender il me fallait un mandat international et le Foreign Office se fait toujours tirer l'oreille en vertu d'un tas de considérations fumeuses. La Sûreté française, heureusement, m'a rendu le service de suivre sa trace jusqu'à la frontière suisse mais après c'était le black-out complet.

Néanmoins je ne désespérais pas : cet homme je le voulais et, en attendant d'en savoir davantage, j'ai tout fait pour obtenir les armes dont j'avais besoin : j'étais allé jusqu'au Premier ministre quand j'ai reçu un message d'un certain Schindler, directeur de la police de Salzbourg, qui m'apprenait des choses fort intéressantes. En même temps, Paris m'informait que du courrier en provenance de Venise arrivait assez régulièrement à l'hôtel Meurice d'où on le faisait suivre à un hôtel de Munich. La chance a été qu'une dernière épître soit arrivée à Paris et que nous ayons pu la lire. Elle était de lady Ferrals, faisait suite de toute évidence à d'autres lettres mais, aux termes de celle-ci, cette jeune dame s'étonnait du retard de son père à la rejoindre et insistait pour qu'il se presse en ajoutant que votre absence pourrait bien prendre fin assez vite et qu'il fallait se hâter. C'est ce que j'ai fait et vous savez le reste...

Pensant qu'après un aussi long discours il méritait bien son cognac, Gordon Warren en prit une gorgée qu'il « mâcha » avant de l'avaler, les yeux mi-clos, et de demander :

– Que comptez-vous faire à présent, prince ?

Celui-ci parut s'éveiller de la songerie dans laquelle la fin de l'histoire l'avait plongé.

– À quel propos ? demanda-t-il d'une voix lasse.

– Ce mariage, bien entendu ? Il est certain que vous avez été piégé comme le fut en son temps le pauvre Eric Ferrals et vos amis – dont je suis, croyez-le ! – aimeraient que vous n'ayez pas le même sort. Je suis persuadé que c'est elle qui l'a empoisonné. Je le sais, je le sens... et, par malheur, je ne peux rien.

– Pourquoi ? demanda Guy. Vous n'avez pas de preuves ?

– En aurais-je que cela serait inopérant. Les lois du Royaume-Uni sont ainsi faites qu'on ne peut être jugé deux fois pour la même cause. Lady Ferrals a été acquittée. Même avec un monceau de preuves, il ne serait pas possible de la ramener devant la cour criminelle d'Old Bailey....

– C'est à un autre tribunal que je pense : celui du Saint-Office auquel je compte demander l'annulation de mon mariage *vi coactus* [1].

– C'est le seul chemin pour vous libérer, soupira le superintendant, mais prenez garde lorsque vous entreprendrez les démarches et tâchez qu'elles soient aussi discrètes que possible parce que, dès ce moment-là, vous serez en danger. Elle s'est donnée trop de mal pour vous épouser et ne vous lâchera pas comme ça. En attendant, je pense qu'elle emploiera d'autres armes : c'est l'une des plus jolies femmes que j'aie rencontrées. Une véritable sirène !

– Je l'éprouvais encore il n'y a pas si longtemps

1. Contraint par force.

mais le charme ne prend plus. Vous dire pourquoi, je ne saurais. Peut-être parce que j'ai horreur de ce qui est trouble, douteux, équivoque.

– J'en suis heureux. Quoi qu'il en soit, suivez mon conseil. Prenez garde !

Sachant bien qu'il n'arriverait pas à dormir, Morosini ne se coucha pas cette nuit-là. L'aube le trouva à sa fenêtre, scrutant la grisaille où se rejoignaient le ciel et le Grand Canal dans l'attente d'un peu de rose, d'un espoir de soleil perçant le cocon brumeux et humide refermé sur Venise... Pour la première fois de sa vie, il s'y sentait prisonnier, autant que le criminel qui attendait son transfert sous l'un de ces toits uniformisés par la lumière pauvre.

Certes, le milicien de la porte n'était plus là et ne reviendrait pas, mais la lèpre fasciste avait commencé à s'étendre, sournoise comme une nappe d'huile, sur l'Italie. Venise en était atteinte jusqu'à ses fondations puisque sa famille, à lui, prince Morosini, se trouvait contaminée. Adriana, qu'il avait tellement aimée, convertie par le double amour d'un homme et de l'argent au point d'avoir accepté l'assassinat d'une femme dont elle n'avait jamais reçu que tendresse et bienfaits ! C'était peut-être ça le pire !

Et qu'allait-il faire d'elle ? Lui donner la mort comme il l'avait juré jadis au meurtrier de sa mère ? Si la paix de son âme, à lui, était à ce prix, pourquoi pas ? Il n'éprouvait plus pour elle que dégoût et aversion, tout comme pour la créature qui reposait à quelques pas de lui. La laisser s'enfoncer peu à peu dans la misère qui la guettait, l'y aider au besoin pouvait offrir une vengeance plus subtile ? Restait à savoir s'il existait des liens entre elle et Anielka ? Auquel cas, celle-ci réussirait peut-être à secourir l'ancienne maîtresse de son père ? Qu'adviendrait-il alors de lui-même et de ceux qui vivaient auprès de lui, pris entre deux feux, entre deux haines ? Il fallait faire quelque chose !

Vers dix heures du matin, Morosini se rendit chez Me Massaria, son notaire, pour y établir un testament partageant ses biens entre Guy Buteau, Adalbert Vidal-Pellicorne et le couple Cecina-Zaccaria. Après quoi, il revint s'atteler à ses affaires en retard l'âme beaucoup plus sereine : s'il mourait, Anielka et Adriana ne recevraient pas la moindre bribe de sa fortune...

Le banquier luxembourgeois referma l'écrin au griffon d'or et de rubis, le glissa dans sa poche, serra avec effusion la main de Morosini et remit ses gants :

– Je ne vous remercierai jamais assez, mon cher prince ! Ma mère va être heureuse de recevoir pour Noël ce bijou de famille disparu depuis une centaine d'années. Une vraie surprise et, en vérité, vous faites des miracles !

– Vous m'y avez aidé. Vous êtes patient et je suis obstiné : la chance a fait le reste...

Il regarda son client embarquer sur le *Giudecca* avec lequel Zian allait le ramener à la gare. On était, en effet, à l'avant-veille de Noël et le Luxembourgeois n'avait pas de temps à perdre, mais au moins il repartait heureux...

Morosini n'en disait pas autant. La joie de son client et aussi l'approche de la Nativité augmentaient sa lassitude. Surtout lorsqu'il se souvenait de l'an passé ! À pareille époque, Adalbert et lui-même avaient réussi à faire parvenir le diamant du Téméraire à Simon Aronov. En outre, le palais Morosini déplorait seulement l'absence de Mina autour d'une table de réveillon où un joyeux trio bouchait solidement la brèche : la chère tante Amélie, flanquée de Marie-Angéline du Plan-Crépin et de Vidal-Pellicorne. Tous très contents d'être là et de partager avec Aldo la plus belle fête de l'année.

Cette fois, c'était l'échec sur toute la ligne : l'opale était à jamais perdue et la famille immédiate d'Aldo se composait d'une femme douteuse et d'un criminel en attente de jugement. Les autres, les vrais, ne seraient pas là : Mme de Sommières était au lit avec la grippe dans son hôtel du parc Monceau ; Plan-Crépin veillait sur elle. Quant à Adalbert, on l'imaginait tout à fait passant les fêtes à Vienne, avec Lisa et sa grand-mère, et ce serait bien ainsi. Pourquoi donc se priverait-il d'une telle joie ?

Soudain, le prince-antiquaire sentit un frisson courir le long de son dos et il se mit à éternuer. Il était en train de prendre froid. C'était idiot de rester planté là, dans la bise aigre qui soufflait sur Venise, à ressasser ses malheurs ! Il pouvait aussi bien faire ça à l'intérieur mais, comme il allait rentrer, quelque chose accrocha son regard et le retint : là-bas, le canot de l'hôtel Danieli amorçait un virage dirigé vers l'entrée du rio Cà Foscari et le conducteur agitait le bras à son intention : sans doute lui amenait-il un nouveau client.

Une cliente plutôt : une silhouette se tenait auprès de lui, féminine et élégante sous une toque de renard bleu et dans un manteau bordé de la même fourrure. Elle aussi fit un geste et le cœur d'Aldo manqua un battement. Mais déjà le bateau coupait les gaz pour aborder les marches et Aldo eut à peine le temps de revenir de sa surprise : Lisa était arrivée auprès de lui, son petit nez rougi par le froid mais ses yeux couleur de violette rayonnant de joie :

– Bonjour ! s'écria-t-elle. Vous ne m'attendiez pas, je pense ?

Une si belle lumière, une telle chaleur émanaient de la jeune fille qu'Aldo en oublia ses frissons. Il dut se retenir pour ne pas la prendre dans ses bras et se contenter de lui tendre les mains :

– Oh non, je ne vous attendais pas ! Et même je ne cessais de remâcher des pensées lugubres mais vous apparaissez et tout s'éclaire ! Quel incroyable bonheur de vous voir ici aujourd'hui !

– Je vous le dirai tout à l'heure. Est-ce que nous ne pouvons pas entrer ? L'humidité est glaciale...

– Bien sûr ! Venez ! Venez vite !

Il l'entraîna vers son cabinet de travail mais Zaccaria qui arrivait avec le plateau du thé venait de reconnaître l'arrivante et, posant son chargement sur un coffre, se précipitait vers elle :

– Mademoiselle Lisa !... Qui l'aurait cru ? Oh ! Cecina va être si contente !

Avant qu'on ait pu le retenir, il disparaissait en

direction des cuisines, oubliant tout de son maintien pompeux pour ne penser qu'à la joie de sa femme. Aldo, cependant, faisait entrer sa visiteuse dans la grande pièce tendue de brocart jaune soleil où si souvent ils avaient travaillé ensemble, et ce fut tout naturellement qu'elle se posa sur le fauteuil où elle s'installait jadis pour prendre en sténo les lettres que Morosino lui dictait. Mais ils n'eurent pas le temps d'échanger deux mots : la porte s'envolait déjà sous l'enthousiasme de Cecina qui, riant et pleurant tout à la fois, se jetait sur Lisa qu'elle faillit écraser sous le choc :

– Par tous les saints du Paradis, c'est elle, c'est bien elle ! Notre petite !... Oh, doux Jésus quel beau cadeau vous nous faites pour notre *Natale* !

– Je crois que si vous aviez le moindre doute sur l'affection qu'on vous porte ici, vous voilà renseignée ? dit Aldo quand Lisa réussit à se dépêtrer du maelström de rubans, de toile amidonnée, de soie noire et de chair luxuriante que représentait Cecina pleurant à chaudes larmes. Vous nous restez, j'espère ?

– Vous savez bien que c'est impossible. Comme l'an passé, je retourne à Vienne pour retrouver ma grand-mère qui m'a chargée, pour vous, de ses chauds sentiments ! Elle vous aime beaucoup.

– Moi aussi. C'est une femme admirable ! Comment va-t-elle ?

– Au mieux ! Elle attend aussi mon père et ma belle-mère. Ce qui ne l'enchante qu'à moitié mais hospitalité oblige et je ne veux pas la laisser affronter l'épreuve sans secours...

– Mais alors... cette venue à Venise ? C'est vraiment pour nous ?

Il n'osait pas dire « pour moi » mais il l'espérait tellement ! À ce moment, il prit enfin conscience de ce qu'il éprouvait pour Lisa. Il sut pourquoi il n'aimait plus Anielka, pourquoi il ne pourrait plus jamais l'aimer, en admettant que ce qui l'avait attiré vers elle fût de l'amour. Et le sourire de Lisa lui réchauffa le cœur :

– Bien sûr que c'est pour vous ! J'aime Venise... mais que serait-elle sans vous... tous ? Et puis, soyons honnête, il y a autre chose...

L'écho d'un pas rapide lui coupa la parole tandis que, pour Aldo, le ciel s'éteignait et que Cecina reculait dans l'ombre d'une bibliothèque comme devant une menace. Anielka venait de pénétrer dans le bureau qu'un brusque silence envahit :

– Pardonnez-moi si je vous dérange, lança-t-elle d'une voix claire, mais j'ai besoin d'une réponse, Aldo. Que faisons-nous pour ce dîner chez les Calergi ? Voulez-vous y aller ou non ?

– Nous en parlerons plus tard ! fit Morosini dont le visage pâlissait de colère et de douleur à la fois. Ce n'est ni le lieu ni l'heure d'en débattre. Veuillez nous laisser, s'il vous plaît !

– Comme vous voudrez !

Avec un haussement d'épaules dédaigneux, la jeune femme pivotait sur ses hauts talons, faisant voltiger sa robe de crêpe Georgette grège autour de ses jambes parfaites, et elle disparut comme elle était venue, mais déjà Lisa se levait dans un mouvement automatique. Elle aussi avait pâli. Elle avait reconnu l'intruse, et le regard qu'elle leva sur Aldo était empreint de surprise et d'incompréhension.

– Je ne me trompe pas ? C'est bien... lady Ferrals ?

Dieu que ce fut difficile de répondre ! Il le fallait pourtant...

– En effet... mais elle porte un autre nom maintenant...

– Ne me dites pas qu'elle s'appelle... Morosini ?... La fille de... Oh, c'est abominable !

À son tour, elle voulut courir vers le vestibule mais Aldo s'élança, la retint de force :

– Un instant, je vous prie ! Rien qu'un instant !... Laissez-moi au moins vous expliquer...

– Lâchez-moi ! Il n'y a rien à expliquer ! Il faut que je parte... Je ne resterai pas ici un instant de plus !

Sa voix saccadée, nerveuse, traduisait son bouleversement. Cecina voulut aller au secours d'Aldo :

– Laissez-lui un petit moment, demoiselle Lisa ! Ce n'est pas de sa faute...

– Cessez donc de le materner, Cecina ! Ce grand imbécile est d'âge à savoir ce qu'il fait... et après tout, j'ai toujours su qu'il aimait cette femme.

– Mais non, vous ne pouvez pas comprendre...

– En voilà assez, Cecina ! Je vous aime beaucoup mais ne m'en demandez pas trop ! Adieu.

Elle se pencha pour embrasser sa vieille amie puis, se tournant vers Aldo qui, trop conscient de l'irréparable, n'essayait même plus de réagir :

– J'allais oublier la vraie raison de ma venue ! Tenez ! ajouta-t-elle en jetant sur le bureau un écrin de cuir noir. Je vous ai apporté ça ! Nous avons retrouvé le corps d'Elsa...

En retombant parmi les papiers, l'écrin s'ouvrit, découvrant l'aigle que l'on n'espérait plus revoir. La forte lampe de lapidaire allumée sur la table fit étinceler les diamants tandis que toutes les nuances du spectre solaire semblaient sourdre des profondeurs mystérieuses de l'opale.

Le temps pour Aldo de tourner la tête et Mlle Kledermann n'était plus là. Il n'essaya même pas de la rejoindre. À quoi bon et pour quelle explication ? Figé devant la pierre qu'il n'osait pas toucher, il écouta monter puis décroître le vrombissement du canot qui emportait Lisa. Loin, bien loin de lui ! Trop loin sans doute pour qu'il soit jamais possible de la rejoindre...

Saint-Mandé, décembre 1995.

TABLE DES MATIÈRES

Première Partie

LE MASQUE DE DENTELLES

Deuxième Partie

TROIS PAS HORS DU TEMPS...

Troisième Partie

LA LÈPRE DE VENISE

écrin de cuir noir. Je vous ai apporté ça ! Nous avons retrouvé le corps d'Elsa...

En retombant parmi les papiers, l'écrin s'ouvrit, découvrant l'aigle que l'on n'espérait plus revoir. La forte lampe de lapidaire allumée sur la table fit étinceler les diamants tandis que toutes les nuances du spectre solaire semblaient sourdre des profondeurs mystérieuses de l'opale.

Le temps pour Aldo de tourner la tête et Mlle Kledermann n'était plus là. Il n'essaya même pas de la rejoindre. À quoi bon et pour quelle explication ? Figé devant la pierre qu'il n'osait pas toucher, il écouta monter puis décroître le vrombissement du canot qui emportait Lisa. Loin, bien loin de lui ! Trop loin sans doute pour qu'il soit jamais possible de la rejoindre...

Saint-Mandé, décembre 1995.

TABLE DES MATIÈRES

Première Partie

LE MASQUE DE DENTELLES

Deuxième Partie

TROIS PAS HORS DU TEMPS...

Troisième Partie

LA LÈPRE DE VENISE

normandie roto impression s.a.
61250 Lonrai

Reproduit et achevé d'imprimer en août 2001
N° d'édition 01106 / N° d'impression 011455
Dépôt légal septembre 2001
Imprimé en France

ISBN 2-7382-1492-4
33-6492-4